아빠의 어쩌면책

DAD'S MAYBE BOOK
by Tim O'Brien

This Korean edition was published by Isle and Moon in 2022
by arrangement with Houghton Mifflin Harcourt Publishing Company
through KCC(Korea Copyright Center Inc.), Seoul.

아빠의 어쩌면책
Dad's Maybe Book

산문

팀 오브라이언
이승학 옮김

섬과 달

아빠의 어쩌면책

1판 1쇄 발행 2022년 5월 10일

지은이 팀 오브라이언
옮긴이 이승학
펴낸이 이승학
펴낸 곳 섬과 달

출판 등록 2019년 6월 5일 제2019-000057호
주소 (03360) 서울특별시 은평구 불광로 170, 101-1503
전화 070-7333-7212
팩스 02-6305-7212
전자우편 isleandmoonpublisher@gmail.com
인스타그램 @isleandmoon

기획·편집 이승학
디자인 이정하
제작 영신사

ISBN 979-11-968376-8-6 03840

* 섬과 달의 모든 책은 실매기 방식으로 제본해 낱장이 떨어지지 않습니다.

이 어쩌면책은

우리 인생처럼 처음부터 끝까지

어쩌면으로 꽉 차 있어.

차례

태드, 티미, 메러디스 오브라이언에게 바침

우리 아이 돌보미의 2008년 1월 8일 자 일지.

“두 살배기가 화장실에서 넘어지는 걸 보기 전엔 인생을 모름.”

태드가 저기서 어린이 우산을 움켜쥔 채 나타나는 웅덩이마다 물을

첨벙거리면서 파리 말라가(Rue Malar)의 폭우 속을 뛰어다니고 있다.

조금 뒤 아이가 메러디스의 머리 위에 우산을 받치고 말한다.

“엄마는 비가 와도 나의 햇빛.”

일러두기

1. 이 책은 팀 오브라이언의 『Dad's Maybe Book』(Houghton Mifflin, 2019)을 우리말로 옮긴 것이다.
2. 국립국어원의 어문규범을 따르되 용례가 없는 경우 관용적 표기를 따랐다.
3. 책·장편은 『 』로, 단편은 「 」로, 영화·음악·매체·연속간행물 등은 〈 〉로 묶었다.
4. 주석은 모두 옮긴이의 것으로 간단한 것은 본문에 소괄호로 달았고 긴 것은 각주로 내렸다.
5. 원서에서 이탤릭체로 강조한 부분은 굵은 고딕 글자로 바꿨다.

01

아들에게 쓰는 편지

티미에게

1년이 조금 더 지난 2003년 6월 20일 너는 세상에 떨어졌어, 아들아, 내 처음이자 하나뿐인 아가 — 너는 놀라움이요, 선물이요, 전선 먹깨비에 비료 공장에 골칫거리일 뿐 아니라 심장이 멎을 오싹함이지.

진심을 말하면 이래, 티미. 얘야, 오 아들아, 아빠는 너를 너무너무 사랑해. 그리고 아가, 아빠는 앞으로 50년이건 60년이건 네 뺨에 입을 맞추고 네 눈 속에서 내 달아오른 눈을 보며 살 수 있다면 소원이 없겠어.

하지만 네가 뒤뚱뒤뚱 열여섯 달에 접어들고 보니 네가 실제론 아빠를 전혀 모르겠구나 하는 생각이 든다. 보험 통계 따위를 보면 암울해. 지금도 나는 남들이 말하는 "늙은 아버지"고, 그러니 앞으로 10년 뒤면, 예순여덟 살이 될 만큼 운이 좋다면 너를 따라잡기가 곤란해질 게 뻔하거든. 농구도 문제겠지. 그러다 앞으로 20년 뒤면…… 음, 슬프다, 그치?

네가 나를 막 알아갈 땐 웬 노인이 거기 있을 거야.

그런데 더 슬픈 건 그게 최선의 시나리오란 거야. 인생은 깨지기 쉽거든. 심장은 멎기 마련이고. 그래서 지금 나는 만약을 대비해서 네 아버지에 관해, 스스로 나라고 생각하는 한 남자에 관해 너한테 들려주고 싶어. 그리하여 네 기억에 단지 백발의 노땅으로 어렴풋이 남는 게 아니라 너와 이름을 나누고 피를 나누고 DNA의 절반을 나눈, 한땐 너처럼 티미였던 팀이라는 사람으로 남도록.

나는 무엇보다 이런 사람이란다. 너와 사랑에 빠진 사람. 핑글핑글 어지럽게 홀리는 아릿한 사랑 말이야. 잘 모르겠으면 네 아빠가 너를 사랑으로 받들었다는 것만 알아둬.

여러모로 보니 사람은 갈망하는 바가 그 사람을 말해주는데, 결코 있을 법하지 않은 일이어도 나는 너랑 나란히 골프 코스를 걷길 갈망해. 나는 네가 12피트 거리의 어려운 공을 한두 번의 퍼팅으로 넣어 나를 꺾을 8월 말의 황금빛 오후를 갈망해. 나는 너와 악수를 나누고 이렇게 말하길 갈망해. "아직 아홉 홀이 남았잖아?"

나는 너한테, 남자 대 남자로서, 이역만리에서 전쟁을 치른 내 군인 시절에 관해 들려주길 갈망해. 내가 보고 행한 것들을 들려주고 싶어. 나는 네가 듣고서 이렇게 말해주길 갈망해. "괜찮아, 아빠. 다 끝난 일이잖아."

그 밖에도 아주 많아. 네 잠든 모습을 지켜보는 이 순간 나는 훌륭한 책들이 집 안 곳곳에 — 욕실, 부엌 조리대, 네 침대 옆 바닥에 — 널브러져 있는 상상을 하고 또 거기서 네가 한 권을 집어 들어 그 소중한 첫 페이지를 넘기는 모습이 눈에 담기는 상상을 해. 나는 네 얼굴에 떠오를 황홀함이 간절히 보고 싶어.(지금 너는 책을 먹지만 말이야.)

나는 너한테 배우길 갈망해. 나는 네 선생님이 되고 싶어, 맞아, 하지만 네 학생도 되고 싶어. 나는 내가 막 알기 시작한 것에 관해 너한테 몇 번이고 가르침을 받고 싶어. 이를테면 행복해서 깍깍거리는 소리, 아장아장 다가오는 기적 같은 발소리에 다 큰 어른이 이렇게 기뻐할 수도 있다는 거.

나는 친절과 너그러움을 베푸는 네 겸손한 행동을 지켜보길 갈망해. 나는 네가 처음으로 도덕적 용기를 발휘할 때 목격자가 되길 갈망해. 나는 네가 아무리 어색해도 "알았어, 알았어, 나도 사랑해" 하고 중얼거리는 걸 듣길 갈망하고 네 말이 진심이길 갈망해.

낙천적이고 마냥 선한, 묘비 따위에는 한없이 무지한 너를 지켜보는 지금은 받아들이기가 어렵지만, 티미야, 너는 상처와 가슴앓이와 죄악과 의심과 좌절과 절망의 세상을 맞게 될 거야. 그 말인즉 네가 살아 있게 된다는 거지. 너는 훌륭한 일들을 하게 될 거야, 난 알아, 하지만 너는 전적으로 사람이기 때문에 나쁜 짓도 하게 될 거고, 그래서 나는 늘 네 곁에서 용서를 베풀어줄 수 있으면 좋겠어.

그 이상으로 있잖니, 나는 네가 아빠를 용서해줄 날도 간절히 바라. 나는 너무 오래 시간을 끌었어, 티미야. 2003년 6월 20일 늦은 오후가 될 때까지 나는 좋든 싫든 내가 쓴 장편들과 단편들로 스스로를 정의해왔어. 줄곧 문장 속에서 나를 찾았지. 어떤 장(章)이나 장면이나 대화 토막을 사랑할 때에나 겨우 나 자신을 사랑했단다. 내 인생 혹은 내 글쓰기를 깎아내리려는 건 아니야. 언젠가 네가 그 책들과 단편들을 꼭 읽어봤으면 좋겠다. 네가 그 책장 하나하나 속에서 내 넋, 내 최선의 자아, 너를 위해 되고 싶었던 사내를 발견했으면 좋겠어. 자부심이라 할 수도 있고 애정이라 할 수도 있겠지만 나는 네가 그 책들을 한두 줄 기억해주길 감히 바라는데, 왜냐하면 자음과 모음 사이의 꿈같은 공간에는 과거에 나였던 아이, 지금의 나라는 사내, 머잖아 내 모습이 될 노인, 이렇게 네 아버지의 목소리가 담겨 있거든.

그렇긴 해도 네 곁에서 5년이든 10년이든 여분의 시간을 함께할 수 있다면 나는 내 평생 작업한 모든 음절과도 맞바꿀 용의가 있어, 요율이 얼마건 간에. 아버지의 주요 임무는 교육이나 훈육을 하는 게 아니야. 아버지의 주요 임무는 곁에 있어주는 거야. 그래서 나는 불가능한 일이고 일어나지 않을 일이란 걸 알면서도 늘 네 곁에 있기를, 영원히 너와 함께하기를 갈망한단다.

물론 내 나이에 아버지가 되면 장점도 있지. 스물여덟은커녕 서른여덟만 됐어도 오늘 아침 나한테 아장아장 걸어와 처음으로 청하지도 않은 포옹을 해주는 너를 내가 지금처럼 오롯이 고마워했을지 의심스러워.(넌 내가 기다리고 있는 줄 알았어, 그렇지?) 취침 중의 소음, 아니면 네 고집스러운 무모함, 아니면 감전되고 말겠다는 네 의지, 아니면 현관 화분에서 네가 한입 가득 퍼먹는 흙먼지, 아니면 고작 반 시간 전 내가 이 편지를 다 끝내갈 때 삭제(delete) 키를 눌러버린 네 만행을 내가 그리 쉽게 참을 수 있었을지 의심스럽다 이거야.

너는 셰익스피어의 잠*에서 막 깨어난 상태였어. 너는 내 무릎 위에서 꼼지락거리고 있었는데, 그러다 키보드를 후려치더니 내가 투

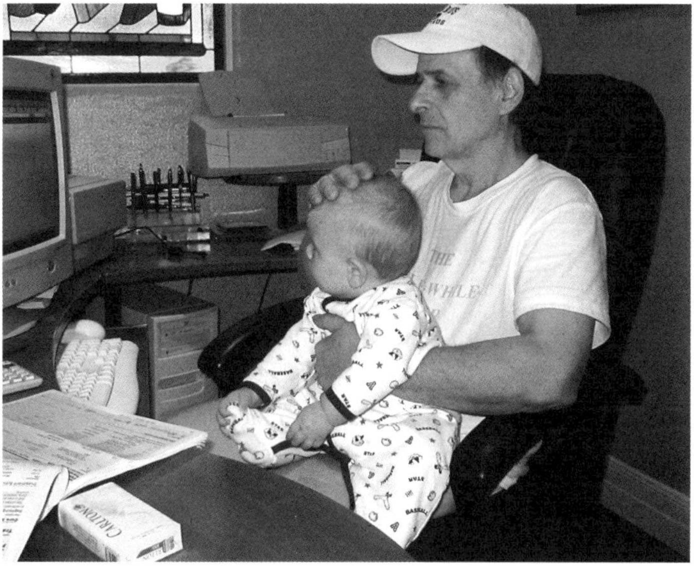

덜투덜 상스러운 말을 한두 마디 내뱉자 기쁨의 비명을 발산했지.

나는 글을 기억나는 대로 돌려둔 상태야. 그러고 지금 넌 또다시 내 무릎 위에 있단다, 나의 무시무시한 티미야. 나는 너의 손가락으로 이 단어들을 두드리고 있어.

사랑해,

아빠가

---

* 이를테면 죽은 듯이 깊은 잠. 셰익스피어의 비극 『햄릿』에 죽음은 잠이라는 대사가 나온다.

02

어쩌면책 1

그러고 2018년 11월 22일로 접어든다.

아들 티미는 농구를 매우 좋아하는 열다섯 살의 키 큰 아이로 자랐다. 녀석에겐 열세 살인 남동생 태드가 있고 이 둘에겐 몇 개의 일화와 다소 자신 없는 조언을 곁들인, 자식에게 쓰는 연애편지인 이 책을 마침내 탈고해가는 일흔두 살의 아버지가 있다.

나는 과거 2003년에 집필을 시작했다가 잠시 멈추었고 그 뒤 2004년 말에 가까울 무렵 재개했다. 내 의도는 티미와 녀석의 아직 태어나지 않은, 그러니까 임신은 됐지만 아직 대기 중이던 남동생 태드에게 작은 이야기 선물을 남기는 거였다. 내가 죽고 한참이 지났을 때 잘하면 아이들이 먼지 낀 문서 보관함에서 찾아 읽게 될 병 속의 짧은 메시지 몇 개를 단숨에 작성하려던 구상이었다. 당시 나는 아직 노인은 아닌 쉰여덟 살이었지만 사망률 수치를 보면 이미 살 떨리는 수준이었다. 그즈음 내게 든 생각은 두 아들이 중학교에 들어가면 그 아버지는 보나 마나 할아버지, 아니 어쩌면 할아버지의 형으로 오인되고도 남겠다 하는 것이었다. 이런 내 생각은 맞았다. 2005년부터 2019년 사이 월마트 계산원들과 아이홉* 여점원들은 내가 아니요, 이 두 사내놈은 내가 직접 낳은 애들이에요 하고 알리는 동안 나의 짜증스러운 눈총, 퉁명스러운 도리질을 감내해야 했다. 거기엔 재미있을 게 없었다. 아기자기할 것도 없었다.

현실은 현실이다.

그리하여 2004년 후반, 10월 말이 가까웠을 때 나는 우리 아버지가 나한테 줬다면 하고 종종 바랐던 것을 티미와 태드에게 주기로 마음먹었다—"사랑해, 아빠가"라고 서명된 몇 장의 종이쪽. 어쩌면 조언 한마디. 어쩌면 그 옛날 크리스마스이브에 관한 한두 문장. 우리 아버지는 내게 언제나 불가사의였고 지금도 불가사의로 남아 있는데, 이 점을 염두에 둔 나는 티미와 태드가 저희 아빠를, 제대로는 접해본 적 없을 한 사람을 일별할 수 있게 몇 가지를 산발적으로 제공하고 싶었다. 거기에는 문학적 욕망이 수반되어 있지 않았다. 책으로 낼 생각이 없었다. 내 독자는—독자라는 게 있다면—두 어린 사내아이 말고는 없었다.

2004년에 티미는 겨우 아장거리는 아기였고 녀석의 동생 태드는 바늘구멍보다 조금 더 큰 크기로 빛을 기다리는 단백질이었다. 그렇기는 해도 나는 그 뒤 15년을 녀석들이 어른인 양 가정하면서, 이제는 산 사람 가운데 없을 아버지한테 듣고 싶은 이야기가 뭘까 상상하면서 종이에 말을 남겼다. 나는 아이들에게 저희 어린 시절에 관한 이야기와 내 어린 시절에 관한 이야기를 들려주었다. 나는 내가

* IHOP. 팬케이크로 유명한 체인 레스토랑.

사랑했던 책들, 내가 존경했던 작가들, 내가 발을 담갔던 전쟁, 그리고 저희 어머니인 메러디스라는 여자에 관해 들려주었다. 그 과정에서 나는 이런저런 몇 가지 충고를 했다. 나는 아이들에게 스스로 생각하라 타일렀고, 위선을 배척하라 경고했고, 영혼을 목 조르는 절대론의 위험성에 관해 설교했다. 나는 재택 학습을 실시했다. 나는 아이들에게—의심할 바 없이 아주 상세하게—내가 렉싱턴 및 콩코드 전투*에 매료되었던 경험, 그리고 베트남에서 있었던 나의 전쟁이 그것과 너무 비슷해서 무서울 정도였던 경험을 적었다. 나는 아이들에게 너희의 루빅스 큐브 빨리 맞추기, 훌라후프 돌리기, 성적표, 외발자전거 타기, 그리고 특히 친절과 인간적 체면이 배어나는 행동을 보면 매우 뿌듯하다고 누누이 말했다. 나는 슬펐던 일들도 상기시켜주었다—한 번의 뇌진탕, 두 번의 다리 골절, 내 어머니의 죽음. 나는 아이들이 내뱉은 알아들을 수 있는 첫마디에 박수갈채를 보냈다. 나는 50년 이상 내 마음을 빼앗아온 것을—글짓기, 이야기 짓기를—아이들이 엿볼 수 있게 어니스트 헤밍웨이의 소설들을 그 창문으로 삼았다. 나는 마술에 대한, 즉 책에서 보던 일종의 환각을 훗날 직접 시연하도록 이끌어준 취미에 대한 평생의 사랑에 관해 열띤 이야기를 했다. 기타 등등.

아이들에게 글을 자주 쓰지는 않았다. 때로는 문장 하나를 열고 닫는 데 몇 달이 걸리기도 했다.(한 해를 통째로 거른 적도 두 번 있다.) 결국 2014년 후반 태드가 어쩌면책이라는 아이디어를 제안했다. 메러디스가 이를 우연히 들었다. "책에 꼭 사실을 쓸 필요는 없잖아," 아내는 말했다. "말 그대로 어쩌면책인 거지. 당신이 아버지 되기에 관해서 쓴 글이 다른 부모들한텐 특별할 거야."

"아니면 그 자녀들한테," 태드는 말했다.

결과는 태드의 어찌면책이었다.

내가 살아온 인생, 그리고 대략 누구나의 인생처럼 여기 모은 페이지들은 회복 불가능한 분열을 앓고 있다. 이 책이 시간을 건너뛰는 건 시간이 나를 주로 건너뛰었기 때문이다. 이 책이 내용을 건너뛰는 건 내 인생의 내용이 나를 건너뛰었기 때문이다—공포에서 슬픔으로 분노로 깨진 사랑으로 절망으로 의기양양함으로 영겁에 관한 밤늦은 대화로. 장편소설이나 단편소설에는 인간사에 질서가 있다는 환상을 부여할 수 있다. 하지만 근본부터가 자식들에게 쓰는 연애편지 묶음일 책에 질서를 부여하는 건 공연히 망신을 사는 일일 뿐더러 더 안 좋게는 기만하는 일일 것이다. 내 자식들은 현실의 자식이고 나는 현실의 아버지이며 엉망진창 혼돈이야말로 우리가 함께한 시간의 소박한 주제였다.

태드, 책 제목 고마워.

티미, 아빠의 불완전한 기억에 대해 이런 단호한 수정주의적 견해를 내줘서 고마워. "아빠, 실제로는 **안** 그랬어."

"그럼 어땠는데?"

"기억은 안 나. 하지만 **그렇진** 않았어."

---

* The Battle of Lexington and Concord. 1775년 미국 매사추세츠주 렉싱턴과 콩코드에서 영국군과 식민지 민병 사이에 벌어진 전투. 미국독립전쟁의 시발점이 되었다.

03

저어라, 저어라

티미는 이제 두 달 남짓, 정확히는 9주가 되었는데 울음을 그치려 들질 않는다. 녀석은 제 아기 침대와 딸랑이와 제 어머니와 나를 포함해 완전 신상품인 세상과 그 안의 모든 걸 싫어하는 것 같다.

배앓이예요, 의사들은 말했지만 이 아이는 먹는 것도 싫어하고 안 먹는 것도 싫어한다. 녀석은 자는 것도 싫어하고 안 자는 것도 싫어한다. 녀석은 빛도 싫어하고 어둠도 싫어한다. 녀석은 뜨거운 것도 싫어하고 차가운 것도 싫어하고 그 사이의 모든 온도도 싫어한다. 녀석은 분노로 차 있다.

나는 잭 더 리퍼의 아버지가 되었다.

지금 이 순간, 그러니까 2003년 8월 28일 이른 아침 시각에 나는 아내 메러디스가 울부짖는 어린 혐오자를 데리고 세탁실에 앉아 있는 사이 휴식을 취하고 있다. 녀석을 바구니에 담아 빨래 건조기 위에 올려두라는 소아과 의사의 소견이 있었다. 건조기의 온기와 윙윙대는 모터가 분명 마술을 부리기는 했으나 그 마술이 적중한 건 마지막으로 봤을 때 정신이 혼미해 있던, 지금은 탈진한 아내한테뿐이다.

티미는 아랑곳하지 않고 끊임없이 울고 또 운다.

지금 방 세 칸 건너에서 녀석의 소리가 들려오는데 저것은 아기의 울음소리가 아니다. 저것은 세상 혐오자의 울음소리다. 저것은 피투성이 살인자의 울음소리다. 무언가 잘못됐다. 이것이 정상일 순 없다.

메러디스와 나는 아기에 관한 모든 면에서 초심자요, 한 쌍의 신인으로서 무능력자라 점점 겁에 질리고 있다. 사실 나는 이 순간에도 겁에 질려 있다. 나는 몇 분 안에 컴퓨터를 닫고 임무에 복귀할 테지만 내 진짜 임무가 무엇인진 나도 모른다. 녀석을 아기 침대에 툭 떨구고 울부짖다 잠들길 바라야 할까? 우쭈쭈 하는 소리로 진정시켜야 할까? 앞으로 세 시간을 세탁실에 같이 앉아 있어야 할까? 현재 시각은 새벽 1시 10분으로 티미가 울기 시작한 건 언제부턴가 하면…… 이런, 태어날 때부터다. 그 무엇도 녀석을 막지 못한다 ―길게는. 우리는 녀석을 들어 꼭 끌어안고서 집을 어슬렁거리고, 그러면 녀석은 간혹가다 (안 그럴 때도 있지만) 잠시 차분해진다. 하지만 녀석은 다시 고삐를 조여 꿈틀꿈틀 바동바동하다 결국엔 전기가 뼛속을 지지직 통과한 듯 깊숙한 데서부터 온몸으로 몸서릴 치며 천지를 흔들고, 이어서 혐오로 일그러진 얼굴이 되어 리비아의 유목민들도 벌떡 깨어날 프랑켄슈타인의 새된 소음을 내지른다. 우리는 경찰이 올까 봐 두렵다. 우리는 이웃들이 우리 문간에다 대못 같은 협박을 꽂아댈까 봐 두렵다. 우리는 우리 아기가, 말 그대로, 살아 있는 걸 싫어할까 봐 두렵다.

우리의 신경은 저격당했다. 우리는 탈진 중이다. 우리 인근에는 가까운 가족, 지혜롭고 노련한 친척, 단 몇 시간이라도 우리와 교대해줄 사람이 아무도 없다. 설상가상으로 소아과 의사들과 간호사들도 공황에 빠진 우리의 전화에 진절머리를 내는 것 같다. 그들은 "배앓이" 아니면 "호들갑"이라는 단어만 반복적으로 내뱉는데, 마치 저희가 몇 주 내내 입에 올린 그 단어들을 외우기엔 우리가 너무 멍청하다는 듯하다. 그들은 안심하라는 말만 중얼댄다. 우리한테 참을성을 가지라고 말한다. 아기들은 너나없이 각양각색이라고 말한다. 티미가 어떤 "단계"를 지나는 중이라고 말한다. 메러디스와 나는 우리가 과잉 반응을 보이고 있다는, 어쩌면 부풀리고 있다는, 그러므로 둘 다 대범하게 닥치고 약이나 먹어야 한다는 인상을 받는다.

당연히 우리는 자책을 한다. 오늘 아침 나는 아기의 소음을 들으면서 울고 싶은 마음으로 여기 내 책상에 앉아 있었는데 그러다 겨우 몇 분 전, 가끔씩 욱하는 내 조급한 성질이 젖먹이인 아들에게 전해졌을지 모른다는 생각에 느닷없이 충격을 받았다. 하지만 더 충격인 건, 티미를 배기 전 몇 년간 내가 아이를 원치 않았다는 사실이 배 속에서 어찌어찌 티미 귀에 들어갔으면 어쩌나 하는 걱정이 든다는 것이다. 메러디스와 내가 사귀던 중에 그 문제로 거의 깨질 뻔했다는 걸 아이는 생리적으로 알까? 티미 DNA의 시토신이, 아니면 티미 뇌간의 단백질이 제 아버지의 이기심에 대한 일종의 유기 반응으로 울분과 혐오와 노골적인 분노를 프로그래밍한 걸까? 적어도 어떤 면에선 책임 전가라니 당치 않지만 또 어떤 면에선 지극히 있을 법한 일이다. 메러디스와 나는 **책임감**을 느낀다. 책임감 이상의 것을. 우리는 죄책감을 느낀다. 우리 스스로는 아니라고 말해도 우리가 대부분의 풋내기 부모들보다 늙은 건 사실이고, 그래서 우리는 우리의 신경질적이고 한물간 염색체들이 결합해 티미의 가엾음을 빚어냈을 가능성을 곱씹고 있다.(부모 간의 유전적 과정이 없었다면 잭 더 리퍼가 과연 잭 더 리퍼였을까?) 메러디스를 보자면 좀 더 현실적인 입장으로, 그녀는 자신의 제1형 당뇨병이 모유를 오염시켰을지 모른다고, 혹은 티미의 췌장을 망쳤을지 모른다고, 혹은 우리 아들의 이 누그러지지 않는 불행을 어떤 식으로든 야기했을지 모른다고 대놓고 걱정을 한다. 가뜩이나 그녀는 제1형 당뇨병 때문에 유도 분만을 거쳤다. "티미는 안에서 더 있었어야 했나 봐," 어제 그녀는 억측을 했다. "억지로 깨우면—누구라도 성질나지 않겠어?"(나는 이것을 그녀의 시기상조 배출 이론이라고 부른다.) 아무튼 자책은 계속해서 이어진다. 우리는 책장을 앞으로 넘겨 우리의 건강사(史)를 훑는다. 우리는 족보에서 근심의 씨앗을 찾아다닌다. 우리는 여덟 달 전 홀짝인 와인과 대학 시절 홀딱 빠졌던 버섯 수플레를 탓하며 스스로를 맹비난한다. 메러디스는 축산물을 끊었다. 그녀는 브로콜리, 아스파라거스, 콩, 팝콘, 콜리플라워, 말린 자두, 인공감미료, 소다수, 감귤류, 향신료, 초콜릿, 딸기, 파인애플, 나아가 카페인 같은 온갖 걸 식단에 이용해왔다. 그래도 저 울음소리는 커져만 간다.

어젯밤 내 순번인 새벽 2시 육아 불침번을 서다가 기적 같은 것이 불현듯 떠올랐다. 미완의 기적, 미세 조정이 필요한 기적, 하지만 신의 선물이라 해도 좋을 기적. 〈저어라, 저어라, 배를 저어라Row, Row, Row Your Boat〉라는 노래다. 어둠 속에서, 흔들의자에서, 되는대로 오래 — 대략 45분이고 한 시간이고 — 그 노랠 부르면 티미는 울음을 그친다. 잠이 든다. 잠이 들어 얼굴에 혐오의 기색이 가신다.

오늘 아침 메러디스에게 내 발견을 언급하자 그녀는 나를 미심쩍다는 눈으로 쳐다보았다. "그래서 걔를 아기 침대에 뉘였다고?"

"아, 그게 아니라," 나는 말했다. "시도를 해봤더니 걔가 — "

"깨서 울었잖아, 맞지?"

"맞아, 그래서 미세 조정이 필요하다는 거지. 그래도 잠시나마 진정은 했어. 걔가 풀린 게 느껴졌다니까. 깐깐하고 자시고 했던 게 다 빠져나가는 느낌이었어."

"그래서 지금 뭐?" 메러디스는 말했다.

"지금 보완 중이라고. 걔를 아기 침대에 어떻게 들여보낼지 궁리 중이야."

"행운을 빌어."

나는 고개를 끄덕였다. 그녀가 옳았다. 노래가 있든 없든 아기 침대를 녀석이 싫어한다는 게 문제였고, 거기다 쭉 자봐야 한 번에 15분 내지 20분을 못 넘긴다는 점도 있었다. 더구나 노래 자체도 문제였다. "그 노래 때문에 난 미치고 말 거야," 나는 메러디스에게 시인했다. "어젯밤엔 거의 미쳤었어. 짧은 노래지 — 겨우 4행이니까 — 그런데 젠장 **도돌이표**잖아. '즐겁게, 즐겁게, 즐겁게, 즐겁게'를 한 시간이나 부르고 있었다니까."

그녀는 어깨를 으쓱했다. "다른 노랠 불러보지 그래?"

"**불러봤지**. 걔가 '자장자장 아가'는 싫어하더라고. '반짝반짝'도 싫어하고. '징글벨'도 싫어해. 크리스마스에 우리가 어쩔지 하느님은 아실걸."

메러디스의 눈에 눈물이 맺혔다.

"유감이군," 나는 말했다.

|

며칠이 걸렸지만 발전이 있었다. 일부 삭제, 일부 정정.

그중에서도 제목을 긴장감 있게 다듬었다. 나는 이제 그 노래를 〈저어라, 저어라〉라고 부른다.* 즐겁게 어쩌고 하는 부분은 삭제했다. 배와 노 젓기 부분도 삭제했다. 사실 멜로디 빼고는 거의 모든 걸 삭제했는데, 티미와 어둠 속에서, 아버지와 아들이, 흔들의자에 흔들흔들 앉아 있을 때면 나는 정신 줄을 붙잡고자 추잡한 노랫말을 짓는다. 그렇다, 나는 마지막 행 "인생은 한낱 꿈이니"를 몹시 좋아하지만 그것도 사라져야 했다. 한 쌍의 호색한 비둘기**를 노래하고

---

* 이 동요의 원문 가사는 "Row, row, row your boat / Gently down the stream / Merrily, merrily, merrily, merrily / Life is but a dream(저어라, 저어라, 배를 저어라 / 물줄기 따라 부드럽게 / 즐겁게, 즐겁게, 즐겁게, 즐겁게 / 인생은 한낱 꿈이니).

** pigeon. 순결을 뜻하는 dove와 달리 속어로 음탕하다는 뉘앙스가 있다.

"인생은 한낱 꿈이니"로 끝내는 경우는 없으니까. 어울리질 않는다. 비둘기에겐 어울리질 않는다.

오늘 밤 나는 새로운 분야로 진출할 것이다.

남색 중인 쥐들로, 아마도.

티미가 태어난 뒤로 글을 많이 쓰진 못했지만 나는 지금 어둠 속에 앉아 만년의 최고작을 생산 중이다. 출판해야 하는 중압감은 없다. 지금까지 악평은 없다. 나는 마침내 나의 주제를 찾았다.

삐, 삐, 쥐처럼 삐
삐 따라 부드럽게
제대로, 제대로, 제대로, 제대로
우뚝 세워서 삐*

|

앞서 언급했지만 메러디스와 나는 아이 문제에 관한 한 교착상태라서 관계를 끝낼 뻔했다. 그녀는 아이를 매우 원했다. 나는 매우 원하지 않았다. 그래서 수년 전 밤늦은 시각엔 서로가 아픈 데를 찔러가며 그 주제로 격앙된 말을 주고받는 일이 벌어졌고, 그 결과 메러디스는 지쳤지만 쌀쌀맞은 말투로 우리에겐 미래가 없다고 알렸다. 나는 이 말에 상처를 받았다. 나는 그녀에게 떠나달라고 부탁했고, 그녀는 그랬고, 그리하여 두어 주 동안 우리는 서로 코빼기도 볼 수 없었다.

어둠 속에서 <저어라, 저어라>를 부르는 지금은 그 침묵과 이별의 기간 가운데 부스러기만이 기억난다 — 대개는 "악어**"라는 단어가 머릿속을 삭 스친다. 나는 메러디스가 존재하지 않는 무엇, 실은 존재하지 않는 무엇에 대한 **생각**을 나보다 더 사랑할 수 있다는 사실이 오싹했다. 그것은 냉혹해 보였다. 그것은 무자비한 번식 같았다.

마침내 우리는 중립지대에서, 매사추세츠주 케임브리지의 한 술집에서 만나 한잔하면서 몇 시간 동안 서로에 관해, 감정적인 것뿐 아니라 이런저런 개인사, 즉 우리를 이 술집과 이 파행으로 이끈 전기(傳記)적 사실들에 관해 많은 것을 배웠다. 메러디스는 죽어가는 어머니에 관해서 이야기했다. 그녀는 좋은 사람이지만 때로는 동떨어진, 그녀의 인생에서 너무 자주 자릴 비우는 아버지에 관해서도 이야기했다. 그녀는 한 사람은 심각한 정신분열증으로 수십 년간 시설에 수용되어 있고 한 사람은 두 번 자살 시도를 한(나중에는 성공한) 자매들에 관해서도 이야기했다. 그녀는 어린아이였을 때부터 일궈온 꿈, 행복하고 정상적인 가정생활이라는 꿈에 관해서도 이야기했다. "어쩌면 환상이겠지," 그녀는 말했다. "하지만 나는 **특별한** 거 바라면 안 돼?"

내 입장에서도 얼추 비슷한 것들을 털어놓았다. 알코올중독자인 아버지. 자주 나를 겁주고 때로는 나를 딱히 좋아하는 것 같지 않던

---

* 원문은 "Bleep, bleep, bleep like mice / Gently up the bleep / Verily, verily, verily, verily / Firmly bleep the bleep"으로 여기서 "bleep(삐)"은 방송 사고 때의 무음 처리를 가리킨다.

** 악어의 눈물, 위선자를 가리키는 그 악어.

아버지. 나는 우리 집에 흐르던 긴장감에 관해, 늦은 밤 엄마와 아빠 사이에서 행해지던 고성방가 시합, 잔인한 말, 싸움 후 몇 주나 이어지던 귀에 거슬리는 침묵 들에 관해 이야기했다. 나는 또한 내가 이상적인 아버지에 훨씬 못 미치는 아버지가 될 거라는 내 의혹을 최선을 다해 드러냈다. 난 참을성이 없어, 나는 메러디스에게 말했다. 고집이 세. 정신이 팔려 있어. 내 시간을 보장받아야 돼. 작가로서 — 터무니없이 느린 작가로서 — 나는 기저귀를 갈고 우스꽝스러운 자장가를 부르는 데 들어간 분과 시간과 나날이 원망스러워질까 봐 두려웠다.

메러디스와 나는 가까스로 해답을 찾았다.

케임브리지의 그 술집에서, 그러고 이어진 몇 주의 시간 속에서 내 안에는 비록 실패할까 봐 두려운 마음이기는 하지만 나 역시 행복하고 정상적인 가정생활을 갈망한다는 자각이 차츰 일기 시작했다. 딱히 기약된 것은 없었다. 하지만 전망은 있었다. 3년이 흘러 메러디스와 나는 결혼했고, 아들이 들어섰고, 그러고 지금 나는 나의 소중한, 삶이 싫은 티미를 흔들흔들 재우면서, 인쇄하기엔 부적당한 〈저어라, 저어라〉의 새 판본을 흥얼거리면서 여기 어둠 속에 앉아 있다.

|

기적은 성공적으로 전개되지 않고 있다. 어떤 면에선 한층 절망적으로 보인다. 〈저어라, 저어라〉가 결국 티미를 재우기는 하지만

녀석은 30분쯤 지나면, 보통은 겨우 몇 분 만에 일어나 괴성을 이어간다. 녀석은 제 아기 침대를 견디질 못한다. 핏기 없이 성난 모습이다. 녀석은 대개 먹는 동안엔 울먹울먹하고 먹고 나면 예외 없이 바로 울어버린다. 울음은 전염병이 되었다. 메러디스도 울고 있다—많이. 나도 운 적이 있다. 우리 셋 다 피로로 만신창이다. 이게 정상이라면 정상은 정상이 아니다.

앤 돌런이라는 소중하고 아주 너그러운 친구가 도움을 주러, 우리가 영혼을 도로 깁는 동안 교대를 해주러 파리에서 날아왔다. 사흘 낮 이틀 밤, 앤은 우리가 버티던 것을 고스란히 버텼다. 하지만 사흘째 밤—지지난 밤—그녀는 메러디스를 흔들어 깨우더니 감당이 안 된다고, 더는 무리라고, 우리 아들이 의향도 없고 재량도 없어서 아마 울음을 절대 그치지 않을 거라고 설명했다.

그래서 우리는 병원에 또 한 번 전화를 걸었다. 우리는 두려워하던 그 "배앓이"라는 단어를 또 한 번 들었다. 우리는 "아기들은 울어요" 하는 놀라운 소식을 또 한 번 통지받았다. 우리는 조언을 또 한 번 얻었다. 아기들은 꼭 붙어 있을 필요가 있어요. 정반대의 조언도 얻었다. 아기를 아기 침대에 누입니다, 방문을 닫습니다, 그런 다음 애가 울다가 잠들게 두세요. 우리는 기저귀 발진을 살피고 미지근한 물로 목욕시키고 아기를 바구니에 담아—이번이 천만 번째지만—빨래 건조기 위에 올려두라는 지시를 또 한 번 받았다.

아아, 나는 다시 〈저어라, 저어라〉로 돌아왔다.

나는 몸이 지치는 것도 모자라 상스러운 압운들의 모든 가능한 조합에도 지쳐 있다. 나는 정치로 방향을 튼 상태다. 대낮에 나는, 주로 머릿속으로, 다가올 밤 시간을 헤쳐 나가게 해줄 귀에 쏙쏙 들어

오는 운문을 짓는다. 먼저 효과적인 압운 형식을 찾고 그다음엔 총체적인 예술성에 몰두한다. 부시 — 무시. 라이스 — 카레라이스. 럼즈펠드 — 럼주 통. 체니 — 체했니.* 내가 깨달은바 성보다는 이름으로 하는 게 훨씬 쉽다. 조지와 돈(Don)으로는 재미있는 게 많다. 딕으로는 재미있는 게 엄청 많다.** 콘돌리자는 어려운 이름으로 판명됐지만 시심 어린 내 친구들처럼 나도 엇비슷한 압운으로 대충 넘어가는 데 양심의 가책을 느끼진 않는다. 재미를 유지하고자, 또한 시적 풍성함을 도모하고자 나는 종종 두 장르를 조합하여, 즉 정치적 노랫말을 상스러운 노랫말과 섞어 어쩌면 그 자체로 부도덕이라는 새로운 장르의 상징이 될 잡종을 만들곤 한다. 어젯밤 내가 티미에게 불러주었던 〈저어라, 저어라〉의 한 버전, 한 단어 외에는 모두 편집되어야 할 그 버전이 나의 걸작이다.

삐, 삐, 삐 딕의 삐
삐 삐 삐 삐나게
삐나게, 삐나게, 삐나게, 삐나게
삐된 딕의 삐

누가 봐도 나는 미쳐가지만 티미는 모르고 있다.

몇 분이나마 축복처럼 녀석은 잠이 들었다.

혹시 언젠가 '인생은 한낱 악몽'이라는 유아기에서 살아남는다면 녀석은 입이 더러워지는 현대 정치 담론의 이 탄탄한 기초 덕분에 아버지한테 고마움을 느낄 것이다.

2주 반이 지나간다. 상황이 변하긴 했는데 좋은 쪽으로는 아니다. 우리의 친구 앤 돌런은 지난 목요일 다시 파리로 달아났다. 티미는 몸무게가 4분의 1파운드(약 110그램)나 빠졌다. 녀석은 먹을 때 눈을 깜빡거리며 눈물을 참는다. 빨아올린 것보다 많이 씹는다. 토한다. 우리를 보고 식식거린다. 식식거림과 새된 비명을 동시에 지른다.

그저께 우리는 우리 아동 간호사한테 새로운 조언을 얻었다. 아이를 유아용 시트에 잘 앉힌 다음 "느긋하되 따뜻한 마음으로" 동여매고 아이가 누그러질 때까지 드라이브를 하라는 지시였다.

우리는 밤이나 낮이나 드라이브를 했다. 지금껏 168마일(약 270킬로미터)이 기록되었다.

그 길을 달리는 내내 티미의 식식거림과 새된 비명이 그쳤던 건 9마일뿐이었다.

그 식식거림은 유독, 그러나 비명과 결합되면 더더욱 들짐승의 소리를 띠어 ― 근본적으로 달래질 수 없는 야수성을 띠어 ― 나를 오싹하게 한다. 그것은 메러디스도 오싹하게 한다. 우리 둘은 때로 한 마디도 못 한 채 서로를 곁눈질하며 그 눈빛에서 공포를 읽곤 한

---

* 여기서 언급된 정치인들은 조지 부시, 콘돌리자 라이스, 도널드 럼즈펠드, 딕 체니로 모두 미국의 무력을 앞세운 대외 정책을 조장했던 인물들. 각 인물과 짝지어진 말은 원문과 다르며 원문은 각각 tush(엉덩이), advice(권고), beheld(감시받는), rainy(비 내리는)로 대략 시사적 조롱을 담고 있다.

** 딕(dick)은 남근의 비속어.

다. 나는 거의 확신이 드는데, 메러디스는 우리의 사랑하는 아기가 그녀의 불행한 두 자매한테서 고통을 물려받았나 싶어 뜬눈으로 밤을 지새울 것이다. 식식거림과 비명은 메러디스가 10학년일 때부터 언니가 머문 코네티컷주 어느 정신병동의 난장판을 재현해준다.

불가피하게도 유전학에 관한 우리의 지식 때문에 자책의 수위는 높아졌다. 죄책감이 짙어졌다.

나는 티미 하나만 걱정스러운 게 아니라 메러디스도 똑같이 걱정스럽다.

그녀는 이 이상 감당하지 못할 것 같다.

이 얘기는 안 하려고 했지만 나는 내 인내심의 한계도 걱정스럽다. 어둠 속에서 〈저어라, 저어라〉를 부르고 있으면 실속 없는, 목적도 없고 실제로 내용도 없는 생각들이 요란을 떠는 듯하다. 나는 이따금 공상에 잠긴다. 이 일은 벌어지고 있지 않은 일이라고 상상한다. 나는 물줄기를 타고 즐겁게 나아가는 존 윌크스 부스*를 노래하면서 아들에게 역사를 가르치고 있다고 상상한다.

오늘 아침 티미의 침실 밖에 앉아 있는 메러디스를 발견했다. 그녀는 떨고 있었는데…… 잘은 모르겠다. 그녀는 여태까지의 모든 것과 지금도 여전한 모든 것 때문에 떨고 있었다.

전에도 그녀가 우는 걸 본 적은 있지만 이런 모습은 처음이었다.

닫힌 침실 문 너머에서 티미는 비명을 지르고 있었다.

나는 아무런 판단도 내리지 못했다. 그저 할 일을 할 뿐이었다 — 우리 셋을 자동차에 싣고 응급실로 직행.

일곱 시간 뒤 우리는 세 개의 처방전을 들고 벗어났다. 메러디스는 재낵스**, 나도 재낵스, 티미는 프릴로섹***이라는 약. 우리의 아들은 위산역류증이라는 병을 앓는 것으로 밝혀졌다. 심한 경우였다. 우리는 유아들의 경우 어디가 아픈지 혹은 어떻게 아픈지 혹은 왜 아픈지 혹은 아픈 게 **맞는지** 말을 못 하니 위산 역류 진단이 어렵다는 소견을 들었다. 아기들은 울 수 있습니다. 아기들은 비명도 지를 수 있고 식식거릴 수도 있지요. 오늘 우리는 불면증은 위산 역류의 흔한 증세란 걸 다른 많은 것과 더불어 알게 되었다. 우리는 그 병이 하부 식도괄약근의 이완으로 유발되는데 그 이완 때문에 결국 위산이 식도로 넘어간단 걸 알게 되었다. 우리는 그 산이 특히나 아기의 민감한 조직에는 심한 통증을 야기할 수도 있단 걸 알게 되었다. 우리는 (때로 "아기 배앓이"라 부르는) "배앓이"라는 단어가 일련의 증세들을(잦은 울음, 지속되는 울음을) 설명해주지만 그것이 유기적 원인에 대한 진단은 아니란 걸 알게 되었다. 우리는 책임이 우리에

---

* John Wilkes Booth. 미국 배우이며 링컨 대통령을 암살한 자.

** Xanax. 신경안정제.

*** Prilosec. 위산의 분비를 억제하는 약.

게 없단 걸 알게 되었다. 우리는 티미가 싫어하는 게 세상이 아니라 끔찍한 고통일 뿐이란 걸 알게 되었다.

그게 다 오늘이었다.

현재 시각 밤 11시 17분, 집은 괴이할 만큼 고요하다. 프릴로섹이 마술을 부렸다—즉각은 아니었지만 즉각에 아주 가까웠다.

재낵스도 할 일을 했다. 메러디스는 점심때부터 쭉 자는 중이다. 나도 극도로 기분이 좋다.

두 시간 전까지 나는 티미가 이젠 나를 필요로 하지 않는데도 녀석과 어둠 속에 앉아 있었다. 티미도 기분이 좋다. 녀석은 평온하게 잠이 들었다. 녀석은 제 아기 침대에 있다. 몇 분 뒤면 나도 잠이 올 테지만 지금은 여기 앉아 몇 글자를 갈겨쓰면서 모든 게 괜찮다 해 주는 아기 모니터의 콧노래를, 그러니까 어느 인적 없는 외딴 은하에서 들려오는 듯한 마음 포근해지는 전기잡음을 만족스럽게 듣고 있다. 그렇다, 나는 재낵스의 제트기류에 몸을 싣고 있긴 하지만 앓던 이가 빠진 자리를 혀끝으로 신기해하며 돌아보는 것과 비슷한 일종의 향수도 느끼고 있다. 물론 그 공포가 마냥 그립지는 않다. 하지만 공포에서 **살아남던 일**은 정말 그립다. 우리의 흔들의자가 그립다. 어둠 속에서 티미를 안고 있던 일이 그립다. 〈저어라, 저어라〉가 그립다—무언가 사라지고 있단 걸 격렬히 느낄 만큼. 그게 무엇이든 간에 이 느낌은 한때 베트남에서 화력전이 끝나자 내가 겪고 있던 무엇, 아주 치열하게 존재했던 무엇이 어이가 없을 만큼 갑자기 사라졌던 경험을 조금 상기시켜준다.

나는 내 아들이 죽을까 봐 두려웠다.

나는 지금도 두렵다. 언제나 두려울 것이다.

언젠가 아이가 대학 4학년이 되면, 혹은 스탠퍼드에서 박사 학위를 받으면 나로선 아이가 살벌한 세상에 나가 스스로 모험을 하도록 놔둬야겠지 하는 생각이 든다. 그때가 되면—혹은 아이가 학생회장으로 두 번째 임기에 선출되면—아마 나는 아이가 운전면허를 따서 (매우 조심한다는 전제 아래) 가족 차를 몰고 난생처음 위험천만한 데이트를 나가도록 허락할 테지만, 그래도 그 뒷좌석에서는 내가 〈저어라, 저어라〉를 흥얼거리고 있을 것이다.

04

살

티미는 아기다. 녀석은 내 무릎 위에 있다. 녀석의 정수리에 내 코는 눌렸다. 내 눈은 감겼다. 나는 녀석의 살냄새를 맡고 있다. 살냄새는—아기의 살은—냄새를 맡는 순간 우주에서 유일무이한 것이 된다. 그 밖의 것은 존재하지 않는다. 어제도 없고 내일도 없이 오직 살냄새, 살인도 없고 타락도 없고 불행한 결말도 없이 오직 살냄새, 그 밖의 모든 건 저 밖에 있으므로 아기의 살냄새는 어둠을 지우는 빛의 냄새다.

05

이야기를 믿는다는 것

티미의 첫 열다섯 달은 내게서 대부분 증발했다. 내 머릿속에 나타나는 건, 뭐라도 나타난다면 말이지만, 기저귀와 우유병과 유모차와 유아용 시트와 두세 차례 식겁한 경험의 범벅뿐이다. 티미는 전선을 먹는다, 아니 어떻게든 먹으려고 애쓴다. 녀석은 디저트로 흙먼지를 즐긴다. 지난달에 나는 녀석의 입에 물린 바퀴벌레도 때려잡았다. 농담이 아니다.

그러더니 또 이 행성에서의 초창기를 보여줄 작은 기록으로 티미를 위해 여기에 옮겨둘 만한 사건이 일어난다. 가끔 나는 그 일을 두고 낄낄거린다. 또 가끔은 화를 낸다.

올해 7월, 티미의 생일 얼마 뒤에 우리 가족은 테네시주 산속에서 열리는 스와니 작가 회의(Sewanee Writers' Conference)에 참석했는데 그곳에서 내 과업은 더 좋은 작가가 되려고 애쓰는 사람들에게 조언을 하는 것이었다. 그런 상황에 놓이면 대개 나는 아무리 쥐어짜도 이런 하나 마나 한 말들만 떠오른다. 넓게 읽어라, 정신을 단

련해라, 술을 삼가라, 조금이라도 쓰는 걸 잊지 마라. 물론 나도 도움이 되곤 싶지만 방법을 모르겠다. 사기꾼이 되는 느낌이다. 간혹 나는 호기 내지 엉뚱한 기분에 젖어 내 학생들에게 소설가라면 자기 이야기를 믿는 게 좋을 거라는 자신 없는 의견을 내곤 한다. 이야기를 믿는다면 무엇보다도 이야기를 하라고 나는 웅얼대는 소리로 말한다 — 주뼛거리지 말라고, "좋은" 부분을 뒤로 미루지 말라고, 넌지시 내비치거나 영리한 복선을 깔거나 대단한 이야기가 곧 펼쳐진다는 약속을 독자에게 하지 말라고. 이야기를 믿는다는 건 인간의 느닷없는 사건과 모순 속으로 머리부터 들이밀 때의 두려움을 극복하는 거라고.

그리하여 지난여름 어느 오후 나는 들이밀었다. 대중 강연을 해달라는 부탁을 받던 참이었다. 메러디스와 티미가 청중석에 있었는데 그것이 내 초조함에 불을 지폈고, 그래서 나는 냉큼 달아날 온갖 핑계를 몇 초 사이에 떠올려보았다. 뇌염에 걸렸습니다, 바퀴벌레를 먹었어요. 하지만 그 순간 나는 시작해버렸다 — 들이밀고 말았다. 나는 메러디스와 내가 우리 아들의 첫마디를 애타게 기다려왔다고 설명했다. 한 사람은 "엄마", 한 사람은 "아빠"란 말에 돈을 걸었다고.

어제 아침 마침내 티미의 입이 트였습니다, 나는 청중에게 말했다.

그날 아이는 장난감 방울뱀을 갖고 놀다가(우리는 텍사스에 삽니다)* 올려다보더니 머리카락이 쭈뼛 설 정도로 또박또박 말했습니다. "바보가 지껄이는 이야기."**

메러디스와 나는 화들짝 놀랐죠. 우리는 섬뜩했습니다. 우리는 곧장 아이를 싸안고 저 아래 스와니 보건소로 데려갔어요. 친절하고 젊은 간호사가 근무 중이었죠. 그녀는 티미를 진료대에 왕처럼 모시더니 말했습니다. "자, 문제가 뭐죠, 아기 대장부님?" 티미는 빤히 — 내가 보기엔 수상하다는 눈으로 — 그녀를 보더니 말했어요. "바보가 지껄이는 이야기." 메러디스랑 나처럼 간호사도 화들짝 놀랐습니다. 그녀는 아이의 심폐기능을 확인하더니 양해를 구하고 전화기 쪽으로 건너가더군요. 보나 마나 의사와 통화하려는 거였죠. 이후 몇 분 동안 우리는 으레 불안을 주는 목소리로 말끝마다 여긴 이렇고 저긴 저렇고 하는 간호사의 대화 부스러기를 건너 들었습니

---

* 방울뱀 축제가 있을 정도로 방울뱀은 텍사스를 대표하는 동물이다.

** 이 말은 셰익스피어의 『맥베스』에 나오는 대사 "인생은 바보가 지껄이는 이야기"의 인용으로 원문은 "'Tis a tale told by an idiot".

다. 내가 듣기로 간호사는 분명 이런 말을 속삭였어요. "이놈의 망할 작가 회의." 몇 분이 채 안 되어 백발에 예의 바르고 사교적인 골프복 차림의 신사, 누가 봐도 의사인 사람이 호기심에 동해서 모습을 드러냈지요. 그 남자는 웃음을 짓더니 짝 하고 손뼉을 치며 말했습니다. "그러니까 대관절 무슨 일이라는 말씀이시지요?" 티미는 중얼거렸죠. "바보가 지껄이는 이야기." 녀석은 스스로를 대견해하는 듯했어요.

확신 없이 귀와 혀를 살피는 의료 절차들이 뒤따랐지만 결국 그 내과의도 우리처럼 당혹스러운 것 같았습니다. 그가 머리를 긁더군요. 우리 아들은 병이 아니라고 그는 마침내 말했습니다. 한 살배기들이 해독 가능한 첫 언어로 "아빠" 같은 한 개짜리 단어만 내뱉는 게 아니라 "안녕, 아빠"라든가 "빠이빠이, 아빠" 혹은 두세 단어로 된 다른 간단한 조합을 내뱉는다는 건 익히 알려진 사실이라고 그는 설명했어요. "아드님은," 의사는 말했죠. "단지 몇 음절을 더 보탰을 뿐입니다."

"아, 그렇군요," 메러디스가 말했습니다. "하지만 말씀하신 건 **유명한** 음절들이잖아요. 그 음절들이야 **이해**가 되죠."

내과의는 이 말에 콧방귀를 뀌었어요. 이를 꼭 비정상이라 불러야겠다면 이 비정상이 생명을 위협하진 않을 거라고 그는 장담했습니다. 이것은 암이 아니었죠. 이것은 폴리오가 아니었어요. 이러저러한 끝에 우리는 의사한테서 메러디스와 내가 먹을 진정제를 처방받은 뒤 진료소를 나왔습니다.

어떤 부모도 능히 상상할 수 있겠지만, 그날 저녁 우리는 우리 아들을 힐끔힐끔 수도 없이 곁눈질했습니다 ― 맞아요, 뿌듯해서요,

하지만 어느 정도는 걱정돼서요. 이 시점부터 우리는 입조심을 해야 현명한 게 분명했죠. 아이가 셰익스피어의 구절을 알아들을 수 있었다면 보나 마나 "좆빨이(cocksucker)"라는 단어도 터득할 수 있었으니까요. 가뜩이나 내 성격에 유치한 점이 있다는 걸 이젠 인정하지 않을 수 없군요. 그날 저녁이 깊을수록 나는 아들 티미의 첫마디가 어느 경쟁 작가의 상상의 산물에서 비롯했다는 사실에 나도 몰래 점차 실망감이 들다가 나중엔 노골적으로 짜증이 났어요. 메러디스가 비디오카메라를 설치 중이던 어느 시점에 나는 어린 티미 곁에 무릎을 꿇고 앉아서 이렇게 속삭였습니다. "지미 크로스 중위는 뉴저지에 있는 마운트 서배스천 칼리지 3학년생인 마사라는 소녀의 편지를 가지고 다녔다."*

스와니 강연 도중 이 시점에 나는 티미를 슬쩍 건너다보았는데 녀석은 메러디스의 품에서 꼼지락꼼지락 안달을 하고 있었다. 청중은 녀석을 쳐다보았다. 일동 웃음을 터뜨렸다. 아이는 이제 겨우 1년이라 어휘가 극히 한정적인데도 제 은밀한 사생활이 대중 무대에 노출되어 불쾌한 듯했다. 녀석은 내가 야유로 여기는 소리를 냈다.

우왕좌왕하면서도 이제 나는 한 20분가량 이 강연이 내 보잘것없는 소설의 문학적 가치를 주장하는 게 아님을—분명 서툴게—짚어두고자 최선을 다했다. 사실 그건 풍성함 또는 깊이 면에서 물론 소설이랄 게 못 됩니다, 나는 인정했다. 그건 소소한 일화지 그 이상이 아니었다. 하지만 그렇더라도 어떤 공감의 손길, 그러니까 대략 웃기면서 그로테스크한 것과 딱 맞는 정서를 지닌 도널드 바

---

* 저자 자신의 대표작 『그들이 가지고 다닌 것들』의 첫 문장이다.

셀미*나 우디 앨런이나 그 외 다른 작가의 손길이면 많은 시간과 상상의 힘을 응용해 흥미로운 산문 작품이 나올 수도 있지요, 나는 말했다. 사실 나는 언젠가 나 자신이 그 이야기를 다시 보태고 빼고 해서 지금은 밑그림에 불과한 것을 완전한 소설 세상에 편입시키고 싶은지도 모르겠습니다. 내가 절대로 하지 **않을** 일은 셰익스피어와 앞으로도 오래오래 노는 겁니다. 나는 내 소설을 다른 곳에, 실제로 다른 어떤 곳에 데려다 놓을 거예요. 나 자신을 놀라게 할 겁니다. 어떤 새로운 차원의 서술을 찾을 거예요. 그러면서 유머러스함을 관철하는 한편 눈을 부릅뜨고 진지함을—주제의 중량, 도덕적 무게를—주시해 그 이야기가 별난 것 내지 흥미롭되 가벼운 것 이상의 경지로 스스로 고양되길 바랄 겁니다. 나는 다음의 질문들이 첫 단락에 올 때 나를 저 다음 차원으로 이끌어줄 거라고 믿습니다.

만약…… 만약 그날 늦은 밤 티미가 잠을 자다가 "아아, 바빌론이여"** 하고 탄식한다면 어떻게 될까?

혹은 다음 날 아침 제 키다리 의자에 올라앉은 티미가 느닷없이 "난 단지 사냥개일 뿐"*** 하고 그르렁댄다면 어떻게 될까?

아니면 한 달 뒤나 1년 뒤 바다를 따라 펼쳐진 어느 쨍한 해변에서 티미가 "빠이빠이, 아빠" 하고 속삭인 다음 저 멀리 물속으로 아장아장 걸어가 영영 파도 밑으로 미끄러진다면 어떻게 될까?

이야기를 믿는다는 건 다른 누구의 것이 아니라 자신의 이야기를 믿는 겁니다. 이야기를 믿는다는 건 예상되는 것, 익숙한 것, 철저히 논리적인 것, 이미 쓰인 것, 지난주에 본 영화, 지난달에 읽은 베스트셀러, 심지어 과거 대학 시절 거의 완독한 고전도 피하는 거예요. 이야기를 믿는다는 건 어느 문학 선배의 상상이 아니라 자신의 상상을 믿는 겁니다.

아울러 티미 이야기를 더 진척시킨다고 해보죠—방금 생각해봤는데, 안 될 게 뭐 있겠어요?—그럼 나는 머잖아 기교 문제로 아등바등하고 있을 겁니다. 예를 들어 작가가 작가에 관해 쓴다는 총체적인 문제가 생기는데, 내게 이것은 자기만족 같은 악취를 풍겨요. 『그들이 가지고 다닌 것들』의 재미있는 문장들을(나한텐 어쨌든 재미있어요) 삭제하려면 마음이 쓰리겠지만 나는 아마 그 일화집을 참고문헌 목록에서 끝내 지울 겁니다. 보나 마나 나 자신의 작품을 고쳐 쓰든가 해체하든가 해가며 어설픈 글로 몇 시간을 질질 끌 테지만, 그래도 하루가 저물 때쯤 그 문장은 틀림없이 사라져 있을 거예요.

무엇보다 나는 어쩌다 한 살배기가 『맥베스』의 유명한 구절을 말하게 되었는지 절대 설명하지 않을 겁니다. 그 발화는 그레고르 잠자가 그냥 벌레로 **있듯이**, 아니면 그럼피가 그냥 난쟁이로 **있듯이** 그냥 **있을** 겁니다.**** 셰익스피어의 구절을 읊는 아기는 얼핏 보기에 아주 터무니없고 불가사의한 게 당연해요. 하지만 내게는 뭐랄까, 우리 태양계의 존재나 인간의 사랑 혹은 맨해튼 고층 빌딩을 비행기로 들이받는 모하메드 아타*****보다 터무니없거나 불가사할 건 없

---

* Donald Barthelme. 한국전쟁 종군기자로 복무했으며 『죽은 아버지The Dead Father』 등을 쓴 미국 작가.

** 『아아, 바빌론이여Alas, Babylon』는 1959년 출간된 팻 프랭크(Pat Frank)의 소설로 핵무기 시대에 나온 첫 종말론적 소설로 여겨진다.

*** 엘비스 프레슬리의 〈Hound Dog〉 가사를 주어만 개사한 것.

**** 그레고르 잠자는 프란츠 카프카 「변신」의 주인공, 그럼피는 「백설 공주」에 나오는 일곱 난쟁이 중 하나.

***** 9·11 테러의 범인 중 하나.

어 보이는군요.

이야기를 끝맺던 그 시점에 티미는 제 어머니의 팔에 안겨 졸고 있었다. 하지만 그조차 — 내가 녀석을 의식불명이 되도록 지루하게 만들었다는 사실 때문에 — 비난으로 느껴졌고, 그래서 그날 남은 시간 동안 내게는 죄책감의 불안한 그림자가 따라다녔다. 몇 개의 시시한 문학적 관찰을 위해 내 아들을 착취했다는 죄책감.

그날 저녁 야외 칵테일파티 도중 보타이와 화려한 색감의 멜빵을 하고 개츠비가 마음에 들어 했을 고풍스러운 밀짚 맥고모자를 쓴 중년의 신사가 내게 다가왔다.

“선생님의 아들 새끼는,” 그 남자는 말했다. “셰익스피어를 인용한 적이 없잖아요.”

“없죠.”

“그럼 왜 거짓말을 해야만 했습니까?”

“그럴 **필요**는 없었어요,” 나는 그에게 말했다. “그러고 **싶었던** 겁니다.”

(철저히 방어적인) 그 말에 그는 열이 받았다. 그는 내내 술자리를 지켰지만 딱 봐도 그의 노여움이 진심임을 나는 알아차렸다.

이후 몇 분 동안 나는 그 남자의 입에서 나오는 불만의 골자를 받아들였는데 그것은 티미가 내 주장처럼은 어떤 형태로도 말하지 않았단 걸 내가 건성으로 인정했다는 점과 관계있었다. 이는 고의적이고 역겨운 사기나 다름없다고 그 남자는 말했다. 그건 청중에게 부당한 일이었다. “선생님은 우리를 웃게 만들었어요,” 그는 말했다. “완전한 거짓말로. 선생님이 우릴 바보로 만들었다 이겁니다.”

“그럴 의도는 아니었어요.”

"저기, 이보쇼," 그는 말했다. "난 기분이 나빴단 말을 하고 있는 거예요. 지금도 기분이 나빠요."

평소라면 나도 좋게좋게 넘어갔을 것이다. 하지만 그는 티미를 내 "아들 새끼"라고 불렀다. 나를 이보쇼 하고 불렀다.

나는 그에게 당신은 괴물이라고 말했다.

나는 그에게 내 언젠가 당신에 관해 쓰겠다고 말했다.

"그렇게 된다면," 그 남자는 말했다.(나는 여기서 매우 천박한 두 단어를 삭제해 순화 중이다.) "셰익스피어 말마따나 바보가 **지껄이는** 이야기겠군 — 거짓말하는 바보 — 바로 당신."

나는 그를 때리지 않았다.

실은 업보와도 같은 내 유명세 때문에 숨을 고르고 한발 물러섰다. 소설가들은 늘 거짓말을 합니다, 나는 말했다 — 아주아주 점잖게. 그들은 밥벌이로 거짓말을 합니다. 그들은 재미로 거짓말을 해요. 그들은 쓸데없는 걸 지어내서 그게 실제 벌어진 일이라고 사람들을 납득시키려 합니다 — 그게 직업이고 기쁨이에요. 더구나 아기가 내뱉는 첫마디는 **늘** 기적적이지 않던가요? **늘** 믿기지 않잖아요?

"그럴지도 모르죠," 그 남자는 말했다. "하지만 실제 벌어졌던 기적을 곧장 말하면 되지 왜 지어낸 헛소리를 들려주는 겁니까? 선생님 아들의 **진짜** 첫마디를 들려주지 않고요?"

"그러면 따분했겠죠 — 아무런 느낌이 없었을 거예요."

"그게 답니까?"

"이런, 설마요," 나는 그에게 말했다. "짐작하건대 아무도 믿지 않았을걸요 — 티미의 실제 첫마디를 말이죠. 그럴 거면 유쾌한 걸 지어내는 게 뭐 어때서요?"

"조금도 유쾌하지 않았어요," 그는 툴툴거렸다. "농락당한 기분이었지."

"웃지 않으셨나요?"

"그야 웃었죠. **그래서** 농락이라는 겁니다. 하여튼 간에, 선생님은 모르시겠지만 선생님의 책들에 제 학생들은 정확히 똑같은 기분을 느낍니다. 사기당한 기분이요."

나는 고개를 끄덕였다. "그럼 선생님이시군요?"

"바로 맞히셨어요, 매우 인정받는 대학교에 있습니다."

"선생님도 소설을 쓰세요?"

"쓰다마다요. 훌륭한 걸 쓰고 있죠."

거기서 끝냈어야 했지만 나는 그러지 않았다.

"저기, 잘 들으세요," 나는 말했다. "혹시 논픽션에 기량을 펼쳐볼 생각 해보셨습니까? 이를테면 자동차 수리 가이드라든가?"

그 남자는 노려보았다. "제 인격에 대한 거만한 모독으로 받아들이겠습니다. 그에 걸맞게 전하죠—기대하셔도 좋습니다. 한 가지 더, 제가 보기에 선생님은 아들이 실제로 한 말도 못 들려주는 거짓말쟁이 같군요."

"그게 중요한가요?"

"하!" 그는 말했다. "**진실**이 중요한가를 물으시는 겁니까?"

"하지만 우리는 이야기에 관해 얘기 중이잖아요, 안 그래요? 모든 건 틀림없이—"

"날조였지요!" 그는 으르렁거렸다.

나는 도움을 청하고자 주변을 둘러보았다. 사람들은 우리를 쳐다보지 않은 채로 집중하고 있었다.

"좋아요," 나는 말했다. "진실을 말씀드리죠, 하지만 재미있진 않을 겁니다. 기본적으로 대부분은 내가 묘사한 대로 일어났어요, 물론 티미의 대사를 바꾸기는 했지만요. 하지만 장난감 방울뱀, 그 부분은 진짭니다."

"그건 저도 **압니다**," 그 남자는 퉁명스럽게 말했다.

"간호사도 진짜예요. 티미는 귓병이 있었거든요."

"그럴 거라 짐작했습니다."

"게다가 의사—그도 **순** 진짭니다. 예의 바르고 사교적이고. 골프복 차림에."

"알 게 뭐예요? 다 명백한 것들인데. 선생님 아들이 실제 한 말로 어서 들어가시죠."

나는 겁이 났다, 인정한다. 하지만 나는 언젠가(그러니까 바로 지금) 이 상상력 없는 속물한테 제대로 복수할 거라는 확신에 흥분도 되었다.

"좋아요," 나는 말했다. "티미의 첫마디는—못 믿으시겠지만—완전문인 데다 문법도 완벽하고 발음도 또박또박했어요. 아이가 장난감 방울뱀을 가지고 놀다가 올려다보더니 말하더군요. '아빠, 우리 같이 밀짚모자 쓴 남자 찾아서 매달아 죽이자.' 그 말 그대로 인용한 겁니다. 난생처음 한 말이요. 재미없을 거라고 내가 경고했죠."

그 남자는 나를 빤히 쳐다보았다.

"협박하는 겁니까?"

"아니요. 기적이다 이겁니다."

그 남자는 모자를 벗고 몸을 최대한 꼿꼿이 세운 다음 조용조용히 말했다. “댁의 아들은 아주아주 끔찍한 아버지를 두었군요.”

06

첫마디

티미가 말하기 시작하자 메러디스는 아이를 "자기(honey)"라고 부르는 버릇이 생겼는데 아이는 그걸 남들한테도 그렇게 부르는 것으로 이해했다.

우체부는 이에 눈살을 찌푸렸다.

월마트 계산원, 유머라곤 모르는 그 텍사스 사람은 짜증의 기색으로 내 아들을 흘겨보았다.

"바이, 자기," 티미는 제 어깨 너머로 그에게 소리쳤다.

07

재택 학습

티미야, 아빠는 네가 뭔가를 헤아려봤으면 좋겠어. 조지 워싱턴이 한때 국회 강당에서 테러리스트임을 선언했다는 거. 미국의 사랑받는 애국자가 조지 왕의 따가운 눈총을 받는 범죄자가 되었던 거지. 보는 사람 눈에 아름다운 것만 들어오진 않아.

아울러 티미야, 네가 5달러짜리 지폐를 볼 때면 에이브러햄 링컨도 성행위를 했단 걸 기억했으면 좋겠어. 그는 최종 네 명의 자식을 두었는데 이는 사정(射精)이 필요했다는 얘기고 또 그 환희의 순간엔 그가 게티즈버그연설을 고민하지 않았을 게 틀림없을 거란 얘기야. 5달러짜리 지폐에 있는 남자가 전인(全人)은 아니었다는 거지.

진실은 품위가 있는 것에든 없는 것에든 가혹하단 걸 아빤 네가 명심했으면 좋겠어.

그리고 아빤 네가 이렇게 질문했으면 좋겠어. 수십억 분의 1의 진실도 진실인가? 4분의 3만큼의 진실은 진실인가? 실제 우리가 법정에서 말하기로 맹세하는 완전한 진실이 매 순간 진정으로 완전한 진실인가, 만약 그렇다면 그런 줄은 어떻게 아는가? 당신은 마음을 읽을 수 있는가? 당신은 천지창조 때 그 자리에 있었는가? 햇빛은 통화용 이어폰을 끼고서 거기다 "나는 진리다, 나는 진리다" 속삭이면서 오는가? 전쟁은 "나는 떳떳하다, 나는 떳떳하다" 속삭이는가? 아니면 우리가 일으킨 전쟁과 햇빛에 관한 그런 말들은 그저 인류가 저 혼자 위안 삼아 속삭이는 것인가?

부활절 토끼*는 없단다, 티미야. 너한테 마음씨 좋은 토끼들에 대한 믿음을 줄 수 있다면 네 엄마와 아빠는 뭐든 하겠어, 하지만 한때 네가 완전한 거짓을 완전한 진실로 받아들인 적이 있다는 사실은 잊지 마.

네가 더 나이를 먹고 현명해지면 이 진실이자 거짓인 것이 쌍방으로 통한단 걸 아빤 너 스스로 떠올렸으면 좋겠어. 거짓으로 받아들여지던 것이 나중엔 진실로 받아들여질 수도 있단 얘기야. 또 진실로 받아들여지던 것이 나중엔 거짓으로 맹비난을 받기도 하고. 지구라는 행성은 평평하지 않아. 지구라는 행성은 우주의 중심에 있지도 않지.

한때 네 조국이 있지도 않은 대량 살상 무기를 제거하러 전쟁에 나섰단 걸 아빤 네가 기억했으면 좋겠어.

매사추세츠주 세일럼에서 처형에 앞장섰던 사람들이라면 모를까 처형을 당한 마녀들이 진짜 마녀는 아니었으리란 걸 아빤 네가 헤아려봤으면 좋겠어.

"진실"이라는 단어가 사람을 죽일 수도 있단 걸 아빤 네가 기억했

---

* 부활절에 아이들한테 달걀을 가져다준다는 토끼.

으면 좋겠어.

어떤 곳에선 진실인 게 다른 곳에선 진실이 아닐 수도 있단 걸 아빠 네가 기억했으면 좋겠어. 예를 들어 지금은 2004년 12월 24일 금요일 밤 11시 52분, 크리스마스이브야. 내 생각에 그건 진실이야. 그런데 그게 도쿄에서는 진실이 아니지, 안 그래? 혹시 바그다드에서는 어떨까? 해왕성에서는?

지금 너는 네 아기 침대에서 단잠을 자고 있어, 진실로 네 꿈을 꾸면서, 하지만 네가 깨는 내일 새벽 5시면 이 순간 진실이던 게 더는 진실이 아닐 거야.

진실들은 모순된단 걸 아빠 네가 기억했으면 좋겠어. 티미야, 너는 크고 훌륭한 나라에서 살고 있단다 하고 내가 말한다면 그건 진실일 거야. 하지만 우리 나라는 한때 인간의 노예화를 허용했던 나라야 하고 내가 말한다면 그것도 진실일 거야.

진실은 유동적일 수 있어, 티미야. 사람들은 사랑에 빠져. 사람들은 사랑에서 발을 빼기도 해. 목요일엔 진실했던 것이 금요일엔 그렇지 않을 수도 있고 아니면 바로 당일에 그렇지 않을 수도 있어.

뉴턴의 뒤를 이은 게 아인슈타인이란 걸 아빠 네가 기억했으면 좋겠어.

우리가 베트남전쟁이라 부르는 것을 다른 사람들은 미국 전쟁이라 부른단 걸 아빠 네가 기억했으면 좋겠어.

하느님은 『창세기』의 저자나 오럴 로버츠 대학교* 임원들한테 천지창조에 관한 교육을 받지 않았단 걸 아빠 네가 기억했으면 좋겠어. 그곳의 교육 방향은 그 반대쪽이었던 것 같거든.

때로 — 실은 자주 — 문자 그대로의 진실은 조금도 중요하지 않을뿐더러 중요해서도 안 된단 걸 아빠 네가 기억했으면 좋겠어. 영화관에 앉아 있거나 좋은 소설을 들고 침대에 누워 있을 때 있잖니, 티미야, 난 네가 몇 초마다 혼자서 이렇게 중얼거리지 않길 바라. "이건 진짜가 아니야, 이건 진짜가 아니야, 이건 진짜가 아니야, 이건 진짜가 아니야." 만약 그런 일이 생기면—문자 그대로의 진실이 너한테 그만큼 중요해지면—부디 상담을 받아보렴.

같은 맥락에서 말하는데 어떤 역사책도 있잖니, 그게 비록 많은 진실을 담고 있어도 **진정한** 진실은 담지 못한단 걸 아빠 네가 명심했으면 좋겠어. 알렉산더대왕의 몽상은 역사책에 나오지 않을 테지만 그래도 몽상은 야망에 영향을 끼치고, 야망은 행위에 영향을 끼치고, 인간의 행위는 역사에 영향을 끼치지. 도조**는 1941년 12월 어느 날 아침 머리가 어떻게 되어 잠에서 깼잖니? 호찌민은 홀딱 벗고 코끼리에 올라 사이공을 퍼레이드하는 게 꿈이었잖아? 리틀 빅혼 전투에서 커스터는 자기가 뿌리려던 고대로 돌려받게 됐다는 아이러니를 죽기 몇 초 전에야 알아차렸잖니?*** 역사는 모르는 거란다.

아울러 티미야, 지금 이 순간 오사마 빈라덴이 살인도 불사할 만큼 어떤 진실을 맹신하듯이 딕 체니도 살인을 불사할 만큼 자신의 소중한 진실을 맹신한단 걸 아빠 네가 기억했으면 좋겠어. 진실은

---

* Oral Roberts University. 오클라호마주 털사에 1963년 세워진 기독교 사립대학.

** 도조 히데키(東條英機). 태평양전쟁을 일으킨 A급 전범으로 패전 후 교수형을 당했다.

*** 리틀 빅혼 전투는 백인과 아메리칸인디언 간의 격전으로 조지 암스트롱 커스터(George Armstrong Custer) 중령의 제7기병대는 당시 그의 실책으로 전멸했다.

만국기를 달거나 신부 같은 사제복을 입거나 고급 양복을 걸치고 오지 않는단다.

특히 대문자로 강조해서 쓸 땐 "진실"이라는 말이 폭군의 곤봉 아니면 성자의 쓴소리 혹은 네 노후 자금을 우크라이나의 공동소유 주택에 투자하라는 사기꾼의 감언이설로도 쓰일 수 있단 걸 아빤 네가 기억했으면 좋겠어.

아울러 티미야, 네 첫 발화는 셰익스피어랑 무관하단 걸 아빤 네가 알았으면 좋겠어. 그건 멜빵을 하고 밀짚 맥고모자를 쓴 사람들을 죽이는 것과는 무관한 거였어. 사실 네 첫마디는 이거였지. "이소 **내 꺼**야!"("소"는 딱히 단어로 볼 수 없는데, 왜냐하면 네 부모가 "소다수"를 줄여서 부르는 말이거든.) 믿을 사람은 없겠지만 네 문법은 탁월했고 네 앳된 발음은 형식상 하자가 없는 문장에 실려 나왔어. 회의론자들이 이걸 안 믿는대도 누가 신경이나 쓸까? 갈릴레이가 깨달은 대로, 사람들은 종종 불편한 진실보다 편안한 거짓말을 선호한단다.

네 아기 침대 곁에 앉아서 있잖니, 티미야, 취침등 불빛 아래서 부랴부랴 이 글을 적다 보니까 크리스마스이브의 어떤 진지한 감상에 사로잡히는구나. 아빠는 여기 네 옆에 있어, 그건 진실이야, 하지만 내가 그 고요한, 눈이 소복했던 내 어린 시절 미네소타에서의 크리스마스이브를 지나서, 그런 다음 슬프고 무시무시했던 꽝응아이성에서의 크리스마스이브를 지나서, 그런 다음 내게 더 이상의 크리스마스이브는 없을 거라는 결론에 도달했던 1994년의 크리스마스이브로 삭삭 나아가고 있는 것 또한 진실이란다. 너무나 거짓말 같은 일이지. 하지만 그래서 너무나 진실해 보이는 일이야.

겸허해지는 것도 나쁘진 않아, 티미야.

"어쩌면"이라는 단어에 부도덕한 건 없어. 이 어쩌면책은 우리 인생처럼 처음부터 끝까지 어쩌면으로 꽉 차 있어—발견되지 않은 모든 진실, 잊혀버린 모든 진실, 알 수 없는 모든 진실로 말이야—그러니 자명하고 철석같고 기적 같고 영원한 진리(Truth)에 접근한다는 믿음이 들 때조차 "어쩌면"이라고 말해도 괜찮아.

아울러 네가 뭔가를 자신만만하게 알 때조차 "글쎄"라고 말해도 괜찮아.

"그래"라고 말하는 대신 "그런 것 같아"라고 말해도 괜찮아.

그래서 부탁하는데 티미야, 절대론을 조심하렴. 다람쥐*들이 절대론자들이란다.

하루에 사과 하나가 늘 혹은 영원히 의사를 멀리하게 해주진 않을 수도 있단 얘기야.

눈에는 눈으로 대하다 보면 결국 100만 개의 눈이 다른 100만 개의 눈을 노려보고 말 거고 그중에는 너 같은 아이의 눈도 있을 거야.

내가 방금 마지못해 내뱉은 다람쥐와 사과와 눈 얘기를 포함해서 있잖니, 슬로건과 틀에 박힌 말과 일반화는 어떤 종류든 간에 의심을 하렴. 예외를 찾아. 구성의 오류**를 외워둬. 수학자들도 증명이 필요하단 사실을 기억해. "확신에 찬 용기"라는 문구를 보면 눈썹을 치켜들라고. 아돌프 히틀러와 세일럼의 처형자들에겐 미치광이처

---

* 속어로 맹신도를 뜻함. 다람쥐(chipmunk)의 -munk와 monk(사제)의 발음이 같은 걸 이용한 말장난.

** fallacy of composition. 개개의 합이 전체의 모습과 다를 수 있다는 논리 개념.

럼 확신에 찬 용기가 있었으니까.

너는 있잖아, 티미야, 공포가 유행하는 시대에 태어났어 — 여객기가 고층 건물로 돌진하고 탄저균이 아침 우편물로 배달되지 — 그리고 공포의 희생양 중에는 모호한 것과 불확실한 것과 미지의 모든 것에 대한 우리의 허물어지기 쉬운 관용이 있단다. "아마도"라는 단어가 "분명히"가 돼. "잘하면"이라는 단어는 "슬램 덩크"가 되고. 진실 혹은 우리가 진실이라 부르는 것은 빨간 모자를 해치는 늑대처럼 걷잡을 수 없이 만화적이 되고 있단다. 내가 깨닫기에는, 티미야, 앞으로 몇 년이 지나면 너도 지금 우리 나라가 두려움에 젖어 있듯이 알게 모르게 두려움에 젖게 될 거야 — 사랑에 대해서, 헌신에 대해서, 광인들에 대해서, 벽장 속 괴물들에 대해서, 아빠에 대해서 — 그래서 오늘 밤 너한테 이렇게 너의 공포 속에서도 인간으로 남아 있으라고, 체면과 겸손이라는 선물을 잘 간직하라고, 네가 옳은 것만큼이나 그를 때도 많다는 가능성을 오만하게 억누르지 말라고 부탁 중인 거야.

잘 들어, 아빠도 겁이 나, 티미야.

크리스마스이브에 너를 네 아기 침대에 혼자 두게 될까 봐 겁이 나. 너를 영영 혼자 두게 될까 봐 겁이 나. 어쩌면 5년, 어쩌면 20년 뒤엔 내가 이 자리에서 널 돌봐주지 못할 크리스마스이브가 올 텐데, 그래서 내가 이런 얘기를 적고 있나 보다. 단지 조언을 하려는 게 아니라 네 아버지의 목소리를 들려주려고.

늦었다.

이제 자러 가야겠다, 티미야.

하지만 네 취침등을 끄고 방문을 닫기 전에 내년 6월 언제쯤 네 남동생이 온다는 걸 알려줘야겠어. 걔한테 모범이 되도록 해. 바퀴벌레 좀 그만 먹으라고. 스스로 기저귀 가는 법도 배우고. 네 갓난이 동생을 보살피는 일이라면 뭐든지 하렴, 티미야, 지금 당장은 동생이 없는 게 진실이지만 말이야.

08

호시절

한 번의 다리 골절을 겪은 뒤, 그러고 방대한 수의 엎어지기와 충돌과 유사 절단을 겪은 뒤 내 저돌적인 아들 티미는 제 세 번째 생일을 맞이했다. 그 며칠 뒤 녀석의 남동생 태드는 폼 나는 한 살이 되었다.

쉰아홉 살 신참 아버지의 인생에서는 대단한 시간이었다. 지울 수 없는 순간이 아주 많았다. 어젯밤 티미에게 잠옷을 입힐 때 아이가 "살살 해" 하고 속삭인 일.(3층 창문에서도 머리부터 뛰어내릴 녀석이 한 말이었다.) 아니면 얼마 전에 태드가 세상과 통하는 위험천만한 첫 관문을 넘은 일. 이런 보물 같은 순간들이 무수한 사진으로 포착돼 우리 집 벽면을 다닥다닥 채우고 있다. 경찰 호신술인가 싶게 동생 목에 두 팔을 두르고 있는 티미. 노련한 패션모델다운 눈으로 카메라를 빤히 쳐다보는 태드.

"대단하다"라는 말로는 부족하다.

그런데도 2006년 6월 18일 올해 아버지날 새벽이 되니 우리가 함

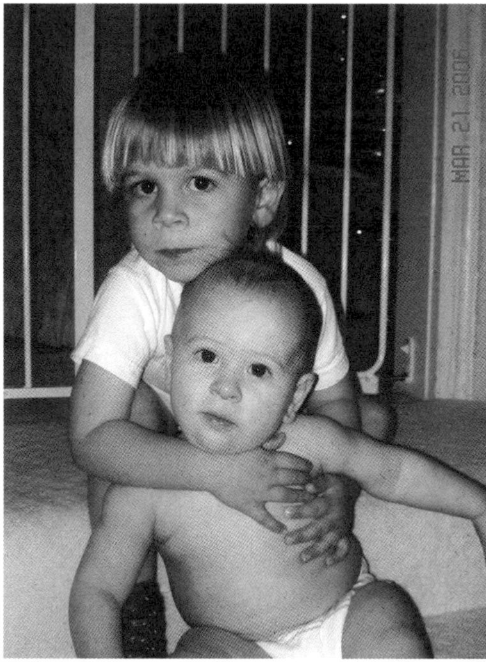

께한 이 기적 같은 시간을 두 녀석 다 파편적으로나 기억할 거라는 생각이 든다. 나한텐 전부였던 것이 녀석들에겐 거의 아무것도 아닌 것이 될 것이다. 지금 당장 내가 저희 인생에서 사라진다면 내 두 아들은 제 아버지의 얼굴도 목소리도 인간적인 풍모도 기억에 없을 것이다.

그럴 리는 없을 듯싶은데 과연 그럴까? 하지만 어른일 때조차 우리는 인생에서 건져낼 수 있는 게 거의 없지 않던가. 사람이 살았던 선명한 시간은 우리가 영겁을 향해 바삐 나아가는 만큼 스스로를 지워간다 — 우리가 음미했던 음식, 우리가 밤새 웃었던 농담, 우리를 꼼짝 못 하게 붙잡아두었던 TV 프로그램. 그것들이 거의 모두 종적을 감춘다.

내 어린 시절을 돌아보는 지금 내게 남겨진 것은 마음속의 몇 안 되는 스냅사진뿐이다. 그중 한두 개는 2004년 8월 10일에 돌아가신 우리 아버지의 것이다—어제 같은 일이다.(이번 아버지날에 내가 사색에 푹 잠기는 건 아버지가 난 구멍 때문인 게 틀림없다.) 초년의 한 가지 기억에는 어느 오후 아버지가 통화 중일 때 집에 잠깐 들렀던 두어 명의 놀이 친구가 연루되어 있다. 아버지는 전화를 끊자 뒤돌아서 말했다. "내가 방금 누구랑 통화했게? 달 사나이*!" 친구들과 나는 어리둥절했다. "다시 걸어보세요!" 우리가 소리치자 아버지는 다이얼을 돌렸고—혹은 돌리는 척했고—그렇게 10분에서 15분간 우리 질문을 전달하고 태양계의 먼 구역에서 도달한 듯한 답을 지어내면서 달 사나이와 진짜 같은 통화를 이어갔다.

"달 사나이가 거기 위쪽은 외롭다더라," 아버지는 우리에게 말했다. "너희더러 한번 방문해달래."

"진짜요?" 나는 말했다.

"진짜고말고," 아빠는 말했다. "당장."

우리는 그야말로 의욕이 넘쳤지만 문제는 실행 계획이었다.

"좋아요, 그런데 거기에 어떻게 가요?" 우리 중 하나가 물었다.

아버지는 고개를 끄덕였다. 그는 질문을 전달한 뒤 집중해서 들고는 말했다. "달 사나이가 그러는데 각자 꿈속에서 방문하래. 얼른 저리 가서 꿈들 꿔."

그 일이 내가 묘사한 그대로 일어났는지 얼추 비슷하게 일어났는지 확실히는 모르겠다. 기억은 틀리기 쉬우니까. 이번 아버지날에 중요한 건 전화기에다 말할 때 나를 웃으면서 내려다보던 아빠가 지금도 내게 선하다는 것이다. 지금 나는 어느 때보다도 그에게 돌아가는 꿈을 꾼다.

|

오늘 나는 무엇보다도 어른에게 인상적인 것과 한 쌍의 사내아이에게 중요해 보이는 것 간의 차이를 보고 충격을 받았다. 여느 어린이처럼 티미와 태드도 매 순간 맹렬하게 또 철저하게 산다. 떨어진 프레츨이 삶과 죽음의 문제인 것이다. 하지만 그다음 순간이면 프레츨은 잊히고 다른 중대한 놀 거리, 그러니까 탱탱볼 따위가 뒤를 잇는다. 아이들에게는 모든 게 중요한 듯하다. 하지만 그것들은 좀처럼 오래가지 않는다.

일례로 저번에 나는 메러디스와 속임수 마술을 연습 중이었는데 대단원은 그녀가 흰 커튼 밑에서 사라지는 거였다. 말없이 보고 있던 티미가 눈물을 터뜨렸다. "아빠 때문에 엄마가 없어졌잖아!" 녀석은 소리를, 아니 비명을, 아니 지붕이 들썩거릴, 뼈가 녹아내릴 비

* man in the moon. 사람 얼굴 형태인 달의 반점을 의인화해서 부르는 말.

통한 울음을 질러댔다. 틀림없이 녀석에게 평생 기억될 무엇이 이 일에 있었던 것 같다. 실제로 조만간 녀석을 억지로라도 소아정신과에 데려가야 할지 모른다는 생각이 들었다. (반면에 순진하지 않은 막내 태드는 내 마술에 깊은 인상을 받지 못했다. 녀석은 다리를 꼬고 하품을 하더니 담뱃불을 붙이는 시늉을 했다.)

나는 내 전문 기술이 허락하는 선에서 가장 잽싸게 두 녀석의 어머니를 짠 등장시켰다. 짧고 긴장된 순간이 흐른 뒤 티미는 커튼에 손을 뻗어 유심히 살피더니 활짝 웃으면서 말했다. "또 해봐. 오랫동안 없어지게 해봐."

아이의 변덕스럽고 종잡을 수 없는 정신 작용은 여느 부모라면 놀라울 게 없을 것이다. 오래갈 트라우마인 줄 알았던 것은 그게 아닌 것으로 밝혀졌다 ― 메러디스는 트라우마로 보는 것 같지만. 앞으로 몇 년 뒤 아내와 나는 반은 웃고 반은 의아해하면서 여전히 그 사건을 재탕하고 있을 것이다. 하지만 티미에게 그것은 벌써 희미한 저세상 기억이다, 기억이기나 하다면. 이 예에 다른 1000가지, 아니 2000가지 예를 곱하라, 그럼 이번 아버지날 내가 어째서 골똘히 생각에 잠겨 있는지 비로소 이해될 것이다.

내 어린 시절의 일들 대부분이 우리 인생이 최후에 가는 곳으로 ― 어쩌면 내가 앞서 말한 구멍으로 ― 가버린 건 명백한 진실이다. 그리고 티미와 태드가 그런 증발의 과정을 겪으리란 것도 진실이다. 그래도 나는 우리 아버지가 그랬듯 자식들에 대한 내 막대한 사랑을 두 아들이 조금이나마 느끼도록 남기고 싶다. 어쩌면 오늘 밤 잠자리에 눕기 전 나는 두 아이를 무릎에 올리고 전화기를 들어 하늘과 통화를 시작할 것이다. 어쩌면 나는 기지를 부려 영리한 대화를 지어낼 것이다. 그러면 앞으로 몇 십 년 뒤 서늘하고 집요한 중년의 압박을 느끼기 시작한 두 아들은 저희 아버지가 이렇게 말했던 기억에 위로를 받을 것이다. "걱정 말고 자. 아빠가 지켜보고 있으니까. 아빤 달 사나이거든."

09

하이볼

2007년 11월 9일이다. 티미는 네 살이고 동생 태드는 두 살이다. 우리는 바하마에서 휴가를 보내는 중으로 지금 시각은 아직 캄캄한 새벽 3시 40분이고 메러디스와 아이들은 향기로운 바하마의 밤에 빠져 곤히 자고 있다. 나는 한때 우리 아버지가 로열 빅토리아라는 호텔에서 일했던 나소* 시내의 불빛을 호텔 방 좁은 발코니에 앉아 내다보고 있다. 그 호텔은 아버지처럼 이제는 없지만 이 발코니에서는 1930년대에 로열 빅토리아가 세계의 가장 장대한 시설 중 하나로 몇 년 동안 군림했던 터가 항구 건너로 보인다. 아빠는 인생에서 가장 행복했던 나날 중 많은 시간을 거기서 보냈다. 아직 알코올중독자이기 전이었다. 아직 아이도 없었다. 그는 젊은 총각이었고 아름답고 쾌적한 섬에 자리한 부유층 호텔을 자유롭게 출입할 수 있었는데 아빠라면 보나 마나 그걸 최대한 활용했을 것이다. 지금 이곳에서 어둠 속에 앉아 있자니 나도 우리 아버지처럼 젊은 시절 이래로 매우 급격한 변화를 겪었다는 생각이 든다. 하나의 재미가 다른 재미로 바뀌었다. 전에는 나 자신의 안녕을 즐겼던 반면 지금은 티미와 태드의 안녕을 훨씬 더 즐긴다.

하나 눈에 띄는 예를 들자면, 두 녀석은 지금 복장에 집착하는 단계를 겪고 있어서 메러디스와 나는 우리 휴가의 대부분을 배트맨과 스파이더맨과 온갖 외계 생명체를 쫓는 데 할애하고 있다. 어제 아이들은 저희 복장으로 맨몸 파도타기를 나갔는데 — 티미는 슈퍼맨, 태드는 토끼였다 — 녀석들이 어느 만화책에 나오는 난파선 생존자처럼 대서양에 모습을 드러내자 적잖은 수의 당황한 시선이 그 뒤를 좇았다. 녀석들은 그 복장으로 노부(Nobu)에서 만찬을 들고 그 복장으로 물 미끄럼틀을 내려가고 그 복장으로 암벽을 타고 그 복장으로 카지노를 어슬렁거리는 데다 난감해하는 인명 구조대원들과 그 복장으로 하이파이브를 한다. 녀석들은 기성복에 더는 만족하지 않는다. 메러디스는 우리 휴가의 첫날을 돌돌 만 양말, 커피 여과지 그리고 많은 창의력을 이용해 유니콘 뿔 한 쌍을 제작하면서 보냈다. 인정하긴 쑥스럽지만 이따금 나도 복장 망상에 빠진 두 아들과 하나가 되어 집에서 만든 헐크복을 입고 바하마 해안 순찰을 돌았다.

이 복장 강박에서 얼마쯤 내 관심을 끄는 건 티미와 태드가 철저한 진심으로 그 가공의 환상에 임한다는 점이다. 녀석들에게는 가공이 현실 세계고 현실 세계가 가공이다. 지난 예순 몇 년간 내가 인생의 많은 부분을 이래저래 어지간히 이끌어온 방식이 바로 그거였다. 나는 아르마니 정장을 입고 부유한 유명인인 척을 해보았다. 나는

---

* Nassau. 바하마의 수도.

하얀 리넨 옷을 차려입고 〈노트북〉이라는 영화에 카메오로 출연해 라이언 고슬링과 레이철 매캐덤스가 있는 데서 아무렇지 않은 척을 해보았다. 나는 철모와 군낭을 걸치고 훌륭한 군인인 척을 해보았다. 나는 마술사 모자를 걸치고 기적을 일으키는 척을 해보았다. 나는 청바지에 야구 모자를 걸치고 행복한 사람인 척을 해보았다.

내가 블랙잭 테이블에서 100달러를 날린 뒤인 이틀 전 오후 우리는 택시를 타고 나소에 들어가, 아버지가 내 면전에다 평생토록 말씀하신 그 유일하게 바래지 않는 기쁨을 당신한테 안겼던 로열 빅토리아 호텔의 옛터를 방문해 몇 분을 보냈다. 메러디스는 사진을 두어 장 찍었다. 티미와 태드는 살짝 좀이 쑤시는지 지나가는 보행자들한테 저희 배트맨 망토를 펄럭거리며 근처에 서 있었다. 그 몇 분은 내게 중요했다. 내가 소망 중이던 건…… 과연 누가 알까? 새로울 게 없는 것, 놀랍지 않은 것, 하지만 역사에서 새나는 속삭임일지도 모르는 것, 아버지가 올랐을지 모를 나무, 아버지가 예쁘고 어린 여자와 하이볼* 한 잔을 들고 한밤중 산책을 하다 밟았을지 모를 꽃길. 하지만 시간은 제 일을 한 터였다. 거의 모든 흔적이 지워져 있었다.

보도를 따라 이어지는 콘크리트블록에 부착된 작은 기념패가 여기가 한때 로열 빅토리아가 있던 곳임을 통행인에게 알렸는데, 그렇다곤 해도 이제 여기는 **여기**가 아니었고, 빌 오브라이언이라는 이름은 기념패에 없었고, 낭만적인 여름밤과 퐁 하는 샴페인 뚜껑 소리와 턱시도와 14인조 관현악단이 연주하는 추파와 밀착과 춤을 위한 음악은 그 모든 세월 뒤에 일종의 허름하고 모진 쓸쓸함으로 대체된 터였다. 지금은 그 터가 다 주차장이었다. 호텔은 1971년 영구히 문을 닫아 한동안 빈 건물로 있다가 1990년대 중반 화재로 소실되었다. 망가진 장난감처럼 슬프고 우울한 무엇이 로열 빅토리아뿐 아니라 향후에 세상이 어떤 손을 내밀까 하던 아버지의 기대까지 엎어버렸다 — 시간이 흐르면서 매우 누추해진 일생일대의 화려한 칵테일 파티를 치른 거였다. 환상은 아스팔트가 되었다. 아빠는 미네소타 남부의 작고 초라한 집 지하실에 보드카병을 숨기는 사람이 되고 말았다.

눈을 꼬집힌 느낌으로 나는 이제 로열 빅토리아의 작고 음울한 기념패 표면을 손으로 쓸어보았다. 특별한 일이 벌어졌었다는 환상 외엔 별다른 일이 없었다.

조금 뒤 티미가 배트맨 복장으로 내게 다가왔다.

녀석은 내 손을 잡았다. 녀석은 나더러 왜 울고 있느냐고 물었다. 나는 우는 게 아니라고 말했다 — 나는 기억을 떠올리는 중이었다.

"우는 것처럼 **보이는데,**" 티미는 말했다.

"그럴지도," 나는 말했다. "하지만 **너도** 배트맨처럼 보이잖아."

"그게 뭐?"

"있잖아, 어쩌면 — " 나는 말을 끊고 마음을 추스른 다음 티미의 얼굴에서 가면을 들어 올렸다. "어쩌면 언젠간 너도 더는 배트맨이 아닐 거야. 어쩌면 나중엔 슈퍼히어로가 아닐 거라고."

"안 돼," 티미는 말했다. "있을 수 없는 일이야."

"안 돼?"

"절대 안 돼," 녀석은 말했다. "나한텐 안 돼."

---

* highball. 위스키나 브랜디에 소다수와 얼음을 넣은 칵테일.

10

맞춤법 수업

과거 2학년 때 — 3학년 때였나? — 티미가 "utter(말하다)"라는 단어에서 t를 d로 잘못 쓰는 바람에 선생님이 맞춤법은 중요하다는 의견을 피력한 적이 있다. "하지만 발음은 같은데요," 티미는 그녀에게 말했다. "젖소* 말곤 누가 그 차이를 알겠어요?"**

---

* cow. 속어로 칠칠맞고 뚱뚱한 여자라는 뜻도 있다.

** utter와 발음이 흡사한 udder는 동물의 젖무덤, 젖통이라는 뜻이다.

11

재택 학습

이틀 전 아침 나는 태드가 휴지통에 오줌을 누고 있는 걸 어쩌다 목격했다. 그냥 휴지통이 아니라 철망 휴지통이었다. 그냥 철망 휴지통이 아니라 아주 최근에 카펫을 바꾼 욕실 바닥에 놓인 철망 휴지통이었다.

태드는 배변 훈련을 받은 터였다. 즉 알 건 알았다.

나는 녀석에게 날카롭게 말을 걸었다 — 진지하게, 라고 해도 무방할 것이다. 태드는 꼼짝하지 않았다. 녀석의 날개각은 어중간해졌다. 녀석의 과녁은 더 이상 휴지통이 아니었고, 당연히 변기도 아니었고, 그 둘의 어느 중간 지점이었다. 나는 격분했는데 내겐 그럴 만한 권리가 있었다. 무성한 양털, 적갈색의 위풍당당한 색감 때문에 이 새 카펫을 고른 게 불과 한 달 전이었던 것이다.("후회할 텐데" 하고 메러디스는 말했었다.)

태드가 용무를 마치자마자 나는 녀석에게 얼른 엎드려서 휴지 뭉치로 그 난장판을 닦아내라고 말했다.

"왜," 나는 물었다. "이런 짓을 했니?"

나는 흥분해서 — 거듭거듭 — 물었지만 내 아들은 나를 올려다보지도 대답을 하지도 않았다. 녀석은 딱 봐도 내 말투와 내가 끄집어낸 몇 개의 부적당한 단어에 겁을 먹은 거였다. 결국 태드가 울려는 찰나 메러디스가 욕실로 걸어 들어왔다. 그녀는 내게 여기서 나가라는 단호한 고갯짓을 하더니 몸을 숙여 우리 아들을 위로하곤 청소 작전을 인계받았다. 나는 내 작업실로 후퇴해 거기서 한동안 혼잣말을 중얼거렸다.

대략 반 시간 뒤 태드가 내 작업실로 아장아장 들어왔다. 녀석의 아랫입술이 파르르 떨리고 있었다. 녀석은 반성, 두려움, 맹렬한 집중력이 뒤섞인 눈길로 나를 쳐다보았다.

"제가 정말로 잘못했어요," 녀석은 말했다. "하지만 저는 머리가 두 개예요."

"뭐?" 나는 말했다.

"머리가 두 개예요," 태드는 말했다.

"뭐?" 나는 말했다.

"왜 그랬는지 물어보셨잖아요," 태드는 말했다. "머리가 두 개라서 그래요. 한쪽 머리는 '이러면 아빠가 싫어할 거야'라고 말했어요. 다른 머리는 '이러면 재밌을 거야'라고 말했어요."

내 머릿속에 오만 생각이 밀려들었다. 내 아들은 불과 몇 분 전 내가 마음속에 떠올렸던 신흥 도끼 살인마가 아니었다. 내 아들은 똑똑했다. 내 아들은 폭스 채널에서 카메라를 보고 말하는 누구보다도 도덕적 선택의 모호함을 잘 이해하고 있었다. 내 아들은 언젠가 시인이 되거나 어쩌면 정신과 의사가 되든 정신과 의사가 필요하든 할 터였다.

그날 밤 나는 이제 막 얻게 된 위엄을 갖고 평소처럼 이야기 시간에 아이들 방을 찾았다. 작가로서 나는 아이들을 위한 잠자리 이야기, 녀석들을 잠으로 인도할 10분짜리 짤막한 이야기를 지어낼 의무가 있다고 보는데 그날 밤 내 이야기는 이렇게 시작했다. "옛날에 아빠는 머리가 둘인 사람을 **진짜로** 알았어."

"진짜?" 태드가 말했다.

"진짜지 그럼," 나는 말했다.

"이름이 뭐였는데?"

"그의 이름은," 나는 말했다. "아빠였어."

태드와 녀석의 형 티미는 깊이 숨을 죽였다. 나는 녀석들이 어둠 속에서 자세를 바꾸어 내 목과 양어깨에 이목을 집중하는 걸 느낄 수 있었다.

"머리가 진짜 두 개였어?" 티미가 말했다.

"최소. 어떨 땐 둘보다 많았어."

"아팠어?"

"음, 아니. 아픈 것과는 달라. 하지만 그 때문에 세상이 참 복잡했지."

태드는 조금 겁이 났는지 머리들의 밑동을 찾던 중인지 어둠 속에서 나한테 기댔다. "그럼 말은 어떻게 했어?" 녀석은 내게 조용히 물었다. "이런저런 생각은 다 어떻게 했어?"

"좋은 지적이야," 나는 말했다. "생각하기가 쉽지 않았어. 복잡했다는 게 그 얘기야."

"야, 내가 뭐랬어," 티미는 말했다.

그러고 나서 나는 1968년 여름, 내가 징집된, 내가 군인이 된 여름에 내가 겪은 사연을 대략 20분에 걸쳐 두 아들에게 들려주었다. 내 머리들 중 하나는—이를테면 오른쪽 어깨에 얹힌 머리는—지독하게 애국적이고 조국을 사랑하고 권위를 존중하고 전통을 존중하는 데다 의무, 희생, 봉사 같은 것들을 깊이 믿었다. 다른 쪽 머리는—내 왼쪽 어깨 위에서 아슬아슬하게 시소를 타던 머리는—그런 것들을 믿긴 마찬가지였지만 한편으론 베트남에서 벌어지는 전쟁에 반대해 그 일에 엮이고 싶어 하지 않았다, 죽이는 일이라면 더욱, 죽는 일이라면 더더욱. 나는 스물한 살이었다. 나는 무서웠다. 그래서 1968년 여름내 그 두 머리는 서로 맞서 끝없이 도발하고, 조롱하고, 설전을 벌이고, 비웃고, 저주하고, 낄낄거리고, 서로 모순된 기도를 하고, 하느님을 들먹이고, LBJ*와 리처드 닉슨과 제인 폰다와 애비 호프먼**과 패트릭 헨리***와 도널드 덕을 불러냈다. 가끔 두 머리는 이성적으로 부드러운 대화를 나누었다. 그러다 가끔은 서로에게 더없을 혐오를 담아 기상천외한 폭언을 질러댔는데 그것은 그 작열하는 여름에 사람들이 우리 공화국의 온 거리에서 질러대던 것 못지않은 고함이었다.

이쯤에서 태드와 티미는 둘 다 잠이 들었다. 하지만 그때조차 나는 아주 오랫동안 거기 어둠 속에 누워 이 소중한 어린것들 곁에서 그 이야길 또 하고 또 하고 했다—물론 크지 않은 목소리로—머릿속으로, 명치로 되뇌면서—지금껏 마흔 몇 해를 그래왔던 것처럼 또 내가 죽어 두 번 다시 이야기할 수 없을 때까지 이야기하고 이야기하고 이야기할 것처럼—그 두 머리는 시끄럽게 떠들며 수십 년을 지나오고 있다, 한 번도 입 다무는 일 없이, 한 번도 평온했던 적 없이, 여전히 악감정을 품고서, 여전히 용서하지도 잊지도 않은 채. 어떨 땐 첫 번째 머리가 별 소득 없는 수사학적 승리를 거두곤 한다. 또 어떨 땐 2번 머리가 찰나의 승리를 거둔다. 이따금 한쪽 머리는 "넌 그 전쟁에 나설 만큼 겁쟁이였어" 하고 말하고, 그러면 다른 쪽 머리는 제 고개를 절레절레하면서 "넌 네 조국이 요청한 일을 한 거야" 하고 말하고, 그러면 앞서 말한 머리는 쓴웃음을 피식 흘리며 "그래, 맞아, 그런데 내 조국이 내일 당장 토론토를 날려버리라고 요청하면 어쩔래? 마지못해 그래야 하나? 군장 챙겨 들고 캐나다 사람들을 죽이기 시작해야 돼?" 하고 말하고, 그러면 내 오른쪽 어깨 위의 머리는 "어이, 이봐, 완전 어이없네. 넌 선하고 위대한 나라에 살고 있어, 그런 명령을 하달하지 않을 나라에" 하고 말하고, 그러면 다른 쪽 머리는 "멕시코-미국 전쟁이 어땠는데? 명백한 운명****이 어땠느냐고? 아메리칸인디언은 또 어땠고? 300만 명의 베트남 사망자는? 있지도 않은 그 대량 살상 무기는 뭐였느냐니까?" 하고 말하고, 그러면 앞서 말한 머리는 "누구나 실수를 해" 하고 말하고, 그러면 다른 쪽 머리는 "내 말이 그거잖아" 하고 말하고, 그렇게 이 말 저 말 끊임없이 이어지다가 마침내 한쪽 머리가 다른 쪽 머리한테 "됐어, 친구, 나 지쳤어, 눈이나 붙이자고" 하고 말하면 앞서 말한 머리

---

* 미국 전 대통령 린든 B. 존슨(Lyndon B. Johnson).

** Abbie Hoffman. 신좌파 성향의 무정부주의 사회운동가로 청년국제당을 창설했다.

*** Patrick Henry. 미국 정치가이자 독립운동가로 건국의 아버지들(Founding Fathers) 중 한 명.

**** Manifest Destiny. 미국은 북미 지역을 개발하고 확장할 하느님의 명령을 받았다는 이른바 영토 확장론. 한때 팽창주의와 영토 약탈을 정당화했던 논리.

는 "좋아, 하지만 난 그 거지 같은 전쟁에 나가는 게 아니었어, 싫다고 말했어야 했다고" 하고 말하고, 그러면 다른 쪽 머리는 "넌 어렸어, 겁에 질려 있었지" 하고 말하는데, 그렇게 그 둘이 새벽까지 요란하게 떠들다 다시 자리를 뜨면 모든 건 이전의 모든 것으로 사르르 돌아간다.

캄캄한 침실에 — 그저께 밤뿐 아니라 매일 밤 — 태드랑 티미랑 누워 있으면 두 머리가 만드는 이 끝없는 혼란에 늪처럼 가라앉는다. 매우 무력함을 느낀다. 매우 불행함을 느낀다. 옳고 그름은 내게 옳다 그르다 암시를 주지 않는데 만약 주더라도 어느 쪽을 믿어야 할지, 혹시 둘 다 믿어야 할지 나는 알 도리가 없다. 브로콜리 먹으렴, 나는 아이들에게 말하고서 내 강요가 폭군 같았나 싶어 곧바로 걱정에 빠진다. 비타민이라면 버럭 할 만한가? 누군들 알까? 확실히 아는 사람이 누가 있을까? 머리 둘은 저주일 수 있다. 머리 둘은 늦은 밤의 자책으로, 꼭두새벽의 참회로, 드리지 않은 기도에 관한, 행하지 않은 일에 관한, 한 번도 입 밖에 낸 적 없는 연민 내지 사랑 내지 이해의 말에 관한 끝없는 사색으로 이어질 수 있다. 나는 (완전히는 아니지만) 거의 확신하는데, 언젠간 티미와 태드도 불확실성에 대한 그 무서운 불확실성에 저희가 어느새 휘말렸음을 깨달을 것이다. 메리하고 결혼해야 할까 질하고 결혼해야 할까? 아니면 둘 다 차버리고 필하고 결혼할까? 이 지긋지긋한 직장에 묵묵히 다녀야 할까 피지에서 새로운 미래를 찾아야 할까? 전쟁에 당당히 나서야 할까 말아야 할까? 인간으로 산다는 건 — 이를테면 뱀으로 사는 것과 달리 — 간혹 둘, 자주 그보다 많은 여러 개의 머리를 어깨에 이고 다니는 거추장스러운 부담감을 나의 일부로서 감당하는 것이다. 간혹 그 무게가 무겁기는 해도 나는 티미와 태드의 내면에 갓 일기 시작한 도덕의식을 목격 중이라는 데서 매우 들뜨는, 거의 폭발할 듯한 행복을 느낀다. 한두 개의 머리를 여분으로 평생 이고 다니는 건 아무리 성가셔도, 아무리 혼란스럽고 진이 빠져도 영혼을 죽이고 사람을 죽이는 절대론의 공포를 견딜 작은 보호구를 차고 다니는 것이다.

몇 년 전 월드 트레이드 센터와 충돌한 여객기 중 하나를 마지막에 조종한 공중납치범 모하메드 아타는 머리가 하나뿐이었다——그것도 돌대가리——가장 완성된 형태의 치명적인 절대론자. 나는 궁금한 게, 어떻게 인간이 뭔가를 그렇게 확신할 수 있을까? 커스터도 그렇다. 존 윌크스 부스도 그렇다. 브루투스도 그렇고 조너선 에드워즈*도 그렇고 두건을 쓴 처형자들도 그렇고 운동장의 불량배들도 그렇고 요제프 괴벨스도 그렇고 굶주린 흑인과 그의 자식들에게 감자튀김을 가져다주길 거부하는, 교회에 다니는 터스컬루사의 그 여종업원도 그렇다. 치명적인 확신의 그 기괴한 허영이 나는 무섭다. 지금 아이들의 잠든 모습을 지켜보고 있자니 티미랑 태드가 언젠가 열광적인, 독선적인, 나는 옳고 너는 그르다는 단일 머리(one-headness)의 끔찍한 희생양이 될까 봐 두렵다. 나는 또한 아이들이 가해자가 될까 봐 두렵다. 양육 중 내가 저지를 어떤 실수 때문에——내 입에서 잘못 고른 단어가 나온다든가 부적절한 순간 부적절한 낄낄거림이 나오는 바람에——내 아이들 속에 내재한 불관용과 위선의 꺼지지 않는 도화선이 불붙을까 봐 걱정스럽다. 나는 티미와

* Jonathan Edwards. 미국 청교도 신학자이자 목사.

태드가 이런 말은 생각조차 하지 않았으면 좋겠다. "난 아주 옳고 넌 아주 틀려, 그러니 넌 죽어야 돼."

요 몇 년간의 사건들 이후 나는 우리 국가가 여느 국가들처럼 자신의 영광은 드높이되 결점은 지우고 윤리와 도덕 면에서의 실패는 — 예를 들어 견강부회는 — 피식 웃어넘기는 독선적이고 절대론적인 수사법 탓에 위태로워진 데 두려움을 느끼게 되었다.

나는 내 아이들을 사랑한다. 나는 내 아이들이 하는 모든 일을 사랑하진 않는다.

나는 내 나라를 사랑한다. 나는 내 나라가 하는 모든 일을 사랑하진 않는다.

부모라면, 또는 이성적인 애국자라면 우리가 도덕적 의무와 사랑 사이에서 행해야만 하는 두 머리의 끝없는 판결을 당연히 이해할 것이다.

우리는 지금 전쟁 중이다. 그리고 우리 세계의 모순과 골칫거리들은 또 다른 전쟁이 한창이던 40년 전과 매우 흡사하게 또 한 번 흑백논리의 함성과 낡고 한심한 경구들에 빠졌는데, 그것들은 완전한 진실은 하나도 없으면서 하나같이 검증자가 없는, 역사적 수정이 없는, 교육 기능이 없는, 겸허함이 없는, 회의적 태도가 없는, 평소의 겸손함 내지 의심으로 누그러뜨린 목소릴 띠지 않는, 극도로 믿음어린 확신의 언어를 두르고 있다. 아무도 "내가 옳은 것 같아" 내지 "내가 옳았으면 좋겠어" 내지 "어쩌면 내가 옳을걸"이라고 말하지 않는다. 그러는 대신 전쟁의 수사법은, 다시 한 번 말하지만, 절대론의 요란한 단음을 낸다.

"의심의 여지가 없는 일이다," 이라크 출정이라는 자신의 결정에 대해 조지 W. 부시는 말했다. "나는 의심치 않는다."

그와 비슷한 딕 체니의 말. "간단히 말해 사담 후세인이 현재 대량 살상 무기를 지니고 있다는 건 의심의 여지가 없다. 그는 틀림없이 우리의 우방국, 우리의 동맹국 그리고 우리에게 사용할 목적으로 무기를 축적 중이다."

의심의 여지가 없다?

그때나 지금이나 실재하지 않는 이유로 사람을 죽이는 데 의심의 여지가 없다는 건가?

내 요지는 개인적인 것이지 당파적인 것이 아니다. 많은 민주당원, 많은 리버럴이 체니의 "의심의 여지가 없는" 절대론의 (완전한 거짓말이 아니라 매우 솔직한) 기만을 믿었고, 그래서 앞으로 일이십 년 뒤면 지금 우리가 중동에서 발을 빼려고 고생하듯 내 소중한 자식들도, 아울러 당신의 자식들도 오만한 단일 머리의 나는 옳고 너는 그르다는, 절대 확신에 젖은, 공포를 퍼뜨리는 선동질의 결과로 머리에 총을 맞거나 사지가 산산조각 날지 모른다는 생각에 나는 속이 메스껍다.

잘 들어, 티미. 잘 들어, 태드.

네 가치관과 네 의견에 믿음을 갖는 건 중요해, 하지만 네 의견도 의견일 뿐이라는 걸 기억하렴. 시간이 흐르면 네 가치관이 재조직될 수 있다는 것도 기억하고.

특히 살인과 관련된 의견을 경계해, 왜냐하면 언젠간 네가 변할 수도 있는데 만약 그날이 오면, 나한테 그날이 왔던 것처럼, 네가 꽝응아이성 어느 오솔길에 영원히 대자로 뻗은 야윈, 죽어버린, 고상하다 싶은 청년을 깨워달라고 그리스도한테 비느라 새벽 2시에 뜬

눈으로 누워 있지 않았으면 하거든. 네 두 머리는 무거울 거야. 하지만 그걸 높이 쳐들렴. 그리고 그걸 써먹어.

12

위생

어느 날 취침 시각이 가까운 저녁 메러디스한테 내 어떤 책이 아직도 금서라고 투덜거리고 있는데 태드가 그걸 건너 듣더니 말했다. "나한테 좋은 생각이 있어. 그 사람들한테 아빠가 비누로 입을 닦겠다고 말해. 하지만 그러면 금서 지정꾼들은 죽은 군인들까지 전부 비누로 닦아야 될걸."

13

마술 쇼 1

초중등학교를 지나 고등학교에 들어가던 어린 시절 내 취미는 마술이었다. 나는 기적을 일으키는 게 좋았다. 전신 거울을 앞에 두고 연습하던 지하실에서 나는 어머니의 실크 스카프 색깔을 변화시켰다. 또 아버지의 제일 좋은 넥타이를 가위로 두 동강 내고 그걸 내보인 다음 다시 온전한 모습으로 돌려놓았다. 또 손바닥에 1센트 동전을 올려놓고 주먹을 말아 쥔 다음 그걸 흰쥐로 변모시켰다. 진짜 마술은 아니었다. 속임수였다. 하지만 나는 때로 능청스럽게 굴었는데, 왜냐하면 나는 그때 아이였고, 마술은 능청거려야 흥분되었고, 벌어질 줄 알았던 일은 저절로 해프닝이 되었기 때문이다. 나는 몽상가였다. 나는 거울에 비친 손을 쳐다보면서 언젠간 나도 호랑이가 기린이 되고 미녀들이 저 위 노란 스포트라이트 속에서 천사처럼 공중으로 떠오르는, 와이어도 끈도 없이 말 그대로 부양을 하는 훨씬 웅장한 마술을 부릴 수 있을 거라고 상상했다.

물론 그것은 망상이었다 — 전에 없던 눈부신 현실을 창조하는 거였다. 흰쥐가 날아다니고 달러 지폐가 허공에서 뽑혀 나오고 어느 소년의 아버지가 이렇게 말하는. "사랑한다, 팀."

이 별난 취미에서 내가 일부나마 즐겼던 건 그 기교다. 마술 기법을 배우고 그것을 숙련하기, 지하실에서 혼자, 몇 시간이고 며칠이고. 그게 마술의 또 다른 묘미였다. 하느님과 기적을 행하는 이들이 응당 그래야 하듯이 나도 혼자 있는 게 좋았다 — 외로운 게 아니라 그저 혼자인 게. 나는 내 주변에 우주를 빚는 게 좋았다. 당시 우리 집은 딱히 행복할 게 없었고 특히 아빠가 술을 마시면 더 그런 터라 지하실은 내 꼬마 세계에 작은 평안을 불러올 수 있는 장소, 내 슬픔과 두려움을 증발시킬 수 있는 장소였다.

능숙하게만 하면 마술은 개개 요령의 단순 나열을 넘어선다. 여덟 살 때 나는 누가 봐도 마술의 달인이 아니었지만 남들이 현혹되길 바라면서, 분간되지 않는 통합된 마술 세계를 창조하길 바라면서 개별적인 환상들을 일관성 있는 전체로 융합하고자 최선을 다했다. 예를 들어 나는 관객 중 누가 뒤섞인 카드 패에서 한 장을 꺼내는 공상을 했다 — 다이아몬드 에이스. 그 카드는 증발하게 될 것이고 그 뒤엔 모자에서 토끼가 나올 것이고 모자는 납작해져 부채가 될 것이고 부채로 부친 토끼는 흰쥐로 바뀔 것이고 흰쥐는 날개가 돋아 스포트라이트까지 훅 솟구쳤다가 이내 카드 한 장을 입에 물고 돌아올 것이다 — 다이아몬드 에이스.

다른 즐거움도 있었다. 나는 그 비밀주의가 좋았다. 그 권력이 좋았다. 나는 손이 비어 있지 않은데 빈손을 내보이는 게 좋았다. 나는 아버지더러 내 마술용 단두대에 목을 대라고 요청할 때 아버지의 얼굴에 서리는 표정이 좋았다.

마술에 대한 내 어릴 적 집착은 무엇보다도 주변의 불가사의 전반에 관여한다는 느낌과 관계있었다. 처음으로 몇 개의 속임수를 배운 일고여덟 살 무렵 정말이지 내 주변의 모든 건 아직 거대한 불가사의였다 — 달, 수학, 나비, 우리 아버지. 우주 전체가 불가해한 듯했다. 왜 어른들은 안 웃긴 것에 웃을까? 왜 아빠는 술에 취할까? 왜 모두가 죽어야 하고 자연법칙은 왜 한두 개의 예외조차 허락하지 않을까? 모든 게 불가사의했다. 따라서 모든 게 가능해 보였다. 아버지의 넥타이가 원래대로 돌아올 수 있다면 내 지휘봉으로 죽은 이를 못 깨울 게 뭐람?

나는 고등학교를 마치고 마술을 그만두었다 — 그만두다시피 했다. 나는 소설 쓰기에 새로 취미를 붙였다. 하지만 그 근본은 매우 흡사했다고 서슴없이 말할 수 있다. 소설 쓰기는 혼자서 하는 노력이다. 자신만의 우주를 빚는다. 망상을 취급한다. 불신을 일부러 접어두는 데 의존한다. 늘 연마를 하고, 그러고 나면 조금 더 연마한다. 기교에 유의한다. 비어 있지 않은 손을 빈손처럼 내보이는 법을 익힌다. 긴장과 불안을 노린다, 예컨대 지금도 사랑에 빠져 있지 않고 앞으로도 빠지지 않을 걸 아는 베티라는 인물이 결혼반지에 손가락을 넣는 식으로. 아름다운 걸 만들어내려고 애쓴다. 플롯의 역동 하나하나가 과거와도 연결되고 미래와 연결되도록 통일성과 흐름을 추구하면서, 삶이라는 거대한 망상이 창조 또는 재창조되길 매 순간 바라면서 총체성을 갖추려고 애쓴다. 마술사는 "아브라카다브라"라고 말하는데, 그럼 실크 스카프는 색이 바뀐다. 허클베리 핀은 "이제 슬슬"이라고 말하는데, 그럼 당신은 시간을 초월해 그와 뗏목에 오르게 된다. 이런 말 딱히 해본 적 없는 당신의 아버지는 "용서하렴"

이라고 말하는데, 그럼 당신은 그리하게 된다.

나는 수십 년에 걸친 휴지기를 끝내고 꽤나 진지한 자세로 마술을 다시 시작했다. 티미랑 태드는 새장, 마술사 모자, 지휘봉, 폭발 장치, 떠오르는 강철 링, 스포트라이트, 춤추는 지팡이 그리고 무수히 많은 카드 패로 어질러진 집에 산다.

지난 8개월 동안 룰렛 테이블은 우리 집 현관을 꿰차고 있다. 그건 내가 애틀랜틱시티의 어느 은퇴한 마술사에게 중고로 사들인 환상이다──소품으로서 우리 집 현관문과 거실 사이의 복도를 완전히 막고 있다. 손님들은 주저주저한다. 피자 배달원은 불법 도박을 의심한다. 하지만 티미랑 태드는 그걸 잘만 넘어 다니는데, 마치 잘 때 말고는 지구상의 모든 아버지가 손끝에 양초가 나타나지 않을 시 욕설을 내뱉지 않느냐는 식이다.(이 묘기는 쉽지 않다. 여섯 개의 양초. 빈손.) 녀석들은 착하게도 룰렛 테이블 위의 의자에서 차례차례 사라져준다. 녀석들은 검은 상자 안에 찌그러져 있어야 하는 복합적인 고통을 견뎌준다. 저빌(gerbil) 쥐로 변할 시간이다 하고 내가 말하면 녀석들은 눈을 굴린다. 녀석들이 마술을 시시해할까 봐 겁난다. "진짜 마술이라면서," 며칠 전 태드는 말했다. "엄마가 사라질 때 왜 아빠 등으로 나를 가려? 내가 볼까 봐 무서워?" 아함 하는 하품, 이 비우호적 태도가 종종 짜증 이상의 감정을 안긴다. 나는 화가 난다. 이 녀석들은 어린이다. 어린이는 마술을 **사랑**하기로 되어 있는 사람이다. 나는 티미랑 태드가 핫도그가 나타나고 앵무새가 종적을 감추는 가정에서 자라 그렇겠거니 한다. 녀석들은 기적에 익숙해진 것이고, 내 연습을 몇 년 동안 보면서 기적을 기적으로 보게 만드는 따분한 현실을 알아본 것이다. 녀석들은 손등에 뭘 감추었는지 안다. 녀석들은 합죽선이란 물건에 투입된 기술을 안다. 그리고 녀석들은 경험상 우리 현관의 룰렛 테이블이 룰렛 테이블 이상의 몫을 한다는 걸 안다. 카드를 한 장 더 뽑기 싫어한다고 해서 누가 녀석들을 나무랄 수 있을까──한 장도 안 뽑는들? 카드를 섞지도 않으면서 섞는 척하는 모습에 움찔한들 누가 녀석들을 나무랄 수 있을까?

녀석들은 대개 선의로 냉가슴을 앓는다. 녀석들은 아빠 안의 빈 공간을 마술이 채워준다고 이해하거나 적어도 직감하는 것 같다. 앞으로 오랜 시간, 오랜 세월이 지나 내가 저희의 인생에서 사라지고도 한참이 흐르면 태드와 티미의 몇 안 되는 흐릿한 기억 속에는 욕실 거울을 상대로 허공에서 카드를 뽑아내려고 애쓰는, 그러다 대부분 실패하는, 그래도 노력에 노력을 계속해 허공에서 이 어쩌면책을 뽑아내는 지금의 아빠가 있을지 모른다.

|

메러디스와 나는 티미랑 태드 그리고 강제로 참여당한 친구 집단을 데리고 2년마다 거실에서 공들인 쇼를 무대에 올린다. 우리는 아마추어다 — 대단하진 않지만 나름 괜찮다. 우리는 집 안 여기저기에 탁자들과 아이들을 띄운다. 우리는 때론 불의 고리 속으로, 때론 커다란 상자 안으로, 때론 관중의 눈앞에서 사라지고 또 나타난다. 우리는 춤을 춘다. 우리는 노래를 부른다. 우리는 면도날을 먹는다. 몇 년 전에는 티미를 칼끝에 올려 균형을 잡고 빙글빙글 돌린 다음 칼이 아이의 작고 호리호리한 몸을 관통하는 걸 지켜보았다. 한번은 끔찍한 리허설이 있었는데 그때 우리는 아이에게 실제로 맹장 수술을 해줄 뻔했다. 다른 자잘한 사고에서는 우리의 여자 마술사 한 명이 질식할 뻔했고, 다른 한 명은 참수를 당할 뻔했고, 나아가 집은 불로 무너져 내릴 뻔했다. 아아, 쇼 비즈니스의 세계란.

매번 새로운 쇼를 준비할 때면 우리 아마추어 공연단은 사전 연습으로 6개월가량 2주에 한 번씩 만나 한번 모일 때마다 세 시간에서 일곱 시간씩 내키는 대로 고된 훈련을 거친다. 지루함도 불만도 실패도 많다.(다시 말하지만 소설 쓰기와 비슷하다.) 소품은 기능을 멈추고, 끈은 끊어지고, 비밀의 문은 안 열리고, 무대 뒤에서 잠든 티미랑 태드는 공중에 뜰 시간이라며 몸을 흔들어 깨우는 우리 말을 듣지 않으면 안 된다.

대체로 우리 출연진은 장시간 정신이 멍해지는 반복을 묵묵히 견뎌왔다. 굳게 확신하건대 그들 중 몇몇은 마술을 딱히 좋아하지 않지만 내가 좋아하는 걸 알고 엄청난 아량을 베풀어, 다른 사람들이 시시하다, 유치하다, 별난 것도 정도가 있다 손가락질하는 오락에 제 한 몸을 던져왔다. 현실에선 선생인 사람들이 쇼걸 차림을 한다. 임상 간호사 한 명은 카지노의 부잣집 망나니 차림을 한다. 우리 공연단 일동은 몇 달 내내 많은 희생을 치르면서도 각자 맡은 기적을 숙련해 그걸 웬만큼 고상하고 우아하게 공연하고자 용감히 고생길에 오른다. 쉽지 않은 일이다. 관객의 시야각을 고려하지 않으면 안 된다. 자세가 — 어깨 높이를 유지하는 일이 — 성패를 좌우한다. 빛이 너무 많거나 적어도 우렁찬 박수와 가차 없는 침묵을 오갈 수 있다. 이런 중압감 속에서도, 그리고 각자의 일상에서 엄청난 양의 시간을 빼앗기면서도 우리 출연진은 내가 너무나 아름답다고 여기는 마술의 진가를 알아보게 되었다 — 이를테면 여섯 가지 다채로운 색깔의 파라솔들이 어디선가 잇따라 나타난다거나 보졸레 와인잔이 실크 천 밑에서 증발한다거나 다이아몬드 에이스가 접이식 나이프 끝에서 뿅 하고 나타나는 순간들.

쇼가 있는 밤에 아흔 명쯤 되는 초청객이 거실에 꽉꽉 들어차면 우리 소공연단은 어느 프로 마술사가 느낄 법한 초조한 긴장을 느낀다. 우리는 무대 뒤에서 혼자 중얼거리며 자기 페이스를 찾는다. 머릿속으로 동작을 리허설한다. 활기 속에서 거품이 지독하게 끓어넘치는 기분이 든다. 거실에서 열리는 마술 쇼에 불과한데도 브로드웨이나 카네기홀이나 라스베이거스 번화가의 번드르르한 극장에서 막을 올리는 느낌이다.

그렇게 쇼가 시작된다. 음악이 흘러나오는 가운데 우리는 가공의 세계로, 막다른 사막의 카지노로, 누구는 결코 패하지 않는 블랙잭 패를 돌리는 곳, 누구는 허공에서 돈다발이 나오는 곳, 딜러가 룰렛 휠에서 구슬을 쏘는 곳, 사랑이 이루어지고 상실되는 곳, 칵테일 여종업원이 카우보이에게 로프 묘기를 보여달라 꼬드기는 곳, 바텐더가 맨손으로 와인병을 만들어내는 곳, 은색 구체들이 천장을 부유하는 곳, 행운의 여신이 오래전 어느 연말 텍사스 서부의 먼 사막에서 운명의 폭탄을 터뜨리는 곳으로 걸어 들어간다. 짧은 순간이나마 그 모든 게 진짜처럼 느껴진다. 마술이 일어나는 것이다.

예순여덟 개의 묘기, 그러고 막은 내린다. 우리는 눈을 껌뻑껌뻑하며 꿈에서 깬다.

|

티미랑 태드, 너희가 몇 년 뒤 이 글을 읽는다면 마술이 주제가 아니란 걸 이해했으면 좋겠어. 스토리텔링도 주제가 아니야. 내 주제는 기적을 바라는 간절함이야. 인간의 여정은—네 여정도, 티미,

네 여정도, 태드 — 통 알려지지 않은 것과 통 알 수 없는 것에 푹 잠기는 거야. 다시 말해 지금은 알려지지 않은 것, 영겁의 그 알려지지 않은 아가리에 말이야. 나는 죽고 나서도 계속 살아가게 될까? 내 자식들은 행복한 인생을 살까? 인류는 태양의 마지막 불꽃보다 오래 살 수 있을까? 앨리스는 이상한 나라에서 빠져나오게 될까? 어느 정도나마 우리는 미래라는 불가사의 때문에 소설의 책장뿐 아니라 인생의 책장도 넘기지 않을 수 없는 거야. 짐승과 달리 우리는 내일을 이해해 — 우리에게 내일은 **중요**하잖니 — 그래서 우리는 우리 시간 중 상당 부분을 현재를 조정해서 미래를 빚는 데 사용하지, 유럽에서 휴가를 보내려고 시간을 모으거나 성베드로가 배부할지 모를 귀한 입장권을 노려 일요일마다 교회에 나가거나 하면서. 우리는 해피엔드라는 기적을 갈망해. 인간이니까. 어쩔 수 없는 일이야. 마찬가지로, 덜 거창한 규모에서 우리는 이런 질문들도 종종 하지. 리지 보든*이 정말 도끼를 들고 새어머니를 마흔 번이나 찍었을까? 비행 도중 남태평양 상공에서 사라진 아멜리아 에어하트**에겐 무슨 일이 생겼을까? 리틀 빅혼에서 커스터가 마지막에 한 생각은 무엇일까? 리 하비 오즈월드는 1963년 11월 그날 단독으로 행동했을까? 그런데 밤늦은 시각엔 그런 생각들이 꽤나 개인적인 것으로 옮겨 가기도 한단다. 내 인생은 정확히 어디부터 꼬인 걸까? 내가 어쩌다 이 낯선 침대에 굴러들었지, 이렇게 불안하게, 어이없게도 이렇게 혼자서? 나는 왜 울고 있을까?

태드랑 티미, 결국 우리는 우리 자신에게도 불가사의란다. 물론 우리는 예측을 할 수 있고 역사와 양심과 동기의 미세한 가닥들을 풀 수 있어, 하지만 우리 중에서 자기가 하는 일을 왜 하고 자기가 생각하는 걸 왜 생각하는지 정말로 아는 사람이 과연 있을까? 그것도 짐작 아니겠니? 나아가서, 우리 주변 모든 사람의 불가사의는 또 어떻고—우리의 아버지들과 어머니들, 우리의 자식들, 우리의 연인들, 우리의 친구들은? 우리 각자는 해골로 납처럼 막혀 있는 게 아닐까? 우리는 모두 독방에 감금되어 있는 게 아닐까? 이디스 워턴은 중편소설 「시금석The Touchstone」에서 이렇게 말해. "우리는 지도에 없는 땅, 자기가 거주하려고 일군 몇 에이커의 땅에서 살듯 자기만의 영혼 속에서 삽니다. 인근의 자연에 관해 우리가 아는 건 고작 우리가 넓힌 경계만큼이지요." 나는 네 생각을 읽을 수 없고 너도 내 생각을 읽을 수 없어, 태드. 너는 나를 자주 놀라게 하지. 너는 나를 자주 혼란스럽게 해. 나는 종종 네 머릿속에 기어들어 당최 모를 어떤 시작점에 가보고 싶은 마음이 간절해, 시작점이 없는 것도 알고 우리가 매 순간 끝없이 수정된다는 것도 알지만 말이야. 5년 전, 아니 5분 전만 해도 진실이었던 게 지금은 아마 진실이 아닐 텐데, 하물며 같은 방식으로는 더더욱 아니겠지. 그래도 나는 끊임없이 기적을 바라고 있어. 나는 너희 속에서 살고 싶어. 나는 너희의 생각 속에서 헤엄치고 싶고 너희의 꿈속에서 잠들고 싶어. 거 대단한 마술쇼겠다.

---

* Lizzie Borden. 1892년 8월 친아버지와 새어머니를 손도끼로 살해한 죄목으로 붙잡혔으나 증거 불충분으로 무죄 석방된 여자.

** Amelia Earhart. 미국 비행사로서 여성 최초로 대서양 횡단에 성공한 인물. 훗날 적도를 따라 지구를 돌던 중 남태평양 상공에서 실종되었다.

14

당혹

한번은 우리 마술 쇼의 최종 리허설이 끝나고 메러디스가 야한 쇼걸 차림으로 풋라이트* 앞을 지나가는데 일고여덟 살쯤 된 티미가 며칠은 기다렸다는 듯 목을 가다듬고 말했다. "엄마, 옷차림이 **적절**하다고 생각해?"

메러디스는 웃음을 지으면서 말했다. "그냥 마술 쇼잖아."

티미는 말했다. "하지만 내가 방금 **엄마**라고 했잖아."

---

* 무대 앞쪽 밑에서 배우를 비추는 조명.

15

초밥

골이 띵할 정도의 속도로 아버지 노릇을 하느라 버거운 내 기억은 결함투성이고, 따라서 지난 몇 년을 되짚어보려는 지금 내게 남아 있는 건 티미랑 태드랑 함께한 삶의 작고 일관성 없는 파편이 대부분이다. 기억은 컷마다 저만의 차원에 있다. 마치 느닷없이 불붙은 찬란한 바늘구멍 같은 빛이 역사가 없는 저 먼 광막함 속에서 이전도 이후도 없이 그저 어둠 속의 불빛으로 깜빡이는 듯하다. 어떤 것도 다른 것과 연결되어 있지 않다. 올이 다 풀려버린 내 기억 속에서 그것이 형태라든가 적당한 통일성이라도 갖추면 좋으련만, 나는 기억이—적어도 나의 기억이—좀먹은 이미지들과 잘 안 들리는 오디오 파일들을 모아놓은 스크랩북만 못한 영화라는 슬픈 사실에 체념 중이다.

2013년 8월 13일 새벽 2시 37분, 여기에 그 샘플이 있다.

과거 2010년, 어린 티미와 나는 벨기에의 오래된 성에서 갑옷 한 벌을 유심히 구경하고 있었다. “있지,” 같이 햇볕에 나오자 티미는 말했다. “저 사람은 가만히 서 있는 데 선수네.”

태드가 1학년일 때 담임선생이 반 아이들에게 에세이를 써보자고 말했다. 태드는 하얀 종이에다 신중하게 적었다. “S. A.”

2009년 아니면 2010년의 일인데, 집 근처 공원에서 태드가 저 혼자 정지신호라고 이름 붙인 놀이를 하고 있었다. 녀석은 머리 위로 두 팔을 동그랗게 만들어 대략 정지신호 모양을 하더니 사방치기 놀이 중인 대여섯 살짜리 여자아이에게 종종걸음으로 다가갔다. 여자아이는 폴짝 뛰어 녀석의 바로 곁을 지나쳤다. 태드가 뒤돌아 쳐다보았다. 녀석은 즉시 외쳤다. “다음 주까지 운전은 금지하는 게 좋을 걸.”

다음으로는 별이 불타는 외계 어느 곳, 나는 서너 살쯤 된 티미가 절뚝거리며 나한테 오는 모습을 지켜본다. 녀석의 말이 정확히는 기억나지 않는다 — 대강 이런 말이었다. “아파.” 녀석은 울고 있지 않다. 녀석은 얼떨떨하다. 녀석의 다리 하나가 부러져 있다.

시간이 흘러 녀석이 대여섯 살일 무렵, 메러디스와 내가 어쩌다 다리가 부러졌느냐고 묻자 티미는 “회전하다가”라고 말하고, 그 말에 메러디스가 “어디서 회전을 해? 어떻게?”라고 말하자 티미는 이

게 뭐 대수냐는 듯 어깨를 으쓱하더니 "바닥에서, 부엌에서, 엄마는 설거지하고 있었고 나는 회전하고 있었어"라고 말하고, 그러자 첫아이가 다리를 분지르도록 까맣게 몰랐다는 죄책감에 사로잡힌 두 부모는 조금은 안도하고 조금은 단호해지지만 그것은 말 그대로 조금일 뿐인데, 왜냐하면 이 기억 뒤에는 우리도 어쩌다 이렇게 됐는지 몰라 난감하다는 해명이 골백번 반복될 동안 미심쩍다는 표정으로 일관하는 친절한 사회복지사와의 병원 면담이 이어지기 때문이다. "어어," 사회복지사는 이 말을 골백번 반복한다.

그러고 수년 전, 역사의 어느 막연한 시점에 태드가 잠결에 비명을 질렀다. "날 해치지 마! 날 해치지 마!" 방 두 칸 건너에서 책을 읽으며 누워 있던 나는 내 아들이 제 아버지 꿈을 꾸고 있다는 끔찍한 확신에 사로잡혔다.

어느 오후 저기 뒷마당에서 태드가 매주 잔디 깎는 일을 하는 우리 잔디 청년 제프 피어스를 돕고 있었다. 태드는 장작을 한 아름 모아 제프가 몰고 오는 잔디깎이 앞에다 툭 떨구었다. 제프는 멈추어 그 통나무들을 옆에다 휙 던지고 계속 전진했다. 이 일이 몇 번이나 반복되었다. "좋아, 잘 들어," 제프는 마침내 말했다. "물하고 글라스 좀 갖다 주지 않을래?" 태드는 그를 빤히 쳐다보더니 말했다. "왜 나보고 **글라스**를 깎으래요?"*

그러고 여덟아홉 살쯤 된 — 여덟 살인가 보다 — 티미가 번쩍하는 번개의 불빛 속에 서서 초밥을 차리는 기이한 새 취미에 빠져 있다. 여러 코스의 초밥. 처음부터 제 손으로 만든 초밥. 공들여 내놓는 초밥. 그럭저럭 먹을 만한 초밥. 녀석은 요리사 모자와 하얀 앞치마를 걸쳤다. 표정은 단호하고 손은 찰기 있는 밥 속에 깊숙이 담겨 있다. 바닥은 게와 아보카도와 해조류와 오이와 내 아들의 매콤한 마요네즈로 자질구레하게 어질러져 있다. 식탁 위에 놓인 대나무 소재 식사용 매트들은 반듯하고 매끄럽게 정성껏 펴져 있다. 비싼 유리 젓가락들은 천 재질의 냅킨으로 둘둘 말려 있다. 이게 내 아이라고? 초밥 영재가?(나는 초밥이라면 거들떠도 안 본다. 초밥을 좋아하는 사람에게 박수갈채를 보낼 정도다.) 티미가 생선회 성찬을 더 준비하겠다고 말한 뒤 어느 시점, 나는 같이 밖에 나가 야구공을 주고받든 미식축구 공을 차든 미국 소년이라면 다들 하는 활동을 해보자고 제안했다. "좋아, 내일쯤," 티미는 말했다. "엄마가 해조류는 사 왔던가?"

몇 년에 걸친 내 아버지 노릇은 그런 단순하고 일상적인 파편들로 이루어져 있다. 내가 두 아들의 관심사에 끼친 영향이 이렇게 적을 줄이야. 자기만의 것에 뛰어들어 녀석들이 얼마나 대견한지. 나는 그 초밥을 또 어떻게 오물거려야 할지.

---

* 여기서 태드는 glass(글라스)라는 단어를 발음이 비슷한 grass(그래스, 잔디)라는 단어와 혼동 중이다.

16

자부심 1

아버지의 자부심을 이루는 요소 중 하나는 놀람이다. 우리는 아이들에게 가르칠 생각을 한다. 그러다 우리는 아이들이 우릴 가르치는 걸 알고 깜짝 놀란다.

사례 하나.

몇 년 전 차를 타고 집에 오는 길에 티미는 텍사스주 오스틴 시내 15번가(15th Street)의 인도에서 한 남자가 울고 있는 걸 보았다. 그 남자는 얼핏 노숙자 같았지만 확실하진 않은데, 왜냐하면 그의 생김새와 행동거지가 빈곤한 길바닥 생활에 전혀 찌들어 있지 않았던 것이다. 그의 옷차림은 깨끗했다. 머리는 삭발이었다. 그는 "베트남 참전 용사"라는 단어가 인쇄된 새것 같은 캡 모자를 쓰고 있었다.

티미는 메러디스에게 차를 세워달라고 소리쳤지만 러시아워라서 차는 세울 수 없었다. 티미는 그 우는 남자가 물러나는 모습을 제 어깨 뒤로 보더니 저도 울고 있었다. 녀석은 집에 가는 내내 울었다. 저녁 식탁에서도 울었다. 그것은 울음 이상이었다 — 멈출 수 없는,

몸이 떨리는, 누군가 죽었을 때 나오는 통곡이었다. 녀석은 의자에서 벗어나 바닥에 눕더니 대성통곡을 했다.

다음 날 아침 일찍 해가 뜨기 전 나는 아들이 부엌 조리대 위에 앉아 있는 걸 보았는데 거기서 녀석은 15번가의 우는 남자에게 줄 작은 선물을 갈색 종이 쇼핑백에다 막 꾸린 참이었다. 티미는 요요 장난감 하나, 샌드위치 하나, 곡물 바 하나, 자기 사진 하나, 낚싯줄 조금, 사과 하나, 그리고 내가 쓴 책 중 하나를 담았다. 그 뒤 몇 주 동안 학교를 오가는 길에 아이는 찻길이며 인도며 오스틴 곳곳을 뒤졌는데, 누구나 짐작하겠지만 끝내 15번가의 그 우는 남자는 두 번 다시 볼 수 없었다. 샌드위치는 곰팡이가 슬었다. 사과는 썩었다. 곡물 바는 티미의 동생에게 소화되었다.

우리 가족 중에는 이 일화를 잊어본 사람이 없다. 티미도 당연히 잊어본 적이 없다.

그 사건이 있고 1년쯤 뒤 녀석은 영어 수업 때문에 「나의 15번가 친구」라는 시를 쓰기 시작했는데 그 시는 이 책 뒤쪽에 실려 있다. 아홉 살짜리치곤 나쁘지 않은 시지만 그 문학적 가치와 결함을 따져 보건대 아들이 다르게 보일 정도는 아니다. 그보다 나는 녀석이 속에다 1년 넘게 상처를 가지고 다녔다는 데서, 아직도 저럴 만큼 신경을 썼다는 데서, 그리고 내가 자식을 몹시 과소평가했다는 데서—경악이라 할 만큼—깜짝 놀랐다. 나는 녀석이 마인크래프트나 야구 아니면 하루하루를 갉아먹는 듯한 오만 관심사를 다루리라 넘겨짚었었나 보다. 녀석은 15번가 친구를 여러 달 동안 언급도 하지 않았을뿐더러 실제로 제 인생의 모든 게 잠시 들렀다 간다는 양 철저히 임시적으로 지내던 터였다. 어느 순간엔 루빅스 큐브를 딸깍

거리고 있다가 조금 뒤엔 NBA 하이라이트에 빠져 있고 그다음 순간엔 제 동생과 레슬링을 하고 있는 식이었다. 녀석이 시를 쓰기 시작하던 날까지 나는 녀석의 연민이 내 연민처럼 수명도 짧고 형식적이라고 무턱대고 여겼었다.

실패와 결함을 통해 겸허해진 어른으로서 나는 내 최악의 상황을 예상하면 예상했지 최선을 기대하는 법은 거의 없었는데, 고통에 빠진 낯선 사람에 대한 티미의 연민을 보니 나는 그야말로 비참한 보통 사람이었다. 자선단체인 유나이티드 웨이에 몇 푼 기부는 해도 노숙자의 눈은 피하는. 나는 슬픔을 느낄진 몰라도 울지는 않는다. 많은 사람이 그럴 것이다. 당신도 그럴 거라 본다.

몇 년이 흐른 지금 내 머릿속을 스치는 깨달음은 여덟 살짜리 꼬마가 아빠가 좋은 사람이 못 되었단 걸 느낄 줄 아는 좋은 사람이 되었다는 것이다. 몇 년 전 내 목을 틀어쥐고 나를 힘들게 했던 것은 이제 불안한 당혹함만 못한 것이 되었다. 한때 공감이었던 것은 카프카가 인간 마음속의 "얼어붙은 바다"라 부른 것이 되었다. 만약 개인의 인간성이 공감 능력으로 측정된다면 내 안의 바다는 수 마일 깊이까지 얼어붙은 상태다. 이것도 어쩌면 성장의 일부거나 불완전한 세상 속 삶의 일부겠지만 그렇다고 덜 우울해지는 것도 덜 비열해지는 것도 아니다.

티미의 시와 그 시를 초래한 사건 때문에 나는 내 안의 얼어붙은 바다를 깨는 카프카의 도끼가 들고 싶어졌는데 아마도 그것이 애초에 이 어쩌면책이 어쩌다 집필되었는지를 일부나마 설명해줄 것이다. 나는 얼음을 열심히 패고 싶다. 이 키보드로 얼음을 팰 때마다 매 차례 **티미야 사랑해, 티미야 사랑해** 외치고 싶다.

17

균형

며칠 전 메러디스와 나는 매주 열리는 태드의 축구 시합을 관전했는데 결과는 내 아들이 속한 여섯 살배기 오합지졸들의 보기 드문 승리였다. 태드는 득점하지 못했다. 녀석에겐 득점할 수 있다는 믿음이 없다. 사실 시합 도중 메러디스와 나는 녀석이 상대방에게, 최소한 상대방이 뻔질나게 지나다니는 길목에 일부러 공을 보낸다는 눈치를 받았다. 하프타임 때 나는 이에 관해 아들한테 물었다.

"어, 맞아," 누가 봐도 당황한 모습으로 태드는 말했다. "그래도 공은 똑바로 보내고 있었지, 응?"

"아주 똑바르더라," 나는 말했다. "상대 팀한테 가긴 했지만."

"그게 나빠?"

"꼭 나쁜 건 아닌데 경기의 목적은—"

태드는 곧 울 것처럼 나를 쳐다보았다.

"쟤들한테 미안해서 그랬어," 녀석은 말했다. "내 말은, 우리가 쟤들을 완전히, 완전히 짓밟고 있었잖아." 녀석의 눈은 이리저리 돌아다녔다. "아빠가 나누는 건 좋은 거라고 했던 게 생각났어."

|

티미는 라크로스를 한다. 잘하진 못한다. 녀석은 경기장 한복판에 가만히 서 있는다. 녀석은 라크로스 채를 오른손 가운뎃손가락에 세워 균형을 잡고, 그러면 채는 새파랗게 선명한 텍사스 하늘을 배경으로 보기 좋게 수직이 된다. 녀석이 서커스 오디션을 보고 있나 싶다.

이번에도 나는 이에 관해 물었다.

"쉬운 거 아니야," 티미는 날카롭게 말했다. "내 말은, 아빠도 어디 한번 해봐."

|

두 녀석 다 운동선수의 공격성을 닮은 면이라곤 눈곱만큼도 없다. 경쟁 본능이 있어야 할 곳에는 매우 예민한 고통 회피 본능 아니면 메러디스가 낙천적이라 일컫는 과도한 친절 성향이 있다. 어느 쪽이든 간에 썩 끔찍하진 않다는 생각이 든다.

그래도 나는 티미더러 라크로스 시합 때 다리를 움직일 생각 좀 하라고 은근슬쩍 말해두었다. 태드한테는 경험 삼아 자기 팀 사람들하고도 공을 나눠보라고 조언해두었다.

뜻대로는 안 되나 보다.

그리하여 자기분석 끝에 나는, 아버지들이 으레들 그러고 마땅히 그래야 하듯이, 녀석들이 운동선수든 뭐든 저만의 이상을 좇도록 마지못해 손을 놓은 참이다. 하지만 내 마음 상태론 전부 내려놓기가 너무너무 힘들다. 사이드라인에 잠자코 앉아 있기도 힘들고, 자식들한테 큰 소리로 날카롭게 지시하지 않기도 힘들고, 경기장 한복판에서 또 한 번 벌어지는 균형 잡기 놀이를 보며 신나게 응원하기도 힘들다. 그렇다, 내 두 아들은 어리지만 나는 녀석들에게 득이 되고 녀석들이 행복해할 것을 바라는데, 내가 깨달은 것이라면 운동 분야에서의 성취가 남자아이의 삶, 특히 10대 시절의 삶, 그중에서도 스포츠에 미친 이 텍사스주의 삶에서 덜어주는 스트레스가 상당하다는 것이다. 이 근방에서 스크래블* 달인이 졸업 무도회의 왕으로 뽑히는 일은 없다.

물론 메러디스는 내가 늘어놓는 장광설에 노발대발이다. "장난해?" 그녀는 말한다. "우리가 졸업 무도회 왕을 키우는 거야?"

"음, 아니, 그래도 —"

"**무도회** 왕이라고?"

나는 그게 끔찍한 예시였음을 인정하면서 재빨리 꼬리를 감춘다. 하지만 머릿속으로는 내 고등학교 시절을 회상하지 않을 도리가 없다. 나라면 졸업 무도회의 왕이 되고 싶어 못 견뎠을 것이다. 도롱뇽의 내장을 먹으래도 먹었을 것이다.

"좋아," 나는 말하곤 한다. "그럼 동창회의 왕은 괜찮아?"

---

* Scrabble. 낱말 맞추기 보드게임.

2012년 2월 5일 일요일, 티미랑 길 건너 막다른 골목에서 외발자전거 연습을 마치고 막 돌아왔다. 녀석은 저만의 스포츠를 찾았다. 타자마자 실패하길 몇 달, 오늘에야 티미는 혼자 힘으로 제대로 된 원을 돌았다. 녀석의 얼굴엔 기쁨, 나의 얼굴에도 기쁨. 외발자전거 선수 탄생!

또한 눈여겨보라. 태드도 기똥찬 운동선수의 싹이 보인다. 훌라후프 선수 탄생!

두 녀석 모두 아주 여러 달 동안 소외 스포츠에서 전문성을 추구해왔고, 따라서 녀석들의 재능이 〈스포츠 일러스트레이티드〉* 지면에서 칭찬받을 일은 없겠지만 나는 그 어떤 고등학교 라인배커**를 데려와도 속옷까지 홀랑 벗는 스트립쇼를 하면서 두 개의 훌라후프를 돌리는 일은 못 해내리라 본다. 나는 샤킬 오닐이 외발자전거에 오를 수나 있을지도 의심스럽다.

수십 년 전 내 첫 책이 출간되고 나서 나는 엄마와 아빠에게 전화를 걸어 내가 하버드 대학교 대학원을 중퇴하고 소설가가 되는 데 매진하면 어떨지 여쭤보았다.

"후회할 거야," 어머니는 말했다. "틀림없이."

"오, 제발 좀, 하버드는 **하버드**잖니," 아버지는 말했다. 내가 느끼기에 그의 목소리는 드물게 열정적이었고 조금은 필사적이기까지 했는데, 마치 내가 자살이나 은행 강도 혹은 그 둘을 동시에 할지 말지 고민 중이라는 듯했다. "내 말 잘 들어라. 세상엔 작가가 될 수 있다고 믿는 사람들이 차고 넘쳐. 나도 그중 하나지. 어떻게 됐나 보렴. 아서라."

"알았어요, 고마워요," 나는 말했고, 그러고 나서 과감히 중퇴를 했다.

즉흥적인 일은 아니었다. 나는 몇 년을 벼른 참이었다. 그런데도 그 통화가 한창 진행되던 순간엔—"내 말 잘 들어라"와 "아서라" 사이의 어디에는—나를 온통 미래의 무게로 깔아뭉개는 어떤 종결성이 있었다. 전화를 끊었을 때가 기억난다. 내가 손만 빤히 내려다보고 있던 기억이 난다. 내가 얼마나 자유로운지, 얼마나 홀가분하고 행복한지 느꼈던 기억이 나고, 그러나 조금 뒤 아찔하고 확실한 공포가 온몸을 휘감던 기억이 난다. 나는 무엇이 다가올지 알았다. 나는 불확실성이라는 진보적 학위를 따고자 하버드 학위를 상실함으로써 안전을 위기와 맞바꿀 참이었다. 그에 따른 결과는 좋은 것이든 나쁜 것이든 영원히 나와 함께할 터였다.

어머니와 아버지가 나한테 원했던 건 모든 부모가 제 자식한테 바라는 것, 즉 최우선적으로 안전이었음이 분명할 것이다. 대학원은

---

* Sports Illustrated. 1954년에 창간된 미국 스포츠 잡지.

** linebacker. 미식축구의 한 포지션으로 수비의 맨 뒤쪽 열에서 상대 팀 공격수를 최종적으로 막아야 하는 수비수.

안전했다. 장편소설과 단편을 쓰는 일은 그렇지 않았다. 오늘날 나 자신이 부모가 되고 보니 그 보호 본능의 과격함이 이해된다. 나의 〈저어라, 저어라〉 시절도 그렇고 그 뒤의 위험천만했던 날들도 그렇고 내 생각은 티미와 태드의 안전에 온통 쏠렸는데, 비록 생물학에는 젬병이지만 아마 나는 자식의 안녕에 관해 우리를 과잉 불안으로 만드는 몇 개의 유전자가 인간 DNA에 없었다면 깜짝 놀랐을 것이다. 라크로스 채니 축구공이니 하는 걸 내가 신경 쓰는 것도 이 보호 본능 때문임을 나는 거의 확신한다—내 두 아들이 무자비한 경쟁 사회일 수도 있는 곳에서 위험에 처할 거라는 뿌리 깊고 경멸스러운 두려움이 있는 것이다. 물리적인 위험만을 말하는 게 아니다. 감정적인 위험도 그렇다. 새끼가 불행하길 과연 누가 바랄까?

이런 사고의 문제점은 아주 명백한데, 뭔가 하면 그것이 어설픈 결정론*의 목소리, 그러니까 현대 심리학의 섬세한 위로와 상충되는 적자생존적인 경직성을 띤다는 것이다. 저런 걱정은 심지어 내 귀에도 반자유주의적인 다윈 신봉자의 소리로 들린다, 굳이 텍사스 사람을 언급하지 않더라도. 나는 훌라후프로 만족해야 한다. 나는 아이들이 저 나름의 특별한 재능에 따라 스스로를 정의하게 내버려두어야 한다. 또 당연히 나는 태드의 축구공 나누기와 경기장 한복판에서 벌어지는 티미의 이상한 균형 잡기 발레를 찬양해야 한다. 나는 이 모든 걸 잘 알고 있다. 하지만 출장길에 종종 고등학교 복도를 어슬렁거리다 보면 운동이 상당히 중요한 것만은 틀림이 없다. 학교 점퍼, 학교 응원 포스터, 학부모 후원회, 비용을 아끼지 않는 체육관과 경기장과 라커 룸. 좋든 싫든 간에, 모르는 척하든 않든 간에 대체로 이 고등학교 왕국들은 성실함보다는 인기로, 관용보다는 매력으로, 그리고 종종 지능보다는 체력으로 통치된다.

남자아이들에게 — 지금은 여자아이들에게도 — 운동 기량은 그들 세계의 주요 화폐라서 나는 내 부모님이 그랬던 것처럼 가끔씩 내 갈망을 태드와 티미에게 투사하고픈 마음이 든다. 언젠간 녀석들이 한두 차례 득점을 할지도 모른다는 내 **바람**은 어떡해야 잠재워질까? 언제든 노련함이나 스피드나 힘이나 경쟁심이 발휘되었으면 하는 내 **바람**은 어떡해야 잠재워질까? 오래되고 명백한 어떤 능력에 대한 내 **바람**은 어떡해야 잠재워질까?

내가 스포츠에 연연한다는 건 아니다 — 전혀 아니다. 내가 연연하는 건, 아마 아주 많이 연연하는 건 두 아들의 행복과 안전이고, 그래서 나는 이 글을 쓰며 앉아 있는 지금도 녀석들의 다가올 10대 시절과 아이한테는 진짜 골칫거리일 온갖 스트레스를 마음속에 그려보고 있다. 지금은 녀석들의 비공격적인 못난이 짓이 대략 귀여워 보인다. 지금으로선 사람들이 낄낄거리며 고개를 절레절레해도 — 그럭저럭 — 괜찮다. 하지만 몇 년 뒤면 티미와 태드의 완고한 평화주의는 저희 코치와 팀 동료들한테 귀여움보다 훨씬 못난 것으로 여겨질 것이다. 낄낄거림은 상처가 될 것이다. 실패는 훨씬 더한 상처가 될 것이다. 이 일이 저 일을 초래할 것이다. 자존감 문제, 소속감이 결여된 기분, 수치심, 조롱, 열등 시민 의식, 10대 계급 전쟁에서의 비참한 패배.

이 모든 게 필시 아버지의 강박적인 노심초사로 일축되리란 걸 나는 잘 안다. 하지만 파벌은 **엄연히** 존재한다. 아이들도 **잔인할 수** 있

* 세상 모든 일은 우연이나 자유의지가 아니라 인과관계에 따른다는 이론.

다. 이 나라에선 매일 16만 명의 아이가 괴롭힘 때문에 학교를 거른다. 물론 인기가 필수라느니 하는 말은 다 진부한 옛날이야기, 거의 웃기지도 않을 이야기인데, 다만 어쩌다 보니 야구공을 못 치거나 미식축구 공도 못 받는 그런 인기 없는 찌질이가 되어 있다면 당신은 진부한 이야기의 주인공이 된다. 그게 다 당신의 이야기가 되는데 그건 즐겁지 않은 일이다.

태드와 티미는 아직 그 배에 오르지 않았다. 녀석들은 어리다. 녀석들은 아직 저희 길을 찾고 있다. 녀석들에겐 아직 시간이 많고, 따라서 지금 내가 할 수 있는 건 최선을 바라는 것뿐이다. 또 누가 알까? 아이들은 발달 정도와 방식이 저마다 다르니 어쩌면 녀석들이 끝내주는 운동선수로 판명될지. 어쩌면 무도회의 왕이 될지. 어쩌면 금요일 밤의 영웅이 될지. 사실 녀석들은 일이십 년 안에 〈태양의 서커스〉 주역이 되고도 남을 것이다, 금속편으로 장식한 한 쌍의 슈퍼스타, 줄타기 외발자전거 선수와 옷 벗기 훌라후프 선수로서.

엄마아빠와 통화하고 나서 수십 년이 흐르는 동안 나는 종종 머릿속의 것들을 재조직하려고 애써왔다. 나는 어머니가 "물론이지, 옳은 일을 해" 하고 말하면 나중에 아버지가 와서 잠시 내 말을 듣다가 마침내 이렇게 말하는 상상을 하곤 한다. "자, 나는 내 꿈을 망쳤어. 너무 게으르고 너무 겁에 질리고 하여튼 너무했거든, 그러니 너는 내 꼴 나지 않았으면 한다. 하버드는 그저 단어일 뿐이야. 가서 네

책을 쓰렴. 내가 네 입장이 되마."

그런 일은 일어나지 않았다. 하지만 세월이 흘러 나는 그런 일은 일어난 거나 마찬가지라고, 혹은 그런 일이 일어날 수도 있었다고 느끼기 시작했는데, 왜냐하면 내 부모님은 관대하고 사려 깊은 분들이었고 나를 실패 시 치러야 할 대가로부터 보호하고 싶어 하셨기 때문이다. 내가 찾던 게 두 분의 허락이 아니라 일종의 해방이었음을, 두 분의 행복한 할렐루야 소리가 아니라 저 애가 암만 망설여도 스스로 모든 위험을 감수할 준비가 되어 있구나 하는 인정이었음을 두 분이 피상적으로는 이해하셨을 거란 확신이 든다. 물론 두 분이 옳았다. 위험은 진짜였다. 나는 많은 걸 포기하려던 중이었다. 그즈음 나는 하버드 학습 과제를 다 마치고 구술시험을 통과하고 박사학위까지 겨우 1년쯤 남아 있었다. 하지만 나는 대학원이 베트남전쟁 이후 머리까지 꼭꼭 숨을 편리한 은신처에 지나지 않는단 걸 처음부터 알고 있었고, 따라서 내 사고와 야심은 조금도 학문적이지 않았다. 나는 내가 살아 있는 데 놀라 조금은 멍한 채로 3년 넘게 이 수업 저 수업 쓸려 다녔다. 정확히 말해 불행하지는 않았다. 내가 어떤 상태였는지 잘 모르겠다. 어쩌면 어리둥절한 상태. 겉도는 상태. 캠퍼스와 그 안의 모든 사람, 이 모두가 얼마나 문명화되었나, 너무나 평화롭고 추상적이고 예의 바르다, 꽝응아이의 오지랑 비교하면 너무나 이론적이어서 섬뜩하다 하고 생각했던 기억이 난다. 나는 전쟁이 내게 돌이킬 수 없는 짓을 했단 걸 알고 있었다. 나는 얼마간 분노로 가득했던 것 같다. 죄책감, 그것도 상당했다. 나는 스스로 부당하다 여기던 전쟁에 나감으로써 내 양심을—나 자신의 마음과 머리를—저버린 상태였다. 나는 사람 죽이는 집단에 가담했고 겁쟁이라서 그 짓을 했다. 겁쟁이만큼 잘 어울리는 말이 없었다. 나는 조롱과 쪽팔림이 겁났다. 나는 내 부모님과 내 고향과 내 조국을 포함해 남들 모두가 나를 불쾌해할까 봐 겁났는데, 그르다고 믿는 행동을 안 하자니 겁나서 하는데 달리 부를 말이 없을 땐 겁쟁이라는 말이 제격이다. 나는 이런 것들을 정면으로 마주할 필요가 있었다. 낮에는 괜찮았지만 밤에는 괜찮지 않았다. 나는 매일같이 잠이 안 올 땐 침대에서 나와 책상 앞에 앉아서 끔찍한 오물을 종이에다 쏟아내려고 애썼다 — 사방팔방 터지는 박격포탄, 마른논에 죽은 채로 누워 있는 여자아이, 반이 날아간 그녀의 얼굴, 돼진 베트콩 새끼 동정하느라 질질 짜지 말고 받아들일 건 받아들이고 군인답게 굴라고 말한 내 단짝 중 하나.

나는 이런 것들을 휘갈겨 적은 뒤 침대로 돌아갔고, 그렇게 다음 날 오전 9시가 되면 통계학 수업을 들으러 갔다.

아버지와 어머니는 이런 사실을 전혀 몰랐다. 두 분에게 베트남은 역사였다. 나는 살아서 집에 돌아왔고 이젠 앞길을 밀어젖힐 차례였다. 두 분은 베트남에 관해 — 넌 뭘 봤고 뭘 했니? 하고 — 물어본 적이 없었고 나는 많은 말을 들려준 적이 없었다. 짐작건대 우리 각자는 서로를 보호하려고 애쓰는 중이었는데 그 일은 딱지를 떼어내면 고통만 심해지고 치유는 늦어지다는 듯이 입도 뻥긋 않는 침묵으로 행해졌다. 이런 모습은 어리석어 보이거나 구식으로 보이거나 무정해 보이거나 지나치게 중서부 집안 같아 보이거나 심리학적으로 문맹 같아 보이거나 감정 면에서 무지렁이 같아 보일지 모른다. 하지만 두 분은 나를 사랑했고 나도 두 분을 사랑했다. 말을 하지 않는 건 일종의 말하기였고, 적어도 우리 가족 사이에서 그건 진짜로 말하는 것보다 강력한 말하기였다.

그렇다곤 해도 당연히 내 부모님 입장에선 대학원 중퇴를 생각할 만큼 나를 초조하게 만드는 게 무엇인지 궁금하지 않을 수 없었다. 당연히 두 분은 그 미래를 두려워했다. 그러고 당연히 두 분은 무력함, 위축된 자부심을 느꼈는데, 그건 오늘날 티미랑 태드가 아빠가 원하는 방향에서 벗어나 저희가 원하는 방향으로 움직이기 시작할 때 내가 느끼는 감정과 똑같다.

|

거의 2년 전이던 초등학교 2학년 때 티미는 외발자전거 동아리에 들어 학교 체육관에서 일주일에 서너 번 오후 모임을 가졌다. 그 동아리는 진취적인 생각을 가진 탁월한 선생 지미 "페달" 애그뉴가 만든 것으로, 그의 꿈은 극도로 어렵되 철저히 비경쟁적인 운동에 대한 열의를 체득하는 도전을 통해 어린이의 능력을 계발하는 것이었다. 거기엔 승자도 없고 패자도 없었다. 거기엔 점수도 없고 시간기록계도 없었다. 거기엔 1군도 없고 2군도 없었다. 거기엔 1-A*도 없고 6-A도 없었다. 거기엔 주전 탈락도 없었다. 거기엔 심부름꾼도 치어리더도 없었다. 거기엔 단합 대회도 없었다. 거기엔 배제도 없었다. 거기엔 키나 힘이나 스피드 아니면 다른 흔한 신체적 특징을 기준으로 편애하는 일도 없었다. 그 대신 그들을 기다린 건, 지미가

* 미국 징병검사 등급으로 1-A는 가장 우수한 '징집 합격자'를 뜻한다.

2학년 아이들에게 친절히 설명한 대로, 날마다 외발자전거에 올라 거듭거듭 노력하고 한 번 더 노력하는, 가는 길에 수없이 엎어지는 길고 불만스럽고 반복적인 인내심 수업이었다.

불만스럽다는 건 맞는 말이었다. 반복적이라는 것도 맞는 말이었다.

14개월 이상이 경과한 뒤에야 티미는 그나마 타는 듯이 탔는데 그때조차 메러디스와 나는 녀석이 균형을 잡도록 양쪽에서 손을 붙들고 날쌔게 몸을 부려야 했다. 나는 여러 번 희망을 잃었다. 다른 아이들이 체육관 이곳저곳으로 페달을 밟는 동안 — 그 와중에 농구공으로 드리블까지 하는 아이도 있었다 — 티미는 바닥에 대자로 뻗거나 벽에 달라붙어 이러지도 저러지도 못한 채 시간을 보냈다. 나는 운동신경 기능장애로 보여 걱정되었다. 나는 간질이 걱정되었다. 하지만 웬일로 티미의 상상은 외발자전거 생각에 꼭 붙들려 있었다. 이 일은 **녀석**이 원하는 것이지 내가 원하는 것이 아니었다. 녀석은 그만두지 않을 터였다. 녀석은 무릎 까짐과 반창고와 톡 쏘는 요오드 용액을 감내했다. 메러디스와 나는 소설가라면 "인물(character)"이라고 불렀을 무엇이 우리 아들 내면에 들어서고 있음을 처음엔 느리게, 그러다 번개에 정신이 번쩍 들듯 알아차렸다. 얼마 전만 해도 우리는 미숙하고 태평한 데다 평균적이라 할 꼬마의 부모였는데 이제 거기엔 막 새롭게 부상한 티미다움(Timmyness), 앞으로 몇 년 뒤면 무엇이 될 거다 하고 예견하는 듯한 존재적 핵심이 있었다 — 성실하고 단호하며 격렬히 집중하고 있는 하나의 인간. 녀석은 야심이 있었다. 녀석의 눈에는 마음 심란해지는 무정함이 있었다. 녀석은 혼자 무슨 말을 중얼중얼하더니 벌떡 일어나 다시 시도를 했다. 메러디스도 나도 우리가 지금 저 미래의 낯선 티미를 마주하고 있음을, 언젠가 애칭과 유년기와 부모를 떨쳐내고 우리 없이도 앞을 헤치고 나아갈 티미를 마주하고 있음을 감지했다.

“마술하는 당신을 닮았네,” 메러디스는 말했다. “누가 봐도 천부적인 재능은 아니지만 바위처럼 고집스러워.”

“누가 아니래,” 나는 말했다.

“어쩌면 너무 고집스러운지도 몰라.”

“그건 위험한데.”

그리하여 오늘 막다른 골목에서 나는 손을 놓는다. 티미는 순전히 제 힘만으로 이리저리 굴러다닌다.

물론 여기엔 심오할 게 없단 걸 나도 안다. 중요한 건 심오함이 아니다. 내가 원하는 건 그저 티미가 훗날 책상 서랍 구석에서 발견할지 모를 몇 페이지를 남기는 것뿐이다. 나는 2012년 2월 5일 이 파란만장한 겨울의 일요일에 제 아버지가 좋아서 얼마나 까무러쳤는지, 녀석이 페달질로 내게서 멀어질 때 내가 어떤 기쁨의 함성을 내질렀는지 녀석이 알아주었으면 좋겠다. 내가 놀라 자빠질 만큼 행복해하는 중에도, 그것도 모자라 함성을 터뜨리며 깔깔거리는 중에도 잔인하고 악랄한 이별의 슬픔에 사로잡혔었단 걸 녀석이 알아주었으면 좋겠다. 세상은 우리한테 왜 이럴까? 왜 우리는 언제까지나 함께할 수 없을까? 심오한 사람이라면 심오한 답을 갖고 있겠지만 내 사랑은 그런 식으로 심오하지 않다. 내 사랑은 지혜가 없다. 내 사랑은 지능이 없다. 내 사랑은 2월 어느 쌀쌀한 밤에 내리는 눈이 심오한 만큼만 심오하다.

18

식은 죽 먹기*

한번은 네댓 살 혹은 대여섯 살이던 태드가 파리에서 우리가 묵던 호텔 바로 맞은편에 있는 보주 광장(Place des Vosges) 모래터에서 독일어로 말하는 두 남자아이와 놀고 있었다. 다들 사이좋게 지내는 듯했다. 성들이 지어졌다. 환상적인 팀워크였다. 나중에 내가 태드한테 걔네가 하는 말 알아들었느냐고 묻자 태드는 고개를 끄덕이더니 말했다. "걔네도 모래가 뭔지 알던데."

* 원문 제목은 "Child's Play".

19

꼬리 이야기 1

각각 다섯 살과 세 살, 둘 다 곰돌이 푸의 팬인 티미랑 태드는 최근 꼬리를 달고 다니는 습관이 생겼다. 녀석들은 저희 바지에 매달린 몇 가닥의 빨랫줄을 우리 동네 월마트에서, 때론 교회에서 뽐낸다. 녀석들은 리본, 옷걸이, 풍선, 전화선, 허리띠, 담요, 휘장 술, 전기 연장선 등 여러 가지를 질질 끌면서 집 주변을 돌아다닌다. 사람들도 알아보았다. 이젠 우리 손을 떠난 것이다. 아아, 우리는 꼬리 가족이 되었고, 이런 고백을 하기가 부끄럽지만 아내와 나는 유행을 거스르지 말고 멋을 부리라 설득을 당했다. 메러디스는 꼬리를 달고 조깅을 한다. 나는 꼬리를 달고 글을 쓴다. 어제 나는 그 도발적인 것이 내 궁둥이에서 살랑살랑 단정치 못하게 흔들리는 걸 깜빡하고 초인종에 응하러 나갔다가 더없이 굴욕적인 순간을 맞았다. 판사의 눈을 가진 UPS 택배원을 상상하라.

우리 가정은 일종의 역진화에 휘말려 수천 년을 훌쩍 거슬러서는 조상들에게 흔히 꼬리가 달렸고 그 꼬리가, 비유하자면, 맹장이나

편도선처럼 알게 모르게 유용했던 시대에 내린 것 같다. 우리 가계 도상에 존재하는 친척들처럼 오브라이언족은 꼬리가 편하게끔 자랐다. 우리는 그것을 매만진다. 우리는 목욕 중에도 그것이 그립다. 우리는 그것이 없는 동족을 연민과 의심의 눈길로 본다.

지금 여기 식탁에 앉아 커피를 마시고 있자니 이 꼬리가 언뜻 불건전해 보이지 않을지, 심지어 도를 넘어 광적으로 보이지 않을지 의구심이 든다.

상상력은 인간에게 내린 귀한 선물이 틀림없다. 하지만 나는 미래가 걱정스럽다. 나는 결혼식 단상에 오른 태드가 분칠한 커다란 꼬리를 들었다 놨다 하면서 제 신부를 기다리는 상상에 젖는다. 그런 비이성적인 두려움에 젖는 건 나만이 아니다. 스스론 인정하지 않겠지만 메러디스도 지난 몇 주 동안 밤중에 아이들 침실에 몰래 들어가 이불을 끌어 내리고 녀석들의 털 달린 진짜 움이 텄는지 살폈다.

유년기의 그늘은 성년의 삶을 어둡게 만들 수 있는데 — 그것만큼은 내가 확실히 안다 — 현재의 환상이 훗날의 현실에 어떤 영향이든 끼친다는 데 아랑곳하지 않을 부모가 어디 있을까? 상상물은 그 자체로 이미 현실 세계에 내장되어 있다. 유치원 축구 경기 때 어린 티미는 "티거 뛰기"*라는 이상한 기술로 훼방을 놓는다 — 큰 걸음 네 번마다 한 번씩 폴짝 뛰어 오르는 기술이다. 관중은 어이없이 바라본다. 코치들은 눈을 가늘게 뜨고 나를 본다. 나는 싸늘한 무언의 비난을 느낀다. 당신 대체 **어떤** 아빠요?

---

* 티거(Tigger)는 곰돌이 푸 이야기에 나오는 호랑이.

녀석들을 논리적으로 설득하려던 내 노력을 하느님은 아실 것이다. 잔꾀며 뇌물이며 파렴치한 거짓말을 다 써봤다.(산타클로스는 꼬리를 싫어한대.) 이젯밤에 나는 한 번 더 노력을 했다. "무슨무슨 척을 하는 건 좋은 일일 수도 있어," 나는 취침 시간에 녀석들에게 말했다. "하지만 어떨 땐 그게 너희를 곤경에 빠뜨릴 수도 있지. 위험할 수 있다고."

태드는 이미 곯아떨어져 있었지만 티미만은 나를 의심의 눈길로 올려다보았다. "그거 아빠가 지어낸 엉터리 이야기 아니야?"

"엉터리는 무슨," 나는 말했고, 그런 다음 무슨무슨 척하기를 **못 멈추는** 남자아이 이야기를 즉석에서 부랴부랴 지어내기 시작했다 — 시도 때도 없이 가상의 개한테 말을 걸고 가상의 팬케이크를 먹는 아이 이야기. 잠시 후 나는 그 아이가 현실과 현실이 아닌 것을 분리하지 못해서 그러는 거라고 말했다. 그것이 그 아이에게 온갖 곤경을 떠안긴다고.

"하지만 그런 척하면 재미있을 것 같은데," 티미는 말했다.

"그럼, 재미야 있겠지," 나는 녀석에게 말했고, 그러자 결정적인 질문이 떠올랐다. "척을 한다는 게 **뭔지** 아니?"

나는 다섯 살짜리의 마음의 동요에 한참이라 할 만큼 귀를 기울였다. "음, 정말이지," 티미는 자기가 제일 좋아하는 (그리고 유일하게 아는) 네 음절 단어를 써서 마침내 말했다.* "아빠가 여행 떠났을 때랑 똑같은 것 같은데. 나는 가끔씩 아빠 꿈을 꾸거든. 아빠가 공항에서 돌아와서 나를 깜짝 놀래주고 나랑 놀아주는 꿈. 나는 아빠가 떠나면 슬퍼져서 아빠가 안 떠난 척해. 그거 나쁜 거야?"

나는 녀석에게 아니라고, 그건 나쁜 게 아니라고 말했다.

"아빠가 떠나면 있잖아," 티미는 말했다. "모래터에다 아빠 이름을 써. 아빠가 그네를 밀어주거나 나한테 웃긴 표정을 짓는 척해."

나는 고개를 끄덕였다.

꼬리에 관한 쟁점은 전부 미미하고 사소한 것으로 녹아 없어졌다. 슬슬 여행을 줄이지 않으면 안 되겠단 생각이 들었다. 공항은 줄이고 이런 대화는 늘리고. 나는 두 녀석에게 잘 자라는 키스를 건넸다.

"그래서 아빠 이야기는?" 티미가 물었다. "무슨무슨 척하기를 못 멈추는 남자아이는 어떻게 됐어?"

"나쁜 일은 없었어," 나는 말했다. "그냥 어른이 됐어."

나는 침실에서 나와 내 오랜 친구 재낵스를 찾아 떠났다.

|

2008년 7월 수요일 아침 두 아들이 깨길 기다리면서 이 글을 여전히 만지작거리고 있자니 적어도 지금은 내가 꼬리에 어느 정도 굴복했다는 깨달음이 든다. 아버지로서 내가 무슨무슨 척하기의 힘에 관해 배울 것이, 혹은 다시 배울 것이 많단 걸 알겠다. 얼마 전 우리 아버지는 긴 여행을 떠났고—영원히 떠나셨다—티미처럼 나도 때때로 가상의 세계에 사로잡힌다. 나는 야구공을 던져주는 아빠의 모습을 지켜보거나 아빠가 맑고 유창한 바리톤 음성으로 부르는 〈조

---

* 여기서 네 음절 단어는 앞에 나온 "정말이지(actually)"를 가리킨다.

만간 만나요I'll Be Seeing You>를 듣곤 한다. 그런 순간이면 아빠는 집에 돌아와 있다. 물론 그의 육신이 아니라 거기에 깃든 무엇이.

나는 첫 새벽빛이 우리 부엌 창 판유리 너머로 번져 오는 걸 말없이 지켜보며 조금은 슬퍼서, 조금은 행복해서 두 잔째 커피를 마시는 중이다.

인류는 그 아득한 옛날 꼬리를 떨쳐내던 순간에 뭔가를 잃어버렸는지도 모른다. 하지만 우리는 뭔가를 얻기도 했다. 우리는 현재를 의식하지 않고 사는 법뿐 아니라 역사의 흐름과 미래의 기적적인 가능성 속에서 사는 법도 배웠다. 그렇다, 우리는 힘센 꼬리로 땅을 박차는 티거처럼 하늘로 폴짝 튀어 오를 순 없다. 하지만 우리는 눈을 감고서 아버지의 품에 날아들 순 있다. 이것이 내가 작가가 된 이유인 것 같다.

하지만 그보다도 최근 몇 주 동안의 사건들이 유독 불러일으키는 생각은 앞으로 몇 년 뒤면 티미랑 태드도 훌륭하고 강력한 상상력이 필요해지리라는 것이다. 생물은 어쨌든 생물이다. 영원히 사는 사람은 없다. 섬뜩한 생각을 하려는 건 아니지만—사실 기쁘다고 할 생각이다—나는 어느 훗날 오늘 같은 아침에 내 두 아들이 동트기 전에 일어나 커피를 한 주전자 내린 뒤 식탁에 앉아 꿈에 젖을 걸 알고 있다. 어쩌면 녀석들은 공항에서 집으로 돌아오는 나를 상상할 것이다. 어쩌면 녀석들은 현관문을 열고 저희를 품에 안아 번쩍 들어 올리는, 낡고 바랜 청바지에 도발적인 것을 달고 다니는 나를 볼 것이다.

20

꼬리 이야기 2

티미랑 태드에게 급히 덧붙이는 추신.

몇 년 있으면 너희 영어 선생님 중 한 분이 너희한테 자신만의 이야기를 써보라고, 이야기를 완전히 지어내보라고 요구할 텐데, 그러면 부디 한때 너희가 가상의 꼬리를 떠올렸던 것과 똑같은 최대출력의 상상력으로 그 과제에 대처하길 바라. 다시 어린이가 되렴. 너희만의 말하는 호랑이를 지어내고 너희만의 열역학을 발명해. 현실성은 잊어버려—너희가 현실 세계에서 얻고자 하는 건 이야기에 알아서 배어들 거야. 묘사하는 장, 설명하는 장, 배경지식을 전하는 장으로 너희 선생님을 (또는 너희 자신을) 지루하게 만들면 안 된단 걸 명심해.

너희가 무엇을 쓰든 이야기를 이렇게 시작하진 마.

배트맨의 몸무게는 188파운드(약 85.3킬로그램)였다. 그의 머리카락은 검었다. 그의 살은 하얬다. 어렸을 때 배트맨은 아이오와주 수시

> 티(Sioux City)에서 자랐는데 거기서 그는 불행하고 심란한 유년기를 보냈다. 그의 할아버지는 미국 전역의 국도에 차선 그리는 기계를 개발한 그 마을 명망가였다. 배트맨의 어머니는 불면증 환자였다. 그녀는 바느질의 명수였다. 그녀는 잘 만든 포크 촙이라면 껌뻑 죽었다. 배트맨의 아버지는 해산물을 더 좋아했다. 배트맨이 다닌 교회는 석회암 건물이었다. 그의 학교는 벽돌 구조물이었다. 가족 차량은 올즈모빌(Oldsmobile)이었다.

너도 문제가 보일 거야, 그렇지? 이런 디테일이라면 나도 몇 장이건 얼마든지 쌓아 올릴 수 있지만 결국엔 특별한 일이 **벌어져야만** 해—드물거나 놀랍거나 슬프거나 흥미진진한 사건이 말이야. 이야기란 사람들이(또는 말하는 호랑이가) 뭔가를 하고 느끼고 하는 거야. 포크 촙이랑 국도 차선은 흥미로운 행위와 유기적으로 맞아떨어져야만 중요하단다.

대단하진 않더라도 좀 더 나은 이야기라면 대략 이렇게 시작할 거야.

> 배트맨은 여섯 살이었을 때 털이 수북한 커다란 꼬리가 자랐다. 그것은 흔히 바지 밖으로 삐져나왔다. 이것은 꼬리가 유행을 벗어나도 한참 벗어난 아이오와주 수시티 같은 곳에선 특히나 쪽팔린 일이었다. 그 결과 배트맨은 친구가 없었다. 아이들은 그를 비웃었다. 어느 날 학교를 마치고 집으로 돌아가는 길에 꼬리가 진창길에 끌려서 돌아보니 도로 중앙에 그어져 있는 길고 까만 선이 눈에 들어왔다. 우연히 차를 타고 지나가던 그의 할아버지는 이 광경을 보더니 그 선이 차

도를 둘로 단정하게 나누었음을 알아차렸다. 충돌을 막을 기발한 방법이라고 그의 할아버지는 생각했다. 저 선이 노랗기만 하다면! 그리하여 그날 밤 저녁 식사 때 배트맨의 할아버지는 자기가 그날 도로에서 목격한 것을 고대로 따라 할 기계를 만드는 일에 관해 엄청나게 들떠서 이야기했다. "수백만 달러가 들어올 거야, 어쩌면 수십억일 수도 있고," 그는 말했다. "이 지저분한 마을에서 마침내 탈출이군." 저녁 식탁에 있던 그 누구도 감흥을 느끼지 않았다.("포크 좀 이리 주세요," 배트맨의 어머니는 말했다.) 하지만 다음 날 아침 그 불굴의 할아버지는 어린 배트맨을 가족 차량인 올즈모빌의 뒤 범퍼에 묶더니 그에게 노란색 페인트가 담긴 통을 건넸다. "마를 때마다 네 꼬리를 담갔다 빼렴," 할아버지는 말했다. "곧고 정확한 선을 긋는 거다." 그리하여 몇 마일인지는 몰라도 배트맨은 도시 거리거리를 왔다 갔다 하면서, 석회암 교회와 벽돌로 된 학교 건물을 지나다니면서 노랗고 단정한 선을 그렸다. 도시의 교통사고 빈도는 한 달도 안 되어 급격히 떨어졌다. 배트맨에겐 난데없이 친구가 생겼다. 그를 기리고자 퍼레이드 행사가 열렸다. 아이오와주 수시티는 미국에서 가장 안전한 주의 가장 안전한 카운티의 가장 안전한 도시로 유명해졌는데 그 유명세는 오늘날까지도 건재하다. 그 일로 어린 배트맨은 영웅, 거의 슈퍼히어로가 되는 달콤함을 처음 맛보았는데, 그러나 이날까지도 그의 꼬리는 그가 엄청난 노력을 들여 숨기는 부속물 신세로 남아 있다. 아마 사람들은 그런 게 있는 줄도 모를 것이다.

이 예문의 문학적 가치를 주장하려는 건 결코 아니야. 하지만 너희가 주의를 기울일 거란 생각은 확실히 드는구나, 티미랑 태드 —

여기선 낄낄거리다 저기선 눈썹을 치켜들겠지.

"배트맨한테 **꼬리**가 있는 줄은 몰랐네," 티미는 말하지 않을까.

그러면 태드는 그러겠지. "어, **난** 알았는데."

21

자부심 2

티미랑 태드, 아빠가 너희를 위해 지은 이야기가 여기 또 하나 있단다. 이야기는 이렇게 시작해.

너는 검은 넥타이에 혈색 좋은 얼굴로 1인분에 500달러짜리 기금 마련 저녁 만찬에 와 있어. 칼 로브*는 저쪽 구석에서 마티니를 거칠게 들이켜고 있고 돈 럼즈펠드는 누군가의 전처에게 수정 헌법 제1조**가 전쟁을 비난하는 데 적용되지 않는 건 그게 말할 것도 없이 전쟁의 사기를 꺾기 때문이라고 설명하는 중인데, 전쟁이 없었다면 전쟁의 사기랄 게 필요했을까? 재미있는 저녁 만찬은 아니야. 이런 사람들한테 트랜스 지방이 소비되던 중이지. 조금 뒤 웬 얼간이가 별다른 이유도 없이 단조로움을 깨고자 제 자식들 얘기를 꺼내 ―

---

* Karl Rove. 미국 공화당 소속 정치인으로 조지 W. 부시의 선거 참모, 백악관 정치 고문 등을 지내며 "부시의 두뇌"라 불린 인물.

** 미국 수정 헌법 제1조는 언론, 출판, 집회, 결사의 자유를 보장하는 내용이다.

즉흥적인 언급이야, 심오할 것 없는, 대개 물고문이며 전기기기 도청이며 상당한 근거*의 위험성에 관한 잡담과 테러리스트임을 판단하는 데에는 재판이 필요 없다, 왜냐하면 그들은 **명백한** 테러리스트이기 때문이다, 그렇지 않다면 그들이 왜 관타나모 수용소에서 고문을 당하고 있겠느냐 하던 얘기를 가볍게 띄워보려는 거지. 바로 그때—자식들 얘기가 나오자마자—너는 뭘 하고 있었든 간에 하던 일을 멈춰. 너는 지갑에 손을 넣어 사진을 한 뭉치 꺼내서는 만찬 식탁 너머로 사람들한테 뿌린 뒤 말해. "그거 태드예요, 우리 다섯 살배기, 아주 남자 중의 남자죠." 그러곤 뿌듯한 몇 초가 지난 뒤 한마디 더 하지. "그건 티미예요, 우리 부드러운 남자." 그러고 나서 너는 기다려. 너는 럼즈펠드랑 로브가 네 아이들이 탐나는지 뚫어져라 쳐다보는 모습을 지켜봐. 그중 하나가 고개를 절레절레하면서 말하지. "이봐, 자네 자식들을 보니 내 새끼들은 영 꽝이로군." 너는 정중하게 동의를 해. 너는 그런 반응을 기대했던 거야. 사실 너는 조만간, 어쩌면 몇 초 뒤, 어쩌면 샴페인 건배 뒤 로라 부시 같은 사람이 네 곁에 쭈뼛쭈뼛 다가와 이렇게 속삭이길 30분 동안 기다려온 참이야. "잘 들어요, 거래를 하는 게 어때요? 동등하게? 내 아이들이랑 당신 아이들을?" 너는 이 말에 놀라지 않아. 네 자식들은 누구의 자식보다 예쁘고 똑똑하거든. 그래서 너는 티미랑 태드가 자유 훈장 수상자로 정해졌다는 소식을 대통령이 몸소 들고서 너한테 어슬렁어슬렁 다가오길 당연하게 기대했던 거지. 지금 조지 W. 부시와 체니는 저쪽 바에서 각자의 베트남전쟁 경험을 겨루고 있어, 그런데 대충 보니까 심장박동 몇 번 칠 동안이면 그 화제도 물리게 생겼어. 그래서 너는 기다려. 그러자 아니나 다를까 그들이 낄낄거리고 서로 손을 마주치더니 성큼성큼 목적 있는 걸음걸이로 네 쪽을 향해 다가오는 거야. "자네 아이들에 관해 들었네," 체니가 말해. "우리가 궁금한 건…… 이렇게 말하면 너무 직설적인가 싶지만…… 티미가 우리한테 외발자전거 강습을 몇 번 해줄 수 있을지 궁금하군. 조지랑 나한테 말이야, 우리가 WMD** 브리핑 중간중간에 죽어라 연습을 하고 있거든—그런데, 음, 물론 **절대** 인정하긴 싫지만 영 감이 안 잡힌단 말이지. 훌라후프도 그래. 엉덩이 놀림, 그게 쉽지 않더군."

미합중국 대통령은 우스꽝스럽게 인상을 찌푸리지. "그러게 말이야," 그는 말해. "특히나 옷을 벗고는 말일세."

이게 다 네가 **기대한** 바야. 네 아이들은 그런 대우를 받을 **자격**이 있거든.

맞아, 여기엔 환상적 요소가 가미되어 있어, 하지만 티미와 태드에 관한 이 자부심 넘치는 사색을 이해할 부모가 세상엔 적지 않을걸. 6월 졸업식이 되면 아버지들 마음은 세상없이 두근대잖니? 사랑하는 아들이 9회 홈런을 잡거나 사랑하는 딸이 배구에서 스파이크를 내리칠 때면 대부분의 아버지는 숨이 달아나잖아?

|

물론 교만은 일곱 가지 죄악 가운데 하나로 올라 있다. 사실 교만

* probable cause. 법률에서 범죄를 처벌할 타당한 근거를 말함.

** Weapons of Mass Destruction. 대량 살상 무기.

은 죄악들 가운데 지배적인 죄악, 신을 믿지 않는 사람 안에 다른 온갖 죄악이 뿌리내리도록 용납하는 죄악, 그러니까 어쩌면 죄악들 가운데 왕인지도 모른다. 그렇다, 그래서 나는 죄책감을 느낀다. 나란 인간을 만든 그 가증스럽고 이단적인 아버지다움이란. 나는 강박적으로, 수치심을 모를 만큼 기꺼운 마음으로 티미와 태드를 찬양하게 되었다—너무 자랑스러워서 때로는 내가 잘난 듯이 군다. 그 녀석들은 뭘 할 때 열에 아홉은 실패하지만 치과 대기실에서 불행히도 내 옆에 앉는 낯선 이에게 내가 털어놓는 것은 바로 그 열 번째다.(두 아이 다 완벽한 치아를 가졌다는 즉흥적인 자랑도 잊지 않는다. 충치 하나 없다고.)

다음은 또 다른 예.

최근에 친구들과의 모임에서 성적표가 화제로 올랐다. 나는 얼마 전 내 두 아들이 받은 전 과목 A를 말하려면 어떻게 끼어들어야 할까 궁리하면서 한동안 말없이 앉아 있었다. 그 대화는 2, 3분 동안 늘어졌지만 누구 하나 나를 쳐다보지도 내 의견을 묻지도 않았다. 나는 점점 조바심이 났고, 그러다 심통이 났다. 성적표가 전부는 아니라는 어느 젊은 엄마의 선언이 있은 후 마침내 나는 내 깨지기 쉬운 체면을 과감히 버린 채 성적표가 전부는 아닐지 몰라도 **특별**한 것만은 분명하다고, 그렇지 않으면 애초에 뭐 하러 성적표 얘기를 하고들 있느냐고 다소 억지스럽게 지적했다. 그럼 구태여 성적표를 왜 나눠 주는데? 점수는 뭐 하러 매기고?

"음," 젊은 엄마는 말했다. "아저씨 애들이 전부 A를 받아서 그러시는 거잖아요—"

"난 그런 말 한 적 없어요."

그녀는 웃음을 터뜨렸다. "그럴진 몰라도 일주일 전에도 말씀하셨어요. 그 일주일 전에도요."

"내가요?"

"**그보다** 일주일 전에도 그러셨고요."

내 친구들은 말을 아끼고 있었다. 둘은 씩 웃고 있었다. 대부분은 나를 쳐다보지 않으려고 조심했다.

|

내 나이에 아버지가 될 때 더욱 두드러지는 양상은 교만한 생각을 포함해 거의 모든 게 과잉되기 쉽다는 것이다. 우리 모두는 감방에 갇힌 사형수가 틀림없지만 지금 나는, 예순다섯 살을 먹고도, 급속히 줄어가는 나의 배당된 날들에 알게 모르게 모든 걸 꽉꽉 채워 넣으려 하고 있다. 젊은 아빠가 제 자식에게 사랑한단 말을 평생 6만 번 한다면 나는 그 6만 번의 사랑해를 10여 년 안에 때려 넣어야만 할당치를 채운다는 부담이 있다. 젊은 아빠라면 사랑해를 하루에 두세 번으로 할당할 것이다. 나는 하루에 열 번씩 날린다. 이 행위는—과잉 충동은—사실상 티미랑 태드랑 함께하는 내 삶의 모든 틈새로 흘러든다. 내가 녀석들의 농구 경기를 놓치지 않으려고 애쓰는 건 언젠가 다음 경기엔 내가 거기 없을 것이기 때문이다. 내가 녀석들의 입술에 키스를 하는 건 언젠간 키스해줄 내 입술이 거기 없을 것이기 때문이다. 모순적으로 보일 수도 있지만, 늙은 아버지의 과잉 충동은 세상으로부터의 후퇴를, 그러니까 인정사정없는 고립

을, 사소하고 심란한 것들로부터의 격리를 낳는다. 나는 여행 가방을 의무적으로 싸야 하는 게 갈수록 원망스럽다. 나는 초인종과 전화벨에 답하기가 원망스럽다. 나는 차를 몰고 은행에 가기가, 강연 초대가, 자동차 기름통을 채우기가, 저녁 파티를 위해 쫙 빼입기가 원망스럽다.(나는 옷 입는 자체가 원망스럽다, 이상.) 티미와 태드에 대한 관심, 단적으로 말해 거의 전부에 대한 관심을 떼게 만드는 것은 뭐든 시간 낭비와 기회 낭비라는 대가가 따른다.

자식들한테 갖는 빛나는 자부심을 포함해 늙은이의 이런 과잉엔 뭔가 제멋대로인 것이 있음을 나도 잘 안다. 나는 젊은 나였다면 어이없어하거나 역겨워서 고개를 절레절레했을 방식으로 도를 넘게 되었다. 한땐 나도 팔불출 아버지들을 보면 낄낄거렸다. 하지만 이젠 아버지의 자부심이 부득이한 것, 어쩌면 존재의 생물학적 상태요, 성서 속의 조상들이 원죄라고 부르던 인간 조건 같은 것이라고—내 부도덕을 변호하는 차원에서—믿게 되었다. 자부심은 이중나선에 암호화되어 있는 듯하다, 산소에 대한 요구와 마찬가지로 수정이 불가능하게끔. 아버지의 자부심은 함유될 순 있어도 자유의지로 지울 순 없나 보다. 나는 혀를 애써 깨문 적이 있다. 지금도 혀를 깨문다. 하지만 혀는 순식간에 낫고 만다.

자부심과 사랑의 차이는 무엇일까?

어떤 면에서 우리는 자부심이라는 감정을 꼭 겪어보지 않아도 누구 또는 무엇을 분명 사랑할 수 있다. 또 어떤 면에서는 사랑의 감정을 동반하지 않으면 속으로 자부심을 그려보기가 어렵다. 예를 들어 자신의 작품에 자부심을 갖는 건 작품 자체에 대한 사랑, 혹은 자기 노동의 최종 결과물에 대한 사랑, 혹은 각별한 과업을 세심하게 추진할 때 발견되는 도전과 만족에 대한 사랑을 어느 정도 받아들이는 것이다. 마찬가지로 자식한테 자부심을 갖는 것도—자부심을 **느끼는** 것도—사랑이라 불리는 복잡한 감정과 밀접하게 연관된 무언가를 느끼는 것이다. 르브론 제임스나 다른 낯선 사람이 결정적인 자유투를 넣었을 때 우리는 가슴 벅찬 자부심을 느낄까? 보나 마나 대개 그렇지 않을 것이다. 아들이나 딸이 똑같은 걸 성공했을 때 우리는 자랑스러울까? 보나 마나 대개 그럴 것이다. 하나는 사랑이 동반되어 있지 않고 하나는 동반되어 있다.

이를 염두에 두고 나는 근래 있었던 역사의 한 장면, 때론 자부심이 일고 때론 사랑이 일지만 보통은 둘 모두 끓어넘치는, 내 밤잠을 설치게 만드는 사건 하나를 풀어놓으려 한다.

2009년 7월 18일 우리 가족은 프랑스 남동부, 아름답지만 매우 비싼 동네인 생장카프페라(Saint-Jean-Cap-Ferrat)에서 휴가를 보내고 있었다. 그 화창한 7월 어느 날 정오께 메러디스와 나는 탁 트인 푸른 잔디밭 저편에서 탁구 중인 티미와 태드를 지켜보면서 가짜 상류층 기분에 젖어 너무나도 호화로운 호텔 부지에 있는 야외 바에서 음료를 주문한 참이었다. 그 호텔은 우리 벌이로는 과분한, 오판으로 인한 사치였고, 그래서 이틀 동안 우리 가족은 예전의 그레이스 켈리나 캐리 그랜트 영화에 잘못 캐스팅된 양 이곳은 우리가 있을 데가 아니라는 묘한 자의식에 잠겨 있었다. 호텔 고객들은 너나없이 보석을 걸쳤고 세련되었고 부유한 데다 멋들어지게 그을어 있었다. 그 땅엔 버거킹이 없었다. 한 조각에 18달러인 호텔 피자는 오리 간 같은 맛이 났다. 앞서 몇 달 전 우리는 멍청하게도 뜬금없는 낭만 때문에, 어쩌면 영국 왕세자가 우리더러 선상 파티에 와달라고 청하거나 조니 뎁이 마을 고지대 푸른 언덕의 자기 별장에서 열리는 크로케 경기에 우리를 초대할지 모른다는 환상에 젖어 이곳 방을 예약한 참이었다. 그런 일은 생기지 않았다. 실상은 아무도 우리에게 말을 걸지 않았는데 그러기는 음료 리필도 꺼리고 남자 화장실 방향을 알려주기도 꺼리는 듯하던 대다수 호텔 직원도 마찬가지였다. 우리는 부분적으론 돈을 아끼려고, 부분적으론 우리가 "카프레라의 싸가지"라 일컫게 된 것을 마주치지 않으려고 온갖 데를 다 걸어 다녔다.

그래도 우리는 단호한 허세로 버텨내고 있었고 그건 2009년 7월 18일, 12달러짜리 김빠진 코카콜라를 잔으로 들이켜던 중 핸드폰이 울렸을 때에도 마찬가지였다. 텍사스에서 걸려온 여동생의 전화였다. 어머니가 돌아가신 참이었다.

그 끔찍한 소식을 들었을 때조차 나는 눈부시게 푸른 지중해, 수영하는 사람들과 수상기들, 푸르고 매끈한 잔디밭에서 탁구를 치는 내 아이들, 내 손에 들린 김빠진 코카콜라, 대놓고 도움이 안 되는 웨이터에 대한 내 짜증을 의식하고 있었다. 나는 프랑스 자체도 의식하고 있었고 그 생소한 장소에서 그 엄청난 거리감 속에 어머니의 죽음에 관한 세세한 이야길 들으니 얼마나 이상한가 하는 점도 의식하고 있었다. 대략 티미 정도였던 예닐곱 살 때부터 나는 내내 이 순간을 두려워하며 나 자신을 과연 추스를 수 있을까 의심해왔는데 지금 나는 어머닌 저쪽 세상으로 돌아가시고 자식들은 터무니없이 비싼 프랑스 땡볕에서 탁구를 치는 가운데 손에 김빠진 코카콜라를 들고 그저 생장카프페라의 야외 바에 앉아 있었다. 그 절망적인, 속이 뒤집어지는 순간에 나는 내가 영락없는 미네소타 사람임을 통렬하게 의식했다.*

통화가 끝난 뒤 메러디스와 나는 잔디밭을 가로질러 탁구대로 갔다.

나는 아이들에게 할머니가 돌아가셨다고 말했다.

녀석들은 어려서 할 말을 몰랐다. 나도 긴말하지 않았다 — 거의 아무 말도 하지 않았다.

그날 오후 나는 더는 프랑스 같지 않은, 더는 아무 곳도 아닌 듯한 기분으로 티미랑 태드랑 오래오래 탁구를 쳤고, 그러다 시간이 지나 해가 질 무렵 우리 넷은 생장카프페라 번화가에서 저녁을 먹고자 만까지 길고 완만한 내리막을 걸어 내려갔다.

나는 팔을 뻗어 티미의 손을 잡았다.

우리는 기분이 가라앉아 있었다.

하늘은 불그스름한 자줏빛이었다.

그레이스 켈리는 캐리 그랜트와 팔짱을 끼고 열대의 그늘 속을 거닐었다. 곧 별이 뜰 터였다. 어머니는 돌아가신 참이었다.

"할머니 생각 중이야?" 나는 티미에게 물었다.

"아니," 티미는 말했다. "할머니를 생각하는 아빠를 생각 중이야."

---

* 스칸디나비아계가 많은 미네소타 사람들은 친절을 주고받을 때에도 내향적인 성격이 두드러져 타지 사람들에겐 속을 모르겠다는 인상이 강한데 이를 "미네소타 나이스(Minnesota Nice)"라고 부른다.

22

만약에

태드도 티미도 내게 베트남에 관해 단 한 번의 질문도 해본 적이 없는데 이것은 지난 한두 해 나를 심란하게 만들었다. 녀석들한텐 내가 재미없나? 녀석들은 조금도 안 궁금한가?

그리하여 많은 생각 끝에 나는 어느 날 저녁 녀석들에게 편법으로 우리 아버지의 전시 경험에 관한 짧은 이야기, 즉 우리 아빠가 제2차 세계대전 때 구축함에 배치받았는데 그 배가 끝내 아빠를 싣지 않고 출항했다더라 하는 이야기를 들려주며 내 주제로 접근하려 했다. 그 배는 모든 선원을 데리고 침몰했다. 혹은 우리 아버지의 주장이 그렇다. 진실일까? 아닐까? 일부 진실일까? 나도 모른다. 인정한다, 내게 그 일화는 절정도 완결성도 너무나 완벽해서 현실 세계의 이야기보다는 운명에 관한 우화처럼 미심쩍은 전형성을 띤다.

티미와 태드도 회의적이긴 마찬가지였지만 진실이냐 거짓이냐 하는 것과는 무관했다.

"이 얘기는, 그러니까 아빠가 지은 도덕 얘기 중 하나지?" 티미는 물었다. "그러니까 우리가 해군에 들어가면 안 된다는 거잖아?"

"내가 안 지었어," 나는 말했다. "진짜로 우리 아빠가 나한테 들려준 얘기야."

조금 뒤 태드는 말했다. "멋진 얘기긴 한데 내 생각엔 아빠의 아빠가 아빠한테 겁을 주려고 그런 거 같아."

"왜 그렇게 생각해?"

"음," 태드는 말했다. "아빠의 아빠가 그 배에 탔으면 아빠는 여기에 **없었을** 거 아냐. 나도 여기에 없었을 거고."

"그거 **진짜** 겁난다."

"티미 형도 여기에 없었을 거야. 우리 다 아무것도 아니었을걸. 우리가 아무것도 아니란 것도 **몰랐을걸**."

"그러게," 나는 말했다.

대화는 곧 다른 데로 향했다. 10분에서 15분이 지나자 티미는 말했다. "나 방금 훨씬 더 무서운 거 생각났어."

"뭔데?" 나는 말했다.

"만약에 아빠랑 엄마가 고등학교 다닐 때 결혼했으면? 그럼 난 오십 살이잖아."

"맞아."

"조금 있으면 죽었을걸."

메러디스와 나는 서로를 쳐다보았다. 아무도 웃고 있지 않았다.

그러고 나서 메러디스와 나는 그 그림을 머릿속에서 지우느라 며칠을 고생했다. 두 개의 퓨즈는 얼마 못 가 나가버렸다. 쉰 살 먹은 티미의 모습이 끈질기게 남아 있긴 했지만 그래도 녀석은 역시 8학년이자 외발자전거 선수, 루빅스 큐브 마니아, 몽상가, 치아 교정기를 하고 올챙이배가 나온 수줍은 열두 살이었다.

"어떤 건," 메러디스는 말했다. "생각도 하기 싫다니까."

23

재택 학습

두 아들이 언젠가 직업 작가가 되고 싶어 할지는 모르지만 — 안 그랬으면 좋겠다 — 천재지변이 일어나지 않는 한 녀석들은 반드시 글을 **써야만** 할 것이다. 고등학교와 대학에 가면 좋든 싫든 명료하고 효과적인 작문을 하도록 요구받고, 그 뒤에도 성인이 되면 인생에서 글쓰기와 연관되지 않은 일이 귀할 정도로 극소수란 걸 깨닫게 될 것이다. 지금이야 태드는 "토끼랑 뒹굴며 사는 것"이 인생 계획이다. 티미는 언제든 LA 레이커스 선수로 선발되길 고대한다. 하지만 그런 있을 법하지 않은 시나리오가 현실에서 펼쳐지더라도 녀석들은 어느새 편지, 문자, 엽서, 이메일, 트윗, 그리고 향후 수십 년 사이에 유행할 어떤 형태의 활자 수단으로든 틀림없이 글을 작성하고 있을 것이다. 녀석들은 자기 생각을 언어로 옮길 필요가 있을 텐데 (현재로는) 그걸 대체할 수단이 없으니 몇 마디 조언을 하는 게 옳을 듯하다.

1. 우스꽝스러운 언어, 화려한 언어, 장식적인 언어, 장황한 언어를 피할 것. 이런 문장은 쓰지 말 것. “그녀의 목은 백조를 닮아 길고 활처럼 굽은 데다 단력 있고 우아했다.” 대신에 이렇게 쓸 것. “그녀는 토했다.”
2. 거짓 시적이고 과한 두운법을 피할 것. 이런 문장은 쓰지 말 것. “그의 빨빨 빨아대는 빨간 혀에 내 비위는 빨간 신호였다.”* 대신에 이렇게 쓸 것. “그는 내게 키스했다. 나는 역겨웠다.”
3. 능동형 언어를 쓰고 수동형은 피할 것. 이런 지루한 수동형 문장은 쓰지 말 것. “잭의 결혼 생활은 20년간 행복하게 이어져 왔었다.” 대신에 이렇게 쓸 것. “잭은 TV를 켜고 치토스를 뜯고 푹 기대앉아 몸을 벅벅 긁었다.”
4. 볼품없는 건 삭제할 것. 숨이 멎을 듯한 어느 일몰을 묘사한다면 다루기 힘든 딱딱한 문구는 빼버리는 게 속 편할 거야.
5. 교정을 볼 것. 가령 “throng(군중)”이란 단어와 “thong(티팬티)”이란 단어는 다른데, 자줏빛 황혼 속에서 춤추는 열광적인 티팬티를 독자가 떠올리는 건 아마 너도 바라지 않겠지.
6. 소설을 쓸 땐 거짓말하는 걸 겁내지 말 것. 소설가에게 거짓말은 불가피하고 고결하고 숭고한 미덕이거든.(밀짚 맥고모자를 쓴 남자한테 한번 써먹어보렴.)

   소설의 기술은 항상은 아니지만 대개는 일어나지 않은 일, 적어도 현실 세계라 불리는 곳에선 일어나지 않은 일과 연관되고, 그러면서도 인간의 감정적이고 도덕적이고 영적인 측면을 비춰. 『미들마치』는 숭고한 거짓말이야. 『전쟁과 평화』는 고결하고 불가피한 거짓말이고. 파블로 피카소가 직설적이고 명쾌한 말을 남겼지. "예술은 진실을 깨닫게 해주는 거짓말이다." 비슷한 뜻으로 어니스트 헤밍웨이도 이런 문장을 남겼어. "하지만 그런 소설책도 사실로 기록된 것에 언제든 도움을 줄 여지가 있다."** 아니면 메리앤 무어***가 당부한 말도 있지. 진실한 시는 반드시 "실제 두꺼비가 사는 상상의 정원"을 지녀야 한다.

물론 지어낸 이야기 속의 진실은 실증적 방법으로 입증되는 경우가 드물어. 예를 들어 우리는 엄지공주가, 친절히 말하자면, 키가 작은 편에 속한 아가씨였는지 증명할 수 없지. 사실 우리는 엄지공주가 아가씨가 맞는지도 증명할 수 없어, 실존 인물로 존재한 적이 없으니까. 소설의 진실은 우리가 꾸는 백일몽이나 악몽과 마찬가지로 역사 밖에서 역사를 보완하면서 역사를 다시 투영하거나 제조하는데, 심지어는 우리가 다루는 이야기가 실제 역사적 사건에서 영감을 받고 도움을 받아 태어났더라도 그래.(여기서도 『전쟁과 평화』를 예로 들 수 있지.) 일반적으로 말하는 예술이며 특정한 이야기들은 모두 일종의 쌍둥이 우주에 살면서 때론 우리 자신을, 때론 우리 모순을 비춰준단다.(『이상한 나라의 앨리스』, 미키 마우스, 『제5도살장』, 「꿈속에서 책임은 시작된다」****가 문득 떠오르는구나.) 결국 이야기의 진

* 원문은 "The red, rollicking river of his tongue rubbed me the wrong way".

** 헤밍웨이의 산문집 『파리는 날마다 축제A Moveable Feast』에 나오는 말.

*** Marianne Moore. 미국 시인.

**** In Dreams Begin Responsibilities. 미국 시인이자 단편 작가 델모어 슈워츠(Delmore Schwartz)의 단편소설. 이름 모를 청년이 꿈에서 어느 낡은 극장에 앉아 부모님의 연애 시절 영상을 보고 심란해하다가 깨어나는 내용.

실(story-truth)은 실재하는 것 또는 실재했던 것의 작용을 미미하게만 받는다는 거지. 차라리 피카소와 헤밍웨이의 암시대로, 잘 지어낸 거짓말은 피터 파이퍼가 왜 고추 장아찌를 한 사발 집었는지 이해하게 도와줘*, 우리한테 고추나 사발이나 피터 파이퍼라는 사내에 관한 현실 세계의 증거가 없더라도 말이야. 예술은 과학이 아니고 과학도 예술이 아니지만 각자는 서로의 정보에 예민하게 반응해. 면밀한 관찰, 호기심, 실험, 일관성, 내적 무모순성, 표현의 정확성, 인과율상의 전반적 신뢰도. 이야기의 "진실"은 과학적 방법으로는 입증되지 않을지 몰라도 자정을 알리는 소리를 들으며 책장을 넘기는 독자 개개인의 마음과 위장과 눈물샘으로는 틀림없이 입증될 수 있어—이미 입증되었어. 소설은 과학으로선 실패해도 비탄에 잠겨 잠 못 이루는 탤러해시의 어느 외로운 부인에게 위안과 격려를 주는 데에는 찬란한 성공을 이룰 수 있지. 이건 소설을 방어하려고 꼬아서 하는 말이 아니야. 있는 그대로를 얘기하는 거야. 소설가들은 다 이유가 있어서 뭔가를 지어내기로 한 거고, 그렇지 않았으면 소설은 없었을 거야. 장편소설도, 영화도, 단편소설도, TV 드라마도, 워비곤 호수**도, 『우주 전쟁』도, 『로미오와 줄리엣』도, 『율리시스』도, 스크루지도, 〈사인필드〉***도, 빨간 모자나 룸펠슈틸츠헨****이나 엄지공주도. 브로드웨이도 불이 꺼졌겠지. 할리우드도 셔터를 내렸을 거고. 아버지들도 자식에게 잠자리 이야기를 그만 들려줬을 거야. 모든 걸 고려해볼 때 고결한 거짓말이 아니었다면 세상이 얼마나 팍팍했을지 상상해보렴.

그래서 아빠가 너한테 촉구하는 거야, 티미, 너도, 태드, 신중하게 생생하게 정직하게 용감하게 네 거짓말을 들려주라고. 어려운 일이겠지. 잠도 안 올 거야. 하지만 좋은 소식은, 이건 내가 몇 년간 종종 재확인했던 건데, 네가 모든 걸 알아야 할 필요는 없다는 거야. 너는 그냥 전부 지어내도 돼.

7. 다른 사람이 예상하거나 바라는 생각 말고 너만의 생각을 할 것. 토끼랑 뒹굴면서 살고 싶어 못 견디겠으면 그렇다고 말하렴. 인류는 실패한 실험이다 믿는다면 그렇다고 말해. 하지만 용기가 꺾이는 경우를 대비해 버트런드 러셀의『인기 없는 에세이Unpopular Essays』한 권을 방책으로 들고 다니는 것 잊지 말고. 용기가 꺾이는 날이 꼭 있을 테니까.
8. 마찬가지 이유로 조지 오웰의 에세이도 쓸모가 있을 거야. "자유가 단 얼마큼이라도 중요하다는 건," 오웰은 썼어. "남에게 듣기 싫은 말을 할 권리도 있다는 얘기다."
9. 글에 상징을 억지로 넣지 말 것. 상징이 글 속에서 자라나 풍기게 할 것. 상징을 위한 상징이 포함된 문장이 써진다면 컴퓨터를 잠시 락스에 담갔다 빼도 좋아.

---

* 피터 파이퍼는 "간장공장공장장"의 영어 버전인 "Peter Piper picked a peck of pickled peppers"라는 말놀이에 나오는 가공의 인물.

** 미국 라디오 쇼 〈대평원 가정의 동반자A Prairie Home Companion〉에서 이야기 코너인 〈워비곤 호수에서 온 소식News from Lake Wobegon〉에 나오는 가상의 지역.

*** Seinfeld. 〈프렌즈〉와 콘셉트가 비슷하되 그보다 먼저 미국 시트콤계를 평정한 TV 드라마.

**** Rumpelstiltskin. 그림 형제의 동명의 동화 속 심술보 난쟁이.

10. 소설을 쓸 때 막힌다 싶으면 하려던 말을 반대로 써볼 것. 하려는 말의 반대가 흔히 하려는 말이란다. 혹시 하려는 말의 반대가 하려는 말이 아니다, 그럼 그건 하려는 말보다 훨씬 더 참신하고 영리한 말로 밝혀질 가능성도 있어.

11. 아울러 작가가 되고 싶다면 이런 뻔한 사실을 유념해도 나쁠 것 없지. 작가는 반드시 써야 한다는 거. 이에 관해서라면 조지프 콘래드가 친구한테 보내는 편지에 자신의 일과를 이렇게 적었어. "난 매일 아침 어김없이 자리에 앉는다네, 날마다 여덟 시간을 — 그렇게 앉아 있는 게 전부야." 어김없이라고 콘래드는 말해. 날마다라고. 기분이 내킬 때뿐 아니라 영감이 떠오를 때에도, 못해 먹겠다 싶을 때에도 그는 자리에 앉지. 작가는 오롯이 참여하고자, 오롯이 받아들이고자 자리에 앉아 있는 행위를 하는데, 그러는 동안 손가락과 정신이 언어와 상상의 기적적인 융합의 순간을 맞을 준비를 한다 이거야.

자리에 앉아 있는 게 즐겁기만 하다는 얘기는 아니야. 고역이 아닐 때가 거의 없지. 너는 기다리고 또 기다리게 될 거야. 조바심이 날 거고. 혼자서 투덜거리게 되겠지. 그저 그런 문장을 쓰고 그걸 고친 다음 홱 내팽개치게 될 거야. 너는 몇 안 되는 강렬한 기쁨의 순간을 맛보는 대가로 지루함과 실패와 자기의심을 견디게 될 거야.

대개는 있잖니, 매일같이 앉아 있는다는 만족감은 작은 언어적 성취에 휘둘리곤 해, 단어 하나하나에 말이야. 예를 들어 운율이 맞으면서도 어떤 명사에 고유하고 생기로운 정체성을 부여하는, 그 명사를 화사하게 끌어올리는, 그 명사에 — 딱 그 집, 딱 그 하수구, 딱 그 나비처럼 — **딱 그것**이라는 독자성을 부여하는, 우아하고 바른 느낌을 해치지 않는, 명사와 달콤하게 짝지어 세상에 신선한 아름다움과 신선한 통찰과 신선한 음악을 가져다주는 형용사를 발견하면 엔도르핀이 치솟는단다. 산문의 음악성은, 그러니까 그 리듬과 대위법과 화성은 소설이라는 선박이 늘 떠다니고 플롯과 인물을 늘 부력으로 받쳐주는 바다야. 귀에 거슬리는 우아하지 못한 문장은 그 선박의 무결함을 위태롭게 만들 거고 반복적인 음악적 실수는 매혹적이었을 이야기를 바다 밑으로 가라앉힐 거야, 화려했을지 모를 야상곡을 조율 나간 피아노가 망치듯이. 작가로서 최적의 언어를 찾으려는 고투는 대단한 집중력을 요구해 — 격렬한 **귀 기울임**을 말이야 — 그건 예술가가 철저히 참여하지 않으면 얻어질 수 없는 거지. 볼링을 하면서는 글을 쓸 수 없어.

12. 마지막으로 — 일어나, 태드! — 조지프 콘래드의 『나르시스호의 검둥이』*에 들어 있는 서문으로 오늘의 재택 학습 시간을 마칠게. "예술적 지위를 열망하는 작품은 아무리 초라해도 매 행에 정당성이 있어야 한다."

여기에 이렇게 덧붙여도 무방할 거야. 매 단어, 매 음절에도 그렇다.

---

* The Nigger of the "Narcissus". 1897년 출간된 조지프 콘래드의 중편소설로 콘래드 중반기의 포문을 여는, 전반기 최고작으로 꼽힌다. 이 책에 부친 조지프 콘래드의 서문도 그가 쓴 비소설 중 반드시 읽어야 할 글로 평가받는다.

24

재택 학습

지난 시간에 나는 조지 오웰을 인용했어. “자유가 단 얼마큼이라도 중요하다는 건 남에게 듣기 싫은 말을 할 권리도 있다는 얘기다.”

이 시점에서 우리는, 티미랑 태드, 자유가 보장하는 권리를 행사했을 때의 결과를 곰곰이 따져봐야 돼. 한쪽에선 조지 오웰에게 찬사를 보낸다 치자. 남에게 듣기 싫은 말을 하려고 용기를 끄집어내는 건 별개의 일이다 이거야.

참수를 생각해봐.

알카에다, ISIS, 탈레반, 그리고 다른 과격한 이슬람 조직의 일원들이 저지른 끔찍하고 악명 높은 참수에 미국인들은 몇 년 동안 혀를 내둘러왔어.

대략 같은 기간 동안 미국인들은 우리 자신의 폭탄, 드론, 로켓포, 대포, 헬리콥터, 해군함선 그리고 전투기가 저지른 덜 끔찍할 것 없는 참수에 대해서는 코를 곯아왔지.

“위선”이라는 말 들어본 적 있니?

남이 저지르는 참수를 비난하는데 내가 저지르는 참수를 비난하지 않을 수 있을까?

어떤 참수는 다른 참수보다 도덕적이야?

그 피는 덜 잔혹할까?

우리는 참수를 참수라 부르길 거부하는 국가 단위의 이중 잣대를 갖고 장난치는 게 아닐까? 그건 일종의 나르시시즘 아니니?

참수를 위생적이고 잘 차단된 제트기 조종석의 익명성 속에서 하면 카불의 누추한 골목길에서 하는 것보다 덜 사악하고 덜 충격적이고 덜 잔혹하고 덜 역겨워?

기술이 도덕적 차이를 만드니?

깨끗한 손이 깨끗한 마음을 만들어?

우리가 저지르는 참수를 모른 척하는 게 — 중립적 언어로 위장하고 불쾌한 사진을 막고 공개 조사에서 학살을 감추는 게 — 목 치는 잔혹한 영상을 유튜브에 올리는 것보다 교화된 걸까?

원거리 참수는 "부수적 피해"라며 기술적인 핑계로 일축하고 단도나 장도로 저질러지는 "근거리" 참수만 비난하는 게 기독교적으로 교양 있는 행위니?

"몸소" 참수를 하면 어쨌든 고의성이 늘어나는 거니?

반대로, 라스베이거스 외곽 공군기지에서 발사 버튼을 누르면 고의성이 줄어들어?

하나는 사고고 하나는 사고가 아니야?

장도를 휘두르건 폭탄을 투하하건, 티미야 — 너도, 태드 — 너도, 미국아 — 사람들 머리가 날아간다는 생각은 안 드니?

그리고 어떤 게 더 비겁한 걸까? 튀는 피로 흠뻑 젖어가며 대니얼

펄*의 목을 자르는 게 비겁할까 아니면 아랍에미리트연합국의 컴퓨터 트레일러 안에 전기로 흠뻑 멸균된 채 앉아서 예순여덟 살 먹은 파키스탄 할머니의 머리를 날려버리는 게 비겁할까?

인간이 목이 날아가는 것도 모자라 드론과 제트기로 팔이 날아가고 다리가 날아가고 토막이 나고 곤죽이 되는 게 못해도 장도랑 단도로 당하는 것만큼 빈번한 일이라는데 그건 경우가 아니지 않니?

목이 엉망진창인 것보단 몸이 엉망진창인 게 더 용납되니?

미국 시체보단 파키스탄 시체가 더 용납돼?

결심을 하려면 시체를 꼭 봐야 돼?

독실한 참수자이자 독실한 도살자로서 볼 땐 모세에게 십계명이 그저 열 가지 '권유'로서 전해졌다고 생각해?

혹시 원조 히브리어와 아람어는 몰라도 평범한 영어에서라면 참수는 참수고 살인은 살인이고 율법은 율법이고 이중 잣대는 폭군들과 미치광이들의 도구라는 게 진실 아니니?

왜일까, 티미, 왜 직해주의자들은 편리한 머리가 바닥에 떨어지자 그길로 직해주의를 포기했을까?

어떻게 그럴 수 있을까, 태드, 어떻게 사람이 사람한테 "내 말은 듣되 나를 따라 하진 마"라고 말할 수 있을까?

교양은 다 어떻게 된 걸까?

황금률**은 다 어떻게 된 걸까?

그만하자—너희도 알아들었을 테니까.

신성하고 올곧다는 착각에 이의를 제기하는 저 질문들에 러시 림보***는 물론이고 우리 나라 시민 상당수도 혈압이 오를 거야. 이 문제와 그 밖에 여러 유사한 문제를 제기했다는 이유로 너희는 완전한 미국인에 미달하는 존재로 여겨질지 몰라. 친구를 잃을지도 모르지. 혐오를 당할지도 모르고. 조롱을 당할지도 몰라. 하지만 그게 바로 네 자유야.

---

* Daniel Pearl. 파키스탄에서 테러리스트에게 납치돼 참수당한 〈월스트리트저널〉 기자.

** 기독교 윤리관으로 남에게 대접받길 원하면 먼저 대접을 하라는 것.

*** Rush Limbaugh. 미국 보수파 시사평론가.

25

구약성경

어느 날 저녁 다 같이 TV로 농구 경기를 보고 있는데 태드가 물었다. "성경에 나오는 므두셀라* 있잖아, 그 사람 몇 살이었어?"

"글쎄," 나는 말했다. "거의 천 살이었을걸."

"와우," 태드는 말했다.

한 시간쯤 뒤 흥분되는 접전이 막바지에 다다랐을 때 태드가 말했다. "그 사람은 정확히 뭘 먹고 살았대?"

---

* Methuselah. 구약성경에 나오는 인물로 노아의 할아버지. 최고령인 969년을 살았다는 인물.

26

티미와 태드와 아빠와 나 1

우리 아버지는 또다시 술을 마셨는데 여기에 그도 조금은 수치심을 느꼈던 게 틀림없는 것이, 어느 무더운 여름날 오후 그가 무거워 보이는 두꺼운 책을 들고 내 침실에 들어온 것이다. 우리 아버지가 아버지가 되기로 결심했었나 보다. "책 받으렴," 그는 말했다. "여기에 이야기가 잔뜩 들었어. 그중 다섯 편을 골라서 읽었으면 하고, 그런 다음 그걸 나한테 얘기해줬으면 한다." 때는 1957년인가 1958년이었다. 나는 아직 완전히는 아니지만 거의 청소년*이었다. 나는 아버지를 너무너무 사랑했지만 그가 무섭기도 했고, 그래서 그의 얼굴이 보드카로 붉어지고 그의 걸걸한 목소리가 지나친 신중함으로 또박또박해지면 어쩔 줄을 몰랐다. "했으면 한다"라는 말은 바람이 아니었다. 그 말은 이 뜻이었다. 이거 해라, 따지지 말고.

몇 시간 뒤 나는 독서를 끝냈다. 내가 고른 이야기들에 대해 별로

* teenager. 미국에서 청소년은 법적으로 13세부터 19세를 가리킨다.

할 말이 없던 나는 복잡한 심정, 주로 걱정 속에 아버지를 찾으러 갔다.

나는 열한두 살짜리 소년에게 스릴을 보장해주는 제목이라는 이유로 「살인자들」을 읽은 참이었다. 나는 짧다는 이유로 「깨끗하고 밝은 곳」과 「빗속의 고양이」를 읽은 참이었다. 나는 골프 코스에서 일본군과 독일군을 죽이는 군인 놀이가 좋다는 이유로, 그리고 제목으로 보건대 유혈이 낭자할 것 같다는 이유로 「병사의 집」을 읽은 참이었다.* 다섯 번째 이야기는 기억이 안 난다. 틀림없이 짧은 소설이었을 것이다.

나는 아버지를 찾아 우리 집 방들을 돌아다녔고, 그러곤 밖에 나가 아버지가 세차를 하거나 잔디를 깎고 있는지 살폈다. 옥색과 크림색이 섞인 그의 올즈모빌은 어느새 진입로에 주차되어 있지 않았다.

나는 한동안 뒤쪽 계단에 앉아 울음을 참느라 애썼다. 그날은 틀림없이 일요일이었던 것 같은데, 내가 어니스트 헤밍웨이라는 단어, 그의 문장구조와 중서부 특유의 문법을 파악할 만큼은 나이를 먹되 배신과 비통함 그리고 내 도덕적 실패로 인한 덫을 겪기에는 한참 어렸던, 나도 내 나라도 아이러니에 대해서는 거의 몰랐던 1950년대 어느 작은 마을의 여름철 일요일이 그렇듯 세상에는 시간이 멈춘 듯한 공허가 감돌았다.

결국 나는 실내로 다시 들어갔다. 아버지가 어디로 갔는지 나는 몰랐다. 지금도 모른다. 그달이 7월 아니면 8월이었음을 분명히 기억하는 건 왜냐하면 집은 푹푹 찌는데 그땐 우리한테 에어컨이 없었고 나는 나대로 「빗속의 고양이」에 관해 그나마 기억한 걸 까먹을까봐 무서워서 축축이 젖어 있었기 때문이다. 기억에는 이랬다. 어느 부인이 호텔 창밖을 내다본다. 그녀는 빗속의 고양이를 본다. 그녀는 고양이를 구하려고 밖에 나가지만 고양이는 온데간데없고, 그러자 나중에 객실 청소부가 그녀에게 다른 고양이를 가져다준다. 혹시 같은 고양이인가? 모든 게 이해되지 않았다.

나는 바보가 된 기분이었다.

그런 이야기를 쓰는 이유는 뭐고 쓸 만한 이야기라고 생각하는 이유는 뭐지? 나는 궁금했다. 물론 아버지는 알겠지만 그 점도 나는 무서웠다. 나는 우리 아버지가 나를 사랑하고 나를 자랑스러워했으면 했지만 「빗속의 고양이」에 관해서 나는 유난히 사실적이고 지루하다는 말밖에 할 말이 없었다. 그날 오후 읽은 다른 네 편의 이야기도 사실상 마찬가지였다. 흥미진진하고 극적인 부분은 생략되어 있었다. 고양이가 익사하지 않아 너무 아쉽다고 나는 생각했다. 전쟁 후 고향에 돌아온 사내가 전쟁에서 틀림없이 보고 행했을 흥미진진한 것들을 얘기하지 않아 너무 아쉬웠다. 스웨덴 권투 선수가 침대에서 나와 자길 죽이러 온 두 건달을 떡이 되게 패주지 않아 너무 아쉬웠다. 나이 든 웨이터가 주기도문에 나오는 실제 문구를 떠올리지 못해 너무 아쉬웠다.

아버지는 그날 매우 밤늦은 시각에 돌아온 게 분명하다. 그때, 아니 그다음 날 아침 벌어진 일은 기억이 안 나지만 그는 이후 며칠로도 모자라 수십 년 동안 두 번 다시 내 여름 독서 숙제를 입에 올리지 않았다. 나한테 그 두꺼운 책을 건넨 기억이 안 나는 모양이었다. 아버지가 되기로 결심했던 기억이 안 나는 모양이었다. 그는 착한

---

* 언급된 것들은 모두 어니스트 헤밍웨이의 단편소설이다.

사람이라 책임이 없었다. 알코올이 문제였다. 그것은 화학이었고 슬픔이었다.

거의 60년이 흘렀다. 지금은 2016년이다. 아버지는 돌아가신 지 오래되었다.

하지만 「살인자들」을 생각할 때면 나는 내게 책을 건네고 여름철 오후 속으로 사라진 아버지가 먼저 떠오른다. 내게 「살인자들」은 무엇보다 술에 관한 것이고 그 밖의 여부는 그다음이다. 「깨끗하고 밝은 곳」을 생각할 때면 나는 미네소타주 워딩턴(Worthington)에 있는 VFW* 회관이 떠오르는데, 그곳에서 아버지는 세계 칠면조 수도인 미네소타주 워딩턴의 농부들한테 생명보험 파는 일은 그만두고 나소나 브루클린에 있었으면 하는 마음으로 친구들과 술 마시고 주사위 놀이를 하느라 많은 낮과 그보다 많은 밤을 보냈다. 오늘날 「병사의 집」을 생각할 때면 나는 저녁 식탁에 앉은 아버지의 생각 많은 침묵, 그의 문드러진 꿈, 제2차 세계대전 때 받은 것으로서 서랍 속 양말 밑에 널브러져 있던 그의 훈장이 떠오른다. 「빗속의 고양이」를 생각할 때면 나는 아버지한테 들려줄 영리한 말이 내게 떠오르길, 그래서 아버지가 나를 사랑하길, 그래서 아버지가 보드카를 끊고 왜 작가는 그런 형편없는 이야기를 쓰는지 설명해주길 내가 얼마나 갈망했는지가 떠오른다.

잊지 마, 티미 — 너도, 태드 — 독자들은 다른 사람의 책에 자신의 삶을 가져다 대입한단다. 언젠가 너희 중 누가 이야기를 쓰려고 자리에 앉잖니, 그럼 그 이야기 안에 독자의 기쁨과 두려움과 멀리 떠난 아버지가 들어설 공간을 남겨두는 게 너의 의무란 걸 부디 기억하렴.

그저 그런 이야기는 그런 공간이 적어. 형편없는 이야기는 그런 공간이 없다시피 하지. 형편없고 그저 그런 이야기는 설명이 지나치단다. 예를 들어 사악한 마녀라면 돌이킬 수 없을 만큼 철저히 사악해지는 식이야—백이면 백 어린 시절에 학대를 당한 거지. 형편없고 그저 그런 이야기는 세상을 깔끔하게 정리해, 인간의 난장판을 재수 좋은 일과 꼬여버린 일로 나누면서. 우리 중에 자기 인생의 플롯을 제대로 이해하는 사람이 있을까? 너는 어때, 태드? 너는 가능해, 티미? 너희는 어지럽고 미완성된, 모순적인 네 동기를 제대로 이해하니? 인생의 자잘한 파편 이상을 기억해낼 수 있는 사람이 과연 있을까—예를 들어 지난 화요일은 기억나? 그럼 우리가 인생을 기억해낼 수 없는데 인생을 설명하는 척하는 건 다 뭘까? 짐작이란다. 그것도 정보가 희박한 짐작. 헤밍웨이가 『무기여 잘 있거라』에 쓴 문장이 생각나는구나. "항상 모든 게 설명되진 않는다." 아니면 「사흘 동안의 폭풍」**에 나오는 문장이라든가. "항상 우리가 아는 것보다 더한 게 있다." 아니면 로버트 그레이브스***의 「이야기꾼에게 보내는 악마의 조언The Devil's Advice to Story-Tellers」도 있어. "사실과

---

* Veterans of Foreign War. 해외참전용사협회.

** The Three-Day Blow. 헤밍웨이의 단편소설.

*** Robert Graves. 영국 시인이자 소설가.

사실 간의 미묘한 모순이 / 그 모든 읽을거리를 인간적이며 정확하게 만들 것이다."

소설의 필수 목표는 설명을 안 하는 거야. 설명을 하면 좁아지거든. 설명을 하면 고정돼. 설명을 하면 불가사의가 사라지지. 설명은 사실과 사실 간의 인간적 모순에 인위적이고 오만한 질서를 부여해. 소설의 필수 목표는 알려지지 않았고 알 수도 없는 모든 것을—우리가 누군지, 왜 존재하는지를 말이야—포용하고 넓히고 심화하는 거고, 우리가 자궁에서 나와 빛을 보고 무덤으로 가는 우리의 보편적 여정을 잠을 설치며 함께 헤아렸던 것처럼 우리한테 밤늦은 동행을 제공하는 거야.

이야기에서 설명은 마술사의 무대 뒤를 거드는 거랑 같아. 신비한 것이 기술적인 것이 되지. 기적이 진부함이 돼. 즐거움이 사라진단다. 경이도 사라지고. 한때 놀라웠던 게, 아름답기까지 했던 게 고리타분한 인과관계 속으로 사라지지. 가서 설거지나 마저 하는 게 나을지도 몰라.

예를 들어 플래너리 오코너가 몇 페이지에 걸쳐서 부적응자가 어쩌다 부적응자가 되었는지, 악이 어쩌다 악이 되었는지 설명한다고 상상해보렴.* 부적응자는 어릴 때 실독증이었다, 이 때문에 그렇게 되었다—학교 성적이 나빴고 불만이 많았다. 이렇게 심리 상태를 차곡차곡 쌓아간다 치자. 이런 것들은 내게 설명으로서도, 그게 설명이라는 이유로, 뭔가 비릿한 데다 미학적으로 추한 게 느껴져, 이를테면 결정론의 악취, 그릇된 확신의 악취, 반쪽 내지 반의 반쪽짜리 진실의 악취, 위선의 악취, 헛소리의 악취, 인간 마음의 비밀들을 종류별로 나눈 척하는 악취가. 나아가 아빠는 있잖니, 티미랑 태드,

설명이 늘 설명을 해주진 않는단 걸 너희가 명심했으면 좋겠어. 실독증자가 노파를 난도질해야만 하는 경우는 거의 없거든. 악은 **그냥** 존재해. 악은 지금 여기에 악으로서 **늘** 순수하게 존재한다고, 우리가 어떤 설명을 달든 말이야. 미라이*에서 죽은 사람한테 물어보렴. 부적응자한테 물어봐. "아뇨," 그가 말하잖니. "나는 좋은 사람이 아니에요."「좋은 사람은 드물다」에서 플래너리 오코너는 그런 설명을 풍자하고 심지어 조롱하려고 비상한 노력을 들인단다. 헤밍웨이도 마찬가지인데, 설명은 그라는 유명한 빙산의 흘수선 밑에 잠겨 있어. 인생에서처럼 우리는 위대한 이야기에서도 날것의 존재를 마주하게 된단다. 사건은 스스로한테 주석을 달지 않아. 악몽은 스스로를 진단하지 않고. 치클론 B***의 첫 모금, 이혼 요구서의 첫 음절, 염려하던 전화의 첫 따르릉 소리, 네 담당 종양학과 의사가 너를 힐끗힐끗할 때의 첫 눈길, 거기엔 순수한 것이 있지. 거기엔 빗속의 고양이가 있어.

60년 전에 만난「빗속의 고양이」랑 그 외 두 개의 이야기는 그 뒤로 내가 가장 좋아하는 소설이 됐어. 그 끔찍하게 사랑스러운 이야기들은 여느 경이로운 예술 작품이 그렇듯 인생의 모호함이라는 선물, 안내견 없는 참여라는 선물, 거대한 불확실성 한가운데서 찰나에 드러나는 명징함이라는 선물, 우리 자신의 인생처럼 마구잡이에다 애매하고 불운한 다른 이의 인생을 만난다는 선물을 우리한테 선

---

* 플래너리 오코너의 단편소설「좋은 사람은 드물다A Good Man Is Hard to Find」를 언급하고 있다.

** My Lai. 베트남전쟁 때 미군이 대학살을 저지른 베트남 남부의 작은 마을.

*** Zyklon B. 나치가 유대인을 죽일 때 사용한 독가스.

사하지. 「인디언 부락」에서 끌어낼 수 있는 교훈이 있니? 없어. 『섹스의 즐거움』엔 있어. 「비수기」*엔 영리한 조언이 있니? 없어. 『민물낚시 잘하기』엔 있어.

아버지가 그 두꺼운 책을 쥐여 준 뒤로 나는 몇 년 동안 「빗속의 고양이」랑 그 밖에 어니스트 헤밍웨이의 수많은 장단편을 몇 번이나 다시 찾았어. 최근엔 650쪽짜리 핀카 비히아(Finca Vigia)판 헤밍웨이 단편 전집을 또 한 번 완독했는데 그 이야기들 대부분이 나한테 얼마나 개인적으로 와닿던지 한 번 더 놀라고 말았지. 나한텐 나만의 헤밍웨이가 있다는 얘기야, 너처럼 말이야, 티미, 너한테 너만의 릭 라이어던**이 있듯이, 아니면 너처럼 말이야, 태드, 너한테 너만의 마크 트웨인이 있듯이. 다시 말해 못해도 헤밍웨이의 독자만큼 많은 헤밍웨이가 존재한다는 얘기야. 우리 아버지한테도 당신만의 헤밍웨이가 있었지. 내 11학년 때 영어 선생님한테도 그분만의 헤밍웨이가 있었고. 거트루드 스타인한테도 그녀만의 헤밍웨이가 있었어 — 대략 맬컴 카울리***의 헤밍웨이보다 더 날것에다 덜 성숙한 헤밍웨이였지. 헤밍웨이의 자식들한테도 저희만의 헤밍웨이가 있었어. 그리고 당연히 헤밍웨이한테도 자기만의 헤밍웨이가 있었는데 헤밍웨이의 헤밍웨이는 네 헤밍웨이나 내 헤밍웨이 혹은 해럴드 블룸****의 헤밍웨이와는 분명히 달랐을 거야.

좋든 싫든 간에 — 내 생각엔 좋은 쪽에 훨씬 가깝지만 — 이야기를 쓰는 사람은 사라진 아버지들과 무더운 여름날과 사랑을 갈구하는 소년들로 소설을 완성하는 딱 거기까지만 통제를 할 수 있는 거야.

언젠가 티미랑 태드가 저희 아버지의 내적인 삶을 궁금해할 테니 내가 여기서 하려는 말이 뭔지 개인적인 예 하나를 털어놓는다.

나는 소설가다. 나는 전쟁에 관해 썼다. 그리하여 얼마 전 나는 어쩌다 보니 어느 강당에서 「내가 죽인 남자」라는, 자기가 던진 수류탄에 영겁으로 밀려난 적군 병사의 시체를 본 한 인물의 반응을 그린 짧은 꼭지를 크게 낭독할 일이 있었다. 그 이야기의 디테일은—감정적으로도 신체적으로도—유쾌하지 않았다. 기억이 수면에 드러났다. 내 목소리는 갈라졌다. 힘이 들었다. 나중에 강당 밖 로비에서 스무 살쯤 된 한 청년이 내게 다가왔다. "힘들어 보이시던데요," 그는 말했다. "정직함에 감사드립니다." 나는 그가 고마웠다. 그도 나를 고마워했다. 청년은 물러나려다 멈칫하더니 말했다. "저기, 제가 해병대에 지원할까 생각 중이었어요. 선생님께서 큰 도움을 주셨습니다. 지원해야겠단 생각이 이제 확실해졌어요."

이런 일이 한두 번이 아니었다. 가끔은 어색한 포옹으로 끝을 맺는 사실상 똑같은 대화가 30년 동안 열두 번은 더 있었다.

나는 매번 충격을 받았다.

---

* 「인디언 부락Indian Camp」과 「비수기Out of Season」 모두 어니스트 헤밍웨이의 단편소설.

** Rick Riordan. 『퍼시 잭슨과 올림포스의 신』을 쓴 미국 작가.

*** Malcolm Cowley. 미국 시인이자 문학평론가.

**** Harold Bloom. 미국 문학평론가.

나는 모텔 방에 돌아가 넥타이를 끄르고 거울을 보며 이런 생각을 하곤 한다. 이런 딱하고 멍청한 쓸모없는 얼간이. 나는 늙고 패배한 기분이 들곤 한다. 나는 샤워를 하고 담배를 피우고 CNN만 멀뚱멀뚱 쳐다보다가 결국엔 독자와 작가가 서로 남남으로 스쳐 지나가야 한다는 생각에 굴복해버린다.

한 사람의 고통은 다른 사람의 요긴한 무엇이다.

|

2016년 4월 12일, 몇 달 뒤면 나는 일흔이 된다. 티미는 열두 살, 태드는 열 살이다. 농구도 내겐 문제가 되었다.

쥐어짜는 기분이 든다.

오늘 아침 이 보잘것없고 몸에 안 맞는 글에 매달려 앉아 있는데 우리 아버지의 유골함이 눈길을 끌었다. 유골함은 내 책상에서 5피트 떨어진 선반에 웅크려 있었다. 나는 생각했다. 저기, 아버지가 하셨던 대로 한번 해볼까요? 답은 없었고 지금도 묵묵부답이다. 그래도…… 한번 해볼까?

나는 일어나서 거실로 나가 티미한테 「살인자들」 좀 읽어보겠느냐고 물었다.

그건 명령이 아니었다—부탁도 아니었다—하지만 티미는 착한 아이라 이렇게 말했다. "그래. 그게 뭔데?" 나는 녀석에게 그건 어니스트 헤밍웨이의 단편이다, 네가 몇 달 전 7학년 영어 선생님이 숙제로 내준 「한나절의 기다림」*으로 먼저 만났던 작가다 하고 말했다.

티미는「한나절의 기다림」에 미적지근한 반응을 보인 터였다.

녀석은「살인자들」에 대해서도 미적지근했다.

"글쎄, 괜찮은 거 같아," 녀석은 알려왔다.

지금 티미는「살인자들」이 내 침실 문을 건너오던 때의 내 나이와 얼추 같다. "글쎄"와 "같아"와 "괜찮은"이라는 단어는 60년 전의 그 여름날 오후 만약 우리 아버지가 사라지지 않았다면 내가 아버지에게 했을 말을 전부 대변해준다.

나는 티미에게 그 소설 속 사건을 이해했느냐고 물었다. 녀석은 분명히 이해하고 있었다. 올레는 시카고에서 누구를 배신했고 그 누구는 올레를 죽이려고 두 악당을 보냈다는 거였다. "그 권투 선수는 일부러 쓰러졌던 거야," 훌륭하고 문학적인 티미는 말했다. "아니면 쓰러지기로 해놓고서 **안** 쓰러졌거나." 그때까지 나는 "쓰러지다(fall)"라는 단어의 흔치 않은 쓰임을 내 아들이 알고 있는 줄도 몰랐다. 나는 굉장히 기뻤다. 녀석은 3점 슛을 넣은 거였다.

"올레는 어떻게 됐을까?" 나는 물었다. "내 말은, 소설이 끝날 무렵에 닉이 그에게 가서 타이르는데 왜 올레는 그만 도망 다닐 거라고 했을까?"

"그건 생각 안 해봤는데," 티미는 말했다. "난 다른 거 생각하고 있었어."

"뭐?"

"애초에 왜 권투 선수가 되려고 했는지 궁금해하고 있었어. 권투 선수는 사람을 다치게 하잖아?"

---

* A Day's Wait. 어니스트 헤밍웨이의 단편소설.

"그렇지, 맞아."
"얼굴도 두들겨 맞잖아?"
"그렇지."
"그런데 왜 권투 선수가 된 거야?"
티미한테는 저만의 헤밍웨이가 있었다.

|

일흔이 다 되니 겉으로 전부 티가 나지만, 그럼에도 나는 괜찮은 아버지가 되려고 노력 중이다. 책이 한 가지 방법이다. 잠자리 이야기도 한 가지 방법이다. 나는 미식축구 공과 야구공을 던지고 또 현기증이 나도록 탁구대에 붙어 있는다. 몇 년 전까지만 해도 나는 티미가 태어나던 날 다짐했던 대로 아이들과 오후마다 숱하게 골프 코스에 나갔는데, 작고 하얀 공을 가지고 두 아들과 유대감을 형성한다는 낭만적인 생각은 기대대로 풀리지 않았다. 태드와 티미는 골프가 안중에도 없다. 녀석들은 물웅덩이를 지날 때면 심장이 두근두근하는 골프 카트를 모는 일엔 껌뻑 죽지만 골프 자체는 무의미한가 보다. ("아빠 말은," 태드는 말했다. "내가 공을 많이 치면 안 된다는 거야?") 어쨌든 내가 기억하는 한 우리 중에 "아직 아홉 홀이 남았잖아"라고 말한 사람은 없다.

그래도 나는 내내 곁에 있어주었다. 나는 사라져본 적이 없다. 아직은.

12년 전에 나는 우리 아버지처럼 아버지가 되기로 결심했다. 나는 컴퓨터 앞에 몇 날 며칠 앉아 있기를 그만두었고, 글짓기를 그만두었고, 그 결과 까마득한 2002년에 출간한 장편소설이 나의 가장 최신작이 되었다.

이 침묵에는 영웅적인 것이 없었다. 그것은 결코 희생이 아니었다. 티미가 배 속에 들어선 2002년 초가을 나는 하루에 열두 시간을 들여서 쓴 게 그럭저럭 읽어줄 만한 반 페이지짜리 글이라는 데 화가 났다. 나는 고독과 고립에 화가 났다. 나는 그 모든 것의 무자비한 주관성에 화가 났다. 내게 한때 재미였던 것은—싫증 나버린 재미, 불만스러워진 재미는—증오로 조금씩 굳어갔다. 지금 이 순간 그 증오가 차오른다. "굳어갔다"라는 단어를 "진화해갔다"로 바꿔야 할까? 바꿀까? 말까? 에라—놔두자. "깨어났다"라는 단어는 너무 시적이고 너무 멋 들어갔나? 응. 아마도. 아니. 아마도. 나는 매 음절마다 다음 음절은 쓰지 말자고 나를 애써 설득한다. 그런데도 나는 긴 휴지기를 끝내고 여기에, 그것한테 돌아와 있다. 하루에 열두 시간이 아니라 다섯 시간. 숙제 점검에 많은 시간을 쏟느라. 축구와 생일과 루빅스 큐브 빨리 맞추기 경합을 챙기는 데 많은 시간을 쏟느라.

글짓기에 대한 내 증오는 큰 걸림돌로 남아 있지만 그래도 아직은, 적어도 가끔은 예전의 작가적 열정이 일부 돌아오곤 한다. 이제 나는 새벽 3시에도 상상력이 웅성대는 통에 화들짝 놀라 잠이 깬다. 나는 침대를 기어 나온다. 커피를 내린다. 꿈나라 언어 조각들이 들었다 났다 하면서 때때로 저희끼리 들러붙는다. 몸도 채 못 가누고 부엌 조리대를 치우고 있으면 벌 떼 같은 생각들, 이 행성에서 보낸 저희 아버지의 세월에 관해 티미와 태드한테 해주고 싶은 말을 불러

일으켜주는 기억들이 머릿속을 윙윙거린다. 어릴 적의 마술 요령, 내 무릎에 앉아 영원히 작별을 고하던 여자 친구, 실수로 놓친 땅볼, 한밤중에 찰랑찰랑하던 탬버린, 전쟁, 꽉 찬 아홉 살이 영영 못 되어 보고 죽은 어느 여자아이.

지옥 같은 글쓰기가 몇 시간 동안 내 앞을 단단히 위협해도 거기엔 또 한 번 아침의 생기로운 홍분이 있다. 이것은 예전, 그러니까 두 아들이 있기 전에나 있었던 일이다.

|

어릴 적 내게 「병사의 집」은 「빗속의 고양이」라는 눈부신 예에 버금갈 최고로 지루하고 최대한 평범한 이야기를 쓰고 말겠다는 작가의 고의적이고 악의 어린 결심으로 보였다. 기관총은 어디 있지? 흥분은? 그 재치 있는 압축은 — 병사의 집이라니 — 그 언어유희와 함께 간과한 채 넘겨버렸는데, 혹시 내가 말도 안 되게 조숙해서 그걸 조금이나마 알아차렸더라도 내 하품의 넓이와 나만의 평가는 그대로였을 것이다.

그냥 "아이고" 하고 깨달을밖에.

어렸을 적 「병사의 집」은 오늘날 내가 속에 품고 다니는 「병사의 집」과 분명 다르다. 나는 공포의 대체어를 찾느라 전부터 애를 먹어 왔다. "공포"로는 부족하다. 어떤 단어로도 부족하다. 침묵은 뜻이 통한다. (티미와 태드는 내 난데없는 침묵들을 받아들이게 되었지만 그래도 내가 침묵할 땐 나를 아주 조심조심 피한다. 다른 데를 보면서. 저희도 침묵하면서. 녀석들은 분위기가 바뀌길 기다려준다. 태드는 이걸 아빠의 영창 생활이라고 부른다.)

다른 사람을 죽여본 사람들, 또 어떤 식으로든 전쟁이라는 악의 크랭크실에 갇혀본 사람들에겐 나중에야 극심하게 찾아오는 말 못할 무력함이 있다. 보니것의 빌리 필그림이 그렇다. 헤밍웨이의 해럴드 크레브스가 그렇다. 하이네만의 파코 설리번이 그렇다.* 호메로스의 오디세우스가 그렇다. 오브라이언의 오브라이언이 그렇다. "그러고 나면 당신은 거기 누워 머릿속에서 벌어지는 이야기를 한참 지켜본다. 당신은 아내의 숨소리에 귀 기울인다. 전쟁은 이미 끝났다. 당신은 눈을 감는다. 당신은 어둠 속에서 기력 없이 팔을 휘저으며 생각한다. 맙소사, 요점이 뭐더라?"**

헤밍웨이의 「병사의 집」한테 영향을 받았느냐고? 그럼, 그걸 말이라고. 아니, 그걸 말이라고. "영향"이라는 단어에 대한 내 불편함은 당연히 헤밍웨이가 나보다 먼저 거기에 도달했다는 생각에 뿌리를 내리고 있다. 사실 그는 거기에 단순히 도달한 게 아니라 **제대로** 도달했다—— 병사의 침묵 밑에는 깊고 밀도 높은 빙산이 있다. 하지만 나는 짜증으로 온몸을 부들부들 떨면서 천장에다 물어보곤 한다. 헤밍웨이도 전쟁으로 피폐해진 오디세우스가 몇 세기 전에 밟은 지형을 자기가 지나고 있다는 데 생각이 미쳤겠지? 보니것도 더스패서스한테 짜증이 났을 거야? 레마르크도 크레인한테 짜증이 나지 않

* 빌리 필그림은 커트 보니것의 『제5도살장』 주인공, 해럴드 크레브스는 헤밍웨이의 「병사의 집」 주인공, 파코 설리번은 주로 베트남전쟁을 다룬 미국 작가 래리 하이네만(Larry Heinemann)의 『파코 이야기Paco's Story』 주인공이다.

** 팀 오브라이언의 『그들이 가지고 다닌 것들』에 나오는 문장.

았겠어?

헤밍웨이가 죽기 얼마 전 텍사스주 오스틴에서 열린 어느 행사에서 나는 노먼 메일러를 소개받았는데 그는 휠체어에 앉아 처음엔 어리둥절해하다 그다음엔 반쯤 알아보더니 마지막엔 공격적인 눈길로 나를 쳐다보았다. 그는 거침없이 힘주어 말했다. “당신이 그 베트남 작가요?”

나는 그에게 고개를 끄덕였다. “베트남 작가”라는 말에는 신경 쓰지 않았다.

메일러는 내내 공격적인 눈길로 나를 노려보다가 말했다. “흠, 우린 다들 서로의 어깨에 기대고 있군.”

나는 당연히 이해가 되었다. 그는 『벌거벗은 자와 죽은 자』를 쓴 사람이었다.

하지만 그 뒤 반 시간, 그리고 이후 몇 년간 나는 메일러의 눈에 담긴 힐난이 뭐였는지, 어째서 그의 목소리가 날카로웠는지 마냥 궁금했다. 나는 독심술사가 못 된다. 아마 그때의 언급은 자상함의 표시였을 것이다. 하지만 우리는 — 태도, 눈길, 목소리 같은 — 신호를 꼭 해석해야만 하는 사람들이고, 나는 내가 위험수위에 근접한 짜증을 받고 있었다는 인상을 그때나 지금이나 모르는 척 넘어갈 수가 없다. 어쩌면 그것은 소유권을 위반당했다는, 무단 침입자와 마주쳤다는 짜증, 그러니까 말뚝을 박아 표시한 자신의 문학적 성역을 남들이 성큼성큼 지나다니기 시작할 때 작가라면 느낄 박탈감에서 오는 짜증이 아니었을까 하는 의구심이 종종 든다. 그것은 쌍방향이다. 영향을 끼치는 사람이든 받는 사람이든 자기방어 본능이 작용한다. 나도 그런 짜증을 여러 번 느껴보았다. 책을 집어 들고 한두 페이지를 훑다가 터져 나오는 외침. "이거 내 건데!"

메일러가 옳았다. 우리는 정말로 서로의 어깨에 기대고 있다. 하지만 그 어깨에 기대는 동안 우리는 뭔가 새롭고 독창적인 것을 세상 높이 들어 올리려는 노력도 한다—A&W 루트비어 가판, 똥밭, 칠부바지를 입은 여자, 손에 넣기 힘든 은성 훈장.* 빼앗은 땅에다 아예 새로운 집을 짓는 것이다.

나한테 「병사의 집」은 귀하다. 그것은 예술이 이룰 수 있는 가장 완벽한 모습을 띤다. 이런 점에서 그 소설은 엄청나고 또 오래가는 영향을 끼쳤다—절제된 갈등, 절제된 상처, 절제된 언어, 절제된 내면, 절제된 행위, 절제된 분위기, 그리고 무엇보다 눈에 띄게 절제된—간신히, 필사적으로 절제된—소설 속 영웅 해럴드 크레브스. 형식과 내용, 문체와 주제, 사건과 인물이 이보다 능수능란하게 결속될 수 있을까? 미학적 장벽이 이보다 높을 수 있을까? 하지만 적어도 내게는 「병사의 집」이 그 영향력 못지않게 장애물인 것도 사실인데, 왜냐하면 그것이 예나 지금이나 매우 훌륭한 소설이요, 예나 지금이나 나와 남들에게 큰 사랑을 받고 있고 예나 지금이나 원상태 그대로 **존재**하기 때문이다.

작가는 무엇을 하는가?

나는 내 인생을 청산할 수 없다. 나는 군인이었다. 나는 집에 돌아왔다. 나는 끓어오르는 침묵에 관해 내가 배우고 싶은 만큼보다 더 배웠다.

건장한 어깨들이 나를 받쳐주어도—그중에는 어니스트 헤밍웨

---

* 모두 팀 오브라이언의 『그들이 가지고 다닌 것들』에 나오는 소재.

이와 노먼 메일러, 못 말리는 이들 두 명의 **권투 선수**가 있다 — 기억 앞에서 나는 나의 무력함, 애국적인 거짓말을 내뱉을지 모른다는 나의 두려움, 가족과 친구들 곁에서 예의를 지키고픈 나의 소망, 나의 끊임없는 죄책감, 꿈속에서 사람들이 나를 죽이려는 탓에 아직도 "빌어먹을" 하고 악을 쓰는 나의 몹시 겁먹은 목소리, 악을 다시 대면하기 싫은 나의 머뭇거림, 나의 도덕적 실패, 나의 쪽팔림, 경멸하던 전쟁을 향해 "싫어" 하고 말하지 못한 나의 무능을 간절히 드러내고 싶었다 — 이것들은 나의 갈망이지 보니것이나 호메로스나 어니스트 헤밍웨이의 갈망이 아니었다. 결국 내 작품에 가장 강한 영향을 끼친 건 문학이 아니었다. 빌어먹을 놈의 전쟁이었다. 나중의 복기였다. 일찍이 메일러와 보니것과 헤밍웨이가 자기만의 기억을 추궁하긴 했지만, 내가 내 이야기를 쓴 건 내 악몽, 얼어붙어 말이 없는 내 기억을 추궁하기 위해서지 그들의 영향 때문이 아니었다.

|

「병사의 집」 하면 보통은 문학과 전혀 관계없는 생각들이 떠오른다. 내가 귀향하던 일, 텅 빈 머릿속, 한때 베트남을 싸안았던 몽환적인 안개가 떠오르는데, 그러다가도 얼마 지나면 나는 딱하고 말없는 해럴드 크레브스한테로 돌아가 있다. 나는 그가 그 모든 걸 표현할 언어를 과연 찾았을지 궁금해하곤 한다. 그가 평화를 찾았을지 아니면 끝내 머릿속에 총알을 박아 넣었을지 궁금하다. 이런 종류의 생각들이 늦은 밤 천 갈래 길목으로 흘러든다 — 어째서 이딴 전쟁

은 끝날 줄을 모를까—어째서 서로를 죽일 핑계는 바닥나는 법이 없고 어디서 매번 그렇게 나쁘지 않은, 멋진 핑계가 나올까—군인들이 끝없는 퍼레이드를 이어갈 때 어째서 스쳐 지나가는 딸과 아들과 어머니와 아내와 연인 들까지도 비부상자 합계에 포함되어야만 할까—어째서 전쟁은 평화조약 서명으로 단번에 중단되는 법이 없고 어째서 저들은 VFW 회관 저녁 자리에서 자꾸 입으로만 떠들며 어째서 올랜도의 한 노부인은 자식이 꽝응아이에서 터져 나무에 걸린 지가 40년이 지났는데도 어젯밤 화들짝 잠이 깨 "우리 아기 어디 있니? 우리 아기 어디 있니?" 하고 속삭였을까. 나는 남태평양에서 귀향해 훈장을 서랍에 처박아두고 이후 35년을 세계 칠면조 수도에서 생명보험 파는 일로 보낸 아버지를 떠올린다. 나는 영향이라는 문제가 얼마나 어처구니없고 하찮은지 떠올린다. 인간인 이상 우리는 주변의 모든 것한테 영향을 받는데 거기엔 「병사의 집」이라는 훌륭한 소설뿐 아니라 커트 보니것과 호메로스의 훌륭한 소설도 포함되고—빼먹지 말자—영어 선생님의 방치된 장식품과 풀린 구두끈과 인터폰에서 들려오는 목소리와 못 받은 전화와 트리폴리에서 만난 상한 굴과 내 아들, 방금 나한테 글쓰기 좀—제발!—그만두고 모노폴리나 하면 안 되느냐고 물은 태드라는 남자아이도 포함된다.

아무짝에도 쓸모없지만 영향에 관한 견해가 끝으로 하나 더 있어. 더없이 막강한 영향들 중에는, 인생에서도 그렇지만 문학에서도, 피해야 할 보기들이 있단다. 학생들의 원고가 그래. 「애비에게」* 도 그렇고. 산문 한 줄을 완성하기까지는 많은 구멍을 만나게 되는데 그런 건 기억해두면 좋지. 클리셰도 피해야 돼. 월마트 언어도. 예상 가능한 것. 감상적인 것. 문법적 오류. 천박한 것. 장황한 것. 진부한 것. 억지스러운 것. 통일성 없는 것. 아무짝에도 쓸모없는 건 타파해. 찬란한 모범들이 영향을 끼치는 거야 당연하지만 — 이렇게 따라 해! 하고 말이야 — 때로는 고만고만한 것들도 영향을 끼친단다 — 따라 하지 마! 하고 말이지. 이건 특히 나한테 주는 암시로서 언급하는 건데, 우리가 문학적 영향을 얘기할 땐 있잖니, 『하디 형제Hardy Boys』를 간과하거나 『모자 쓴 고양이The Cat in the Hat』 『화물차 아이들The Boxcar Children』 그리고 『어린이 야구단의 래리 Larry of Little League』**의 첫사랑 같은 영향을 과소평가해선 안 돼. 나는 프랭크 하디와 조 하디가 나한테 독서의 즐거움을 줬다고 변명 없이 진실로 공언할 수 있어. 그 두 명의 꾀돌이 안내자가 없었다면 나는 아마 허클베리 핀의 뗏목에도 과감히 뛰어오르지 못했을 거고 나중에는 파리와 스페인과 『태양은 다시 떠오른다』에 이르는 길도 찾지 못했을 거야.

그러니까 있잖니, 티미랑 태드, 아빠가 몇 년 동안 너희한테 책을 꾸역꾸역 읽히는 건 다 그래서고 내가 떠난 뒤에도 계속해서 읽히려는 건 다 그래서야. 아빠가 목록을 만들어놨어. 너희가 서른이 되고 마흔이 되고 쉰이 될 때 참고할 수업 계획안을 다 적어놨지. 아빠가 너희랑 거기 있으면 좋겠구나. 내가 누렸던 즐거움을 너희가 누렸으면 좋겠어. 너희가 읽고 있는 게 뭔지 생각해봤으면 좋겠고 단단한 생각을 자아내는 것들을 읽어봤으면 좋겠어.

|

끽해야 여섯 살 먹은 어린이였을 때 아빠는 『바쁜 티미』***라는 작고 얇은 책에 정말이지 불편함을 느꼈단다. 그걸 개인적으로 받아들였거든. 『바쁜 티미』의 작가는 생판 남인데 나를 어쩜 그리 잘 아느냐며 의아해했어. 내가 신발 끈을 묶을 줄 아는 거, 학교까지 나 혼자 걸어갈 수 있는 거를 어떻게 알았지? 하고. 지금은 에리히 마리아 레마르크가 나를 어쩜 그리 잘 이해하는지, 헤밍웨이도 그렇고 내 마음속 비밀을 세상에 폭로해주는 듯한 소설을 쓴 다른 많은 작가들도 그렇고 다들 어쩜 그런지 예전의 그 화들짝하던 불편함 속에서 자주 의아해하곤 해. 그러니까 『바쁜 티미』도 물론 영향을 끼쳤다 이거야 — 마술 같은 영구한 영향을. 『아기 사슴 밤비』도 영향을 끼쳤어. 대피 덕****도 영향을 끼쳤고. 문학적이든 어떻든 영향들은 서로서로 뒤엉켜 변형되고 축약되고 자격을 갖춘 뒤 끝내는 몸속에 녹아든단다. 업다이크는 헤밍웨이의 변형이고 헤밍웨이는 셰익스피어의 변형이고 셰익스피어는 『헨젤과 그레텔』의 변형이야.

---

* Dear Abby. 칼럼니스트 애비게일 밴 뷰런(Abigail Van Buren)의 유명한 대중 상담 칼럼.

** 모두 어린이와 청소년 추리물 내지 모험물.

*** Busy Timmy. 1948년에 나온 캐스린 잭슨(Kathryn Jackson)의 그림책.

**** Daffy Duck. 루니 툰에 나오는 검은 오리 캐릭터.

아울러 중요한 거라서 언급을 안 할 수가 없는데, 1950년대 초반야외 생일 파티에서 내 손에 『바쁜 티미』를 쥐여 준 건—가끔은 스스로가 보기에도 드물게 좋은 사람인—우리 아버지였어. 나한테 신발 끈 묶는 법을 가르쳐준 것도 우리 아버지였고. 그 뒤 몇 년간 『헨젤과 그레텔』보다 훨씬 거대한 규모의 불가사의와 두려움을 안겨준 것도 우리 아버지였지. 나한테는 육십 몇 년 전의 아버지가 바로 지금, 지금 이 순간 내가 타이핑하고 있는 단어들만큼 또렷하게 보여. 그는 우리 집 거실 의자에 앉아 있어. 어둠이 깔리는 중이야. 그의 등 뒤엔 전등이 켜져 있어. 그는 책을 읽고 있는데 그의 표정이 어찌나 평화롭고 말도 안 되게 흡족한지 노랗게 바랜 사진으로만 접하던 젊고 행복한 젊은이보다도 젊고 행복해 보여—나소의 호텔 부지배인, 1939년 만국박람회 요원, 1945년 여위고 자신감 있는 모습으로 오키나와발 구축함에 오르던 상급 부사관 시절보다 말이야. 거실은 고요해. 겨울인가 봐. 해가 뉘엿뉘엿해. 무슨 책인지 몰라도 우리 아버지는 그 책장에 푹 빠져 있어. 한데 그냥 빠져 있는 게 아니라 다른 곳에 계셔, 어디든 간에 책이 데려가는 곳, 그는 거기가 즐거워 편안히 풀어져서는 술 없이 맨정신으로 반쯤 웃고 있는데, 이 이미지가 내 관심을 사로잡고 내게 영원히 각인되는 그 몇 초 동안 나는 그 책이 **되고** 싶다는 격하고 불가능한 욕망에 붙들리지. 나는 그 글이 **되고** 싶어. 그 종잇조각이 **되고** 싶어. 우리 아버지가 **나**를 그렇게 쳐다봐주었으면 좋겠어.

티미랑 태드, 너희도 가끔은 인생에 복구 버튼이 있었으면 하고 바라지 않니? 아빠는 모험을 할 거야. 그 마술 같은 책의 앞뒤 표지 사이를 비집고 들어갈 거야.

책들은—물리적인 가공품으로서, 물체로서—그 자체로 영향을 끼친단다.

|

몇 달 전 메러디스와 나는 두 아들을 현대무용 야회에 데려갔다. 텍사스 중부 어느 목장의 말 방목장에서 열린 야외 공연으로 아홉 명의 여자와 매우 큰 말 한 마리가 참여하는 무용이었다. 흙먼지를 날리며 엄청나게들 돌아댔다. 순간적인 뜀박질, 숱한 발 구르기, 머리와 어깨로 말 흉내를 내는 여러 동작이 있었다. 낯설어도 매우 아름다운 춤이었다. 공연 도중 어느 때인가 메러디스는 티미를 굽어보더니 저 춤이 다 무엇을 뜻하는지 아느냐고 물었다. 티미의 대답은 모른다였다. 메러디스는 말했다. "자, 예를 들어 지금은, 저기 저 무용수 보이지, 그녀가 난생처음 일어서려고 하는 새끼 말을—망아지 말이야—흉내 내고 있어. 이해돼?"

티미는 고개를 끄덕였다. 녀석은 이해가 안 된다는 눈치였다.

"어, 알았어," 녀석은 말했다. "하지만 **다른** 장난질(shenanigans)은 다 어쩔 건데?"

"장난질"이라는 단어가 내 귀를 붙들었다. 나는 웃음이 터졌다. 지금도 웃고 있다. 나는 그 단어를 언젠가 어떻게든 내 글에 써먹기로 다짐했다. 방금 그 일을 끝냈다.

일개 작가로서 보기에 "장난질"이라는 말은—그 소리, 그 느낌, 현대무용의 예술성 및 웅장함과 충돌한다는 점에서—종종 실생활을 벗어나 등장인물의 입으로 옮겨질 만한, 아니면 간혹 단편소설이나 장편소설 전체로도 이어질 만한 발언이다. 뜬금없는 단어 하나가 작가의 눈이나 귀를 사로잡기도 하는 것이다 — 지나가는 광고판에 적힌 보통명사, 기차간 말다툼에서 우연히 들려오는 예상치 못한 욕설. "나는 평생 단어만 쳐다보았다," 헤밍웨이는 말한다. "마치 처음 본다는 듯이."

정확히 이런 식으로 나는 헤밍웨이의 단편과 장편으로 돌아가 종종 단어 하나 또는 문구 하나에 — 경외감이 느껴져서, 놀라서, 혼란스러워서, 인정할 수밖에 없어서, 기뻐서, 경쟁심이 들어서, 부러워서 — 걸음을 멈추게 된다. 예를 들어 「프랜시스 매코머의 짧고 행복한 생애The Short Happy Life of Francis Macomber」를 읽을 때 내 안의 작가는 "꼬라박는(plunging)"이라는 단어에서 발이 멈춘다. 꼬라박는 — 전력 질주 중인 수컷 물소의 "꼬라박는 듯한 우직한 걸음걸이". 꼬라박는 — "웅장하게 꼬라박는 수컷". 꼬라박는. 그것은 의식적인 단어 선택이다. 이 단어는 같은 페이지에 세 번 등장한다. 또한 그것은 기적 같은 단어 선택이다. 딱 맞는 형용사를 찾아 유의어 사전을 부지런히 훑는다 치자, 비슷한 기적이 일어나지 않는 한 "꼬라박는"이라는 단어를 종이에 옮길 일은 없을 것이다. 물론 그것은 기억과 상상과 면밀한 관찰이 만든 기적이다 — 가시 범위 안에서 벼락처럼 내달리는 야수의 뼈와 근육이 반복하는 하향 전진 운동. 나는 멈추어 빤히 바라본다. 나는 생각한다. 망할 놈의 유의어 사전은 잊어버려. 나는 생각한다. 저 짐승을 다른 사람의 것이 아닌 네 것으로 만들어. 나는 생각한다. 이런, 제기랄, 내 장편이나 단편에선 어떤 상황에서도 "꼬라박는"이라는 단어를 못 쓰겠어.

어떤 단어라도 한 문장 안에 세 번 이상 사용하면 똑같은 제약이 적용되는데 그건 "여보게(old sport)"도 그렇고 "좋은(fine)"도 그렇고 "이제 슬슬(by and by)"도 그렇고 "허풍쟁이(phony)"도 그렇고 "응(yes)"도 그렇다.

비슷한 경우로 「무언가의 끝The End of Something」을 읽을 때 나는 닉 애덤스의 일부 대화에 나오는 "그거(it)"라는 단어에서 발이 멈춘다. "그거 이제 시시해." 닉이 뜻하는 "그거"는 마저리와의 관계다. 하지만 "관계"는 아무 소득도 없는 못난 단어다. 이런 단어들도 그렇다 — 정사, 낭만, 유대, 간통, 친밀함. (닉이 말한다고 상상해보자. "우리의 유대는 이제 시시해.") 대명사 "그거"는, 그게 대명사라는 이유로, 젊은 여자에게 "그거"가 끝났다고 말하는 젊은 남자의 회피적이고 죄책감 없고 살짝 겁먹은 듯한 말투와 완전한 조화를 이루는 듯이 들린다. "그거"라는 단어는 닉의 혀가 받는 부담을 낮춰준다. 그 대명사는 짐을 덜어준다. 사랑에 빠진 사람이라면, 그러고 언젠가 사랑에서 빠져나온 사람이라면 그 모든 아름다움도 소름도 가슴 아픈 대명사 하나로 끌어안을 수 있단 걸 — 마저리가 곧장 이해했듯이 — 이해할 것이다.

작가로서 읽는다는 건 단지 예술성에 주목한다는 것이 아니다. 질투심을 갖고, 야심을 갖고, 이의를 갖고, 경쟁심을 갖고, 동료 의식을 갖고, 두려움을 갖고, 적개심을 갖고, 축하의 마음을 갖고, 겸손함을 갖고, 소유주의 경계심을 갖고, 쪽팔림을 갖고, 열망을 갖고, 절망을 갖고, 분노를 갖고, 방어 본능을 갖고, 연민을 갖고, 다음 먹이를 노리는 늑대의 진득한 눈길을 갖고 읽는다는 것이다.

작가의 독서가 흔히 예민한 미학적 성분을 지닌 건 사실이지만 미학이 몹시 개인적이고 인간적인 것 때문에 더러는 수정되는 것도 사실이다. 바로 이 점 때문에 나는 「빗속의 고양이」를 일주일 새 여섯 번이나 재독하면서 60년 전으로, 즉 늦겨울 어느 오후 우리 아버지가 전등 불빛으로 책을 읽고 있는 이미지한테로 돌아가 그때 나를 밀쳐냈던 언어 파편들을 마주한다. 나는 「빗속의 고양이」에서 고개를 들어 눈을 떼고, 그러다 다시 눈을 깔곤 이런 문장을 읽는다. "그녀는 그 순간 누구보다 중요한 사람이 된 기분이었다." 누구보다 중요한 사람! 내가 소년일 때 갈구하던 게 **그거**였다! 그 뒤엔 이런 문장을 읽는다. "조지는 듣고 있지 않았다. 그는 자기 책을 읽고 있었다." 이 언어의 장식 없는 무뚝뚝함이 존경스럽다. 나는 헤밍웨이가 독자에게 심어둔 믿음이 존경스럽다. 그의 스스로에 대한 확신과 평서문에 대한 확신이 존경스럽다. 하지만 나를 꼼짝 못 하게 만드는 건 다름 아닌 이것이다. 빗속의 고양이가 나라는 것.

내 생각엔 누구에게나 단어 하나가 무지막지한 힘을 발휘할 수 있다. 만약 F. 스콧 피츠제럴드가 고유명사 "줄리언"을 어쩌다 마주친다면 그의 배 속에 녹슬어 있던 수문은 보나 마나 활짝 개방될 것이다.* 줄리언은 줄리언이 아닐 것이다. 줄리언은 배신과 분노와 상처를 뜻할 것이다. 아니면 당신이 언젠가 샌프란시스코에서 온 엽서를 받았다 치자, 거기서 당신 일생의 사랑이 당신의 아득한 대학 시절 룸메이트와 2주짜리 신혼여행을 즐기고 있다면 "샌프란시스코"는 두 번 다시 샌프란시스코가 아닐 거라고, "엽서"라는 단어에 당신의 심장은 치사 주사를 맞은 듯 순식간에 멎을 거라고 나는 자신만만하게 확언한다.

나야말로 겨우 몇 문장 전에 심장이 멎었다. 나는 앞서 "자신만만"이라는 단어를 타이핑했다. 우리 아버지의 얼굴이 내 앞에서 번쩍했다. 지금도 그는 거기에 있다. 오키나와발 구축함에 오른 그는 너무나 젊고 너무나 맨정신이며 훌쭉하고 자신만만한 모습으로 반쯤 웃고 있다. 서른한 살. 그는 결코 죽지 않을 것이다. 오키나와에서는 결코. 그는 자신감에 차 있다. 그는 청춘이 으레 자신만만하듯 자신감에 차 있다. 거기엔 이런저런 계획이 있다. 내일이 있다. 나아가는 길목에 즐거운 전망이 기다리고 있고 달력의 테두리를 벗어난 영원성이 있다. 거기엔 천국이라든가 윤회라든가 패턴이 분명한 물리학이라든가 오즈라든가 무릉도원이라든가 "무지개 너머 어딘가(Somewhere over the Rainbow)" 같은 것이 있는데, 비록 우리 아빠는 종교하고는 영 거리가 멀지만, 주로 신성모독을 일삼지만, 1945년 당시 그의 젊을 적 자신감에는 신앙과 믿음과 뚜렷한 목적지라는 요소가 포함되어 있다. 모든 게 특별한 **의미**를 띤다.

「깨끗하고 밝은 곳」에서 어니스트 헤밍웨이는 2인치쯤 되는 인쇄된 글줄들 안에 "자신감(confidence)"과 "자신하는(confident)"이라는 단어를 모두 다섯 번 쓴다. 살을 까뒤집어가며 단어 선택을 고심하는 신경증자인 나는 헤밍웨이가 "자신하는"이라는 단어에 자신이 있었음을 자신한다. 어휘에 대한 자신의 본능을 믿는 일에 관한 한 그의 자신감이 내 자신감보다 더, 훨씬 더 자신감 있었다는 점에 대해서는 더더욱 자신한다. "자신감"은 정확한 단어다. 그 단어는 신학적

* 헤밍웨이는 자신의 단편 「킬리만자로의 눈」에서 F. 스콧 피츠제럴드를 "스콧"이라는 실명으로 비꼬았다가 피츠제럴드의 요구로 그것을 줄리언으로 바꾼 일이 있다. 이 일로 둘 사이가 서먹해졌다는 이야기가 있다.

인 것을 포용하되 거기에 제약되지 않는다. 또한 그 단어는 흔히들 말하는 개인의 값어치를 함축한다. 자신감 있는 상급 부사관. 자신감 있는 보험 판매원. 밝은 카페의 자신감 있는 젊은 웨이터. 나아가 그 단어는 경솔함과 건망증을 용납해준다. 젊을 땐 어쩐지 어둠이 다가오고 있음을 몰라보기가 쉬운 것이다. 또 나아가 그 단어는 진실에 관한 어떤 형태 없고 모호한 관념을 중심에 내포하는데, 하기야 진실이 없으면, 어설프게나마 진실에 가까운 무엇이 없으면 사람이 스스로는 어떻게 자신하고 또 1 더하기 1은 영원히 2라는 명제는 어떻게 자신할 수 있을까?

수십 년의 세월을 거슬러 1957년인가 1958년 여름, 나는 "자신감"이나 "자신하는"이라는 단어는 눈여겨보지 않았다. 그러지 않았지만, 혹시 눈여겨보았더라도 그건 편안하고 자신감 넘치는 유격수를 눈여겨보는 것과 다르지 않았을 것이다.

생일 차수가 곧 일흔 번째를 맞는 지금에야 나는 헤밍웨이의 소설에 나오는 웨이터의 말이 무슨 뜻인지 슬슬 이해된다. "노인이란 건 구질구질해요." 자신감은 녹슬었고 녹슨 자신감은 실로 불쾌하다. 나는 새벽 3시에 잠이 깬다. 나는 야구 모자를 걸치고 속옷 바람에 설거지를 한다. 나는 역사 속을 돌아다닌다 — 베트남, 잃어버린 친구들, 추하게 떠난 사랑, 아버지에 대한 공포에서 벗어나려고 제 방에서 스스로 벽을 치는 어린 남자아이. 나는 머릿속으로 중얼거린다. 나는 복수를 구상한다. 나는 몇 마디 대사를 연습한다. 나는 뒤늦게 사과의 전화벨이 울리는 모습, 내가 내뱉을 영리한 말을 상상한다. 전임 훈련 교관들에겐 기대 이하의 자비가 베풀어진다. 즉 노먼 메일러와 그의 베트남 어쩌고 하는 헛소리는 머릿속에서 쫓겨난다. 나는 죽은 이들에게 말을 건다. 나는 굴욕적이었던 일들을 돌아본다. 새벽 3시에 속옷 바람으로 부엌 조리대에 광을 내는 나는 뉴욕의 어느 행사, 문학 행사에 참석해 유명 인사들과 그 수행원들에게 둘러싸여 있다 — 거기엔 보니것도 있고 필립 로스도 있다 — 칵테일파티는 한창 무르익었고 나는 이곳 미국문예아카데미(American Academy of Arts and Letters)에서 유명 인사들과 수행원들 사이에 섞여 있어 행복하다. 나는 거의 자신감에 차 있다. 나는 저들 중 하나로 오해받기도 한다. 하지만 그 순간 쪽팔리게도 나는 어쩌다 손가락이 베여 피가 나고, 그러자 누군가 나더러 상처에 알코올을 대라고 권하는데, 뭐 이런 지독한 우연이 다 있는지 9인치 떨어진 곳에 뚜껑을 딴 스카치가 있어서 나는 그걸 날름 집어 들고 피나는 손가락을 담갔다 뺀다 — 이 글처럼 충동적인 일이다 — 맙소사, 이놈의 스카치병이 10피트, 아니 2피트만 떨어져 있었어도 분명 재고의 여지가 있었을 텐데 — 하지만 그건 자동적인 일, 반사적인 일이었지 내가 천해서, 바보 천치여서 그랬던 게 아니다 — 그런데 바로 이때, 영원히 잊히지 않을 이 순간 화려한 드레스를 입은 화려한 여인이, 어느 유명 작곡가의 부인인가 싶은, 어느 퓰리처상 수상자의 할머니인가 싶은 여인이 컥 하고 말문 막힌 표정을 짓는다. 빌어먹을. 영원히 빌어먹을. 새벽 3시다. 나는 바보 천치가 맞다. 나는 스카치병이 웨이터 — 젊고 잘생긴 웨이터 — 손에 들려 물러나려는 모습을 맥없이 바라보고, 그렇게 20년 뒤 새벽 3시에 노인용 속옷 바람으로 그 화려한 드레스를 입은 화려한 여인에게, 내 말을 한마디도 못 들을 여인에게 충동인지 지랄인지, 자동인지 지랄인지를 해명하느라 아직도 진땀을 빼고 있는데, 그때나 지금이나, 인고의

20년이 지났는데도, 퍽이나, 그 늙은 암탉은 말문이 막혀서 마냥 쏘아만 본다 — 그녀는 내 야구 모자가 문제라는 듯, 문제의 **원인**이라는 듯 거기로 주의를 끈다 — 그녀가 젊고 잘생긴 웨이터에게 나의 촌스러움을 고발하자 웨이터는 영화배우처럼 웃음을 짓더니 언제 치우나 싶던 그 망할 스카치병을 들고 물러나는데, 그것은 에이즈 시대의 일, 백발성성한 **사교계** 무리 속에서의 일, 지위 있고 차림새 번듯하고 보석을 걸쳤고 자신감 있는 데다 고상한 매너를 지닌 무리 속에서의 일이다 — 업다이크도 거기 있다 — 그렇게 새벽 3시인 지금, 일흔이라는 숫자가 나를 테드 번디* 보듯 노려보는 중에도 나는, 기대에 어긋나지 않는 정직한 문학의 본보기들이 모인 자리에만 끼면 어째서 편해지질 못하는지 바로 **그것**이 궁금하다. 혹시 내가 쓴 엉터리 베트남 이야기 때문일까? 노인이란 건 구질구질하다.

일흔.

나는 태드의 스물일곱 번째 생일을 못 볼 것이다. 나는 티미의 눈물을 못 볼 것이다.

우리 아버지처럼, 그리고 훗날의 티미랑 태드랑 당신처럼 내게도 인간적인 짐이 있는데 그건 인식의 짐, 즉 불이 꺼지고 카페가 문을 닫으리란 걸 안다는 짐이다.

---

* Ted Bundy. 미국 연쇄살인범.

27

사내아이들의 언어

지난주에 메러디스가 곧 있을 어휘 시험 준비 다 되었느냐고 태드에게 물었다. “그럼,” 태드는 말했다. “내 사전에 다 들어 있어.”

이유는 모르겠지만 태드는 일찍부터 어휘를 고민해왔다.

“왜 소들은 음매 하고 울어?” 네댓 살 때 녀석은 물었다.

“그래야 하니까,” 나는 말했다.

“그러니까 왜 그래야 하는데?”

“음, 걔들이 아는 단어가 그거 하나니까.”

태드는 이 말을 곰곰이 생각했다.

“걔들은 그걸 학교에서 배웠어?”

“소들은 학교에 안 다녀.”

"음," 태드는 말했다. "적어도 유치원은 다니는 게 좋을 텐데."

|

어휘를 만지는 사람으로서 티미와 태드가 각각 열한 살 아홉 살이던 과거로 돌아가 보면, 그때 우리는 취침 시간에 어둠 속에 누워 압운 놀이를 했다. 내가 단어를 하나 던지면 녀석들은 교대로 압운이 맞는 단어를 제시했다. 어느 날 밤 진행된 놀이는 이렇다.

"보온(born)," 내가 말했다.

"코온(corn)," 태드가 말했다.

"토온(torn)," 티미가 말했다.

"우온(worn)," 태드가 말했다.

"클라운(clown)," 티미가 말했다.

나는 주저하면서 말했다. "어?"

"클라운," 티미는 말했다. "r 발음으로 해야 돼, 캐나다에서 자란 사람처럼."

"캐나다 사람이라고 '클로온(clorn)'이라고 발음할 것 같진 않은데," 나는 말했다.

"그렇겠지," 티미는 말했다. "하지만 장담하는데 '포온(porn, 포르노)' 발음은 알걸."

|

어느 날 저녁 무엇이 내 성질, 그놈의 성질에 불을 붙였고—아마 신문 기사, 어쩌면 TV 인터뷰였을 것이다—그래서 나는 메러디스한테 사람이 어떻게 다른 사람을 그리 사무적으로 태평하게 전쟁에 내보낼 수 있느냐, 어째서 그걸 막을 게 아무것도 없느냐, 어째서 내 책이 무용지물이 되었느냐 하고 불평을 쏟아냈다. "이런 책이라면 효과가 있으려나," 나는 말했다. "펼치기만 하면 코랑 입술이랑 귀랑 혀를 총으로 날려버리는 책."

태드가 듣고 있던 참이었다.

"아빠 무릎엔 그 책 안 놔두는 게 좋을 거 같아," 녀석은 말했다.

|

지난여름, 장편과 단편 모두에서 성공을 거둔 소설가인 내 오랜 친구 리처드 바우슈(Richard Bausch)가 작가 지망생들에게 강연을 하기로 되어 있었다. 강연 전날 밤 가족끼리 저녁을 먹는 자리에서 딕*은 내 아들 태드를 쳐다보더니 말했다. "그 사람들한테 무슨 말을 해야 할지 모르겠구나. 아주 죽겠어, 얘야. 아이디어 좀 주렴."

"뭐에 대해서요?" 태드는 말했다.

"왜 있잖아—어떡해야 잘 쓸지."

"좋아요," 태드는 말했다. "1초만 생각해볼게요."

대화는 잠시 다른 데로 흘렀고, 그러다 딕이 태드를 돌아보았다.

---

* 리처드의 애칭.

"문법을 배워라," 태드는 말했다.

"제법인걸," 딕은 말했다. "좋아."

"명확하게 써라."

"좋아."

"재미있게 써라."

"좋아."

"같은 단어를 몇 번씩 자꾸 사용하지 마라."

"그렇지. 좋아."

"그만할 때가 되면 그만해라."

"좋아," 딕은 말했다. "잠깐만, 펜이 어디 있더라."

어느 날 오후 메러디스가 태드를 태우고 치과에 가고 있었다. "이 차들 좀 봐," 태드는 말했다. "이게 다 어디서 시작됐겠어?"

28

재택 학습

지난 1990년대 초반 나는 미국 중서부에 위치한 내 고향에서 사는 스물여섯 살 먹은 여자의 편지를 받았다. 나는 그 편지를 한참 가지고 다니면서 이 지역 저 지역 청중들에게 여러 번 발췌해 읽어주었다. 그 편지는 내게 중요했다. 그것은 내가 느끼는 데 애를 먹던 것들을 느끼게 해주었다. 하지만 시카고에서 어느 겨울밤 나는 차에서 내리다 발을 헛디뎠다. 그 편지는 내 손을 휙 빠져나가 캄캄하고 얼음 낀 미시간 애버뉴로 날아가 내려앉았다.

얼마나 큰 상실이었는지. 나한테뿐 아니라 세상에도.

그 아가씨의 문장들은 뜻도 매우 명료하고 이음매도 매우 섬세해서 다 읽었을 땐 내가 만난 어떤 편지보다도 눈부시고 인상적으로 보이는 효과가 있었다. 한참이 흘렀는데도, 비록 그녀의 편지가 없어도 나는 이성으로 정밀하게 쓴 이런저런 찬란한 부분들을 기억하고, 그 밖의 부분들도 『백설 공주』를 기억하듯이, 그러니까 정확한 단어, 디테일 하나하나까진 아니지만 그 얌전하고 사색적인 어조며 매우 고통스럽게 펼쳐지던 이야기의 흐름은 기억한다.

그 아가씨는 여덟아홉쯤 된 아이였을 때 자기는 저녁 식탁에 앉기가 겁났다는 설명으로 편지를 열었다. 밤마다 아버지가 목의 인대를 빳빳이 세우고는 알 수 없는 분노와 슬픔이 뒤섞인 무섭게 달아오른 얼굴로 말없이 앉아 그녀의 접시만 빤히 쳐다보곤 했다는 것이다. 그 아가씨의 어머니는 별일 없는 척 잡담을 하면서도 마찬가지로 조용해지곤 했다. 저녁 식탁에서의 그 긴장은—그 위기는—몇 년이 흘러도 사라지지 않았다. 언젠가 중학생일 때 그 아가씨는 지하실 아기 침대 밑에서 작은 나무 상자를 우연히 발견했다. 상자에는 아버지의 개인사적 유물이 들어 있었다. P-38 깡통 따개, 한 쌍의 인식표, 스트리퍼의 술 달린 브라, 몇 개의 훈장, 움푹움푹 찌그러진 탄피. 그 아가씨는 아버지가 한때 군인이었고 자기가 병사의 집에 산다는 걸 처음으로 알게 되었다. 그날 그러고 나서 그녀는 용기를 내어 지하실의 그 상자는 뭐냐고 아버지한테 여쭤보았다. 그는 고개를 가로저었다. 그는 농담을 했다. 그는 어깨를 으쓱하더니 무언가를 말하려다가 말았다. 말수 적은 집이었다. 애초에 감정적인 언어가 오가지 않는 집이었다. 그 아가씨가 고등학생이 되었을 무렵 그녀의 어머니와 아버지 간의 긴장은 더는 못 참을 지경이 되었다. 소녀는 딸보다는 조언자에 가까운 입장이 되었다. 그러던 어느 날 아침, 예상 못 한 바는 아니지만 그녀의 어머니는 그녀에게 말했다. "있잖아, 난 네 아버지를 진심으로 사랑해본 적이 없어."

몇 초가 지나갔다. 소녀는 말했다. "결혼은 왜 했어?"

그녀의 어머니는 말했다. "불쌍해서."

집이 무너지는 건 이런 식이죠, 그 아가씨는 내게 적었다. 세상이 끝나는 건 이런 식이에요. 잠시 후 그녀의 어머니는 그녀에게 네 아버지와는 연애 기간이 매우 짧았다고 설명했다. 도중에 그가 베트남에 가버린 것이었다. 그는 말이 없는 상태로 돌아왔다.

"어떻게 사랑하겠어," 그녀의 어머니는 말했다. "나한테 말 한 마디 없는 사람을?"

그 아가씨의 편지는 몇 마디 더 이어졌다. 스트레스가 점점 늘었고, 시간이 흘렀고, 그러다 고등학교 마지막 학년 때 그녀는 『그들이 가지고 다닌 것들』이라는 책을 숙제로 받아 집에 가져와서는 커피 탁자 위에 올려두었다. 그녀의 아버지는 그걸 집어 몇 장 읽어보고는 그날 저녁 식탁에서 몇 마디, 그다음 날 저녁에는 더 많은 얘기를 했는데, 그러자 그녀의 어머니도 말하고 그녀도 말하는 식으로 매우 서서히, 얘기를 하다 말다 하면서 대화는 시작되었다.

"제가 말씀드리고 싶은 건," 그 아가씨는 편지 끄트머리에 적었다. "그 대화가 끝나지 않았다는 거예요—우리는 10년이 지나서도 아직 얘기를 나누고 있어요. 물론 엄마랑 아빠가 완전히 풀린 건 아니에요. 아직도 두 분만의 문제가 있죠. 그래도 두 분이 **함께하기는** 해요. 그 책이 아주 옛날에 커피 탁자에 놓여 있지 않았다면 두 분은 그러지 못했을 거예요."

티미와 태드를 위한 논술 문제

1. 아버지의 침묵을 보면 당신은 무엇을 느끼는가?(10점)
2. 잃어버리고 찾지 못한 편지를 화자는 어떻게 직접 인용했는

가?(5점)

3. 저자가 의도하지 않은 일을 책이 할 수 있는가?(5점)
4. 당신은 언젠가 전쟁에 나갈 것인가?(80점)

29

세계 칠면조 수도

1914년 태어나던 때부터 1941년 전쟁이 터질 때까지 우리 아버지는 대개 백인, 대개 노동자, 대개 아일랜드계 천주교 신자가 이웃으로 있는 뉴욕 브루클린에서 살았다. 그는 복사(服事)였다. 그는 나무가 늘어선 골목에서 안전하게 간이 야구(stickball)와 얼음땡을 했다. 우리 아빠가 하는 얘길 듣고 있으면 그가 옛날에 잃어버린 에덴에서, 역사의 바다 밑으로 사라진 도심 낙원에서 자란 줄로 생각될 정도인데, 그래서인지 그는 몇 년 전 세상을 뜨기 전까지 1920년대와 1930년대의 어이없을 정도로 목가적인, 세상없이 낭만적인 브루클린에 목을 맸다. 당신의 아버지가 1925년에 돌아가셨는데도 그랬다. 다섯 식구의 생계를 거드느라 당신이 열두 살 때부터 일을 다녔는데도 그랬다. 대공황으로 나중에 어려움을 겪었는데도 그랬다. 그런 근심들이 있었는데도 코니아일랜드로의 주말 나들이, 화단에 줄줄이 꽃 장식을 한 공동주택들, 길모퉁이 빵집에서 풍기는 후끈한 빵 냄새, 에베츠 구장*에서 보내던 토요일 오후, 플랫부시 애버뉴의 시끌벅적함, 프로스펙트 공원 연병장에서 열리던 즉석 미식축구 경기, 단돈 5센트로 정중한 감사 인사를 받으며 손에 넣을 수 있던 아이스크림콘을 추억할 때면 우리 아빠의 눈은 온화해지곤 했다.

진주만공격이 있은 후 우리 아버지는 미 해군에 입대했고, 그러곤 머잖아 까마득한 절벽인 줄 까맣게 모른 채 브루클린과 당신의 청춘을 뒤로하고 떠났다. 그는 구축함을 타고 이오지마와 오키나와에서 복무한 뒤 버지니아주 노퍽에서 우리 어머니를 만나 1945년 결혼했고, 그러고 나서는 나로선 이유를 모르겠지만 미네소타 남부의 옥수수와 대두에 묻혀 살러 엄마와 함께 길을 떠났다. 어머니가 자란 지역이긴 하지만 그렇더라도 지구상의 더 매혹적인 장소에 정착할 생각을 않은 건 왜일까 — 대략 케이맨제도**라든가 메인주 해안, 그도 아니면 가도 가도 평원뿐인 미네소타 남부와 어떻게든 다른 곳은 다 어쩌고?

나는 1946년 10월, 전국적인 규모로 거대하게 번진 베이비 붐의 초기 폭발 때 모습을 드러냈다. 내 여동생 캐시는 이듬해에 태어났다. 미네소타주 오스틴에서 여러 해를 보낸 뒤인 1954년 여름, 우리 가족은 그 주를 가로질러 워딩턴이라는 작은 시골 마을로 이사했는데 그곳에서 아빠는 어느 생명보험회사의 지역 관리자가 되었다. 일곱 살이던 내게 워딩턴은 지구상에서 최고로 끝내주는 장소로 보였다. 겨울에는 스케이트, 여름에는 갖출 것 다 갖춘 야구, 훌륭하고 오래된 카네기 도서관, 썩 괜찮은 골프 코스, 데어리 퀸***, 야외 영화관, 수영을 해도 될 만큼 깨끗한 호수. 더 인상적이었던 것은 세계

---

* Ebbets Field. 브루클린에 있는 야구장.

칠면조 수도라고 불리는 마을 자체였는데 이 명칭은 내게 웅장하면서도 특이하게 와닿았다. 지구의 하고많은 선물 중에서 칠면조는 자랑하자니 이상한 물건 같았다. 그래도 첫 한두 해 동안은 만족스러웠다. 나는 행복에 바짝 다가서 있었다.

하지만 우리 아버지는 그 지역에 시큰둥했다. 너무 고립되었고 너무 따분하고 너무 시골인 데다 당신이 청춘을 보낸 큰 도시와 너무나도 동떨어져 있었다.

그는 얼마 못 가 술을 마시기 시작했다. 그는 많이 마셨고 게다가 자주 마셨는데, 그렇게 해가 거듭될수록 주량은 늘었다. 이후 10년 사이에 그는 결국 주립 알코올중독 치료 시설에 두 번이나 끌려가고 말았다. 대두가 대두로 태어난 게 잘못이 아니듯 마을은 당연히 잘못이 없었다. 차라리 나는 이 사람에겐 멋지게 들어맞지만 저 사람에겐 너무 헐렁한 옷 한 벌처럼 워딩턴이 — 또는 중서부의 흔한 시골이 — 우리 아빠에게 어쩐지 제약된 느낌, 스스로 계획한 적 없는 인생에 욱여넣어진 느낌, 피가 끌리지 않는 지역에 고립된 영원한 외지인의 느낌을 주었다고 믿게 되었다. 외향적인, 지나치게 말 많은 사람이던 그는 이제 무뚝뚝한 노르웨이 사람들 사이에 섞여 살았다. 특정 고도에 익숙하던 사람이 너무나도 평탄하고 단조로운 나머지 어디가 어딘지도 모를 대평원에서 산 것이다. 작가를 지망하는 사람이던 우리 아버지는 어느새 보험 신청서를 들고 내키지도 않는 가입 권유를 하러 쓸쓸한 농장 길을 달리고 있었다.

** Cayman Islands. 쿠바섬 남쪽에 자리한 섬 무리로 영국령.

*** Dairy Queen. 1940년 설립된 아이스크림 및 패스트푸드 체인.

워딩턴은 그때도 지금처럼 브루클린에서 먼 곳이었는데 이는 지리학적인 뜻에서만이 아니다. 미네소타주 남서부 구석에 처박힌 — 아이오와주에서 약 12마일, 사우스다코타주에서 약 50여 마일 떨어진 — 그 마을은 1954년 우리 가족이 도착했을 당시 9000명쯤 되는 인구의 고향이었다. 주변을 둘러싼 평원은 몇 세기 동안 시세턴 다코타 수족*의 땅이었지만 1950년대 중반에 이르러서는 그 흔적이 별로 남지 않았다. 고분 몇 개, 여기저기 흩어진 화살촉, 빌린 학술 명칭 몇 개. 남쪽에는 수시티가 있다. 서쪽에는 수폴스(Sioux Falls)가 있다. 북쪽에는 맨케이토(Mankato)가 있는데 거기서는 1862년 12월 26일 서른여덟 명의 수족이 한 번에 집단 교수형을 당했다.

1870년대에 철도 급수역으로 건설된 워딩턴은 거의 처음부터 농업공동체였다. 많은 농장이 불쑥불쑥 들어섰다. 건장한 독일인들과 스칸디나비아인들은 울타리를 쳐 수족의 빼앗긴 사냥터를 네모나게 만들기 시작했다. 살아남은 몇 안 되는 인디언 이름과 함께 — 오카베나 호수(Lake Okabena), 오코보지 호수(Lake Okoboji) — 잭슨과 풀다와 리스모어와 워딩턴 같은 완전한 유럽 이름들이 머잖아 대평원에 이식되었다. 내 청춘기 내내, 그러고 지금도 그 마을은 외톨이 농장들을 위한 지원 체계가 중심을 잡아주고 있다. 내가 농촌전기협회(Rural Electric Association) 어린이 야구팀에서 유격수를 맡았던 건 우연이 아니다. 정육 공장이 그 마을의 최대 고용주가 된 건, 지금도 그러한 건 우연이 아니다.

아직은 비교적 젊은이였던 우리 아버지로선 곡물 창고, 사일로, 농기구 대리점, 사료 가게, 가축 판매 축사라는 배경 속에 있는 스스로가 틀림없이 당황스럽고 우울했을 것이다. 이를 결정론적으로 생각하려는 건 아니다. 인간의 근심은 좀처럼 한 가지 원인에 기인하는 법이 없으므로 우리 아빠는 어디서 살든 결국 비슷한 문제를 겪었을 것이다. 하지만 시카고나 뉴욕과 달리 작은 마을인 미네소타는 누군가의 결함을 가만 놔두지 못했다. 사람들은 수군거렸다. 비밀은 비밀로 지켜지지 않았다. 내가 격렬하게 사랑했던 우리 아빠는 마을 술주정뱅이였다. 그 탓에 안 그래도 부끄러움과 쪽팔림으로 가득했던 내 입장에선 대중의 감시를 받는다는 수치심에 자존심도 깎이기 시작했다. 나는 학교에서 이런저런 얘기를 건너 들었다. 거기엔 놀림과 빈정거림이 있었다. 나는 때로 동정받는 기분이었다. 어떨 때에는 추궁을 받고 재판을 받고 선고를 당하는 기분이었다. 이는 분명 어느 정도 상상이었지만 또 어느 정도는 치통처럼 진짜였다. 1950년대 후반 어느 여름날 오후 나는 어린이 야구팀 동료에게 이젠 우리 아빠가 코치를 못 맡는다고, 주립 병원에 계시다고, 병이 났다고, 여름 중에 집에 돌아오실 수 있을지 없을지 모른다고 어느새 설명하고 있었다. 나는 "알코올"이란 단어는 — 그와 비슷한 단어조차 — 입 밖에 내지 않았지만 그날의 굴욕감은 지금도 내 마음 속의 대피실 문을 열어젖힌다.

수십 년이 지나 워딩턴에 대한 내 기억은 우리 아버지한테 계속된 일들로 — 점점 느는 그의 한(恨), 험담, 한밤중 어머니와의 다툼, 말없는 저녁 식사, 차고와 지하실에 멀찍이 숨겨둔 보드카병으로 — 잔뜩 채색되어 있고 마을과 관련된 일들로도 채색되어 있다.

---

* Sisseton Dakota Sioux. 인디언 부족의 이름으로 수족은 넓은 의미의 동맹족 이름이고 다코타는 수족의 하위 갈래, 시세톤은 다코타의 하위 갈래다.

나는 그곳을 싫어하기 시작했다. 마을이 어땠는지가 아니라 마을이 나한테, 우리 아빠한테 어땠는지가 문제였다. 어쨌든 나는 우리 아버지를 사랑했다. 그는 좋은 사람이었다. 그는 웃기고 총명하고 박식하고 역사에 정통했으며 끝내주는 이야기꾼이었고 시간을 잘 내주는 데다 꼬마들을 잘 다루었다. 하지만 눈앞에 아른거리는 마을의 모든 대상은 다 반대 의견을 가진 듯했다. 센테니얼 공원을 내려다보는 급수탑이 한 치의 관용도 없이 꼬투리를 잡는 듯했다. 교회 종소리에 막 고무되어 일요일 저녁을 들고 있는 사람들로 북적대는 마을 중심가 고블러 카페가 웅성웅성 비난을 하는 듯했다.

다시 말하지만 이것은 어느 정도 내 고통과 두려움의 메아리였다. 하지만 고통과 두려움은 으레 세상에서 가장 결백한, 가장 힘없는 대상을 향한 우리의 태도에 영향을 끼치곤 한다. 지구상의 장소들은 물질적 성질로만 정의되는 게 아니라 그 장소에서 발생하는 희극과 비극으로도 정의된다. 목매다는 데 사용되기 전까지 나무는 그냥 나무다. 아버지가 주인 행세를 하기 전까지 술집은 그냥 술집이다.(몇 년 뒤 군인으로 베트남에 간 나는 이 교훈을 거듭 깨치곤 했다. 논과 산과 붉은 점토 오솔길, 그 모든 게 더없이 순수한 악으로 맥박 뛰었다.) 1964년 대학으로 떠난 뒤 나는 두 번 다시 워딩턴에서 살지 않았다. 우리 부모님은 그대로 노년까지 잘 남아 있다가 2002년에야 마침내 샌안토니오의 노인주택 단지로 이사했다. 우리 아빠는 그 2년 뒤 세상을 떴다.

몇 달 전 워딩턴 재방문 때 59번 국도를 타고 마을에 근접하는데 깊고 낯익은 슬픔이 내 안에 자릴 잡았다. 경계 없는 세상, 우리 인생처럼 저 멀리 영원함 속으로 접어드는 지평선, 평탄하고 반복적인 그 풍경이 영겁의 느낌을 일깨워주었다. 나는 아마 늙었음을 느끼고 있었을 것이다. 아마 우리 아버지처럼 잃어버린 청춘을 의식했을 것이다.

마을에 머문 건 잠깐이었지만 많은 게 달라졌음을 깨달을 만큼은 되었다. 50년 전에는 온 구역이 새하얗다 싶었던 곳에서 내가 발견한 건 마흔두 개의 언어 혹은 사투리로 말하는 마을, 즉 라오스, 페루, 에티오피아, 수단, 태국, 베트남, 과테말라 그리고 멕시코에서 온 이민자들로 바글거리는 곳이었다. 마을 주민 가운데 40퍼센트 이상이 히스패닉으로서 그중 다수는 이민 첫 세대고, 내가 한때 실수로 땅볼을 놓쳤던 구장에서는 이제 축구가 열린다. 옛날에 코스트 투 코스트(Coast to Coast) 철물점이었던 자리에서는 일류 아시아 음식이라는 식당이 성업 중이다. 오래전 고등학교 때 내가 햄버거와 감자튀김을 뇌물로 바쳐 데이트를 꼬드겼던 식당 자리는 코무니다드 크리스티아나 데 워딩턴*의 차지가 되었다. 마을 전화번호부에서 나는 어릴 적의 앤더슨 가족과 젠슨 가족 옆에 응암상과 응옥과 플로레스와 피게라 같은 성이 나란히 적혀 있음을 발견했다.**

이 모든 것에 나는 깜짝 놀랐다. 한때 진실이었던 것이 더는 진실

---

* Comunidad Cristiana de Worthington. '워딩턴 기독교 공동체'의 스페인어.

** 응암상과 응옥은 베트남, 플로레스와 피게라는 스페인어권, 즉 히스패닉의 성.

이 아니었다. 나는 싱클레어 루이스의 이야기 속에서 자랐다.* 이제는 산드라 시스네로스 아니면 다고베르토 힐브의 이야기 속으로 돌아온 참이었다.**

인구 1만 3000명의 새롭고 국제적인 워딩턴은 긴장감, 적대감, 동화 과정에서의 심각한 분쟁 없이 생겨난 게 아니었다. 오랜 주민들과 수다를 떠는데 그들 다수가 죄다 백인이었던 내 어릴 적 워딩턴에 대한 향수를 드러냈다. 그들의 향수는 주로 달콤쌉싸름하되 한두 번은 단맛이 빠지기도 했다. "그게 무슨 인종차별이야," 오랜 친구 하나가 말했다. "그건 그냥…… 왜 있잖아, 이웃이 말하는데 한마디도 못 알아듣겠다니까. 그 사람도 내 말 못 알아듣고. 옛날엔 안 그랬는데 말이야. 그러니까 내 말은, 아무도 못 알아듣는데 무슨 놈의 이해를 도모해?"

카운티 홈페이지에 따르면 그 지역 교도소는 스페인계, 아시아계, 아프리카계 이름이 포함된 재소자를 높은 비율로 수용하고 있고, 예상과 다름없이, 워딩턴에서 가장 성공한 주민 중에는 비백인이 드물다. 그 마을은 실업률이 낮다곤 하지만 임금 또한 낮다—주(州) 평균을 훨씬 밑돈다. 2400여 명의 임금노동자를 고용한 그 지역 정육공장에서 거의 세 번째로 많은 노동인구는 히스패닉이다. 그곳의 일은 매우 고되고 단조롭고 대개는 역겹다.(역한 피 냄새가 콧속의 진물을 쭉쭉 뽑아낸다.) 장담컨대 많은 이민자에게는 일자리가 없는 것보단 뭐라도 있는 게 낫지만, 내가 수십 년 전에 돼지 턱살에서 지방을 제거하며 서 있던 그 공장에 다닌다고 해서 부자가 되는 사람은 한 명도 없다.

대체로 볼 때 그 마을의 변신은 아주 여러 면에서 미국 자체의 반영이었다, 어떨 땐 순조롭고 이견이 없다가도 어떨 땐 티격태격 극단적으로 다툼이 많아지는. 워딩턴의 인종 관계는 한두 번 감당 못 할 선을 넘은 적이 있었다.

2016년 여름 교통신호로 정차 중이던 앤서니 프롬봉사라는 라오스 출신의 젊은 주민이 제 좌석에 꼼짝없이 묶여 아무런 저항도 못 한 채 관할 마약 단속원에게 가차 없이 걷어차이고 두들겨 맞았다. 다른 요원은 서서 지켜보았다. 그 사건은 경찰 블랙박스에 담겼고 나중에 그 일은 두 요원을 공권력 남용으로 고발하는 ACLU***의 소송으로 번졌다. 그 소송에는 워딩턴 시 당국, 워딩턴 경찰국, 버펄로리지 약물대책본부(Buffalo Ridge Drug Task Force)라는 관할 마약 수사기관의 이름도 올라 있었다. ACLU에 따르면 2016년의 폭행은 ―추후 그 경관들에 대한 마을의 징계 실패와 더불어―"소속 공무원의 행위에 대한 책임 추궁을 상습적으로 게을리하는 워딩턴 경찰국과 버펄로리지 약물대책본부의 전형적 관행"이었다.

짐승처럼 야만적이고 지각없는 그 사건은 인터넷 사이트에서 눈을 못 거둘 만큼 충격적이다. 하지만 적어도 내게 더 큰 충격을 주는 건 그 사건이 로스앤젤레스에서, 브롱크스에서 발생한 일이 아니라 〈오지와 해리엇〉****에 나올 법한 시골 찻길에서, 세계 칠면조 수

---

* 싱클레어 루이스는 미네소타주에서 태어나 작은 시골 마을의 단조롭고 위선적인 생활을 소설로 그렸다.

** 산드라 시스네로스(Sandra Cisneros), 다고베르토 힐브(Dagoberto Gilb) 모두 미국 작가로 히스패닉이다.

*** American Civil Liberties Union. 미국시민자유연합.

**** 1952-1966년 방송된 건전한 가족 시트콤. 완전한 제목은 〈오지와 해리엇의 모험The Adventures of Ozzie and Harriet〉.

도에서, 옥수수밭과 대두밭 한복판에서, 한 조각 원더 브레드*만큼 무색무취한 풍경 속에서, 열두 곳쯤 되는 출석률 좋은 교회의 유효 사거리 안에서, 그리고 말코손바닥사슴 자선보호회(Benevolent and Protective Order of Elks)와 멀지 않은 곳에서 발생한 일이라는 것이다.

|

나는 그날 밤 마을 변두리 모텔에서 묵었다. 이튿날 아침 I-90**에 있는 퍼킨스 레스토랑에서 팬케이크로 배를 채운 나는 워딩턴 시절에 살았던 두 집 중 첫 번째 집까지 70분간 차를 몰았다.

렌터카에는 나 혼자였다. 무척이나 외로운 느낌이 들었다.

어릴 적의 나라는 경계심 많은 존재를 제외하면 내 생각을 나눌 사람이 아무도 없었다. 워딩턴은 파고파고의 주민처럼 나와는 먼 미지의 사람들이 사는 곳이 되었다. 몇몇 오랜 친구들은 이제 세상에 없었다. 대부분은 미니애폴리스 아니면 대두가 자라지 않는 어딘가로 날랐다.

나는 엘름우드 애버뉴 1018번지 앞에 차를 가져다 댔다. 어릴 적의 내 집은 내가 기억하는 거의 그 모습으로 남아 있었다. 조그맣고 키가 낮되 썩 볼품없진 않았다.

이상하게도, 아니 어쩌면 별로 이상할 것 없지만 나는 그곳을 쳐다보기가 힘들었다. 나는 그곳을 힐끗 재빨리 훔쳐보았다가 다른 데로 눈을 돌렸다가 다시 슬쩍 돌아보았다. 여기에는, 특별할 것 없는 직사각형의 무(無) 안에는 가끔이었다가 허구한 날로 바뀐 아버지의 밤늦은 음주가 있었다. 또 여기에는 자정이 넘은 시각에 어머니의 흐느낌과 아버지의 격한 고함을 듣느라 잠을 못 이루던 내가 있었다. 나는 그때 초등학교 3학년이었다. 나는 무서웠다. 내겐 아무것도 이해되지 않았는데 특히 화가 나서 내뱉어지는 말은 3학년이 이해할 난이도가 아니었다. "쌍년"이라는 단어가 하나였다. "이혼"이라는 단어도 하나였다.

이제 나는 차 안에서 담배를 몇 대 피우며 마음을 가라앉힌 다음 마침내 차 문을 열고 나가 엘름우드 애버뉴 한복판에 섰다. 오전 9시가 막 지나 있었다. 지나다니는 차는 한 대도 없었다. 쨍하고 정적인 아침이었다. 길 건너에는 훨씬 좋은 집들이 늘어선 너머로 워딩턴 컨트리클럽의 벨벳 같은 17번 그린이 뻗어 있었는데 4학년 때 나는 거기서 불만스러운 홀들에 번번이 낭패를 본 골퍼들한테 잔으로 레모네이드를 팔았다. 내 단짝 친구 마이크 비어케셋과 나는 레모네이드 가판대를 태그팀으로 운영하면서 1950년대 초의 그 무더운 여름 오후에 벌어들인 이득이며 고생을 함께 나누었다. 보통 황혼이 이운 저녁이면 마이크와 나는 각자 철모를 걸치고 저쪽에 있는 벙커와 물웅덩이를 오락가락하며 군인 놀이를 했다. 마이크는 이제 저세상 사람에 속해 있었다. 끔찍한 자동차 사고, 수십 년간의 반신불수, 그러고 나서 자살이었다. 그로선 전혀 몰랐고 이제는 알아봐야 도움도 안 되겠지만, 나의 옛 레모네이드 동업자는 『그들이 가지고 다닌

---

* Wonder Bread. 공장에서 대량생산되는 맛없는 식빵 상표.

** 90번 주간(州間) 고속도로.

것들』에 삽입되어 지금도 나는 노먼 보커라는 등장인물에게서 그의 목소리를 듣는다.

몇 블록 떨어진 곳에는 또 다른 등장인물의 원형, 즉 수십 년 뒤 (똑같진 않아도) 매우 흡사하게 변형된 로나 루 몰러라는 여자아이가 한때 살았다. 린다도 로나 루도 저세상 사람이었다. 둘 다 아홉 살에 죽었다. 뇌종양이었다. 마이크 트레이시, 같은 책에 결국 닉 빈호프라는 이름으로 등장하게 된 어린 시절의 또 다른 지인도 마찬가지였다. 이 마이크는 — 나중에 언급된 마이크는 — 골목대장과 폭력배와 이따금 다정한 사람의 혼합이었다. 고등학교 졸업 후 마이크는 쌍둥이 도시*에서 활동하는 오토바이 폭주족에 가담했다. 그 몇 년 뒤 그는 상대 조직과 다투다 총에 맞아 죽었다. 그의 장례는 워딩턴 〈데일리 글로브〉지에서 크게 다루어졌다. 150대 이상의 오토바이가 굉음과 함께 마을로 난입해 장로교회 주차장을 메웠는데 그것은 반항아 마이크 트레이시, 말썽꾼 마이크 트레이시, 가망 없고 쓸모없는 마이크 트레이시, 전쟁 영웅이라는 기념할 만한 유명세와 함께 영겁으로 파견을 나간 그라면 기뻐했을 아이러니였다.

엘름우드 애버뉴 1018번지 앞에 서 있으니 그 사람들과 내 어릴 적 그 밖의 사람들이 그곳에서 얼마간 내 곁에 있는 듯했다. 사실 그들은 **진짜로** 내 곁에 있었다, 돌아가신 아버지를 회상하는 당신 곁에 당신의 아버지가 반드시 계시듯. 물론 육신이 아니라 뭔가 특별한 것이. 어쩌면 부재하는 존재가, 혹은 존재하는 부재가.

워딩턴에 머문 남은 기간 동안 나는 다른 낯익은 장소를 여섯 군데쯤 들렀는데 그곳들은 하나같이 세월 때문에 변했으면서도 역사의 여운으로 반짝반짝 빛이 났다. 나는 고등학교 앞, 서터쿼 공원(Chautauqua Park) 내 음악당, 아직도 행복한 기억이 휘몰아치는 대두발 근처에 들렀다. 오카베나 호수는 차로 두 바퀴 돌았다. 엔진이 그대로 쭉 마을 중심가로 내달리는 동안 나는 이 재방문에 어쩌다 티미랑 태드를 떼어놓고 왔는지 멍청하다는 생각이 들었다. 나는 내가 보고 있는 걸 녀석들이 보았으면 싶었다. 그보다 더하게는 내가 느끼고 있는 걸 녀석들이 조금이나마 느꼈으면 싶었다.

내 나이 대 사람들이 으레 그렇듯 어떤 면에서 나는 오래 미루어왔고 오래 겁을 먹어온 귀향의 울적한 마법에 걸려 있었다. 나는 수십 년 동안 이 마을에 어떤 얽히고설킨, 불치병 같은 악감정이 있던 터였다. 그것은 여전했다. 미네소타주 워딩턴 주민들은 나를 전쟁에 내보냈고 나는 그걸 개인적인 일로 받아들였는데 내가 그걸 개인적인 일로 받아들였던 건 그게 개인적인 일이었기 때문이다. 1968년 8월로 돌아가 보면 그땐 아직 전국적인 징병 추첨제가 없었다. 행운은 아직 쟁점이 아니었다. 아직은 수학적인 것이 지배하기 전이었다. 시카고에서 열리는 민주당 전당대회가 코앞이던 그 스산한 때에 고향 징병 위원회는 그 더러운 일을 얼른 해치워버렸다. 지구 반대편에 가서 사람들을 죽이다 어쩌면 스스로 죽게끔 누군가의 아버지가 다른 아버지의 아들을 골랐다. 그게 아니면 어떤 막연한 부인네

---

* Twin Cities. 미네소타주 미니애폴리스와 세인트폴을 함께 일컫는 말. 두 도시는 미시시피강을 사이에 두고 서로 마주하고 있다.

가 아닌 — 어쩌면 헬렌, 어쩌면 도로시라는 이름이었을 — **바로 저** 부인네가 — 혹은 이제 막 애송이 티를 벗은 성인 남자가 — 다른 부인의 솜털 보송보송한 어린 아들 이름에 동그라미를 쳤다 — 그렇게 동그라미 치기를 끝낸 동그라미꾼들은 멀쩡히 살아 숨 쉬며 수요일 밤의 빙고나 금요일 밤의 교회 만찬이나 토요일 밤의 스퀘어댄스를 즐기러 부리나케 가버렸다. 얼마나 괴물 같은 짓인가 하는 생각이 나는 한때 들었었다. 얼마나 괴물 같은 짓인가 하는 생각이 나는 여전히 들었다. **당신 자신**의 사랑하는 아들 이름에 동그라미를 치는 것이다. **당신 자신**의 이름에 동그라미를 치는 것이다. 당신의 귀한 딸과 당신의 남편과 토요일 밤 스퀘어댄스에 나오라고 불러내는 카우보이모자를 쓴 친구 녀석 이름에 동그라미를 치는 것이다. 전쟁 하면 껌뻑 죽는 인간들이 도대체 왜 미네소타주 워딩턴에서 지랄을 하고 있는 건데? 다른 사람 애들더러 전쟁에 나가라고 지랄할 마음은 있고 직접 나가 싸울 마음은 없나? 나는 노란 소집영장을 지갑에 넣어둔 채 차로 오카베나 호수를 돌면서 저런 말들 그리고 그 비슷한 말들을 내지르곤 했었는데, 만약 티미와 태드가 여기 있었다면, 베트남을 여전히 복기 중이었다면 나는 다시 한 번 더 큰 소리로 내지르며 절대 입을 안 다물었을 것이다 — 화요일 밤의 컨트리클럽 사교 모임과 목요일 밤의 사친회 모임에다 고함을 질렀을 것이다 — 만약 "씨발"이라는 단어가 듣기 싫으면 그 위선적인 엉덩이를 들고 가서 직접 남을 죽이거나 자기가 죽으면 되고, 만약 죽지 않는다면, 부상으로 그친다면 어떤 더러운 논에 누워 군종병한테 이렇게 투덜거리면 된다. "이런 빌어먹을, 자원입대하는 게 아니었어."

어쩌면 이 분노도 결국 사라질지 모른다. 나는 안 그랬으면 좋겠다.

하지만 가만히 앉아 더는 워딩턴이 아닌 워딩턴을 내다보고 있으니 내 평생의 한이 아직 그 자리에 있기는 해도 눈에 띄게 누그러진 건—심지어 기가 좀 꺾인 건—분명했는데 그건 내가 처음 겪는 어떤 모호한 감정 때문이었다. 그걸 마땅히 부를 말이 없었다—지금도 그렇다. 섬뜩함, 하지만 섬뜩함이라는 단어는 알맞지 않다. 일종의 두려움, 하지만 두려움이라는 단어도 알맞지 않다. 머릿속을 윙윙거리던 그 모호함은 내 고향에 일어난 일이 내게도 일어나고 있다는 깨달음과 어느 정도 관계있지 않았나 하는 생각이 든다. 우리 둘 다 나이를 먹었고 점점 더 늙고 있었던 것이다. 무엇도 예전 같지 않았다. 마을 번화가인 저기 10번가를 지나다니는 얼굴들이 주로 갈색 아니면 검은색인 건 40년 전과 크게 다른 변화였는데 그 40년 동안 당연히 나 자신의 얼굴도 극적인 변화를 겪은 터였다. 마을 전화번호부의 이름들도 새 이름들로 교체되었는데 그건 내 이름도 마찬가지였다—나는 당시에 티미였고 이제는 아니었다. 아닌 게 아니라 노인의 피부와 축소된 새 이름 안쪽의 나는 강직한 도덕성으로 자신만만하던, 스스로의 용기를 굳게 믿던, 세상이 내게 안길 것에 대해 어리석을 정도로 낭만적이고 순진했던 1953년 또는 1968년의 나 자신과 비슷하지 않았다. 좋은 면을 보자면, 이제는 예전에 증오하던 식으로 증오하지 않을 수 있겠다 싶었다. 애를 써야만 증오가 되었다. 하지만 예전에 사랑하던 식으로 사랑할 수도 없게 되었다—레모네이드 가판대도 군인 놀이도 로나 루 몰러도 우리 아버지도 나 자신도 내 미래도. 사랑이 떠난 건 아니지만—그것만은 분명하지만—사랑의 절박함은 줄었고 그 즉각적인 성질도 이젠 덧없는 증기처럼 별다른 기대를 주지 못하는 듯했다. “늙는다는 건,” 아빠는 언젠가 내게 말한 적이 있었다. “블랙잭 테이블에 너무 오래 죽치고 있는 거랑 같아. 수학적인 게 해피엔드를 질겅질겅 씹어 없애는 소리가 들리지.” 그러더니 1초 뒤 완전히 말짱한 정신으로 그는 말했다. “하지만 늙은이가 뭘 어쩌겠니? 손을 떼는 건 자살 행위야. 영원히 끝이라고.”

그는 틀림없이 그것을 떠올려보았을 것이다. 그는 틀림없이 그것을 수십 년간 떠올려보았을 것이다.

|

정오께 나는 최종 기착지로 11번로(11th Avenue) 230번지 앞에 차를 댔다. 내 앞에는 부모님이 1960년부터 그 사반세기 후 노인 시설에 들어가시기 전까지 살았던 집이 있었다. 여기서 나는 고등학교 시절을 보냈다. 여기서 아버지의 알코올중독은 안 좋던 수준에서 무서운 수준에 이르렀다. 이곳은 내 교수대였다.

나는 마무리 축복이 내리길 내심 바라면서 얼마간 차 안에 그냥 앉아 있었다. 하루는 아직 쨍했고 고요함도 여전했다. 내가 거기서 뭘 하고 있는지 혹은 뭘 기다리고 있는지 몰랐다. 어쩌면 아빠의 유령이 힐끗대는 눈길. 어쩌면 여름날 오후 둘이서 하는 캐치볼. 하지만 그가 떠난 건 틀림없는 일이었고 내가 자란 마을도 그렇긴 마찬가지였다.

30

자부심 3

불명예스럽게도 내가 깨달은 건 아버지의 자부심이 이성의 포기를 수반한다는 것이다, 때론 자기도 모르게, 때론 알고도 나 몰라라. 예를 들어 이성적인 사람이라면 자기 아이한테 강점과 약점이 있단 걸, 성공과 실패가 있단 걸 스스로나 남에게나 아마 인정할 것이다. 이성적인 사람이라면 아들이 바스켓에 3점 슛을 넣었을 때 마땅히 환호할 입장이어도 아이의 공이 바스켓을 맞고 튕기거나 바스켓까지 가지도 못한 예닐곱 번의 앞선 경험이 떠올라 기쁨을 보류할 것이다. 마찬가지로 졸업하는 딸이 고별 연설을 한다고 할 때 이성적인 사람이라면 그 화창한 6월 어느 날 전국 각지에서 다른 졸업생 대표 수천 명이 저마다 진솔하되 머리가 멍해질 만큼 지루한 연설을 하고 있단 걸 아마 명심하고 있을 것이다.

나는 아버지의 자부심이, 내 경우를 포함해, 일종의 일시적인 광기를 필요로 한다고 마지못해 결론지었다. 입에 거품을 물고 마냥 극찬을 한다는 게 아니라 우리가 7월 4일에 조국의 결함은 쏙 빼놓고 미덕만 기리듯이 칭찬을 한다는 것이다. 7월 4일 연설에서 노예제를 언급하는 일은 거의 없다. 짐 크로 법*, 린치, 악덕 자본가, 매카시즘, 미라이, 아메리칸인디언이 맞은 운명, 멕시코-미국 전쟁, 비밀 폭격 내지 수백만 베트남 사람의 죽음은 거의 강조되지 않는다.

이런 외면하기는 아버지들이 하는 외면하기와 마찬가지로 십분 이해가 된다. 배은망덕한 이가 아니고서야 누가 조국의 생일 파티를 방해할까? 거짓말쟁이 리버럴이 아니고서야 누가 사실에다 사실 여부를 따질까? 그리고 형편없는 아빠가 아니고서야 누가 생일 선물을 뜯고 촛불을 끄는데 자식의 나쁜 버릇을 수첩에 적을까?

조국과 자식한테 갖는 우리의 교만이 일곱 가지 죄악 가운데 상위를 차지하는 것도 무리는 아니다. 그러나 만약 자부심이 죄악이라면 그건 죄악의 딸꾹질이나 같다. 그건 저지르고 말고 하는 죄악이 아니다. 그건 저절로 저질러진다. 그건 존재의 조건 중에서도 원치 않은, 초대받지 않은, 환영 못 받기가 일쑤인 조건이고, 그러니 정신병을 범죄로 여기는 만큼만 범죄다.

하지만 정신병자는 동정이라도 가지. 정신병원에선 교만의 싹이 트지 않으니까.

나는 그 싹이 틀까 봐 걱정이다. 3학년 맞춤법 퀴즈에서 성공적으로 순항 중인 태드의 모습에 나는 로켓엔진을 달고 정신 못 차리는 기쁨을 향해 발사되었다. 퀴즈에 관한 얘길 멈출 수 없다, 친구하고도, 처음 보는 사람하고도. 제 아비는 단어의 본질적인 뜻도 모른다 싶은데 어떻게 일곱 살짜리 훌라후프 선수가 "equilibrium(평형)"의 맞춤법을 아는지. 혹시 태드가 "miserable(비참한)"에 z를 넣었다면 어땠을까? 혹시 다른 일곱 살짜리들이 "equilibrium"의 맞춤법을 너나없이 바르게 썼다면?

이건 나 자신에게 말인데, 자부심이 꼴사나운 건 그게 자기도 모르는 존재라서가 아니라, 반사적으로 한두 번씩 딸꾹질을 해대서가 아니라, 우발적으로 기쁨을 터뜨려서가 아니라 그게 여과되지 않은, 억제되지 않은, 부적격한 공적 표현이기 때문이다. 소포클레스는 자신의 위대한 비극 『안티고네』에서 이렇게 썼다. "제우스는 입찬소리하는 혀가 내는 소음을 싫어한다." 겸손한 반웃음이라면 용서받을지도 모른다. 하지만 "브라보, 태드!" 하고 악을 바락바락 쓰면 아마 용서는 없을 것이다. 표현의 자제는—광기의 억제는—어떤 면에서 게티즈버그연설을 존 필립 수자의 음악과 구별해주는 점이다. 내가 튜바를 사랑하지 않는다는 게 아니다. 내가 조국에 열렬한 감정을 아낀다는 게 아니다. 하지만 교만하고 말 많은 팔불출 아버지는 에드워드 에버렛**의 망각된 신앙심이나 흑백논리를 지닌, 모 아니면 도인, 관을 쓴 그대 선한*** 애국자의 동의하기 힘든 장광설보다 나을 게 없다. 자줏빛 산맥과 과일 주렁주렁한 평원이 배경이라면 <아름다운 나라 미국>은 위대하게 들린다. 운디드니나 와시타강이나 미라이에서 죽은 아이들이 배경이라면 그 노래가 그리 위대하게 들리진 않을 것이다.**** 다시 말하지만 악의는 없다. 하지만 이

---

* Jim Crow Law. 1876년부터 1965년까지 시행된 미국 법으로 공공장소에서 흑인과 백인을 분리하고 차별하는 내용.

** Edward Everett. 미국 정치인으로 링컨의 2분짜리 게티즈버그연설에 앞서 절제를 못 하고 두 시간에 달하는 장황한 연설을 한 것으로 유명하다.

*** Crown Thy Good. 미국 애국 가요 <아름다운 나라 미국America the Beautiful>의 노랫말 중 일부.

성적인 사람이라면 악행을 외면하지 않고 선행을 인정할 방법을 찾을 수 있지 않을까, 그래야 하지 않을까?

자부심이 어느 정도 망상이라면, 망상이 어느 정도 현실성의 제거라면 자부심과 광기의 연대는 티미와 태드의 아버지가 되기 전 내가 상상했던 것만큼 억지스럽지 않다. 자부심에 이르는 주된 물줄기는—조국에 대한 사랑, 자식에 대한 사랑처럼—우리가 자부심의 주체 혹은 객체한테 느끼는 사랑인데 그런 사랑에는 망상에 빠진, 비이성적인, 노골적인 광인 같은 면이 있다고 믿는 사람이 나 혼자만은 아닐 것이다. "미쳤어(Crazy)," 패치 클라인*은 수십 년 전에 낮은 소리로 흥얼거렸다. 패치보다 몇 세기 전에는 다른 명가수가 『로미오와 줄리엣』에서 이런 언급을 했다. "(사랑이란) 그 무엇보다 분별력 있는 광기요, / 가슴 벅찬 무모함이자 쇠함을 막아주는 감로로다." 클라인과 셰익스피어 사이의 몇 세기 동안 숱한 발라드 가수와 시인과 비탄에 잠긴 소설가 들이 사랑이라는 이름의 이성 포기를 비통해했다(그리고 때론 찬양했다). 그 일은 오늘날에도 라디오 다이얼을 4분의 1씩 돌릴 때마다 계속된다.(U2의 리더 보노.) 겨우 몇 분 전에도 영어로 말하는 세상 어디에서 잭이 질에게 말했다. "이봐, 난 네게 미쳤어."

내 요지는 뭔가 하면 우리가 아버지들과 애국자들과 로미오와 그 밖에도 광기에 고통 받는 세상의 연인들을 투옥해야 한다는 것이다.

**** 운디드니(Wounded Knee)는 1890년, 와시타강(Washita River)은 1868년 인디언 대학살이 있었던 곳. 앞에서도 나왔지만 미라이는 미군이 베트남전쟁 때 대량 학살을 저지른 마을.

구속복만으론 답이 못 된다는 것이다. 답이 되기는커녕 지난 몇 주 동안 나를 난처하게 만든 건 나 자신이 스스로 가장 경멸하던 모습이 될 위기에 처했다는 사실이었다. 이를테면 창피함을 모르는 위선자, 광신도, 현실을 지워가는 7월 4일의 튜바 연주자, 제 자부심과 사랑에 눈이 먼 사람, 다른 이들이 알라신이나 야훼를 위해 혹은 일본의 무조건 항복을 위해 똑같은 짓을 하듯이 티미와 태드를 위해서라면 비행기로 쌍둥이 빌딩도 들이받을 사람. 나는 사랑을 위해서라면 변태적인 자부심으로 무슨 짓이든 할 것이다. 내 자식들이 내가 저희를 위해 막아내려는 사람들보다 더 신성하다거나 더 살아야 할 가치가 있다고 생각하는 건 미친 일임을 나는 잘 안다. 이성적인 사람이라면 어떻게 그런 믿음을 가질 수 있을까? 그렇지만 예로부터 전해 내려온 답이 내게 아우성을 친다 — **내 새끼를 위해선 그래도 돼!** — 이것은 아이들 학살이 끊이지 않았던 3000세기 동안 자식을 사랑하는 미치광이들이 내질러온 아우성이다.

나는 부끄럽다. 부끄러워야 한다. 정도껏만 하면 아버지의 자부심은 자부심 어린 다른 아버지들과 낄낄 웃어넘기며 서로서로 예쁘게 봐줄 만하지만 그게 종교적이고 정치적이고 문화적인 자부심과 얽히면 사람을 죽일 수도 있고 더러는 실제로 죽이기도 한다.

시인 웬들 베리(Wendell Berry)를 살펴보자. "어쩌면 우리가 자유로워질 거라는, 부유해질 거라는, 그리고 (아마도) 평화로워질 거라는 이유로 우리는 남의 자식이 폭격이나 기아로 죽는 모습을 어디까지 흔쾌히 용인할 것인가? 이 질문에 나는 대답한다. 아니. 제발, 아

* Patsy Cline. 미국 가수.

이는 안 됩니다. 자신의 이득을 위해 아이들을 죽이는 일은 마세요."

소문에 따르면 이렇게 말했다는 간디를 살펴보자. "당신의 행위로 남들이 죽은 채 발견되지만 않으면 '지나치게 광적인' 일이란 없습니다."

방금 나는 꽝응아이성 해안 마을에서 1969년에 찍은 사진 한 장을 책상 서랍에서 꺼냈다. 일고여덟 살쯤 되는 베트남 여자아이 곁에 쪼그려 앉은 나의 빛바랜 사진이다. 나는 인정 많은, 환한, 아이를 사랑하는 웃음을 짓고 있다. 여자아이도 웃고 있다. 모든 게 평화

롭다. 총기는 내 왼쪽 어깨에 걸쳐져 있다.

노먼 록웰* 같은 순수함이 있는 이 사진은 미국과 미군의 인자함, 순수한 마음, 세계 구호의 가치를 홍보하고자 펜타곤에 걸릴 수도 있었다. 하지만 바로 이어 두 번째 사진이 나온다. 이건 기억하기 위한 사진으로 거기엔 앞의 여자아이보다 언니인 또 다른 베트남 여자아이가 있는데 그 여자아이는 죽은 채로 논에 누워 있다. 그 아이의 얼굴 오른쪽은 날아갔다. 입은 벌어져 있다. 한쪽 눈은 반쯤 뜨였다. 그 아이는 2, 3분쯤 되는 총격전의 한복판에서 오도 가도 못 한 터였다. 조금 전 짧은 총격전이 있었을 때 주로 겁이 났던 나는 남이 나를 죽이기 전에 내가 먼저 죽이길 열렬히 바라고 작정했지만 언제나처럼 논 저편에는 눈에 보이는 적 대신 나무와 덤불뿐이었고, 그래서 온통 녹색뿐이던 전방의 세상을 조준 없이 — 조준하겠단 생각도 없이 — 호스로 씻어 내리듯 사격한 참이었다. 총격전이 끝났을 때 중대엔 다친 사람이 아무도 없었다. 적의 시체나 핏자국도 발견되지 않았다. 오직 그 여자아이만 죽어 있었다. 나는 잠시 아무런 생각이 나지 않았다. 그러다 몇 초 후 이런 생각이 들었다. 아, 세상은 반드시 나아져야 해. 그래서 전쟁이 있는 거야, 그렇지? 그래서 우리가 서로를 죽이는 거야. 세상을 나아지게 하려고. "논리로 이루어진 광기, 광란이 되어버린 원칙."(다시 한 번 소포클레스 인용.) 그것은 잔혹한 생각도 무감각한 생각도 아니었다. 그것은 침통한 생각이었다. 나는 내가 혐오스러웠다. 죽은 그 여자아이를 내려다보던 순간 세상은 몇 분 전 그래 보였던 것보다 자유롭지도, 행복하지도, 민

---

* Norman Rockwell. 미국 화가, 삽화가.

주적이지도, 정의롭지도, 너그럽지도, 교양 있지도, 품위 있지도, 애정 어리지도, 혹은 덜 위험하지도 않아 보였다. 세상은 악을 맛본 상태였다. 나는 그걸 거든 거였다. 나는 순수하디순수한 자부심 때문에 전쟁터로 날아가 참전한 터였다. 미국의 훌륭한 아들로서 내 체면을 지키려고. 작은 마을의 비난을 피하려고. 조롱을 피하려고. 그래서 나는 녹색의 살아 있는 세상을 씻어 내렸고, 그래서 여자아이는 햇볕 속에 죽은 채로 누워 있었고, 그래서 체면을 사랑하는, 조롱을 겁내는 내 자부심은 미래의 어느 7월 4일에 온전한 모습 그대로였다. 나는, 혹은 우리는 무슨 수로 그런 악을 기리는 걸까? 튜바들은 무슨 수로 연주를 계속하는 걸까? 미치광이 같은 자부심 — 이게 바로 그 수다.

31

평화주의

요즘 나는 태드와 티미가 언젠가 군인으로서 내 발자국을 따르려다 끝내 죽거나 휠체어라도 탈까 봐 걱정이다. 그래서 얼마 전 저녁식사 때 나는 녀석들에게 그런 건 생각도 안 하고 바라지도 않는다고 말했다. "왜냐하면 내가 뭔가를 했다고 해서," 나는 말했다. "너희가 해야만 하는 건 아니니까."

"흡연처럼?" 티미가 말했다.

"끝내주는 옌데."

"아니면 욕설?" 태드가 말했다.

"맞아. 그것도 훌륭한 예야. 그러니까 내 말은, 만약에 너희 아버지가 어쩌다 깡패가 됐으면 어쩔래? 너희도 선생님을 패기 시작할래?"

"그 정돈 아닐걸," 태드가 말했다. "아빠 같진 않거든."

2년쯤 전 티미가 갑자기 나더러 스스로 평화주의자라 여기는지 물었다.

"그럼," 나는 말했다. "혹시 테러리스트나 강도가 문을 부수고 들어와서 너희를 위협하지만 않으면."

"위협하면 어떡할 건데?"

"뭐든지," 나는 말했다.

"그 사람을 죽이는 것도?"

"음, 일단 말은 해봐야겠지."

"하지만 그 사람이 완전히 미쳐서 진심으로 그러는 거면?" 티미는 말했다. "그 사람이 총 같은 걸 들고 있으면? 그럼 아빠도 그 사람 죽일 거야?"

"아마 그럴걸," 나는 말했다.

티미는 잠시 나를 쳐다보았다. "무슨 평화주의자가 **그래**?"

"아버지는 그래," 나는 녀석에게 말했다.

32

티미와 태드와 아빠와 나 2

2016년 6월 20일, 오늘 티미는 청소년이 된다. 내가 13년 동안 우려하던 일이 일어났다. 언젠가 제 아버지가 곁에 없을 걸 내 아들이 아는 일. 가끔은 자기가 안다는 걸 까먹기도 하지만 그래도 녀석은 확실히 알고 있다.

이 연애편지의 빈약한 첫 문장들이 쓰이던 2003년으로 돌아가 보면, 나는 단지 내 젖먹이 아들한테 아버지는 너를 흠모한다고, 비록 그럴 수도 없고 그럴 일도 없겠지만 영원히 너와 함께하기를, 늘 네 곁에 있기를 갈망한다고 말하고 싶었다. 생물학은 무자비하다. 심장이 멎기 마련이다. 2003년 내 생각이 자리했던 곳에는 이제 티미의 생각이 자리하고 있다. 녀석은 제 친구들의 아버지가 나보다 젊은 세대란 걸 알아차린 상태다. 내 시원찮은 귀와 흰머리, 설마 싶은 내 기억력, 농구 코트에서의 내 곤경을 녀석은 알아차렸다.

녀석은 지난 몇 달 새 두 번이나 내게 울면서 다가왔다. 녀석은 잠을 설친다. 녀석은 그 공포를 머릿속으로 되새긴다. 녀석은 시간이 아는 걸 정확히 안다. 티미도 빗속의 고양이가 될 것이다.

나는 녀석에게 무슨 말을 해야 할지 몰라도 말한다. "그래, 아빠도 알아."

2016년 6월 28일 아침 6시가 막 지난 시각, 태드는 몇 시간 전에 열한 살이 되었다.

나는 새벽 3시가 되기 조금 전부터 내내 책상에 앉아 있다. 비단 이번 생일이 아니더라도 열일곱이 됐든 스물하나가 됐든 스물일곱이 됐든 녀석이 생일을 맞을 때 줄 작은 선물로 몇 문장 적어야겠다 싶어서 자리에 앉았다.

한데 이런 고투라니. 중단. 처음부터 다시 시작. 중단. 문장들이 질척거리기만 해서 죄다 털고 그만두기 직전이다. 내 말은, 영원히. 이 지긋지긋한 컴퓨터는 창밖에 던져버리고 북극에 가 이글루나 하나 사서 한파를 즐길까. 헤밍웨이가 옳았다. "쓸 게 전혀 없다. 하는 일이라곤 타자기 앞에 앉아 끙끙 앓는 것뿐이다."

그러니까 태드야, 이게 바로 아빠의 아름답고 속 깊은 문학 선물이란다. 이게 아빠의 최선이야. 생일 축하해.

우리 아버지는 1914년 2월 28일 뉴욕 브루클린에서 태어났다. 그는 2004년 8월 10일 텍사스 샌안토니오에서 세상을 떴다. 이름은 빌 오브라이언.(젊었을 땐 윌리라고 불렸다.) 자식들은 그를 사랑했다. 그도 자식들을 사랑했다. 그는 별나고 웃긴 사람이었다. 그는 내게 몇 시간이고 야구공을 던져주었다. 그는 많은 크리스마스이브를 나라면 가지고 놀지 않을 모형 열차와 이렉터 세트와 팅커토이*를 조립하면서 보냈다. 그는 공공 도서관에서 한 아름의 책을 가져다 내게 주었다. 그는 노래를 멋들어지게 불렀다. 그는 끊임없이 책을 읽었다. 그의 눈은 내 눈과 달리 파랗게 빛났다. 그는 좋은 사람이었다. 나는 그를 사랑했고 우상화했지만 때로는 그가 나를 죽일까 봐 무서웠고, 그래서 초등학교 시절 밤늦게 부엌에 기어 들어가 서랍에서 가장 뾰족한 칼들을 치워 내 매트리스 밑에 숨겨두었다. 나는 내 침실 문에 장애물을 쌓아두었다. 나는 종 두 개와 선으로 경보 장치를 발명했다. 하지만 그러자 경찰이 그를 데리러 왔다. 루터교회 신자들로 둘러싸인 세계 칠면조 수도에서 그는 자신의 애장품인 독서 의자에 앉아 우리 어머니가 우는 동안 경찰한테 욕설을 퍼부었다. 나는 열한 살이나 열두 살이었다. 때는 1957년 아니면 1958년 여름으로, 아버지가 그 두꺼운 책을 들고 내 침실에 들어왔던 여름에 경찰 두 사람은 내 어머니와 여동생과 남동생과 나를 아버지한테서, 내가 일방적으로 사랑하는 사람한테서 보호하러 들어온 거였고, 아버지는 한쪽에선 경찰이 선생님 하는 말로 타이르고 한쪽에선 어머니가 울고 있을 때 우리 집 좁은 거실에 놓인 자신의 애장품 독서 의

* 이렉터 세트(Erector Set)와 팅커토이(Tinkertoy) 다 지능 개발 조립식 완구.

자에 앉아 쪽팔림과 지독한 분노로 욕설을 내뱉은 거였다—경찰을 부른 사람, 아버지를 알코올중독 치료 시설에 맡긴 사람은 어머니였는데 어머니도 나처럼 아버지를 무서워했다—그래서 경찰은 그를 멀리 데려갔고 그는 그해 여름 이번엔 더 많은 주일 동안 모습을 감추었다. 그는 알코올중독 치료를 받았다. 치료는 소용이 없었다. 그는 집에 돌아와 노력을 했지만 그것은 화학이었고, 그래서 비좁은 우리 집의 모든 건 이전의 모습이자 이후에도 그가 노인이 될 때까지 수십 년 동안 계속될 모습으로 되돌아갔다.

어니스트 헤밍웨이의 「의사와 의사의 아내The Doctor and the Doctor's Wife」나 「나의 아버지My Old Man」를 읽어본 사람이라면 경찰이 아버지를 데리러 와서 내 꼬마 적 삶에 불이 튀었을 때 내가 무엇을 느꼈는지—다는 아니어도 조금은—이해할 것이다.

아버지가 아흔한 살까지 살고 세상을 뜨던 날 나는 새벽께 메러디스가 깨워서 일어났는데 그녀는 그 소식을 조용한 말투로 전했다. 나는 대략 이런 대답을 했다—내가 한 말과 아주 똑같진 않다—"알았어, 고마워." 그러고서 나는 잠을 마저 잤다. 나는 내 아들 티미가 지금 속으로 그 소식을 상상하듯이 꼬마 때부터 그 소식을 상상해온 터였다. 나는 제정신이 아닐 거라 상상했었다. 아버지의 관으로 기어들 거라 상상했었다. 하지만 나는 잠을 잤다. 그건 부정하는 게 아니었다. 회피 수단이 아니었다. 그냥 졸린 거였다.

소설가는 있는 그대로의 세상만 그리는 게 아니라 그 비슷한 세상 혹은 있을 법한 세상 혹은 있어야 할 세상도 그린다. 아버지가 세상을 뜨기 얼마 전 나는 샌안토니오의 병원까지 형편없는 70마일 길을 차로 달릴 수 있었고 마땅히 달려야 했다. 나는 아버지를 품에 안을 수 있었고 마땅히 안아야 했다. 나는 이렇게 말할 수 있었고 마땅히 말해야 했다. "아빠, 너무너무 사랑해요." 나는 그러지 않았다. 하지만 이야기 속에서는 기적이 일어날 수 있다. 이야기 속에서는 우리 아버지가 죽었다가 일어앉아 **그 품**으로 나를 안아줄 수 있다. 이야기 속에서는 그가 이렇게 말할 수 있다. "괜찮아, 네가 아빠 사랑하는 거 아빠도 **알아**."

감상주의가 지나친가 싶지만 그걸 대신할 게 침묵 말곤 없다.

|

비평가는 당신이 좋은 아버지인지 아닌지 관심 없다고 언젠가 헤밍웨이는 적었다. 독자도 마찬가지다. 한밤중이라면 모를까, 마지막 페이지가 넘어갔다면 모를까. 좋은 아버지든 좋은 낚시꾼이든 좋은 시민이든 좋은 아무개든 독자는 관심도 없고 관심을 가질 수도 없다 —하지만 마지막 페이지가 넘어가면 또 모르는 것이, 독자는 이야기 속에서 숨이며 죽은 소며 있지 않을 일에 대한 갈망을 진이 다 빠질 만큼 겪었기 때문인데, 티미와 태드는 그런 이야기를 『태양은 다시 떠오른다』에서도 어느 정도 발견하겠지만 저희의 인생에서도 발견하게 될 것이다, 다만 완전히 똑같지는 않게, 왜냐하면 녀석들은 그 이야기를 소화한 다음 속에 품고 다니면서 저희 나름의 연애사와 있지 않을 일에 대한 저희 나름의 갈망을 거기에 대입할 테니까. 지금 내가 이야기하기에 관한 다소 추상적인 내용과 어니스트 헤밍웨이에 관한 얘길 녀석들에게 들려주려는 건 그런 이유에서다. 내가

이런 것들에 관심이 있어서. 나는 내 두 아들이 저희 아빠가 자신의 이야기를 쓸 때 무엇에 관심이 있었는지, 무엇을 우려했는지 알았으면 좋겠다. 혹 관심 없는 일반 독자라면 다음에 나올 몇 페이지는 건너뛰길 권한다. 하지만 내 자식들은 반드시 읽도록.

내가 티미도 없고 태드도 없다고 말한다면? 그리고 아버지도 없었다고 말한다면? 당연히 거짓말일 것이다. 티미도 있고 태드도 있고 아버지도 정말로 있었다. 거짓말이 맞다, 그렇다, 하지만 진실을 말한 것이다. 이 책에 나오는 빌 오브라이언과 티미와 태드는 사람이 아니다. 살아 있는 생물이 아니다. 내가 아는 한 책에 사람을 심는 유일한 방법은 아주아주 커다란 책을 만들어 거기서 먹을 것과 마실 것을 줘가며 그 사람을 기르는 것이다.

여기서 독자가 만나는 티미와 태드와 우리 아버지는 지면 속의 전형이다. 나도 그들을 공정하고 정확하게 그리려고 노력했으나 그러자니 사실상 모든 걸 빼고 말았다. 나는 필수적인 것들만 포함시켰다. 고로 이것은 작가에게 늘 해당되는 원칙이다. 거의 모든 게 제거된다는 것. 이 순간에도 나는 "논픽션"이라고 불리는 것을 시도하고 있고 이 책에서 내가 쓴 모든 게 매우 진실하기는 하지만 — 이른바 "실제의 진실(happening truth)"로서, 실제로 말하고 행해진 것들이라는 점에서 진실하지만 — 그렇다곤 해도, 실제라곤 해도 나는 기억에 휘둘릴 수밖에 없다. 그렇다, 티미가 "장난질"이라는 단어를 내뱉은 건 **진짜**다. 그렇다, 우리 아버지가 1950년대 말 어느 무더운 여름날 오후에 무거워 보이는 두꺼운 책을 들고 내 침실에 들어온 것도 **진짜**다. 하지만 불완전한 기억 때문에, 아니면 흘러간 세월 때문에, 아니면 둘 다 때문에, 아니면 그 밖의 무엇 때문에 세세한 것들은 지워졌다. 내 침실 문이 활짝 열리기 직전에 나는 무슨 생각 혹은 무슨 행동을 하고 있었을까? 나도 모르겠다. 싹 지워졌다. 아예 지워져서 없었던 일이 되었다. 우리 모두에게는, 작가라면 훨씬 더 할 텐데, 잔혹하게 놀려대는 환각 같은 기억이 떠맡겨진다. 우리가 기억이라 부르는 것은 망한 기억이다. 우리가 기억이라 부르는 것은 망각이다. 기억이 망했다면—아주 거대한 규모로, 아주 종말같이 망했다면—우리는 어째서 기억에 충실한 척하는 걸까? 우리는 어째서 진실을 말하는 척하는 걸까? 한 조각 작은 진실도 진실일까? 그래, 라고 기억은 말한다. 하지만 기억은 말을 더듬는다. 기억은 말줄임표를 써서 말한다.

다시 말하지만 당신은 어제의 일을 정말로 얼마나 기억하는가?

나아가 당신은 1998년 3월 23일을 얼마나 기억하는가? 그날 당신이 한 걱정, 당신이 한 공상, 당신이 한 식사, 당신이 나눈 대화를—그 전부, 그 **일부**라도—당신은 기억하는가, 또 당신이 울었는지 안 울었는지, 세이프웨이(Safeway)에서 상추 한 단을 골랐는지, 당신이 넋 나간 환상 속에서 인생의 소중한 부분을 갖다 바친 그 뽕가는 계산원이 어떤 모습이었는지 당신은 기억하는가?

우리는 살면서 삶을 잃어간다. 기억은 참 문제다. 그보다 더한 문제, 훨씬 더한 문제는 내가 작가로서의 내 능력에 휘둘린다는 것, 즉 다루기 힘든, 도대체가 적확하지 않은 명사와 동사에 휘둘린다는 것이다. 나는 가상의 것을 금지하는 "논픽션"이라는 괴로운 단어에 휘둘린다. 나는 내 참을성에 휘둘리고 당신의 참을성에 대한 내 감정값에 휘둘리고 문장의 선동적 리듬에 휘둘리고 내 상상력 끝에서 톡 떨어져 나가는 장대한 이미지에 휘둘린다.

이 모두를 통틀어 나한테 중요한 것은 현실을 예술로 예술을 현실로 옮기는 문제인데, 이것 때문에 나는 암만 부정해도 한 입으로 두말하는 사람이 되어버린다. 논픽션책에 "실제" 인물을 담는 게 그리 기만적이라면 소설책에 "실제" 인물을 담는 건 얼마나 더 기만적이어야 한다는 얘긴가?

「빗속의 고양이」가 하나의 예다.(읽어보렴, 티미. 읽어봐, 태드.) 그 소설은 — 그동안 자주 그래왔듯이 — 역사의 렌즈를 통해 해석될 수 있다. 헤밍웨이의 아내 해들리가 소설 속의 "미국인 아내"가 된다. 헤밍웨이는 소설 속의 남편 조지가 된다. 실제 인물과 실제 사건으로 이루어진 세상, 소설이 착상된 그 세상에서 해들리는 헤밍웨이의 신성한 원고를 분실한 책임이 있었다. 그 분실 때문에 긴장이 감돌았다. 해들리의 죄책감 그리고 헤밍웨이의 절망과 허탈감이 있었다. 가뜩이나 현실 세계에서는 헤밍웨이가 그 소설을 위해 첫 메모를 한 1923년 2월경 해들리가 자신의 임신 사실을 알았다는 것, 그러고 나중에 헤밍웨이가 자신의 조언자 에즈라 파운드와 거트루드 스타인에게 그 임신을 애통해했다는 것을 우리는 안다. 그는 자기가 부모가 되기엔 너무 젊다고 믿었다. 그는 제 경력과 제 예술과 예술을 할 제 시간이 위기에 몰렸다고 믿었다. 우리는 해들리가 아이를 간절히 원했단 걸 안다. 우리는 헤밍웨이가 출간을 간절히 원했단 걸 안다. 거기엔 결혼 생활의 다른 긴장들도 있었는데 그중엔 경제적인 걱정, 부부 간의 나이 차, 문서로 익히 입증된 해들리의 너그러운 성품과 노골적으로 선언된 헤밍웨이의 야망 간의 대립이 있었다.

현실 세계의 이런 사실들을 만인이 아는데 「빗속의 고양이」가 비평가들에게 역사의 렌즈를 통해 받아들여졌다는 점에 놀랄 사람이 누가 있을까? 사실들은 저만의 매혹적인 이야기를 들려준다. 만약 실제 발 담그고 사는 세상에서 건져내어 해석한 「빗속의 고양이」가 역사에서 비롯한 소설이 아니라면 어떨까? 이 소설은 진품의 한심한 대용품이 아닐까? 「빗속의 고양이」를 필요로 할 사람이 있을까?

어니스트 헤밍웨이가 그 소설은 해들리에 관한 것이 아니라고 부정했던 사실은 유명하다. "「빗속의 고양이」는 해들리에 관한 게 아니야," 그는 F. 스콧 피츠제럴드에게 적었다. "자네랑 젤다가 내내 해들리 얘기라고 생각했다는 건 알고 있었어." 피츠제럴드에게 보낸 편지에서 헤밍웨이는 어쩌면 솔직하지 않았는지도 모른다. 그는 어쩌면 성급하게 적고 있었는지도 모른다. 어쩌면 술을 마시고 있었는지도 모른다. 하지만 그가 친구에게 자기가 아는 만큼 또 이해하는 만큼 엄밀한 진실을 말하고 있었을 가능성도 있다. 「빗속의 고양이」는 해들리에 관한 게, 이탈리아 라팔로에 관한 게, 분실된 원고에 관한 게, 그 밖에도 실제 발 담그고 사는 세상에 관한 게 아니라고.

헤밍웨이를 변호하자면, 아울러 단편소설이나 장편소설을 쓰느라 고생한 사람들까지 변호하자면, 나는 저 저자의 기억 속에서 한 편의 허구가 현실을 부분적으로 대신한 게 아닐까—아니면 현실을 추가로 만들어낸 게 아닐까— 의심스럽다. 고유명사 "조지"를 포함해 말이 종이로 넘어갈 땐 작가의 머릿속에 이미지가 나타나는데 작가에게 그 이미지는 소위 말하는 현실 세계의 어느 것 못지않게 생생한 현실이다. 헤밍웨이는 상상된 조지를 **볼** 수 있었다. 그는 조지의 생각을 **들을** 수 있었다. 고유명사 자체로 — 이름을 짓는 것만으로도 — 작가는 자신이라는 존재와 즉각 멀어진다. 고유명사는 **타자**를 창출한다. "조지"라는 단어를 쳐보라, 그러면 헤밍웨이는 실로 헤밍웨이가 아니고 저자인 당신, 당신도 당신이 아니게 된다. "미국인 아내"라는 단어를 쳐보라, 그럼 해들리는 1마일 멀어져 있다. 형용사를 추가하고 부사를 추가해보라, 그럼 그녀는 대륙의 절반을 저만치 가 있다. 디테일로서 대충 약간의 대화, 대충 그녀 코의 무사마귀, 대충 초조한 웃음, 대충 비에 젖은 고양이를 데려오기 위한 나들이를 꾸며내 더해보라, 그럼 해들리는 더 이상 지구라는 행성에 있지도 않고 그 일부도 아니다. 그녀는 흔적도 없이 사라져 저자는 이제 새로 독립해 살아가는 생물을 마주하게 되는데 그 생물은 해들리가 아니다.

이런 의미에서 볼 때 이야기꾼의 상상 노동은 자아를 고의로 제거하는 일이자 고의로 예술품과 맞바꾸는 일이다. 포크너의 문을 두드려보자. "일개 개인으로서 내 야심은 역사로부터 폐지되고 말소되는 것이다, 흔적 하나 없이, 인쇄된 책을 남기는 건 거절하지 않고…… 그러니까 책을 내고서 죽는 것이다." 자기 필생의 작업을 "인간 정신이라는 재료로 전에는 존재하지 않았던 뭔가를 만들어내는" 노력이라 묘사한 것도 포크너였다.

장편 및 단편 작가에게 현실이며 기억된 세상은 상상과 결합하고, 그 결합은 언어와 결합하고, 다시 그 결합은 내면의 눈과 내면의 귀와 아예 새로운, 아예 독자적인, 머릿속부터 아예 독창적인 영혼을 만들겠다는 내면의 마음과 결합한다. 이를테면 해들리가 아닌 미국인 아내와 헤밍웨이가 아닌 조지, 그리고 철저하게 저 자신으로 존재하는 「빗속의 고양이」라는 소설. 이 소설은 현실 세계의 고통에서 충분히 시작되었을 법하고 실제로 대략 그랬지만, 그렇대도 분실된 원고와 원치 않던 아기가 "빗속의 고양이"라는 제목의 꿈같은 새 현실로 바뀐 데에는 변함이 없다.

|

이건 개인적으로 중요한 일인데, 글을 쓰느라 저녁 내내 서재에 앉아 있는 동안 저희 아버지의 머릿속에서 무슨 일이 벌어졌는지 티미와 태드가 알았으면 싶다. 나는 한 가지 현실을 저버렸단다. 네가 포함된 현실, 티미. 너도, 태드. 이건 일종의 배신이란 생각도 드는데, 너희 둘 다 잠시 사라졌고 너희 엄마도 사라졌고 나도 사라졌어. 사실이 허구에 허구가 사실에 부옇게 섞여든 거지. 우리 모두가 그렇지만 소설가는 더더욱 그러한데, 기억이 사라지고 기억과 함께 현실이 사라지잖니, 그러자 내 이야기 속의 상상된 사람들과 사건들이 시간이 지나면서 현실처럼 진짜가 되었어, 내 꿈이 진짜인 것처럼, 그리고 너희 꿈이 진짜인 것처럼, 왜냐하면 그것들은 **진짜**거든, 우리 행성의 역사에서 가짜 꿈을 꿔본 사람은 없잖아?—꾸어진 꿈, **너희** 꿈 자체는 **진짜**라고, 안 그래? 무덤을 향해 빛의 속도로 여행 중인 나로선 나와 베트남의 충돌이 반세기 전 일이라는 걸 뼈저리게 느껴. 그 일은 거의 다 잊혔어. 그건 꿈만도 못해. 이름들, 얼굴들, 초목이 우거진 작은 마을, 끝없이 쏟아지던 상스러운 말들과 단조로움

과 습기와 신록, 끝없는 공포, 끝없는 불확실성 — 내가 여기서 죽을까 저기서 죽을까, 내가 다음 발에 죽을까 다다음 발에 죽을까 다다다음 발에 죽을까? — 지뢰, 살벌한 총격전 — 산속으로 들어갔다 논으로 내려와 다시 산속으로 들어가는 그 길고 멍한 행군들, 농담들, 장난들, 유령들, 밤들, 갓 죽은 사람들의 우물거림, 내가 했던 생각, 내가 했던 말 — 거의 전부가 사라졌어 — 한때 아주 격하게 사용되다가 이젠 주인 없이 똑딱거렸던 내 인생의 일분일초 — 그게 사라지되 영영 사라졌어 — 싱크대 바닥에서 빼끔하고 윙크를 날리는 비누 거품처럼 사라졌다고 — 우리 아버지가 사라졌듯이 또 미래에 내가 사라지듯이 — 그래서 지금은, 특히 밤에는 내가 지어낸 이야기들이 내 기억을 대신하고 있어.

이 점이, 최대한 엄밀히 표현해보자면, 현실과 소설의 다툼이 벌어지는 경계선상의 내 경험을 — 그리고 내가 의심 중인 헤밍웨이의 경험을 — 말해준단다. 소설가에겐 생애결정론(biographical determinism)에 대한 무지막지한 두려움이 있어. 어떤 종류의 결정론도 그렇지만 특히 생애결정론은 작가의 눈엔 상상의 기능을 폄하하고 때론 부정하는 것처럼 보여, 작가는 그걸로 이야기를 만드는데 말이야. 예술적인 희롱은 결정론에 생채기를 낸단다. 엉뚱한 생각도 그래. 음악성을 집요하게 요구하는 문장도 그렇고. 또 예를 들어 예상 못 한 뜬금없는 청혼으로 암컷 오리를 난처하게 만드는 잭이라는 등장인물도 그렇지. 우리는 기적으로 뭘 하더라? 설명이 안 되는 것들로 우리는 뭘 하지? 사랑에 번민하는 오리들을 찾아 역사를 구석구석 뒤지지 않니?

지금 이 문장을 포함해 이른 아침에 쓴 저 문장들도 생애결정론의 한계를 말해준단다. 사학자는 문학에 능하더라도 작가와는 관점이 달라. "네 아버지가 저기 있다!" 하고 사학자가 외치면 작가는 이렇게 소리치지. "**네** 아버지가 저기 있다!"

그러니까 있잖니, 티미랑 태드, 무슨 생각을 하는지가 그 사람을 조금이나마 정의해준다고 쳐, 내가 너희를 생각하고 있었어야 할 시간에 쭉 생각한 건 바로 이런 것들이다 이거야.

33

재택 학습

오늘 수업 제목은 "격분"이야. 토론의 주안점은 다음과 같아.

1. 전쟁을 지지한다면 직접 갈 것.
2. 그러지 않으면 너는 분명—너만 쏙 빠진 채—다른 사람들끼리 죽고 죽이는 정도까지만 전쟁을 지지하는 거야.
3. 전쟁이 나길 네가 목 놓아 외치고 있다면 네 호전성이 향하는 곳에 가 피를 흘릴 것.
4. 그러지 않으면 너는 분명 "위선자"라는 단어가 거슬리지 않는 거야.
5. 시신들은 무거워서 옮기기가 불편해. 또 죽음의 냄새는 불쾌할 수 있어. 이는 방금 죽은 시신의 경우도 마찬가지야.
6. 죽음의 냄새는 전쟁을 지지하는 사람들의 콧구멍 속으로 언젠가 훅 빨려 들 거야. 그건 공정한 일이지. 그건 황금률이야. 따라서 죽음의 냄새를 들이켜는 일은 전쟁을 옹호하는 기독교인

들 사이에서 대중적 유행이 될 거야.

7. 그렇지 않으면 전쟁을 옹호하는 기독교인들은 분명 저희가 전쟁에 가지도 않고 그 냄새를 맡지도 않는 정도까지만 전쟁을 지지한 거야.
8. 또한 텔레비전 방송국들과 인터넷 공급자들은 언젠가 전쟁 사상자들의 사진과 영상, 그저 사망자와 불구자밖에 안 나오는 영상을 24시간 제공할 것이고 이 편성은 전쟁을 목 놓아라 외치는 사람들 사이에서 하룻밤 만에 화제가 될 거야.
9. 그렇지 않으면 그들은 저희가 가지도 맡지도 거들떠보지도 않을 전쟁을 목 놓아라 외친 거지.
10. 총알 하나로도 적을 죽일 수 있어.
11. 총알 하나로도 적을 만들 수 있어.
12. 네 총알이 어느 아버지의 아들 머리에 박히면 너는 적을 만든 거야.
13. 그러나 만들어진 적 대비 자식 사망률은 1 대 1이 아니야. 각 자식에게는 어머니도 있으니까. 어쩌면 삼촌, 형제, 노망난 할머니, 친척과 여형제와 여자 친구도 몇 사람 있을 수 있어. 언젠가 펜타곤은 만들어진 적 대비 사살된 적의 일일 비율을 제공하는 데 선심 쓰듯 동의할 테지.
14. 집을 날려버려도 적을 만들 수 있는데 그 집이 네 집이라면 특히 그래. 펜타곤은 향후 일일 요약 보고서에 그 통계량까지 포함하고 있을걸.
15. 폭력은 유용할까? 답은 뻔해, 안 그래? 무사태평과 민주주의와 이웃 사랑과 정의와 종교적 관용과 예의와 화합과 중동의 조

용한 길거리를 봐. 인상적이다, 그렇지? 이 모든 게 사람들끼리 죽고 죽이는 일을 관둔 지 15년 만에 이룩된 성과야. 50년 전에는 이걸 "땅굴 끝의 빛"이라고 불렀어.

16. 언젠가 너희가 아버지가 된다면 말이야, 티미랑 태드, 그러고 너희가 전쟁을 지지한다면 너희 아들딸한테 무기를 걸쳐 메고 전투에서 위험을 무릅쓰라고 격려하렴. 차라리 주장을 해. 그 아이들을 아이오와주에 숨겨놓지 말고.

17. 네가 전쟁을 지지한다면 말이야, 태드, 세금 고지서 가지고 죽는소리하지 마. 네가 요구한 거니까. 네가 갈구한 거니까. 지난밤 로터리클럽에서의 네 웅변값이 그렇게 비싼 거야.

18. 티미도 그래. 네가 오늘날 네 나이에 전쟁을 지지한다면 이슬람교 시아파와 수니파의 실제 차이를 알아도 나쁠 건 없을 거야. 지도에서 이라크를 찾아봐도 나쁠 건 없을 테고.*

19. 공개적으로 전쟁에 반대하는 사람들을 너희가 경멸한다면 너희는 멕시코-미국 전쟁에 공개적으로 완강히 반대했던 에이브러햄 링컨도 경멸하는 거야.

20. 이걸 곰곰이 생각해보렴, 티미, 그러고 네 최선의 답을 말해봐. 만약 네 조국이 전쟁 포로를 고문하는 게 도덕적으로 문제없다면 조국의 적이 우리 군대를 붙잡아 똑같은 짓을 해도 도덕적으로 문제없을까?

21. 너도, 태드. 알카에다랑 ISIS의 정상을 겨냥하고 암살하는 건 도덕적으로 문제없으니까 알카에다랑 ISIS가 우리 정상을 겨냥하고 암살해도 문제없니?

22. 또 있는데, 사담 후세인의 아들들 시신을 공공연히 전시하는

건 도덕적으로 문제없으니까 우리의 적이 미국의 아들딸 시신을 공공연히 전시해도 문제없는 거지?

23. 전쟁이란 한 사람이 다른 사람에게 거대한 규모로 이렇게 말하는 것과 같지 않을까? — "난 아주 문명화됐고 넌 아주 야만적이야 — 난 아주 도덕적이고 넌 아주 부도덕해 — 난 하느님을 아주 사랑하고 넌 아주 악마적이야 — 난 아주 이성적이고 넌 아주 비이성적이야 — 난 아주 옳고 넌 아주 글러 — 그러니까 난 너를 죽일 거야."

24. 베트남의 경우 300만 명의 사람이 죽었는데 지난달에 나는 호화 사립 고등학교에서 어느 어린 학생이 심란해하면서 맨정신으로 진지하게 하는 이런 질문을 받았어. "누가 이겼어요?"

25. 300만 명의 사람이 죽었는데 나는 대학들에서, 대도시 강연장들에서 거듭거듭 자꾸만 질문을 받았어. "그게 다 왜 그랬던 거예요?"

26. 300만 명의 사람이 죽었는데 우리 중에서 베트남을 조금이라도 떠올리는 사람이 얼마나 될까?

27. 날마다 일어나서 이런 생각을 하는 사람이 누가 있을까? "베트남전쟁을 내려주셔서 하느님 감사합니다." 있긴 있을까? 만약 우리가 베트남전쟁을 내려주신 하느님께 감사하며 일어나지 않는다면 그 사람들은 다 왜 죽은 거야?

---

* 이슬람교도의 약 90퍼센트가 믿는 수니파는 정통, 수니파의 입장에서 볼 때 시아파는 이단이라 둘은 대립이 심한데 이라크는 이 둘과 쿠르드족까지 여러 세력의 충돌로 끊임없이 내분을 겪고 있다.

28. 전사자를 사랑했던 사람들 말고는 전사자를 정말로 보살피는 사람이 누가 있을까?
29. 누더기 전쟁* 때 죽은 2만 명을 두고 통곡하는 사람은 있을까?
30. 몽골 점령기에 죽은 추산 3000만 명을 두고 애도하는 사람은 ── 혹은 기리는 사람은 ── 과연 있을까?
31. 청나라의 명나라 정복 때 죽은 2500만 명에 관해 지나가는 생각이라도 하는 사람은 과연 있을까?
32. 태평천국운동과 그때 죽은 추산 2000만 명에 관해 누가 들어나 봤을까?
33. 말 나온 김에 둥간 반란(약 800만 명 사망)에 관해, 레콘키스타(500만 명 사망)에 관해, 안사의 난(1300만 명에서 3600만 명 사망)에 관해, 위그노전쟁(약 280만 명 사망)에 관해, 무어 전쟁(약 300만 명 사망)에 관해, 황건의 난(약 450만 명 사망)에 관해, 세포이 항쟁(약 80만 명 사망)에 관해, 제2차 수단 내전(100만 명에서 200만 명 사망)에 관해, 판사이 반란(89만 명에서 100만 명 사망)에 관해, 파라과이 전쟁(30만 명에서 120만 명 사망)에 관해, 킴브리족 전쟁(41만 명에서 85만 명 사망)에 관해, 혹은 키토스 전쟁(44만 명 사망)에 관해 객관적 사실 하나라도 아는 사람은 있을까?**
34. 우리가 이 전쟁들과 그 밖의 전쟁들에 관해 까맣게 모른다면 우리는 **어떡해야** 그걸 보살필 수 있을까? 또 후세인 우리가 보살피지 못한다면 우리 행성의 역사시대에 기록된 추산 4억 8800만 명의 전시 사망자라는 계속된 교훈의 결과는 뭘까?
35. 격분은 있잖니, 티미랑 태드, 격렬한 보살핌이야. 하지만 보살

핌은 우리 모두에게 어려운 일이지. 우리의 내면은 차츰 식어 가니까. 우리는 날마다 살인에 관한 헤드라인을 접하잖니. 우리는 아마 피로감 때문에 자신의 인간성을 버리나 봐. "당신의 봉사에 감사합니다(Thank You for Your Service)" 하는 말만 대충 건네고는 NFL 아니면 GTA 게임을 하러 후다닥 내빼지.

36. 너희에게 바라는 게 뭐냐면, 티미랑 태드, 격분하는 삶을 살라는 거야.

37. 우리 수업은 내일 계속할 텐데 아마 한 개의 전쟁에서 한 개의 일화를 가지고 토론하게 될 거야—바탄반도 죽음의 행군*** 이 될 수도 있고 렉싱턴 및 콩코드 전투가 될 수도 있어. 나중에는 너희랑 함께하는 내 삶에 남은 것에 대한 격분을 주제로 깊은 생각을 이어가도록 하자.

---

* Ragamuffin War. 무역 차별에 대한 항의와 노예해방을 이유로 1835년 브라질 남부 히우그란지두술(Rio Grande do Sul)주에서 일어난 농민 봉기. "누더기"란 말은 봉기의 주체인 가우슈의 판초 같은 복장에서 온 말. 포르투갈어로는 파로필랴 혁명(Revolução Farroupilha)으로 알려져 있다.

** 둥간(東干) 반란은 중국 신장 지역에서 둥간족과 위구르족 등 이슬람 민족이 청나라 만주족에게 일으킨 반란. 레콘키스타(Reconquista)는 이베리아반도 북부의 로마가톨릭 왕국들이 이슬람 세력을 몰아내는 일련의 과정. 무어 전쟁(Moorish Wars)은 레콘키스타의 연장선. 판세이 반란(Panthay Rebellion)은 윈난성 회족, 즉 이슬람 민족이 한족과 만주족에게 일으킨 반란. 킴브리족 전쟁(Cimbrian War)은 게르만의 일족인 킴브리족과 몇 민족이 기근을 피해 남하하다 로마 공화국과 벌인 전쟁. 키토스 전쟁(Kitos War)은 제2차 유대-로마 전쟁이라고도 불리는 전쟁으로 서기 115년의 유대인 폭동에 대한 응전.

*** Bataan Death March. 제2차 세계대전 때 일본군이 필리핀 바탄반도에서 미군과 필리핀인 등 전쟁 포로들에게 강제했던 장거리 도보 행군.

34

재택 학습

오늘 우리는, 태드랑 티미, 너희 조국 역사의 작은 단편, 하룻낮에 이은 하룻밤만 살펴볼 거야. 그걸 아주 상세하게 살피자. 이에 대해 양해를 구할 생각은 없는데, 왜냐하면 역사는 **디테일**이지 잽싸게 훑어보는 개요가 아니고, 게다가 사람들끼리 죽고 죽이는 일에 관한 한 악마는 그 더러운 디테일 속에서 향연을 벌이며 살거든. 아울러 돌아오는 7월 4일을 맞아 너희가 기념하는 게 무엇이며 너희가 기념할 수 있기까지 어떤 비용이 들었는지 너희가 조금은 알았으면 싶기도 하고. 사람들이 죽어서 너희는 퍼레이드가 지나가는 걸 볼 수도 있고 폭죽을 팡팡 터뜨리며 어둠 속을 뛰어다닐 수도 있고 색색깔로 트이는 밤하늘을 보고 우아 할 수도 있는 거야. 끝으로 역사는 타인의 인생에 관한 기록일 뿐 아니라 너희 자신의 인생에 관한 기록이기도 해, 티미랑 태드, 왜냐하면 너희는 역사 속에서 잉태되어 역사 속에서 살다가 언젠간 역사로 돌아갈 테니까. 이제 집중하렴. 좋은 얘기란다. 일단 끝맺고 나면 숙제도 조금 있을 거야.

시작한다 —

1775년 4월 18일 별이 총총하고 선선한 밤 9시경, 700명쯤 되는 영국 근위병과 경보병* 부대가 보스턴 지협(Boston Neck) 보스턴 공원(Boston Common)에 마련한 숙영지와 롱 부두(Long Wharf) 근처의 창고 막사에서 기상했다. 많은 사내가 한잠도 못 자서 비몽사몽으로 비틀비틀, 그렇게 붉은 외투**를 입은 스물한 개 중대는 얼결에 터벅터벅 그 마을의 좁은 길들을 지나 공원 자락의 작은 해변에 있는 집결지로 향했다.

투덜투덜 불평불만이 싸늘한 어둠을 채웠다. 뭐 이렇게 비밀이 많아? 밤늦게 이게 뭐 하는 짓일까? 왕의 군대가 어째서 솔직하고 직설적인 방법으로 해나가질 못하는 거지?

밤 10시경 보름달에 가까워진 달 아래 선 사내들은 근처에 정박된 전함에서 해안으로 끌고 나온 스무 대의 운송선에 올라타기 시작했다. 영국 수병 파견대가 부대가 올라탄 운송선들을 서로 묶고 찰스강 유역을 가로질러 케임브리지 동쪽 리치미어곶(Lechmere Point)의 질퍽질퍽한 하선지에 이르도록 노를 저었다. 횡단은 시작부터가

---

* light infantry. 신속한 이동을 위해 가볍게 무장한 보병.

** redcoats. 영국군을 가리키는 말로 당시 영국 군복 외투가 붉은색이었던 데서 온 말.

실수였다. 대기 중인 운송선 숫자가 부족해 운송선마다 1마일이나 되는 거리를 주행했다가 보스턴 해안으로 돌아가 부대원들을 더 태워 오는 지루한 왕복 운행을 해야 했던 것이다.

늘 그렇듯 병사들 사이에선 당연히 불평이 돌았다. 몇 세기나 이어져온 군대의 삽질이 실권을 잡은 것이었다. 하선 중에 흩어졌던 조직들은 이제 자리를 찾아 재결집해야 했다. 식량도 운송선에 싣고 케임브리지 해안으로 공수해 사내들한테 지급해야 했다.

횡단은 다 해서 세 시간 가까이를 잡아먹었다. 새벽 1시 그 고생을 다 마쳤을 때 영국 정규군이 이동한 거리는 바로 전 묵었던 보스턴 숙영지에서 쏘는 포탄의 사정거리에도 못 미쳤다.

그러고서 상황은 이런 일이 으레 그렇듯 안 좋던 데서 비참한 데로 치달았다. 어둠 속에 들어선 대열은 더러 습지며 갯벌에 발이 푹푹 빠져가면서 흙길을 따라갔다. 이미 춥고 지긋지긋했던 부대원들은 어느새 허벅지까지 잠기는 차가운 물속을 60파운드(약 27킬로그램)의 장비를 이고 낑낑대면서 철벅철벅 지나가고 있었다 — 머스킷 총과 탄약과 잡낭과 총검과 울 외투와 조리 도구와 수통과 식량.

새벽 2시가 다 된 시각이었다. 콩코드로 가는 20마일(약 32킬로미터)의 행군은 이제 시작이었다.

어떤 것들은 결코 변하지 않는다.

눈을 감으면 나는 다시 거기에 있다. 1969년 5월 초 어느 저녁.

참호를 다 파고 조명지뢰와 클레이모어를 꺼내놓은 우리는 황혼이 마지막 불꽃으로 서산에 마술을 부리는 광경을 지켜보고 있었다. 고된 하루였다. 일상적인 뻘짓을 한 터라 — 논들과 음산한 마을들을 겪은 터라 — 이제 우리가 원하는 건 밤에 잠다운 잠을 자는 것이었다.

다만 이곳은 베트남이라 불리는 유령의 집이었다.

완전한 어둠이 내린 21시 00분쯤 알파중대는 곧이어 남중국해에 늘어선 마을들에서 수색 섬멸 작전을 실시하니 짐을 챙기라는 명령을 받았는데 그곳까진 우리 야간 숙영지에서 약 9, 10킬로미터 거리였다. 우리는 이미 제로가 되어 곯아떨어져 있었다. 이젠 무슨 일을 해도 안 하느니만 못할 터였다.

스펀지 같은 어둠 속에서 우리는 조용히 익숙한 절차를 거쳤다. 무기 점검. 군낭과 탄약과 수통과 조명탄과 수류탄과 철모와 휴대용 식기와 무전기와 그 밖에 오만 잡동사니 짊어지기.

어마어마한 무게였다. 가뜩이나 전쟁도 저만의 질량과 밀도를 지니고 있었다. 나는 내륙에 떨어진 지 두어 달밖에 안 됐지만 배 속에는 베트남이 이미 바위처럼 들어앉아 있었다. 나는 그곳이 싫었다. 나는 그곳에 있는 내가 싫었다. 무엇보다도 순 현실적인 문제가 있었는데, 우리는 혼란스럽고 치명적인 민간 저항에 휘말려 있었다. 전방도 후방도 뚜렷한 전선도 뚜렷한 군사적 목적도 없었고 적과 친구를 구별할 방법도 없었다. 적은 땅굴로 사라졌다 등 뒤에서 튀어나와 스르르 사라지곤 해 어디에나 있고 어디에도 없었다. 우리는 그쪽 언어를 몰랐다. 우리는 그쪽 문화를 몰랐다. 우리는 어느 특정한 시각에 우리가 어디에 있는지 혹은 왜 거기 있는지 몰랐다.

이제 야간 행군을 위해 짐을 챙긴 알파중대는 어떨 땐 좁은 진흙길을 따라가고 어떨 땐 무릎까지 잠기는 질퍽한 논을 철벅거리면서 동쪽으로 터벅터벅 베트남의 어둠 속에 들어서기 시작했다. 거의 세 시간이 흘렀다. 축축하고 쩍쩍 붙는 더위, 어디서든 날아드는 모기, 납처럼 무감각하던 다리와 허벅지가 기억난다. 젊어지기, 우리는 그걸 그렇게 불렀는데 그건 끝없는 행군, 두 다리로 하는 군인 노릇을 뜻했다. 그때든 어느 때든 그게 보병이었다, 카이사르의 군단도 나폴레옹의 군대도, 한 발 다음엔 그다음 발 또 그다음 발.

자정을 넘긴 어느 시점에 우리는 잠든 마을을 에돌았다. 지시가 조용히 하달되었다 — 그곳이 베트콩 소유라는 나쁜 소식이었다. 기억하건대 내 단짝 하나는 제 어깨 뒤로 나를 넘어다보며 우스꽝스러운 표정을 짓고 이렇게 말했다. "안 나쁜 소식이 있긴 해?"

그 작은 마을을 우회하는 데에는 반 시간 넘게 걸렸다. 짖고 있는 개 한 마리, 얇고 노란 달, 그 밤이 얼마나 숨 막혔는지가 기억난다.

우리는 공허하고 긴 시간 동안 힘겹게 묵묵히 나아갔다. 나는 물론 겁에 질려 있었지만 어떤 의미에선 아무것도 현실 같지 않았다. 피로로 감각이 둔했다. 낯선 안개가 내 생각 속을 소용돌이쳤는데 다만 내 생각은 진짜 생각이라기보다 생각의 찌꺼기에 지나지 않았다. 우리는 정적을 지키느라 살금살금 용을 쓰며 남중국해 쪽으로 철근 같은 걸음을 계속했다, 뻣뻣하고 기계적이고 말 한 마디 못 하는 얼간이들의 중대는.

700명으로 이루어진 영국 부대는 오늘날 서머빌(Somerville)이라 불리는 지역을 조용히 관통한 뒤 유니언 스퀘어를 향해 첨벙첨벙 윌리스 개천을 건넜고, 그런 다음에는 케임브리지를 향해 거의 직선으로 북진했다. 대열은 매사추세츠 애버뉴에서 오른쪽으로 꺾고 북서쪽으로 도로를 타 오늘날의 알링턴에 진입했다. (당시엔 미나토미 Menotomy라 불리던) 그 마을은 잠든 지 한참이었다. 여기저기 길가의 집들에서 몇 개의 초만 타오르고 있었다.

이제 새벽 3시 반 가까운 시각이었다. 강물의 흐름을 파악하고 몇 번이나 긴 대기를 하고, 피로에 지친 부대는 여섯 시간 넘게 이동한 참이었다. 사내들 대다수는 거의 하루 꼬박 잠을 못 잤다. 그래도 그들은 드럼과 깃발과 가죽 군화와 탄약 자루와 10파운드짜리 화승총 따위를 잔뜩 이고서 중단 없이 악착같이 전진했다.

이때쯤 목적지에 관한 소문은 이 사람 저 사람 귀에 다 들어가 있었다. 콩코드라는 이름의 잘나가는 작은 농촌. 조직의 지휘관인 프랜시스 스미스 중령은 “콩코드를 비밀리에 점령하여 대포, 탄약, 식량, 천막, 소화기, 군용품이라면 죄다 파괴하는 최선의 원정”을 추진하라는 지령을 받은 참이었다. 그런데 이상하게도 스미스가 받은 지령에는 언제든 적대 행위가 발발할 기미가 있음에도 무력 저항 가능성에 대한 법규가 포함되어 있지 않았다. 앞서 시골로 출격할 때마다 성난 식민지 주민들과의 대치 상태가 초래돼 양측이 각을 세우고 서로 얼굴을 붉히는 일이 있었는데 그 일로 몇 주 새 지방의회가 전면전을 준비 중이라는 설득력 있는 증거가 수집되었던 것이다.

당시 스미스 중령이 4월 19일 전투 계획 구상에 책임이 있는, 보스턴에 있는 제 상관 토머스 게이지 장군과 그 저항 가능성에 관해 논의했던 건 틀림없는 듯하다. 게이지 자신은 반란군의 무장 대응을 세세하게 예견한 상태였다. "불행히도 적대 행위가 시작된다면," 그는 적었다. "거칠고 억누를 수 없는 열정에 힘입어 행위 장소에 몰려들 수많은 사람으로 보건대 첫 반발은 불규칙하고 격렬하되 지치는 일이 없을 것이다."

700명의 영국 정규군은 콩코드로 향하는 어둠 속을 터벅터벅 걷는 동안 바짝 긴장할 수밖에 없었다. 저 앞에서 몇 발의 경고사격 소리가 울렸다. 나중에 영국 정찰대는 미나토미 바깥의 산등성이를 잰걸음으로 올라 렉싱턴의 초원에 대략 500명의 무장 식민지 주민이 집결해 있다고 보고했다. 폴 리비어라는 전령은 붙잡힌 상태였다. 신중해진 스미스 중령은 게이지 장군께 증원을 요청한다는 전갈을 보스턴으로 돌려보냈다—나중에 자기 부대의 전멸을 막은 전갈이었다.

사실 렉싱턴에서 기다리던 식민지 주민은 고작 일흔다섯에서 여든 명이었지만 다가가던 영국 부대는 그 과장된 보고 때문에 안심을 못 했다. 그들은 몇 달 동안 보스턴에 주둔하면서 고조되는 불안과 적개심에 놓여 있었다. 항구도 무역이 폐쇄되어 있었다. 반란을 주도한 새뮤얼 애덤스와 존 핸콕은 은신 중이었다. 자칭 지방의회는 지역 민병대를 "비상소집"하고 "동원"할 권한을 지닌 안전위원회(Committee of Safety)를 조직해둔 상태였다. 하지만 더 불길한 것은 반란 의회가 최근 정규군 창설을 승인해 정식으로 연대와 대대를 편성했다는 것이었다.

일반 병사가 바보는 아니었다. 문맹일진 몰라도 눈앞의 위험을 알아볼 순 있었다.

발도 허리도 녹초가 된 영국 정규군 스물한 개 중대는 해돋이의 첫 파문이 동쪽을 적실 때 초조함을 느낄 이유가 충분했다. 대체로 전투에서 검증되지 않은 사내들이었다. 북아메리카대륙에 내린 지 일부는 겨우 석 달, 나머지는 예닐곱 달이었다. 그들은 그곳의 지형도 시골길도 돌벽도 목초지로 가는 경로도 매복에 적당한 장소도 몰랐다. 그들에겐 화력지원도 없었고 재보급 수단도 없었다. 그들이 가지고 다니는 탄환도 인당 서른여섯 발뿐이었다. 설상가상으로 700명의 대열은 작전을 함께 수행해본 적 없는 조직들로 구성되어 있었다. 중대들은 이 연대 저 연대에서 되는대로 차출해 만든, 관습도 일과도 생소한 지휘관들이 이끄는 조각보였다.

아침 5시께 빠르게 번져가는 여명과 함께 대열은 렉싱턴 외곽에 근접했다. 여섯 개의 경보병 중대가 존 핏케언 소령의 지휘하에 선봉에 나섰다.

마을 초원에는 대략 일흔다섯에서 여든 명의 민병이 기다리고 있었다.

영국군이 전진하던 그 시점에 지휘권을 잡은 건 어떤 심각성이었다 ― 극도의 피로와 곤두선 신경. 언제나처럼 시간은 붕괴했고 역사는 찰나로 쪼그라들었다.

|

1970년, 베트남에서 돌아오고 6개월 뒤 나는 하버드 대학교에서 대학원 공부를 시작하러 케임브리지에 도착했다. 여러모로 그 전쟁

은 아직도 나와 함께였다. 갑작스러운 소음에도 내 배는 위산이 차오르곤 했다. 어떨 땐 별 이유도 없이 웅크리고 앉아 눈을 감고 망각을 기다릴, 깊게 잘 판 참호가 필요한 기분이었다.

그 전쟁에 관해 이야기하는 건 그냥 불가능한 일이었다. 말은 할 수 있었다, 그렇다, 하지만 이야기는 할 수 없었다. 어디서 시작하고 어디서 멈추고 어떤 내용을 들려줄지 나는 몰랐다. 그것보다 그 얘길 듣고 싶은 사람이 있기는 했을까?

케임브리지에서 첫 주를 보내던 어느 때, 나는 거의 200년 전 보스턴에서 콩코드에 이르는 영국군의 경로를 추적한 지도를 우연히 발견했다. 순전히 거리만으로 나는 화들짝 놀랐다. 거기까지 갔다가 후퇴하기를 대략 40마일(약 64킬로미터). 기억하건대 나는 친구에게 그 지도를 보여주면서 그 긴 행군이 노동만으로도 얼마나 끔찍했겠느냐, 그리고 단순 주행거리에는 우회와 역행군과 측방 이동도, 리치미어곶의 차가운 습지도, 공포도, 손에 들린 10파운드짜리 화승총의 무게감도, 등과 어깨와 척추에 실린 중량도, 정신적 부담도, 고된 단조로움도, 인디언 거주지를 지날 때의 으스스함도, 말없이 윙윙대는 자신의 죽을 운명도 계산에 들어 있지 않다 설명하느라 애썼다.

친구는 내게 상냥한 끄덕임을 한 차례 보냈지만 내가 느끼는 걸 느끼지는 못하는 것 같았다. 나는 너무 과한 걸 요구하고 있었다.

두말할 것 없이 나는 내가 겪은 전쟁에 관해, 어떤 전쟁에서든 보병이 겪는 고난에 관해 뭔가를 말하고자 꼼수를 쓴 거였다. 상세한 지식은 많지 않아도 나는 그 영국 부대에 동화되었다. 유사점은 분명해 보였다. 내전. 잘못된 정보. 군복을 입지 않은 적. 선뜻 믿어주질 않는, 보통은 적대적인 시골 인구. 낯선 지형에서 대실수를 범하는 강력한 세계 제일의 군대. 무적의 신화. 왠지 몰라도 해피엔드를 보여준 적은 없는 막대한 부와 화력 자원. 어리둥절함과 괴리감. 문화적 오만. 상한 자존심. 공포로 뒤바뀐 자신감. 몇 년 동안이나 지독히 과소평가된 거칠고 촌스럽고 초라한 적. 좌절과 분노를 고조시키는 게릴라전술—끊임없는 저격, 치명적인 소규모 매복.

내 마음 안쪽에는 주변의 살아 있는 남녀보다 오래전에 죽은 그 붉은 외투들과 뭐랄까, 인간적 측면에서 깊이 공유하는 바가 더 많았다. 나는 어느 불가사의하고 오래된 형제 집단의 일원처럼 느껴졌다—지식과 공포를 다 같이 나눈. 나는 길을 밟는 영국군의 군화 소리가 들렸다. 나는 내 군화 소리가 들렸다. 당연히 환경은 똑같지 않았지만 중요한 건 똑같은가 다른가가 아니었다. 중요한 건 200년 전 어둠 속을 터벅터벅 나아가던 700명의 사내와 내가 많은 걸 나누고 있다는 사실이었다. 우리는 걸어 다니는 표적이었다. 우리는 좋은 군복을 입어 눈에 띄기 쉬웠다. 우리는 끊임없이 짊어졌다. 우리는 그걸 전부 견뎠다. 그리하여 내 배 속 어디에선, 혹은 내 꿈속에선 베트남과 배틀 로드*가 역사를 가로질러 교차하더니 유령처럼 부연 하나의 상으로 합쳐지기 시작했다.

|

* Battle Road Trail. 본문에서 계속 언급하는, 미국 독립전쟁이 본격화하기 이전 영국군이 미국 식민지 민병대를 진압하러 가던 경로를 훗날 부르는 말.

그날 아침 렉싱턴에서는 여덟 명의 식민지 주민이 죽거나 죽어가는 채로 누워 있었다. 첫 발포를 누가 했는지 아는 사람은 지금도 없고 앞으로도 없을 것이다. 분명해 보이는 건 존 핏케언 소령이 반역자들에게 무기를 내려놓으라 요구했다는 것, 적어도 민병대 몇 사람이 해산했다는 것, 영국군 보병이 전진을 멈추지 않았다는 것, 그리고 단발의 총성이 울렸다는 것이다. 영국 부대는 명령도 없이 연달아 재깍 두 번의 모진 일제사격으로 맞대응했다. 식민지 주민 하나는 총검에 찔려 죽었다. 다른 이들은 은신할 곳을 찾다가 죽거나 부상당했다. 핏케언이 사격 중지 신호를 보냈는데도 그때쯤 여명은 포화로 잔뜩 물들어 있었다. 어느 목격자에 따르면 영국 정규군은 "명령도 못 들을 만큼 거칠었다".

다 해서 몇 분밖에 되지 않았지만 지독한 관성에 사로잡힌 시간이었다. 한 번의 일제사격이 그다음으로 이어졌다. 보통 때의 야전 기강은 무너졌다. 여러모로 볼 때 그날의 첫 유혈은 부대의 미숙함, 부대 구성의 잡스러움, 핏케언 소령의 생소한 통솔에서 초래되었을 수 있다. 하지만 궁극적인 원인은 평범했다. 역사는 계획과 정책으로만 만들어지는 게 아니라 두려움과 피로와 아드레날린으로도 만들어진다.

렉싱턴에서의 싸움은 일방적이었다. 식민지 주민들은 23퍼센트의 사상률을 겪었다. 사망 일곱, 부상 아홉 내지 열. 영국군은 한 명의 부상뿐이었다.

일이 다 끝나자 대략 아침 5시 30분, 영국군은 대열을 정비해 서쪽에 있는 콩코드라는 작은 마을을 향해 행군을 재개했다. 활력 넘치는, 의기양양하기까지 한 자신감이 장병들의 마음을 채웠다. 그들은 렉싱턴에서 조금도 치명적이지 않은 가벼운 저항만을 겪고 농부와 상인 집단을 얼른 제 갈 길로 보낸 참이었다. 몇 주 동안 그들은 경멸적 언어를 써가며 반역자들을 대놓고 조롱해온 터였다. 영국군 장교 하나가 식민지 주민들의 "인내력, 냉정함, 용기" 부족을 비웃었다. 앞서 다른 장교가 불과 한 달 전 사건을 언급하면서 반역자들의 느슨한 기강을 웃겨 하던 참이었다. "다리*에 대포 두 문을 갖다 놓고 장전까지 해놔도 어디 발포할 사람이나 있겠나."

그때만 해도 식민지 주민들에 대한 붉은 외투들의 경멸은 당연해 보였다. 만세 소리와 쿵쾅쿵쾅 북소리가 그곳에 울렸다. 노랫소리도 울렸다.

하지만 1만 9000명의 매사추세츠 민병대는 호락호락하지 않았다. 유능한 장교들에게 교련과 훈련을 받아 마흔일곱 개 정식 연대로 편제된 식민지 군대는 보스턴에 주둔 중인 영국 부대를 훌쩍 뛰어넘는 인원이었다. 게다가 지방의회는 최근 "긴급 소집병(minute men)"이라는 신속 배치 체계를 새로 개시한 참이었는데 이는 민병대의 최대 4분의 1을 어떤 비상사태에도 "경보 1분 만"에 대응할 수 있는 조직들로 돌리는 것이었다. 매사추세츠의 마을들과 동네들은 각각 긴급 소집병에게 "유효 화기, 총검, 잡낭, 배낭, 서른 발의 실탄, 그 밖에 주 3회에다 기회가 될 땐 더 자주 교육했던 것들을 모두" 지급하라고 지시받은 참이었다. 더구나 1775년 4월 19일 이른 아침 반란자들에게는 어마어마하게 유리한 바로 곁의 지원군, 그러니까

---

* 여기서 말하는 다리는 미국 독립전쟁의 본격 시작을 알린 총성이 울렸던 콩코드 노스 브리지(North Bridge).

그 지역 도로와 숲과 들판에 대한 내밀한 지식, 수년간 영국의 폭압, 부패, 오만을 겪다 끓어오른 — 이제는 끓어넘치는 — 분개가 있었다. 하지만 가장 강력했던 건 식민지 주민들이 렉싱턴의 일방적인 사상자 숫자에 대한 분노로 지금 술렁이고 있다는 사실이었다. 정치를 떠나 사람들은 복수를 위해 살인을 저지를 작정이었다.

붉은 외투 스물한 개 중대는 이른 아침부터 5마일을 고생고생하며 나아갔고, 그러다 대열은 아침 8시가 다 되어서야 마침내 콩코드에 진입했다. 사내들이 보스턴 숙영지에서 기상한 게 열한 시간 전이었다. 그들은 20마일이나 고된 걸음을 한 거였다. 이제 그들 앞에는 인생에서 가장 곤란한 순간이 놓여 있었다.

늦은 밤중에 지엠지엠강을 건너 한동안 북쪽으로 방향을 틀었다가 다시 동쪽으로 방향을 돌린 일이 기억난다. 우리가 정확히 어디에 있는지, 우리가 지나온 마을들 이름이 뭔지, 적이 어디에 있는지, 어느 길에 지뢰가 묻혀 있고 어느 길에 묻혀 있지 않은지, 이 밤이 언제 끝날지 우리는 통 몰랐다. 달은 아직도 얇고 노랗게 거기 걸려 있었지만 이제는 빛을 조금도 드리우지 않는 듯했고, 그러자 나는 순식간에 나 자신과의 접촉이 끊겼는데 그건 마치 다른 사람, 그러니까 어떤 바보 멍청이가 징집될 동안엔 멍하니 있다가 결국 열대의 이 꿈같이 죽이는 풍경에 와서 뜬금없이 내 군화를 꿰신은 느낌이었다. 나는 내 발걸음을 세려고 노력했다. 나는 내가 다른 어디에 있는 척하려고 노력했다.

한 덩어리의 영겁 같은 시간이 휩쓸고 지나간 뒤 또 다른 덩어리가 지나갔고, 그러고 나니 소금 냄새가 풍겼다. 남중국해가 전방 어딘가 있었다—어쩌면 1마일, 어쩌면 한두 걸음.

얼마 안 가 동트기 전의 은회색 빛 속에 들어선 우리는 빽빽한 관목과 수목 뒤에 숨어 있는 어느 촌락 바깥의 논둑에서 걸음을 멈추었다.

우리는 한동안 대기했다. 장교들은 상의를 했다. 우리는 조금 더 대기를 했고, 그러고 나서 두 개 소대가 마을을 빙 돌아 건너편으로 갔고, 그러고 몇 분 뒤 또 한 번의 기다림 끝에 나머지 대원들이 대열을 지어 논을 건넌 다음 마을을 둘러싼 관목 안으로 들어갔다.

우리가 단호히 나아갈 때 내 왼쪽 멀리서 쿵, 순하다 싶은 먹먹한 소리가 들렸다. 일순 정적이 흘렀다. 곧이어 자동 사격으로 내 몸은 들렸고, 아니 들린 듯했고, 그러고 나서 어둠 속으로 머리부터 던져졌다, 아니 던져진 듯했다. 좌우로 데구루루 구른 기억이 난다. 대원들이 악을 지른 기억이 난다. 내 두 눈 사이에선 거대한 소음, 내 소총 소리가 터져 나왔고, 그 뒤에는 다들 목숨을 부지하고자 기고 빽빽대고 폴짝폴짝 난리를 치고 있었다.

그 일이 얼마나 지속되었는진 모르겠다. 길지는 않았다.

나중에 우리는 죽은 베트콩 둘을 발견했다. 한 명은 열다섯 살쯤 된 소년이었지만 어쩌면 베트콩이 아니라 그냥 열다섯 살이었을지 모른다. 다른 한 명은 나이를 가늠하기가 불가능했다.

우리는 무기를 뒤지느라 그 촌락에서 30분을 더 있었고, 그런 뒤엔 무질서하게 흩어져서 그날의 다음 마을로 향했다.

그날 아침 콩코드에서 프랜시스 스미스 중령은 원정대를 셋으로 나누었다. 여섯 개 중대는 마을 밖 노스 브리지를 장악한 뒤 촌놈들이 군수품을 비축해둔 것으로 의심되는 인근 농장까지 나아가도록 파견되었다. 제2조직은 서쪽으로 진군하여 다른 다리를 장악한 뒤 그곳을 지키고 있기로 했다. 나머지 스미스의 부대 대다수는 콩코드 자체에 남아 숨겨진 무기, 화약, 그 밖에 식량을 뒤지기 시작했다.

오전 9시가 막 지난 시각이었다.

콩코드강을 내려다보는 마을 북쪽 산등성이에서는 현지 농부인 제임스 배럿 대령의 지휘 아래 300명가량의 민병이 벌써부터 모여 있었다. 영국군의 접근에 촉각이 곤두선 식민지 주민들은 대부분의 물자를 이미 옮겨둔 상태였고 지금은 저 밑의 다리를 지키고 있는 붉은 외투 파견대 여섯 개 중대를 이글거리는 눈으로 내려다보는 중이었다. 조금 뒤 그중 세 개 중대가 그대로 다리를 건너더니 좁은 길을 따라 배럿 농장 쪽으로 올라갔다. 남아 있는 영국군 세 개 중대는—90명에서 100명 사이였다—노스 브리지 위와 주변에서 태세를 취했다. 못 보던 숫자가 그날 처음으로 식민지 주민들의 이익을 위해 단합했다. 무장한 민병들이 액턴, 링컨, 웨스트퍼드, 리틀턴, 그로턴, 스토, 첼름스퍼드, 베드퍼드, 칼라일에서 지금도 모여들고 있었던 것이다. 300명의 성난 식민지 주민은 이내 400명, 그러더니 500명으로 불어났다. 저 밑에서 대기 중이던 영국 부대에게는 불쾌한 산수를 해야만 하는 시련이 기다리고 있었다. 노스 브리지에서 영국군 파견대 지휘를 맡은 월터 로리 대위는 지방군 총원을 약 1300명으로 어림했다—내 전쟁에서도 장교들 사이에 모르는 사람이 없는 과장된 숫자였다. 반란군이 증강되자 로리는 콩코드에 있는 스미스 중령에게 서둘러 증원 요청을 보냈다. 하지만 요청은 요청에 머물렀다. 기마병이 급파되어야 했고, 스미스가 자리에 있어야 했고, 승인이 떨어져야 했고, 명령이 내려져야 했고, 증원부대를 모아야 했고, 장교들이 장병들을 정렬시켜야 했고, 녹초가 된 사내들이 콩코드에서 노스 브리지까지 도보로 이동해야 했던 것이다.

그사이 마을 북쪽에서는 로리 대위의 100명쯤 되는 붉은 외투가 겨우 몇 백 야드 앞에서 점점 불어나는 반란군을 주시하고 있었다. 로리는 물론 민병대 지휘관 제임스 배럿도 선뜻 교전을 개시할 마음은 없어 보였는데, 역사의 한 가지 우연한 사건이 아니었다면 그 일은 아마 그걸로 끝났을 것이다—교착상태로. 하지만 9시 30분쯤 반란군의 포차와 중포가 콩코드에서 발견되었다. 스미스의 붉은 외투들은 포차와 그 밖의 물자에 부랴부랴 불을 질렀고, 그러자 검은 연기가 마을 위로 높이 뭉게뭉게 피어올랐다. 1마일가량 떨어진 민병대원들 사이에서는 콩코드 자체가 불타고 파괴되면 어쩌느냐는 볼멘소리가 돌았다.(사실 영국 부대는 마을 교회당으로 번진 불을 끄느라 애를 쓰는 중이었다.) 콩코드 토박이인 배럿 대령은 자신의 부관들을 만나 연대를 저 아래 다리로 전진시키라고 지시했다. 어느 식민지 주민은 말했다. "우리는 모두 장전을 하되 저들이 먼저 쏘기 전까진 쏘지 말고 일이 터지면 혼신을 다해 내리 쏘라는 엄격한 지시를 받았다."

이제 교전은 대략 불가피했다. 양측 모두 후퇴는 불가능했다.

민병대가 밀려오자 로리 대위는 자신의 붉은 외투 세 개 중대를 다리의 콩코드 방향 쪽으로 신속히 불러들였다. 전술을 펼치고 말고 할 여유는 없었다. 판자도 몇몇 쪼개져 있어서 측면방어대는 하천 기슭에 쭉 포진되었다. "이때쯤," 로리는 적었다. "그들은 우리에게 아주 가까이 다가와 있었다." 전투가 임박했는데도 좀처럼 들고 일어나지 않는 적에 대해 영국군이 웃긴다는 말 내지 경멸의 말로 반응했는지는 불확실하다. "그들은 상당한 시간을 가만히 서서 우리 쪽만 쳐다보고 있었다," 로리는 적었다. "그러더니 겉만 봐서는 보통 때와 다르지 않은 태도로 우리 쪽으로 이동했다." 다른 영국군 장교는 반란군의 행동거지가 "매우 군인다웠다"라고 묘사했다.

기강이 조금이라도 무너진 건 로리 쪽 대원들이었다.

수적으로 끔찍하게 불리한, 긴장하고 지친 영국 부대는 식민지 주민들이 50야드(약 46미터) 이내로 다가오는 걸 지켜보았다. 잠깐의 시간이 흘렀고, 그러고 나서 붉은 외투 몇 사람이 거의 동시에 명령도 없이 발포했다. 민병대원 둘이 쓰러져 죽었다. 다른 두셋은 부상을 당했다. 식민지 주민들은 거의 직접 겨냥이 가능한 사거리에서 처음엔 느리게, 그러다 불같이 대응 사격을 펼쳤다.

노스 브리지에 있던 영국군의 10분의 1 이상이 치열한 화력전으로 몇 초 만에 쓰러졌다. 장교들도 절반이나 총상을 입었다 — 여덟 중 넷이었다. 사병 셋은 죽었거나 죽기 직전이었다. 다른 다섯은 부상이었다.

명성 자자하던 영국 육군의 뛰어남은 온데간데없었다. 명령은 무시되든가 귀에 들어가지 않았다. 표준 보병 전술은 포기된 상태였다.

그 부상자 중 하나였던 윌리엄 서덜랜드 중위는 이렇게 말했다. “로리 대위는 병사들이 다리 좌우로 열을 지어 사격을 이어가길 바랐다. 적이 다리 쪽으로 전진해 오고 있을 때 울타리를 풀쩍 뛰어넘어 적의 정반대 편에 있는 초원으로 들어간 나는 그들이(그의 병사들이) 나를 따르길 바랐는데…… 그리한 건 겨우 서너 사람뿐이었다.”

붉은 외투의 저항은 끽해도 보잘것없었다. 로리 대위는 부대에 다들 제자릴 지키라 강력히 권고했지만 병사들은 “저들을 막기 위해 할 수 있는 모든 일을 다 해보았으나” 이내 흩어져 달아났다.

그것은 또다시 아홉에서 열 시간에 걸쳐 20마일의 지옥 같은 고생이 이어질 피비린내 나는 줄행랑의 시작이었다.

|

영국군에게 상대는 “악령” 아니면 “악마” 아니면 “야만인”이었다.

베트남에 있던 우리에게 상대편은 “좆만이(dink)” 아니면 “째진 눈(slope)” 아니면 “거지새끼(gook)”였다.*

오늘날에는 “천 대가리(raghead)”나 “낙타몰이꾼(camel jockey)”이나 그 밖에 더 나쁜 말이 있다.**

적은 결코 완전한 인간이 아니다. 결코 문명화되지도 결코 도덕

---

* 모두 동아시아인들에 대한 멸칭이자 은어. 흔히 원문 그대로 ‘딩크’ ‘슬로프’ ‘국’이라고 부른다.

** 모두 아랍, 이슬람 사람을 가리키는 멸칭.

적이지도 결코 명예롭거나 올바르지도 않은 인간이다.

적은 야만적이고 우리는 그렇지 않다.

적은 광적이고 우리는 그렇지 않다.

적은 하느님을 믿지 않고 우리는 그렇지 않다.

"베트콩이랑 쥐랑 교배하면," 알파중대에서 돌던 농담이었다. "뭐가 나오는 줄 알아?"

똥자루만 한 쥐.

"작고 교활한 새끼들," 피로에 지친 나이 든 상사는 언젠가 말했다. 그는 곧 집에 갈 예정이었다. 할 만큼 한 사람이었다. "그러니까 있잖아, 빌어먹을, 그 새끼들이 대가리를 들어야 박살을 내는데 어째 고개를 안 든다니까. 저희가 뱀이야 뭐야. 슥 와서 엉덩일 콱 물곤 슥 떠나요."

뱀. 쥐. 악마. 악령.

적은 사람이 아니고 우리는 사람이다.

사람보단 쥐를 죽이기가 쉽다. 그래야 나중에 밤잠에 들기도 쉽다.

200년 먼저 그랬던 영국군처럼 베트남에서 우리도 경멸과 두려움이 뒤섞인 기이한 눈길로 적을 보았다. 조롱은 느닷없이 공포가 되었다. 쥐는 느닷없이 악령이 되었다. 설상가상으로 우리는 1775년의 영국군처럼 우리를 지구에서 가장 강하고 노련한 군대로 찬양했다. 우리는 패튼과 아이젠하워와 맥아더의 후계자였다. 비타민 결핍도 없었다. 타고난 뼈, 타고난 이빨, 좋은 건 모두 타고난 미국인의 유전자. 유전자가 요술을 부리지 않더라도 헬기에 제트기에 네이팜탄에 500파운드짜리 폭탄에 주파수 변환 무전기에 야간 투시경에 탄약과 전투식량과 닥터*의 온갖 주문품이 든 끊임없는 상자 행렬까지 미국 산업의 찬란한 결실이 늘 뒤를 받쳐주었다.

베트콩은 일반적으로 소총 한 자루, 탄창 두세 개, 쌀 한 되를 가지고 다녔다.

우리는 그걸 보고 낄낄거렸고 나중에는 그러지 않았다.

경멸과 두려움, 조롱과 식겁함 — 육군은 이런 이란성쌍둥이들과 대대로 더불어 살아왔는데, 마찬가지로 1969년 5월 한 달 동안 남중국해를 따라 이 적대적인 마을에서 저 적대적인 마을로 차례차례 나아가던 알파중대 안에도 그런 양면의 이미지가 떠돌아다녔다. 로이 아널드는 총에 맞아 죽었다. 칩 메릭스와 톰 마르투나스는 교묘히 묻어둔 포탄에 죽었다. 이름 모를 다른 몇 사람은 포격으로 치명상을 당했다. 이름은 오래전에 잊히고 클로슨이라는 성만 기억나는 애송이는 베트콩 수제 수류탄에 부상을 당했다. 그 밖에도 많았다. 끔찍한 시절이었다. 시간이 이만큼 흐른 지금 어떤 면에서 그 일은 아예 일어나지 않은 일 같지만 또 어떤 면에선 여전히 일어나고 있고 앞으로도 멎을 것 같지가 않다. 후송 헬기가 착륙하던 일, 그러고 우리가 사상자들을 싣고 물러서서는 헬리콥터가 이륙해 코를 기울이고 남중국해 상공으로 멀리 선회하는 걸 지켜보던 일이 기억난다. 그때 나는 헬리콥터 발을 붙잡고 단단히 매달린 채 공포를 피해 높고 먼 비행을 하는 상상을 했었다. 어쩌면 그 밖의 알파중대 사람들도 같은 환상에 젖어 위안을 얻지 않았을까. 모르겠다.

어쨌든 우리는 짐을 챙겨 터벅터벅 걸음을 이어갔다 — 더 많은 마을, 더 많은 사망자와 부상자. 저격은 결코 멎지 않을 듯했다. 우

---

* 군의관을 가리키기도 하고 은어로 주방장을 가리키기도 한다.

리는 수목한계선에서, 대나무 산울타리에서, 뜨라봉강 기슭에서, 논둑에서, 바탕안반도*의 작고 안쓰러운 초가집에서 날아오는 공격을 받았고, 하지만 그 난리 속에서도 거의 대응 사격을 하지 않았다. 베트콩은 유령이었다. 거긴 그들 땅이었고 그들은 땅을 잘 알았기에 한 번 나타나지도 않고 사라졌다.

우리는 어느 정도 겁이 났지만 팽팽한 복수심에 불타오르기도 했는데 사망자나 부상자가 헬기에 실려 갈 때면 특히 그랬다.

5월 중순 어느 시점에 도랑으로 몸을 날린 나는 웬일로 가스버너를 켠 듯 속에서 시뻘건 화가 치밀고 눈깔이 뒤집혔는데—빌어먹을 내 **눈깔**—끝없는 사격이 아니라 바로 그 눈깔 때문에, 혹은 내 무능함 때문에 정말이지 살인을 저지르되 절대로 멈추지 않겠단 마음이 끔찍하리만치 들었다. 내가 분노로 꽉 차 도랑을 게걸음으로 다니며 하느님과 전쟁한테 고래고래 악을 지른 건 그 눈깔을 원래대로 되돌리지 못해서였다.

각자 방식은 달라도 우리 모두는 그런 기분을 느꼈다. 때로는 농담이 그 기분을 드러내는 한 가지 방식이었다. 하지만 그 기분은 대개 덜 유쾌한 방식으로 드러났다. 예컨대 개랑 물소한테 총 쏘기. 그리고 코브라 헬기와 제트기와 대포를 요청해 불구경하기.

|

1775년 4월 19일 정오경, 영국 원정대는 보스턴으로 돌아가는 긴 행군을 시작했다. 대열이 측면방어대를 양옆에 두고 렉싱턴으로 향

하는 길을 되짚는 동안 북쪽 능선에서는 민병대 조직이 미행을 하고 있었다. 콩코드 외곽 1마일여, 메리엄의 모퉁이(Merriam's Corner)라는 도로 분기점에서는 돌벽과 농장 건물 뒤에서 태세를 취한 민병대가 저희 전방의 좁은 다리를 영국군이 건너기만 기다리고 있었다. 한 민병은 말했다. "주도로에 접어들어 모퉁이 근처 작은 다리를 지나자마자 영국군은 돌연 태도를 바꾸더니 머스킷 총으로 우리한테 일제사격을 했다. 그들의 총알은 빗나갔고, 내가 알기로 그 사격에 다친 사람은 아무도 없었다. 즉각 미국인들의 대응 사격이 이루어졌고, 그러자 서로 지척에 있던 영국군 병사 둘이 개울 근처 도로에 쓰러져 죽었다."

도합 여덟 명의 붉은 외투가 죽어 있거나 죽기 직전이었다. 식민지 주민들의 피해는 하나도 없었다.

영국군의 헛된 사격에 사기가 오른 민병대원들은 렉싱턴으로 이어지는 도로에 새로 자릴 잡으러 앞다투어 달려갔다. 하디의 언덕(Hardy's Hill)이라 불리는 곳에서는 지방군 다섯 개 중대 총원이 붉은 외투 대열에 총격을 개시해 사망 둘, 그 외 몇 명에게 상처를 입혔고 그 와중에 후방에서는 저격수들과 몇 개의 무리가 성가신 사격을 줄기차게 해댔다.

수적 우위라는 압박이 효과를 보기 시작한 것이었다. 마을을 둘러싼 숲과 들판에서, 사방에서 새 민병대원들이 속속 도착해 미군의 수를 불리고 있었다. 훗날 피의 굽잇길**이라 불릴 곳에서는 200

---

* Batangan Peninsula. 정확한 지명은 바랑안반도(Ba Lang An Peninsula)로 꽝응아이성 쭈라이 남쪽 32킬로미터쯤에 위치.

명의 지방군이 무자비한 습격을 가해 영국군 병사 일곱 명을 죽이고 스무 명 이상에게 부상을 입혔다. 혼란과 공포가 영국군 장병들 속에 차올랐다. 그들은 오와 열을 단정히 맞추고 꼿꼿이 몸을 세우는 의례적인 전술을 훈련받은 사람들이었고, 따라서 식민지 주민들의 지금 같은 인디언식 전술에 공포와 노여움을 동시에 느꼈다.

"그들은 우리와 정규군처럼 맞붙지 않고," 어느 익명의 붉은 외투는 적었다. "마냥 야만인스럽게 나무와 돌벽 뒤에서 싸우거나 숲과 집에서 튀어나왔다."

이 병사는 지방군을 이렇게도 불평했다. "죽은 이들의 머리 가죽을 벗기고 코와 귀를 잘라 가는 것이 인디언만큼 나쁘다."

잔학 행위에 대한 보고가—그리고 소문이—근거 없진 않았다. 앞서 그날 노스 브리지에서는 식민지 젊은이 하나가 부상당한 붉은 외투 하나를 손도끼로 작살내 심한 불구로 만든 터였다. 영국군 사병들 사이에는 그 사건에 관한 조금은 윤색되었을 소문이 퍼져 있었다. "반란자들은 싸우는 모습이 이 지역 야만인들 같고," 어느 영국군 장교는 적었다. "재수 없게 걸린 몇 사람을 다루는 법도 야만인다웠는데, 일인즉 인간만도 못한 극도의 야만성으로 그들의 머리 가죽을 벗기고 귀를 잘라낸 것이었다. 이것은 매우 높은 정도로 부대의 공분을 샀다."

그것은 공분 이상이었다. 그것은 증오였다.

그날 시간이 지나고 영국군 사상자가 늘면서 "가죽 벗기기" 일화

** Bloody Angle. 훗날인 남북전쟁 때 남군과 북군 도합 3만 명에 가까운 사람이 죽어나간 치열한 전투가 벌어졌던 길로 활처럼 느슨하게 굽은 모양이다.

는—우리가 베트남에서 상환이라고 부르던—보복에 정당성을 마련해주었다.

비틀비틀하면서 부상자를 나르는, 겁먹은 데다 피로로 비몽사몽인 한때 우아했던 영국군 대열은 반란군의 멈추지 않는 머스킷 사격에 붕괴되는 듯했다. 도로 옆 돌밭에서 정규군 둘이 더 죽었다. 몇 분 뒤에는 렉싱턴 민병대 대원들이 습격을 가해 영국군 병사 넷을 죽이고 몇 명에게 부상을 입혔다—그중에는 원정대 지휘관 프랜시스 스미스 중령도 있었다.

피스크힐(Fiske Hill)이라는 지점에서는 다른 매복조가 영국군 여덟을 마저 끝장냈다.

탄약이 부족한 데다 사실상 대다수 보이지 않는 적에게 포위된 원정대는 이제 전멸의 위기에 놓여 있었다. 기강은 이미 무너진 상태였다. 부대는 쪼개져 달아나기 시작했다. 영국군 기수 존 드버니어는 나중에 이렇게 적었다. "우린 처음에 대열을 지켜 우리가 받은 만큼 맹렬한 응사를 하려고 했지만 렉싱턴 1마일 이내에 들어서자 탄약은 부족해지기 시작했고 경보병 중대들은 측면방어를 하느라 너무 시달려서 움직이지 못할 지경이었으며 부상자 상당수는 앞으로 나아가는 것도 겨우겨우였다. (…) 장교들도 수두룩하게 부상을 당해서 우리는 질서 있게 후퇴하기보단 마구 달아나기 시작했다. 우리도 병사들을 막아 2열 횡대로 세우려고는 했지만 헛되게도 혼란은 줄기는커녕 늘기만 했다."

결국 영국군 장교들이 저희 부대를 마지못해 협박해야 했다고 드버니어는 적었다. "장교들은 총검을 들이대며 앞을 막더니 병사들한테 이 이상 달아나면 죽게 될 거라고 말했다."

그때쯤 죽은 영국군 병사는 스물다섯 명이었고 부상은 수십 명이었으며 조직적인 대항은 완전히 중단되다시피 한 상태였다. 더 안 좋은 것은, 더 안 좋을 게 있다면 말이지만, 2000명의 민병대원이 렉싱턴에 집결해 있는 데다 도로에도 지방 신진 조직들이 죽 포진해 있다는 것이었다. 생각지도 못한 일이 몇 분 뒤로 다가온 듯했다—어쩌면 투항, 어쩌면 학살.

정신이 공포를 진정시키고 때론 지우기도 하니 묘하다. 거의 50년이 지난 지금은 1969년 5월의 그 끔찍했던 날들이 별로 남아 있지 않다. 죽은 대원을(혹시 부상이었던가?) 굽어보며 수건으로 얼굴을 닦아주던 우리 중대 지휘관. 둘둘 만 시신을 새 모이가 담긴 포대처럼 어깨에 둘러멨던 중위. 내 두 손. 기관총 사격으로 보글보글하던 논뙈기. 그 밖에는 얼룩얼룩한 오솔길들과 엉켜 있는 나뭇잎들과 나무들과 붉은 점토와 지뢰와 저격수와 죽음이 떠오른다. 나는 사실에 입각해서도 무슨 일이 있었는지 알지만—예컨대 유치원에 들어가고 자전거 타는 법을 배우고 했던 걸 사람들이 알듯이 알지만—그건 지식으로서의 앎, 추상적인 앎이지 기억으로서의 앎이 아니다. 나는 알파중대가 보이지 않는 적의 미행을 늘 달고서 음산하고 버려지다시피 한 일련의 마을들을 몽유병 환자들처럼 헤쳤던 걸 생생하진 않아도 확실히 기억한다. 나는 우리가 포화 중에 차례로 다리를 뛰어 건넜단 건 알지만 뛴 일 **자체**는 기억에 없고 결승선을 넘었을 때의 안도감만 있다. 나는 후송 헬기를 숱하게, 대략 열두 번 이상 불렀던 기억은 나지만 내 목소리나 내가 한 말이나 내가 있던 위치나 후송 헬기를 누가 필요로 했는지나 내가 어떻게 목소릴 낼 수 있었는지는 기억나지 않는다. 보이는 게 별로 없다. 느껴지는 것도 별로 없다. 어쩌면 기억의 제거는 불가피한 일일 것이다. 육체가 그렇듯 인간의 영혼도 우릴 파괴할지 모를 감염원을 공격하고 그 해로움을 무력화하면서 스스로를 지켜나가는지 모른다.

그래도 여전히 묘하다.

내 전쟁이 완전한 내 것이 아니라니.

무슨 기이한 일인지 지금은 200년도 더 된 영국 부대의 시련이 생생하고 선명하다 못해 내 경험보다 진짜처럼 느껴진다. 어쩌면 역사는 그래서 존재할 것이다. 그래서 사람들은 2000년 전부터 글을 쓰기 시작했을 것이다. 우리에게 알려주려고. 우리의 삶을 돌려주려고.

|

할리우드였다면 구조를 위해 기갑부대가 질주했을 것이다. 렉싱턴에서는 여단장 휴 퍼시 경의 지휘 아래 2000명에 가까운 영국 신진 부대가 출현했다.

대포 두 문을 대동한 퍼시의 여단이 병력 증강을 바라는 스미스 중령의 청원에 응해 보스턴을 나선 참이었다. 붕괴 직전—혹은 정확히 붕괴되는 시점에—퍼시의 군대가 도착한 건 역사의 거의 기적 같은 우연이었다. 스미스 원정대와 함께한 어느 장교는 병력 증강이 없었다면 "우리 중 누구도 다시는 보스턴 땅을 밟지 못했을 것이다"라고 훗날 적었다.

대포를 쏘아 반란군을 궁지로 모는 퍼시의 노련한 지시 아래 단결한 영국군은 오후 3시경 다시 무리를 지어 렉싱턴을 빠져나가기 시작했다. 그때쯤 스미스 원정대 대원들은 장장 열여덟 시간을 눈도 못 붙이고 이동한 참이었는데 그 결과 후퇴는 신진 부대의 도움에도 불구하고 느리고 고되고 치명적이었다. 영국군 중위 프레더릭 매켄지는 매우 많은 수의 무장 식민지 주민이 "포격에 이끌려 도처에서 끊임없이 나왔고, 우리는 도로를 따라 1마일도 나아가기 전에 온 구역에서, 특히 길가의 집들과 근처 돌벽에서 날아오는 사격을 받았다. 부대원 여럿이 이런 식으로 죽고 부상당했다"라고 나중에 보고했다.

사실 매켄지는 축소해서 말한 거였다. 얼마 못 가 싸움은 그날 중 가장 험악해져서, 측면방어를 맡은 중대들은 반란군 명사수들을 몰아내느라 들판이며 뒷마당을 부리나케 뛰어다녀야 했다. 이후 4마일을 나아가는 동안 영국군은 열여섯 명의 추가 사상자를 보았다.

도처마다, 들판과 숲과 나아가는 길목마다 지방 레지스탕스는 내내 기강이 바로잡혀 있었고 지독했다. 이는 "전투에 대비된 농부" 이상의 모습이었으므로 추후 퍼시 경은 거들먹거리던 제 선입견의 가면을 힘겹게 벗어야 했다.

> 그들을 무규칙한 오합지졸로 보는 사람은 자기가 크게 틀렸음을 깨닫게 될 것이다. 그들 중에는 유격대로 복무하며 인디언과 캐나다인

을 상대해본 적 있는, 무엇을 해야 할지 아주 잘 아는 이들이 섞여 있다. (…) 어제 겪어보니 그들 중 열렬한 마음이 없는 이는 몇 사람 안 되는데 그건 왜인가 하면 많은 이가 사실상 한순간에 죽을 줄 알면서도 집에 잠복해서 또는 10야드 이내로 다가와서 나와 그 밖의 장교들을 쏘려 했기 때문이다. (…) 고백하건대 나는 그들이 왕의 부대를 공격하리라고, 아니면 어제 내가 목격한 불굴의 의지를 가지고 있으리라고 생각한 적이 한 번도 없었다.

하지만 그날 오후만 해도 적에 대한 존중은 희박했다. 민병대의 전술에 영국군 장교들과 사병들이 격분했던 것이다. 부대 전멸이 코앞이던 프랜시스 스미스 중령은 분노로 어쩔 줄을 모르는 듯했다. "적은 그 숫자에도 불구하고 그 긴 전투 중에 용감한 공격을 한 번도 시도하지 않았는데, 우리 병사들이 그렇게 지쳐 있는데도 그들은 계속 은신을 하는 것이었다."

지칠 대로 지친 붉은 외투들은 복수를 시작했다. 영국군 목격자 하나는 그것을 "광기 어린 분노"라고 불렀다.

훗날 매켄지 중위는 "장교들이 막으려고 노력하는데도 병사들은 집들을 약탈했다"라고 적었다. 약탈은 약과였다. 격분은 폭발해 살인으로 이어졌다. 매켄지는 자기 병사들이 "보이지 않는 적을 겪고는 너무나도 격분해 집집마다 문을 강제로 열고 들어가 (…) 그 안에 있던 사람들을 처형했다"라고 적었다. 또 어떤 영국군의 설명은 "붉은 외투 조직들은 잔혹한 복수를 자극할 수 있는 사악한 짓을 제멋대로 저질렀다"라고 밝혔다. 전투 후 나흘째, 장교 하나는 제 부대에 신랄한 고발장을 배부했다. "집으로 돌아오는 길에 우리는 사람이

들어찬 집들과 이전처럼 정렬된 울타리들을 발견했다. 총을 쏜 이가 머문 집들은 모두 공략되었고 **그 안에 있던 이들은 모두 처형되었다.** 소름 끼치는 대학살이 아닐 수 없다! 오 영국인들이여, 그대들의 잔혹함은 어느 깊이까지 타락한 것인가!"

4월 19일 늦은 오후 미나토미의 작은 마을, 한낮의 만행은 믿기 힘들 정도로 난폭한 수준에 도달해 있었다. 워터타운, 몰든, 노퍽, 데덤, 록스베리, 브루클라인, 웨스턴, 댄버스, 린, 비벌리, 니덤, 메드퍼드, 그리고 미나토미 자체에서 온 무장 민병들로 구성된 서른다섯 개의 새 반란군 중대는 엎드려서 영국군 대열이 나타나길 기다렸다. 도합 4000명가량의 지방군이 마을과 길목에서 태세를 취한 참이었다. 스미스의 원래 원정대 일원이었던 존 바커 중위는 붉은 외투가 "길가의 모든 집에 어쩔 수 없이 쳐들어갔으며 (…) 각 집에서 발견한 사람들을 모두 처형했다"라고 보고했다. 한 가지 사례를 들자면 미나토미에 사는 제이슨 러셀 가정의 경우 영국군 측면방어 부대가 한 무리의 민병대원들을 후방에서 공격해 그 집으로 몬 뒤 끝내 열한 명의 사내를 죽였다—댄버스에서 온 사람만 일곱이었다. 제이슨 러셀은 거의 열두 방의 총검상으로 신체가 훼손된 채 죽어서 문가에 누워 있었다. 점입가경으로 식민지 주민들은 추후 영국 부대에 전쟁 포로 처형을 시작한 죗값을 물릴 작정이었다. 데니슨 월리스라는 어느 붙잡혔던 민병이 보고하길 그는 다행히 탈출했지만 다른 서너 명은 "무자비할 만큼 잔혹하게 도살"되었던 것이다.

전쟁범죄가 저질러졌던 건 명백하다. 전투 후 며칠 뒤, 역겨운 위법행위를 인정한 토머스 게이지 장군은 제 휘하의 부대 중 그런 행위를 즉각 금하지 않는 자는 "사형에 처한다"라는 명령을 하달했다.

영국군의 잔학 행위는, 적어도 어느 정도는, 농부와 가게 주인에 불과한 사람들이 무기를 들고 맞서 싸울 저돌성을 지니고 있다는 데 식겁함을 느낀 데서 비롯한 것이었다. 직업적 오만, 거기에 섞여 있는 넘치는 문화적 오만, 그것이 그날 오후의 끔찍한 사건 밑에 단단하고 깊숙한 토대로 깔려 있었다. 거기다 망각이라는 편리한 것이 작동 중이었다. 렉싱턴에서 먼저 살인을 범한 건 어쨌든 영국군이지 식민지 주민들이 아니었다. 700명의 장골을 이끌고 콩코드로 먼저 진군한 것도 영국군이지 식민지 주민들이 아니었다.

그렇다 해도 원인은 분명 더 깊은 데 있었다. 아물지 않은 피로의 영향은 과소평가되고 무시되기 쉽다. 즉 기진맥진함이 지적 판단과 도덕적 판단을 해친다는 것. 열여덟 시간의 불면이 체면과 야만성 사이의 장벽을 침식시킨다는 것. 육체적 고생이 몸을 처지게 만들듯 양심도 처지게 만들 수 있다는 것—열여덟 시간 내내 행군하고 뛰고 도약하고 총검질하고 60파운드의 짐을 짊어지고 10파운드짜리 무기로 사격하고 부상자를 나른 다음 또다시 뛰고 도약하고 행군하는 일. 사람의 다리는 짓눌릴 만큼 짓눌리면 덜덜 떨리다 무너지고, 그러면 결국 인내심을 다스리는 메커니즘도 그리되고 만다. 스미스 중령과 기수 드버니어를 포함해 영국군 목격자들은 피로가 도살 범죄라는 그날의 조합물에 들어간 재료라며 관심을 똑똑히 환기했는데 거기에 나는 내 증언도 이렇게 덧붙일 생각이다. 기진맥진함은 양심을 돌로 바꿀 수 있다.

1775년 4월에서 1969년 5월로 슬라이딩.

시간은 새 유니폼을 입고 화력을 키워 저 자신을 진보라 부른다.

우리는 화가 나 있었다.

우리는 무서웠다.

우리는 노인들에게 우유갑을 집어 던졌다. 우리는 포로들과 억류자들을 총기로 마구 팼다. 우리는 사람들을 묘목에 묶고 작대기로 정강이를 계속 때렸다. 우리는 닭과 돼지와 물소를 총으로 쏘았다. 우리는 마을 우물에 오줌을 쌌다. 우리는 무장 헬기와 대포를 요청하고 피신한 뒤 마을이 튀겨지는 모습을 구경했다. 우리는—혹은 우리 중 아주 많은 수는—코와 귀 들을 잘랐다. 우리는—혹은 우리 중 아주 많은 수는—적을 짐승이라 불렀고 더 심하게는 그걸 어느 정도 믿기까지 했다. 내가 알기로 알파중대가 결백한 사람을 의도적으로, 얼굴을 맞대고 학살한 적은 결코 없지만 분명 우리는 무전기와 암호첩으로 네이팜탄이며 종류도 크기도 가지가지인 폭탄이 탑재된 제트기들을 불러 결백한 사람들의 죽음을 거듭거듭 야기했다. 분명 우리는 우리의 화풀이를 받는 게 결백한 사람들일지 모른다는 생각도 없이 자동화기로 산울타리들과 마을들을 난사했다. **그때** 우리에게—혹은 우리 중 아주 많은 수에게—결백한 사람은 없었다. "뭐가 짹짹거리면서 걸어 다니잖아," 친구 하나는 내게 말했다. "그럼 그건 베트콩 거지새끼(gook)야."

오늘날 내가 품고 있는 기억 속에는 총에 맞아 죽은 어린 여자아이의 시신을 알파중대 야간 경계선 안쪽으로 옮기던—내 생각엔 승려일—마을 연장자가 있다. 아이는 무차별 사격*으로 죽은 터였는데, 적을 "괴롭히고 차단하고자" 전원이 어둠에다 대고 아무 데나

온갖 데다 마구잡이로 총을 갈기는 건 야간의 관례였다.

내가 꽝응아이성에, 그러니까 알파중대가 잘 아는 미라이 4지역이라는 마을에 도착하기 1년 전 미국인 전임자들은 젖먹이들을 포함해, 10대들을 포함해, 노년과 중년과 젊은 여자들을 포함해, 할아버지와 고모와 삼촌 들을 포함해 수백 명의 비무장 민간인을 총살하거나 그 밖의 방식으로 죽음에 이르게 했다. 이 범죄에 가담한 군인들은 1775년 영국군이 그랬던 것과 매우 흡사하게 자신들의 행위를 정당화했는데 거기에 빈번히 사용된 언어도 정확히 똑같으니— "숨은 적" "악마" "야만인"— 역사는 순수하게 한 번만 일어난다거나 인간의 행위는 몇 세기 동안 반복되지 않는다거나 현재는 과거를 과거는 현재를 알려주지 못한다고 주장하는 역사학자는 죄다 등신 아니면 선동가다. 1775년과 1969년의 사건은 동일하지 않다. 하지만 그 사건들은 중대 원인적, 경험적, 역사적, 도덕적 측면에서 유사하다. 동물학자라면 기린과 얼룩말은 다르지만 둘 다 포유류라고, 둘 다 살덩이가 있다고, 둘 다 여차하면 잡아먹힐 수 있다고 당당하게 말할 것이다. 그 밖의 주장을 하는 동물학자는 배곯을 일 없는 동물학자일 것이다.

따라서, 그렇다, 1775년과 1969년은 다르고 배틀 로드와 베트남은 다르다. 하지만 내게는, 그리고 전쟁을 직접 본 다른 사람들에게는 그 아수라장의 소음과 백지화된 도덕이 몇 세기를 건너와 메아리친다.

---

* H&I, harassment and interdiction. 적이 야간에 침투하는 일을 막기 위한 난사.

어둠이 다가오는 늦은 오후가 지나는 내내 영국군 대열은 미나토미강을 건넌 뒤 케임브리지로 향하는 긴 도로를 탔다. 퍼시의 증원군이 있었는데도 탄약은 급격히 줄어들었고 측면에서는 여기저기서 피 튀는 접전이 일어났다. 케임브리지 외곽 교차로에서 신진 민병대가 앞에 나타나자 퍼시는 자신의 포위당한 부대원들에게 좌로 꺾어 찰스턴으로 향하라고 지시했다. 퍼시의 후방에서는 후퇴를 더디게 만드는 민병 3000명의 군대가 꾸준히 압박을 가하며 따라오고 있었고 그 와중에 동쪽에서는 다른 지방 조직들이 에식스 카운티 같은 먼 북쪽 고장에서 속속 도착하고 있었다. 대열은 저녁 7시 가까이 되어서야 마침내 프로스펙트힐을 돌 수 있었다. 퍼시의 명령에도 불구하고, 그리고 다가오는 일몰과 함정의 위협에도 불구하고 영국군 병사들은 길가의 집들을 덮쳐 노획하고 약탈하느라 가다 서다를 끊임없이 반복했다. 존 바커 중위는 병사들이 "너무 거칠고 무질서해서 어떤 지시로도 말릴 수가 없었다. (…) 약탈이라니 수치스러웠다"라고 적었다.

땅거미가 짙어진 저녁 8시경, 대열은 본토에서 찰스타운으로 연결된 지협을 뿔뿔이 제멋대로들 건넜다. 방어 진지는 벙커힐에 구축되었다.

영국군 장교들은 어둠 속을 천천히 돌아다니면서 사상자 총계를 내는 암울한 과업을 시작했다. 스스로도 팔에 총상을 입은 기수 제러미 리스터는 그 지옥처럼 황량한 풍경을 이렇게 묘사했다. "중대

중사가 나한테 오더니 자기한텐 병사가 열한 명뿐이고 중대의 다른 장교는 통 찾아볼 수가 없다고 알렸다." 며칠이 지나서야 정확해진 영국군 사상자의 최종 수치는 놀랍게도 전체의 16퍼센트에 달했다. 사망 73명, 부상 174명, 실종 26명. 사상자 대다수는 700명으로 구성된 스미스의 원래 원정대가 당한 것으로 그 사상률은 대략 구성원의 30퍼센트가 넘었다.

1775년 4월 19일의 무서운 폭력을 가늠할 한 가지 척도를 제시하자면 그날의 사상자 명단은 1969년 5월 베트남 햄버거힐이라는 곳에서 미군이 받은 것과 비슷한데 거기서 미군 병사는 72명이 죽고 372명이 부상을 당했다. 하지만 햄버거힐의 사상자는 열흘에 걸쳐 발생한 것이었다. 영국군은 스물네 시간도 못 돼서 그 수를 소화했다. 더욱이 햄버거힐에서는 현대식 자동화기, 현대식 수류탄, 현대식 박격포로 살인이 행해진 데 비해 영국군 사상자는 전장식 머스킷총으로 한 번에 한 발을 맞고 쓰러졌다.

물론 그런 건 사망자들에게 전혀 중요하지 않다.

그 뒤 베트남도 그렇고 배틀 로드도 그렇고 생존자들의 집단 기억에서마저 대체로 지워져 애국절과 7월 4일이면 끄집어들 내는 건조한 사실 몇 개에 녹아들었다. 공포는 느껴지지 않는다. 콸콸콸 쏟아지는 죽음도 들리지 않는다. 이제 1775년 4월 19일의 사건들은 으레 슬픔 대신, 인간이 인간에게 저지른 짓에 대한 노여움 대신 들뜬 기쁨과 엄숙한 존경이 뒤섞인 낯선 감정으로 기려지는데, 내가 기억하는 한 그것은 겁에 질려 죽어가는 사내들의 감정과는 다르다.

알파중대 사망자들의 이름은 대리석에 보존되었다.

영국군 사망자들의 이름은 딱히 보존되어 있지 않다.

어느 쪽이든 간에 돌에 새겨진 이름은 그 사람이 아니고 만약 맞더라도 돌은 언젠가 버스러져 바다로 흘러든다. 결국 병사들이 세상 사람들과 나눌 수밖에 없는 건 검은 매*의 전사들, 키치너**의 여단, 트로이의 수비대, 알파중대의 늙어가는 사내들같이 익명에 갇히는 망각인 것이다.

숙제

1. 오늘 밤 9시 정각에 개시한다, 티미랑 태드, 너희는 어머니랑 같이 우리 집 현관부터 텍사스주 맨차카 교외까지 8마일의 행군 길에 올랐다가 집에 돌아올 것이다.
2. 너희는 어리기 때문에 어머니가 무기랑 탄약은 지급하지 않을 예정이다.
3. 어머니가 너희에게 누굴 죽이라거나 다른 부적절한 행동을 하라고 지시할 일은 없을 것이다.
4. 하지만 어머니는 너희가 배낭에 각각 설탕 30파운드(약 13킬로그램)와 다량의 물과 과일 통조림을 메고 다녀야 한다고 주장할 것이다.
5. 도중에 너희는 뭐박질과 도약과 엄격한 맨손체조도 실시할 것

이다. 두 사람 다 편한 신발을 신되 개천 횡단에 대비하여 반드시 고무장화를 챙길 것.

6. 게으름 금지, 태드.
7. 불평 금지, 티미.
8. 나는 하이킹이 끝나는 지점에서 기다리고 있다가 너희와 너희 엄마를 환영할 것이다.
9. 분명히 밝히건대 이 일의 목적은 역사를 책으로써가 아니라 살아봄으로써 익히는 데 있다. 너희가 할 8마일의 행군은 영국 부대가 1775년 4월 18일 밤부터 익일인 4월 19일 낮까지 행군한 거리의 5분의 1에 불과하며 집에 돌아오는 대부분의 시간에 목숨을 걸고 싸울 일도 당연히 없을 것이다. 하지만 너희는 병사들이 견뎌야 하는 것들, 즉 육체적 고생뿐 아니라 내가 지금 너희에게 내리는 지시처럼 달갑잖은 지시의 횡포도 적당히 알게 될 것이다.
10. 숙면을 취하고 나서 너희는 간밤의 행군을 토대로 짧은(다섯 쪽으로 하자) 에세이를 작성할 것이다. 문법이 중요할 것이다. 맞춤법도 중요할 것이다. 다음의 질문을 제기해볼 것. 전쟁은 매력적인가?

---

* Black Hawk. 아메리칸인디언인 소크족(Sauk)의 추장.

** Herbert Kitchener. 영국 군인이자 정치가.

35

좀 더 쉬운 숙제

2년쯤 전 나는 티미에게 어니스트 헤밍웨이의 「아주 짧은 이야기 A Very Short Story」를 읽어보라고 청했다. 반 시간이 지나자 티미는 내 서재에 들어와 말했다. "좋아, 다 읽었어. 무슨 얘길 듣고 싶어?"

"그냥 네 의견," 나는 말했다.

티미는 그때 어려서 쑥스러워하기 일쑤라 잠시 우물쭈물했다. "음, 얘기가 너무 솔직하던데," 녀석은 말했다.

"뭐가 솔직한데?"

"왜 있잖아. 끝부분. 남자가 임질에 걸려서 택시에 탔다는 거."

"솔직한 게 나빠?"

"보통은 안 그렇지," 티미는 말했다. "성병에 관해 읽으라는 사람이 아빠만 아니면."

36

티미의 침실 문

두 달여면 티미는 열다섯 살이 된다. 청소년기에는 큰 변화가 따른다고 다른 부모들이 몇 년이나 경고를 했지만 나는 몇 달 전까지도 그 경고는 틀린 경고라고 오만하게 결론짓고 있었다. 그렇지 않았다. 나의 작고 포근한 〈저어라, 저어라〉 소년은 내가 못 들어가게 문을 닫고 있다. 많은 문—문자 그대로의 문을. 화장실 문, 침실 문, 벽장 문. "문"이라는 단어는 "꺼져"라는 말과 같은 것이 되었다. 특히 녀석의 침실로 들어가는 문을 보면 불안함이 들어 가끔 나는 그 문을 처음 보는 문처럼 쳐다만 보고 있는다, 내가 10여 년 전 공들여 페인트칠한 저 문, 도금한 철제 장식이 있어서 빛의 각도가 달라지면 아른아른 생기로운 샴페인색 광택이 도는 크고 잘생긴 문을. 어처구니없게도 나는 한때 저 화려한 문이 미친 듯이 자랑스러웠다—열고 닫을 때마다 고양이털 코트처럼 문 표면에 치는 잔물결이, 내 수세공이 너무나 자랑스러웠다—하지만 지금 일부 호기심 일부 무서움 일부 외로움에 젖어 궁금한 나머지 그 앞에 서서 귀를 기울이고 있자니 다이너마이트를 한 상자 사서 저 성벽 같은 침실 문을 경첩으로부터 영영 날려버리고 싶어진다.

저것을 열기가 두렵다. 열지 않기도 두렵다. 무슨 상징을 담아서 하는 말이 아니다. 진심으로 두렵다. 저 문, 무시무시하게 크고 반짝거리는 문 자체도 상징이랄 게 전혀 없다—그냥 두껍고 육중하고 높고 눈길을 끄는 물질로서의 문이다. 저것은 한때 영국의 어느 은행에 속한 것이었다. 저걸 다느라 건장한 사내 둘이 애를 먹었다.

어쩌면 다이너마이트로는 부족할지 모른다. 대포가 필요할 수도 있다.

|

"오늘 학교 어땠어?"

"좋았어."

"재밌었어?"

"응."

"음, 어떤 게?"

"미술."

"그래, 잘됐다. 배운 얘기 좀 해봐."

"에?"

|

호르몬이 힘을 내기 시작하더니 머리에서 영혼으로 부글부글 넘쳐서는 쇄 하는 소리와 함께 어린 시절을 좀이고 갉아먹어 내 아들 티미를 비밀 많고 말없고 종잡을 수 없고 무뚝뚝하고 부루퉁하고 세상과 척진, 그 잘생긴 머리 안에서 벌어지고 있는 온갖 일의 열성적인 수호자로 바꿔놓았다.

성장호르몬. 티미는 나보다 3인치(약 7.6센티미터)나 크다. 매주 키가 큰다. 내 목이 저리다.

모발 호르몬. 겨드랑이를 민 뒤 민 것을 모아 매트리스 속을 채운다.

여드름 호르몬. 심하진 않지만 볼만하다.

문 닫기 호르몬. 심하긴 하지만 해결책이 뭘까?

청각 호르몬. "티미," 어제 나는 녀석에게 말했다. "널 잃고 싶지 않아." 녀석은 헤드폰을 끼고 있었다. 녀석에겐 내 말이 들리지 않았다.

|

"숙제 있니, 티미?"

"응."

"뭔데?"

"수학."

"그럼 학교는 어땠는데? 재밌는 일 좀 있었어?"

"아니."

"음, 누구랑 말은 나눴어?"

"숀."

"숀은 어떻게 지내?"

"잘."

"천국엔 하느님이 계실까? e는 여전히 mc 제곱이랑 같니? 넌 나중에 조각가가 될 거야? 여자애들 꿈은 꿔? 아빠 꿈은 꾸고? 머릿속엔 뭐가 들었어? 원하면 그 얘기 좀 해볼래? 제일 친한 친구를 네가 죽이기라도 했어?"

"에?"

37

입맞춤

그것은 형식적인, 의무적인, 부끄러운 일이 되었다. 그것은 한때 잔존했으나 이젠 아니다. 1000분의 1초 단위로 눈금이 매겨진 티미의 머릿속 시계는 쌩쌩 돌아간다. 열다섯 살 다 된 녀석과의 Basium interruptus(중단된 입맞춤). "다녀올게," 녀석은 말한다.

가끔은 나도 내 아들처럼 쿨하고 도도한 사람이 되어 마치 위축되지 않은 양, 상심하지 않은 양, 이것은 예정된 수순이고 따라서 당연하다는 양, 우리 모두는 성장해야 하므로 남자 대 남자, 아버지 대 아들의 예절을 다룬 존 웨인의 교재 속 법칙을 받아들여야 한다는 양 굴곤 한다. 입술은 그만. 촉촉함은 그만.

"다녀와," 나는 말하지만 이런 생각에 젖어 있곤 한다. '저어라, 저어라.'

38

회피 대마왕

“어이, 젊은이,” 나는 말하곤 한다. “숙제 끝났니?”

티미도 말하곤 한다. “응.”

나는 말한다. “완전히?”

녀석은 말한다. “거의.”

나는 말한다. “그럼 안 끝난 거 아니야?”

녀석은 말한다. “내가 방금 거의 끝났다고 했잖아.”

나는 말한다. “알아, 그런데 처음엔 **끝났다고** 했잖아. 응, 이라고 하지 않았어?”

녀석은 말한다. “응이 거의라는 뜻이야.”

나는 말한다. “거의는 응이라는 뜻이 아니거든.”

녀석은 말한다. “아, 한 시간 동안 숙제에만 매달렸어. 끝난 **느낌**이었다니까.”

나는 말한다. “다시 말해 응은 아니다 이거네.”

녀석은 말한다. “꼭 그렇진 않지.”

나는 말한다. "응은 응이라는 뜻이야. 끝났다는 끝났다라는 뜻이고. 거의는 거의고."

녀석은 눈을 굴린다. 녀석은 말하고 싶어도 감히 말을 못 한다, 제 아빠가 깐깐한 현학자라는 말.

"가서 그놈의 숙제 마저 끝내," 나는 말한다.

녀석은 말한다. "알았어, 잠깐만."

주말과 크리스마스 연휴면 티미는 늦게까지 깨어 있는다. 녀석은 내 관용의 한계를 시험하고 있다. 나는 엄격한 지시를 내리고— "취침이야, 소등은 11시 15분이니까 1초도 늦지 마"—그런 다음 11시 15분 정각에 가서 녀석을 확인한다. 녀석은 침대에 있고 불도 꺼져 있지만 아이폰으로 앵그리 버드를 하는 중이다.

나는 난리를 친다. 녀석은 하던 걸 뒤로 밀어둔다.

"침대에 있잖아," 저는 바보가 아니라는 듯, 규제 따위 일일이 얽매이지 않는다는 듯 녀석은 말한다. "불도 꺼 있고. 그럼 된 거 아냐?"

"난 네가 좀 잤으면 하는데. 자는 노력이라도 하든가."

"실제로는 **그런 말** 안 했잖아."

그렇게 우리는 폭발한다.

맞다, 인정한다, 메러디스와 나는 처음부터 어떤 종류의 전자오락이든 금지했어야 했다. 우리는 그러지 않았다. 둘 다 후회 중이다. 둘 다 생각이 짧았다.

그리하여 지금 우리는 우리 집 벽돌담 내에서 비디오게임을 영구히 절대적으로 예외 없이 추방하려는 내 의도를 두고 때론 길고 때론 눈물 나고 때론 매서웠던 공방을 나눈 뒤 시행된 일련의 비상령하에 살고 있다. 관용 제로. 가혹한 불이익. 세 시간에 걸친 우리 토론의 그 복잡하고 감정적인 디테일을 하나하나 늘어놓고 싶은 유혹이 일지만 나는 그냥 도마에 올랐던 화제만 몇 개 열거하려 한다. 수면 결핍, 중독, 강박, 요지부동, 염려, 반항, 퀭한 피부, 시력 저하, 짜증스러움, 의도적 기만, 그리고 (티미와 태드의 말에 따르면) 마인크래프트의 어마어마한 교육적 가치. "절대론이 얼마나 끔찍한지 아빠도 한 장(章)에 걸쳐서 썼잖아," 어느 시점에 티미는 말했다. "그러더니 지금 비디오게임을 다 없애려는 건 뭐야. 완전 독재자가 따로 없네. 아빠는 그 장 다 빼버려야 돼."

그러더니 녀석은 "위선"이란 단어를 사용했다.

녀석은 "경찰국가"란 단어를 사용하진 않았지만 그 개념을 괄호에 담긴 했다.

논쟁이 고조되었을 때 나는 이성적인 대답을 찾을 수 없었고, 그리하여 머잖아 우리는 께름칙한 타협에 도달했다. 즉 주말엔 x시간, 수업 날엔 y시간, 휴일과 여름엔 z시간.

하지만 아흐레가 지난 지금 우리의 합의는 넝마가 되었다. 일상생활의 허리케인 한복판에 있는 메러디스와 나는 태드와 티미가 사팔눈을 하고 비디오 화면에 쏟는 시간을 실시간으로 좇을 순 없었다. 우리는 어떡해야 할까? 스와트(SWAT) 팀처럼 침실에 우당탕 들이닥칠까? 자명종을 맞춰놓을까? 하루 중 특정한 시간엔 아이폰을 압수할까, 그렇다면 어느 하루 어느 시간에? 학업은 어쩌지, 컴퓨터가 필요한 시간이 꽤 많은데? 티미가 열심히 구글 클래스룸을 들여다보는지 클래시 로열을 들여다보는지 — **진짜로** — 어떻게 알지? 녀석이 에세이를 작성 중인지 그래픽 악당들을 쏘고 있는지 어떻게 알지? 부모다운 잔머리와 능청과 핑계를 적절히 이용할까? 컴퓨터 사찰 프로그램을 구매할까? 카메라를 달까? FBI를 집에다 직접 설치할까? 우리가 그런 식으로 과연 살고 싶을까?

지난 아흐레 동안 메러디스와 나는 우리 자식들에 대한 믿음을 부여잡느라 필사적으로 애쓰는 통에 잠도 못 이루고 자책을 했다. 티미와 태드는 어떤 형태의 전기 제품이든 거기에 공들이는 시간을 분 단위로 기록하라는 지시하에 있다 — 아이패드든 아이폰이든 TV든 컴퓨터든. 하지만 녀석들은 까먹는다. 혹은 얼버무린다. 혹은 얼버무리는 것 같다. 혹은 얼버무리는지 확실치 않다. 혹은 얼버무린다고 의심된다. 혹은 — 이건 끔찍한 일인데 — 그보다 더한 상황이 의심된다. 속임수가 의심된다. 잔꾀가 의심된다.

어젯밤 나는 티미의 침실 문을 두드리고 몇 초 기다렸다 들어갔는데, 그러자 녀석의 컴퓨터 화면이 어느 웹 사이트에서 다른 화면으로 즉시 삭 하고 바뀌었다.

나는 아무 말 않았다. 엄두가 안 났다.

이제라도 그 얘길 꺼내면 아들은 노골적인 비난 격으로 받아들일 것이다. 티미는 숙제를 하고 있을 시간이었다. 녀석은 아마 숙제 중이었을 것이다 — 아마도 나는 녀석이 스페인어에서 대수학으로 옮겨 갈 때 그 방에 들어섰을 것이다—하지만 그런 걸 떠나 내 배 속에선 뭔가 언짢고 느글대는 것이 부글부글 치밀었다.

이젠 비디오게임이 문제가 아니었다.

몇 달 전만 해도 혹시는 존재하지 않았다. 설마는 존재하지 않았다. 어리석게도 웬일로 나는 내 두 아들을 청소년기의 타락에 영향받지 않는, 대담한 배신과는 무관한, 기만과는 무관한, 흠결 하나 없이 무고한 사람이라 생각했었는데, 생각지도 못했던 일들은—생각지도 못했던 일이라 생각을 안 했던 일들은—이제 유일하게 생각해볼 수 있는 일이 되었다. 내 잘못일까? 그럴지도 모른다. 어쩌면 확실히 그럴지도 모른다. 여하튼 녹슨 믿음은 단순히 녹슨 믿음이 아닌데, 왜냐하면 나는 티미의 절대적이고 티 없는 사랑, 절대적 사랑에 대한 확신, 하나로의 결속, 공유된 원자가, 영원히 깨지지 않을 아버지와 아들의 통일성을 잃었을까 봐 두렵기 때문이다. 나는 그 모든 걸 **믿었었다**. 비밀은 없을 거라고 믿었었다. 우리끼리는 다른 점이 전혀, 영원히 없을 거라고 어리석지만 충실하게 믿었었다. 녀석이 자라지 않을 거라고 믿었었다.

"아빠," 나보다 굵은 목소리로 티미가 말한다. "난 그냥 아빠가 원하지 않는 것들을 원해."

"알았어," 나는 녀석에게 말한다.

"난 비디오게임이 좋아. 유튜브도 좋고. 배우는 게 좋아."

"알았어."

"난 아빠가 아니야," 녀석은 말한다. "난 나라고."

그 말에 나는 "알았어" 하고 말하지만 안다는 건 아프고 이 아픔은 영영 멎을 것 같지 않다.

39

티미와 태드와 아빠와 나 3

이 와중에도 나는 아이들에게 어니스트 헤밍웨이 얘기를 또 한 번 꺼내려고 하는데 이는 티미랑 태드가 당연히 누려야 할 아버지가 되고자 할 일을 하려는 것이다. 나는 녀석들의 삶이 — 헤밍웨이의 이야기 말고도 — 이야기로 풍요로웠으면 좋겠고 좋은 이야기의 핵심인 도덕적 차원의 밀당을 녀석들이 느꼈으면 좋겠다. 헤밍웨이는 출발점이다. 아울러 나는 두 아들이 저희가 읽는 게 무엇인지 슬슬 고민을 해봤으면 좋겠다. 녀석들이 노벨문학상 수상자들과 입씨름을 하고 호메로스에게 대들고 아리스토텔레스와 불화를 빚었으면 좋겠다. 나는 녀석들이 내가 얻은 기쁨을 얻었으면 좋겠다. 더하게는, 앞으로 몇 년 뒤면 녀석들은 제 아빠의 내적인 삶, 언젠가 내가 했던 생각이 궁금할 텐데, 그럴 때 어니스트 헤밍웨이의 작품을 통하면 내 어린 시절, 우리 아버지, 내 전쟁 시절, 그런 것들을 이야기하려던 내 몸부림에 접근할 수 있을 것이다.

헤밍웨이 말고 현실 세계와 관련된 사건으로 이야기를 시작해야겠다.

몇 년 전 메러디스와 태드는 〈디 임파서블The Impossible〉이라는 영화를 보았는데, 휴가 중이던 가족이 2004년 태국을 강타한 실제 쓰나미에 휩쓸리는 내용이다. 영화의 줄거리는 대부분 이별의 고통을 그리는 데 전념하고 있다. 아버지는 실종된 아내와 큰아들을 미친 듯이 찾아다닌다. 실종된 큰아들은 실종된 두 남동생과 아버지를 찾아다닌다. 실종된 어머니는 심한 상처를 입고 태국 병원에 누워 있다. 영화의 결말이 가까울 무렵 어린 두 동생은 현재 어머니가 회복 중인 병원 밖 혼잡한 지역에 주차된 개방형 셔틀버스에 앉아 있다. 두 동생 중 하나는 오줌이 마렵다. 아이는 버스에서 뛰어내려 생존자 무리를 팔꿈치로 밀어가며 길을 튼다. 아이가 기적적으로—정확히 때를 맞추어—볼일을 끝내고 고개를 들자 한참 동안 사라졌던 큰형이 보인다. 조금 뒤에는 한참 동안 사라졌던 아버지가 큰아이의 눈에 들어온다. 이처럼 행복하고 감동적인 방식으로 가족은 마침내 재회한다—제목이 경고하듯 불가능해 보이는 재결합.

메러디스는 TV 수상기를 껐다. 그녀는 태드에게 생각을 물었다.

"음," 아이는 말했다. "괜찮긴 한데 교훈이 뻔하네."

"뭔데?" 메러디스가 말했다.

"오줌은 느긋하게 싸라는 거," 태드는 말했다.

녀석은 매우 진지했다. 또한 영리했다. 녀석은 어떤 점에서, 즉 감동과 기쁨의 눈물을 끌어내도록 고안된 영화를 진지하게 조롱한다는 점, 그러니까 아이러니와 같다는 점에서 진지하고 영리했다. 현실 세계에선 아주 행복하게 먹혀드는 것이 이야기 세계에선 별로 행복하지 않을 수 있단 걸 내 아들은 고작 아홉 살짜리 머리로도 알고 있었다. 우연은 억지스러움으로 읽힐 수 있고 억지스러움은 구멍으로 읽힐 수 있다. 독자로선 읽다가 정신이 번쩍 들 일이다.

"진짜로 있었던 일인 건 나도 알아," 태드는 말했다. "하지만 그거랑 내가 믿는 거랑은 다르지."

어니스트 헤밍웨이의 소설 「살인자들」을 보면 나도 똑같진 않아도 유사한 반응을 한다. 적어도 내 눈에 그 소설의 구멍은 살짝 억지스럽다 싶은 우연과 관계있다. 소설의 견해를 맡은 인물 닉 애덤스는 정확히 그 시간 그 장소에 나와서 생각지도 못한 두 사람을 우연히 맞닥뜨린다. 당신은 살인을 일삼는 악당을 살면서 얼마나 마주쳐봤는가? 당신은, 아니 누구든 간에, 살인을 일삼는 악당에게 살면서 얼마나 묶여봤는가? 그런 우연이 **일어날 수 없는** 건 아니다. 그런 우연이 **일어나지 않는** 것도 **일어난 적이 없는** 것도 아니다. 그럼 그렇지, 나는 어느새 독자로서 길을 잃고 우연 자체에 골몰해 있는 나를 발견한다. 나는 작가에 관해, 편의성에 관해, 있을 법하지 않은 일들의 억지스러운 나열에 관해 생각 중이다. 「살인자들」에 대한 내 반응은 이런 사건에 연루된 낯선 사람을 디너파티에서 만났을 때랑 똑같다. 나는 이렇게 생각할 것이다. 그래요, 그랬겠죠 — 묶였다 이거잖아요? 믿음을 갖기가 어려운 것이다. 적어도 내 눈에 이 소설은 블라디미르 나보코프 전기를 쓴 앤드리어 피처(Andrea Pitzer)가 "일관성과 우연성 사이의 좁은 턱"이라고 부른 데서 발을 헛디뎠다.

어느 시점이 되자 헤밍웨이 스스로도 자기 소설에 확신이 없어진 듯하다.

“저는 저기 헨리 식당에서 왔어요,” 닉은 말한다. “두 놈이 들어와서 저랑 요리사를 묶더니 당신을 죽일 거라고 하던데요.”

이어지는 문장은 이렇다. “그렇게 말하자 바보 같은 소리 같았다.”

간단히 말하자면 「하얀 코끼리 같은 언덕」은 바보 같은 소리 같지 않다. 권투 선수들 얘기인 「천 달러 쉰 장Fifty Grand」도 그렇다. 「무언가의 끝」도, 「깨끗하고 밝은 곳」도, 「병사의 집」도, 「의사와 의사의 아내」도, 「비수기」도, 「아주 짧은 이야기」도 그렇고 자꾸 아른거리는데도 의외로 간과되는 「간단한 조사」*도 그렇다. 내가 보기에 지금 언급한 소설들과 헤밍웨이의 그 밖의 소설들은 우연이 덜하고 억지스러움은 훨씬 덜하다.

그런데 「살인자들」이 내 눈에 걸리는 건 우연 때문만이 아니다. 플래너리 오코너의 「좋은 사람은 드물다」처럼 설득력 있는 유명한 소설들도 시공간의 우연한 교차에 많이들 기댄다. 내가 보기에 ―― 어쩌면 나만 그런지도 모르지만 ―― 「살인자들」이라는 소설화된 꿈은 멜로드라마, 클리셰, 스테레오타입이 우연과 불편할 정도로 맞아떨어지다 보니 꿈의 성질이 확 달아나는 듯하다. 구멍이 넓어지는 것이다. 내가 보기에 헤밍웨이의 소설 속 두 악당은 어디서 많이 본 듯한 식으로 시종일관 한결같이 악당스럽다. 사실과 사실이 별로 모순되지 않으므로 ―― 이번에도 나만 그런지 모르지만 ―― 전체가 덜 인간적이고 덜 정확한 듯이 읽힌다. 악당들은 B급 영화에 나오는 한 쌍의 조직원처럼 “꽉 끼는 외투로” 똑같은 복장을 했다. 그들의 대화는 상스러운 말을 나불거리는 데서 좀처럼 벗어나지 않는다. "여기 똑똑한 새끼가 또 있네," 앨은 말한다. "이 새끼 똑똑하지 않아, 맥스?" 그 말에 맥스는 대꾸한다. "이 동네엔 똑똑한 새끼들만 모였군." 한동안 간헐적으로 반복되는 "똑똑한 새끼" 어쩌고 하는 말은 어느 순간부터 만화처럼, 인간적이지 않은 무엇처럼, 어떨 땐 익살맞다시피 들린다. 내 귀에는 개성이 아니라 전형성으로 들린다. 헤밍웨이가 시카고에서 어린 시절을 보낼 때 그런 인물들을 실제 알았는진 몰라도, 그런 조폭들이 한때 똑같은 말투에 똑같은 깡패 용어로 실제 말했는진 몰라도 나는 왠지 조지 래프트와 에드워드 G. 로빈슨**과 암흑가의 천편일률성이 연루된 불손한 생각에 사로잡히고 만다. 이와 대조적으로 플래너리 오코너가 그린 부적응자는 훌륭한 남부적 태도로, 범죄자보다는 밀리지빌***의 은행원처럼 제 일을 해나가는데, 내게는 이것이야말로 풍자만화 같은 인상을 넘어 흉악하게 비뚤어진 동종 생물의 인상을 자아낸다 — 살인자가 분명하되 우리 종에 제대로 적응하지 못한 구성원이라는 인상.

물론 「살인자들」에 대한 나의 냉담한 반응은 개인적인 것이라 티

---

* A Simple Enquiry. 눈에 갇힌 세 명의 군인을 다룬 단편소설로 한 소령이 열아홉 살짜리 잡역병을 불러 여자와의 사랑 경험 등을 꼬치꼬치 묻는 이야기.

** 조지 래프트(Goerge Raft)와 에드워드 G. 로빈슨(Edward G. Robinson) 모두 미국 배우로 영화 속 갱의 인상이 강하다.

*** Milledgeville. 미국 동남부 조지아주의 도시로 플래너리 오코너가 안장된 곳.

미와 태드가 내 의견을 따르길 기대하진 않는다. 내가 정말로 기대하는 건 내가 말해야 할 게 무엇인지 녀석들이 생각해보는 것이다. 대략 2037년 내 생일엔 녀석들이 저희에 대한 내 사랑을 어느 정도 되새기고 망자와의 대화에도 어느 정도 참여할 수 있게 그 소설을 다시 읽어봤으면 좋겠다.

「살인자들」은 인기 있는 소설이다. 많은 독자가 그 소설에 경탄한다. 티미와 태드를 포함해 우리 각자한테는 저만의 헤밍웨이가 있는데 우리는 거기서 그치지 말고 예나 지금이나 헤밍웨이가 하나였던 적은 없단 걸, 많은 헤밍웨이가 있단 걸, 그리고 그의 소설 하나하나에서 헤밍웨이가 새로 개정되기도 하고 태어나기도 했단 걸 명심해야 한다 — 헤밍웨이인 줄은 보면 안다, 맞다, 하지만 우리 개개인이 날마다 변하듯 그것도 변한다. 아울러 나는 한 작가를 존경할 때 영웅처럼 숭배할 필요는 없음을 티미와 태드가 알았으면 좋겠다. 여느 독자와 마찬가지로 나도 하나의 글을 흠모하기도 하고 업신여기기도 한다. 나는 『누구를 위하여 종은 울리나』를 흠모하고 업신여겼다. 나는 필라르*를 흠모했다. 나는 움직이는 대지**를 흠모했다.(그때 난 열여섯 살이었다.) 나는 소설 끝부분에서 로버트 조던이 내보이는 체념적이고 사내다운 금욕은 업신여겼는데 나한테 그것은 「살인자들」 끝부분에서 올레 안드레손이 내보이는 체념적이고 사내다운 금욕의 이념적 메아리 같았다. 마리아와 좁고 고른 땅을 뒹굴 때가 아니면 나는 로버트 조던이 아니었다.

덧붙이자면 「살인자들」도 그렇고 『누구를 위하여 종은 울리나』도 그렇고 나는 저자가 아주 께름칙한 도덕규범을 강요한다는 불편한 느낌이 들었다. 꼬마 적에도 — 지금은 훨씬 더 그렇다 — 나는 영웅적인 것에 관한 미심쩍은 생각을 불평 없이 꾹 삼키기가 어려웠다. 올레 안드레손과 로버트 조던은 비슷한 위험에 수동적 자살이라 할 것으로 대응하려 한다. 철저히 명예롭고 확실한 대안을 그들은 거부한다 — 안드레손의 경우엔 싸움, 조던의 경우엔 항복이라는 대안.(바탄반도의 생존자들이 절망적 환경에서 항복한 게 불명예스러운 일이던가? 로버트 E. 리***가—혹은 그 문제에 관해 커트 보니것이—기권한 게 도덕적으로 비난받을 일이던가?) "마을을 떠나시는 게 어때요?" 닉은 올레 안드레손에게 묻고 이 말에 그 권투 선수는 대답한다. "아니. 도망 다니는 건 이제 지긋지긋해."

마찬가지로 『누구를 위하여 종은 울리나』 끝부분이 배배 꼬는 군소리처럼 느껴지는 건 로버트 조던이 스스로는 못 죽고 다가오는 적에게 그 더러운 일을 맡기기로 결심하기 때문이다. 더욱이 파시스트 부대가 조던에게 가까워지자, 소설이 지루한 절정에 다다르자 또 한 번의 우연성이 나를 이야기 밖으로 확 끌어낸다. 나는 로버트 조던에게 임박한 소멸을 생각하는 게 아니라 소설 마지막 단락의 이게 뭐냐 싶은 억지스러움을 생각하게 된다. 파코 베렌도 중위가 — 우리가 수백 페이지를 읽는 동안 알게 되는 적군의 유일무이한 군인이 — 이야기에 난데없이 끼어들어 조던의 지상 마지막 행위 때문에 죽을 유일무이한 인간이 되다니 이런 법이 어디 있나 하는 생각. 참 깔끔하다. 참 균형적이다. 참 편리하게 마음을 잡아끈다. 베렌도는

---

* 『누구를 위하여 종은 울리나』의 등장인물로 주인공을 돕는 게릴라 대장의 부인.

** 주인공 남녀가 사랑하며 몸을 나누는 모습을 묘사할 때 나온 표현.

*** Robert E. Lee. 미국 남북전쟁 당시 남부 동맹군의 최고 지휘관.

멜로드라마 같은 순간에 딱 맞추어 전투지에 모습을 드러낸다. 그는 자기가 죽을 순간에 때맞춰 등장하려고 열심히 말을 탄다. 헤밍웨이는 돌연 조던의 관점에서 눈을 돌려 베렌도와 영겁의 만남에 관한 설명을 삽입하는 당황스러운 전개를 꾀하더니 그러고 나선 냉큼 조던의 관점으로 되돌아간다.

그 장면은 억지스러운 게 다가 아니다. 그 장면은 서툴다. 게리 쿠퍼가 나오는 영화 같다.

그 밖에도 소설이 끝맺는 장면은 내가 보기에 자기희생적 군대의 가치를(명예, 임무, 기강을) 기린다는 점에서 묘하게도 빅토리아시대풍이다 ―「감미롭고 영예로운 것」*보다는 「경기병대의 돌격」**에 가깝다. 베트남에 오염된 내 피가 끓기 시작한다. 나는 내 아이패드에 대고 고함을 지른다. 조던이 죽을 준비가 되자, 그리고 그의 이 세상 마지막 행위가 어느 인간 동포를 겨냥하자 나는 박수갈채를 보내야 할 것 같은, 적을 끌어내려 느긋하게 오줌을 갈겨줘야 할 것 같은 기분이 든다.

2016년 9월 15일 오전 5시 10분. 낭패다. 드러내고 싶지 않은 생각을 드러내려고 두 시간 넘게 매달리는 중이다. 내 신경도 삭제 키도 닳을 대로 닳아서 반쪽이 되었다. 글쓰기라는 어리석은 짓, 작가란 어쨌든 지면에 나타나는 것의 주인이라는 정신 나간 망상이 문제라면 문제다. 언어가 나를 내가 원하는 쪽으로 데려가지 않는다. 언어는 **저**가 원하는 쪽으로 나를 데려간다. 어리석게도 그동안 나는 의도라는 구령에 맞추어 단어들을 행군시키고자 아득바득 분투해왔는데 이것은 수십 년 동안 나의 주요한 작가적 결함이었다. 의도가 방향을 일러줄 순 있지만 고집을 부려선 안 된다.

두어 시간 전, 몇 구절만 간단히 쓰자는 마음으로 일을 시작했을 때 나는 이른 아침 매일같이 나를 찾아오는 어떤 되풀이되는 느낌을 탐구할까 했었다. 설거지를 하고 부엌 조리대에 광을 낼 때 배 속 어디선가 피어나 재잘재잘하는 내 죽음의 무자비한 목소리. 마치 내 내장이 머잖아 나타날 무엇을 예견하는 느낌, 내 심장과 창자가 대낮의 어수선함 속에선 너무 쉽게 무시되는 무엇을 새벽의 고요함을 빌려 일깨워주는 느낌이다. 모두가 죽는다는 것을.

"늙은이들은 왜 그리 일찍 일어날까?" 헤밍웨이는 묻는다. "더 긴 하루를 살려고?"

어쩌면 그럴지도 모른다.

아니면 죽는 연습을 하느라 일찍 일어나는지도 모른다.

그저께 나는 내 관상동맥에서 "어느 정도의 칼슘"이 탐지되었다는, "어느 정도의 심장 질환"이 예상된다는 통지를 이메일로 받았다. 무뚝뚝한 말투인 그 메시지는 오른쪽 폐 상엽에 4밀리미터짜리 "간유리 결절"이 있다고 언급했다. 사실 놀라울 건 없었다. 나는 담배

---

* Dulce et Decorum Est. 영국 시인 윌프레드 오언(Wilfred Owen)이 제1차 세계대전 중에 쓴 시로 전쟁에 대한 공포와 비난을 다룬 작품.

** The Charge of the Light Brigade. 영국 시인 앨프리드 테니슨의 서사시로 크림전쟁 때 러시아군과의 전투에서 무모한 돌격을 시도했다가 패한 영국 기마병대의 이야기를 다룬 작품.

를 피운다. 나는 리피토*를 복용한다. 나는 지랄맞게 늙었다. 그 메시지에서 이상했던 점이라면—딱 하나 이상한 점으로 보였다—그 소식이 새벽 3시의 배 속 속삭임을 통해, 관상동맥과—그게 뭔지는 몰라도—뇌 사리의 어떤 화학적인 공동성명을 통해 이미 몇 달 전, 여러 달 전에 도착했다는 거였다. 몸은 하나의 유기체라 했던가? 그러니 쓸개며 콩팥이며 관상동맥이 아침의 공상에 영향을 못 끼칠 이유가 있을까? 나는 그게 전혀 불가사의하지 않다. 오히려 그 반대였다면 충격을 받았을 것이다.

아무튼 안 좋은 소식이라 해도 마냥 안 좋은 건 아니었다. 나는 더 안 좋은 걸 예상했었다. 더 안 좋아야 당연했다. 내가 지금 의학의 발전을 언급하는 건 동정심을 자아내기 위해서가, (넘치는) 자기 연민 때문이 아니라 불쾌한 진단이 내 컴퓨터 화면에 뜬 지 고작 몇 분 만에 발생한 특정한 사건 때문이다. 나는 그날의 글쓰기를 접어둔 상태였다. 나는 술을 가져와 의자에 자리를 잡고 며칠 전부터 읽고 있던 장편소설을 펼쳤다. 에리히 마리아 레마르크의 『개선문Arch of Triumph』이라는 작품이었다. 아이튠스 판본의 850쪽을 편 나는 몇 초 만에 쿵 하고 이런 문장 조각을 맞닥뜨렸다. "거기서 그는 간유리 문을 지나 사라졌고……"

우연에 대한 나의 매몰찬 말이 앙심을 품고 돌아와 나더러 그 말에 책임을 지라며 보복 중이었다.

우리 아빠는 낄낄거렸다.

언제인진 몰라도 살아오는 동안 다른 소설 작품에서, 혹은 전혀 다른 상황에서 "간유리의(ground-glass)"라는 형용사를 마주쳤을 가능성도 있지만 그 예를 들진 못하겠다. 다만 몇 분 전 "간유리 결절"

이라는 생소한 용어를 구글에 검색하면서 어쩌다 내 폐에 유리 조각이 굴러들었을까 하고 궁금해했을 뿐이다. "간유리의"라는 형용사가 이 지구상의 책들에 나와봐야 얼마나 나온다고? 나든 당신이든 다른 누구든 대화 중에 그 형용사를 쓰는 사람이 되면 얼마나 되길래? 이런 우연이라니. 몇 페이지 앞에서 「살인자들」을 다룰 때 어쩌면 나는 우연이라는 개념 전부를 너무 쉽게 무시했든가 하다못해 더 많은 동정을 구하려고 했는지도 모르겠다. 이게 보복인지 공정한 처사인진 몰라도 우리는 뿌린 대로 거둔다.

공정이건 아니건 보복이건 아니건 이른 아침의 생각 덕분에 요점이 또렷이 정리되는 건 사실이다. "세 번째로 하는 생각은 언제나 내 무덤 생각일 것이다"라고 『폭풍우』**에서도 말하듯이, 나는 아버지가 없는 티미와 태드를 걱정한다. 나는 녀석들이 견딜 속수무책의 고통, 그 공연한 것을 걱정한다. 새벽 3시의 정적과 침묵 속에서 나는 나의 여러 소망과 실패를 되는대로 평가해본다. 성공은 몇 번 없었다. 실패는 무수히 많을뿐더러 결정적이었다. 동트기 전 이런 평가를 내릴 때면 꼭 개개의 인물들이 연루된다 — 대개는 내가 사랑했던 사람들. 얼굴들이 떠올랐다 사라진다. 시간이 저절로 뒤엉킨다. 50년 전의 장면들이 재생되다가 상상 속에서 바뀌더니 그 뒤 또 다른 모습으로 변한다. 나는 좋아 대신에 안 돼 하고 말한다. 나는 어딘가 현명한 면이 있는 전기기술자가 되고 글쓰기는 나보다 대범

---

* Lipitor. 고지혈증 예방 약.

** The Tempest. 윌리엄 셰익스피어의 희곡. 본문에 언급된 문장은 앞서 무슨 생각을 하든 끝내 죽음에 관한 생각으로 귀결된다는 뜻.

한 사람들에게 떠넘긴다. 나는 소집영장을 불태우고 위니펙*으로 향한다. 나는 건너본 적 없는 다리를 건넌다. 나는 한때 고주망태가 되어 섰었던 절벽에서 뛰어내린다. 속옷만 걸친 나는 사랑하는 사람들과 죽은 사람들이 참석하는 새벽녘의 기이한 칵테일파티를 열고, 아버지와 함께 물건들을 고치고, 배신당한 사람들에게 용서를 빌고, 지나간 우정을 갱신하고, 꽝응아이를 재방문하고, 실패한 문장들을 다시 쓰고, 용기가 없었던 데서 용기를 찾고, 1969년 7월 7일에 정확히 무슨 일이 있었는지 해명을 요구하고, 연대표를 처음부터 다시 만들고, 최종적인 것을 처리하고, 지금이 아니면 안 되는 일을 처리하고, 미친한 결말과 분열된 결말과 끝날 줄 모르는 결말을 처리하고, 그 늙은이들이 전부 일찍 일어나—제3막의 리허설, 시합 당일 준비를 시작하도록 처리한다.

2016년 10월 1일 새벽 3시 12분. 나는 일흔 살이 되었다. 아침 해가 케이크 조각과 쾌활한 온정을 불러올 것이다. 그것은 탈장을 기념하는 것과 다를 바 없을 것이다.

---

* Winnipeg. 캐나다의 도시. 베트남전쟁 징집을 피해 캐나다로 달아난다는 뜻.

40

티미의 도박

오래전 어느 날 티미가 5학년일 때 나는 녀석의 책상 앞에 반 시간을 앉아 녀석의 글짓기가 나아지도록 거들었는데 어쩌다가 우리는 이탤릭체라는 희한한 주제를 두고 교착상태에 이르렀다. 티미는 이탤릭체를 남용하는 듯했다. 나는 반대했다. 이탤릭체는 얄팍한 술책이라고 나는 녀석에게 말했다. 너는 이탤릭체를 쓰기 위한 단어를 고른다 하고 나는 녀석을 생각해 완곡히 말했다. 이탤릭체는 특정 단어를 다른 단어보다 주목하도록, 또는 여느 단어와 다른 방식으로 보도록 독자에게 지시를 한다고 나는 한 소리를 또 하고 또 하고 했다. 끝에 가서는 달리 방법이 없을 때가 아니면 이탤릭체는 되도록 쓰지 말라며 절제를 권했다.

"좋아," 티미는 말했다. "알았어, 하지만 아빠도 조금 전에 이탤릭체를 썼잖아. 나한테 말할 때."

"맞아," 나는 말했다. "하지만 글 쓸 땐 안 그래."

"어디 **안 그러나** 내기할까," 티미는 말했다.

41

감미롭고 영예로운 것

프랑스의 작은 시골 마을 오르(Ors)에 온 우리 가족은 시인 윌프레드 오언이 제1차 세계대전이 휴전으로 끝나기 정확히 일주일 전 생을 마감한 전투지를 방문 중이다. 7월의 무더운 날이다. 지나다니는 차들이 없다. 관광객이 없다. 사람이 코빼기도 보이지 않는다. 살랑대는 것, 움직이는 것이 아무것도 없다. 상브르 운하(Sambre Canal)를 흐르는 물은 옛집들과 목초지들과 몇 마리의 게으른 소를 지나 굽이도는 한 겹의 타르지 같다.

우리는 가시철조망이 양쪽에 늘어선 좁은 트랙터 길을 아주 길게 느껴지는 시간만큼 걷다가 마침내 울타리로 둘러막힌 작은 공동묘지를 만난다. 버려진 장소다. 티미와 태드는 말이 없다. 녀석들은 이 일이 나한테 중요하단 걸 안다.

나는 1918년 11월 4일 윌프레드 오언과 한날에 죽은 영국군 병사들의 무덤임을 알리는 100여 개의 묘비에 새겨진 이름들과 소속들을 꼼꼼히 살펴본다. 오언 자신은 오르의 다른 어디, 더 넓고 덜 외딴 공동묘지에 묻혀 있지만 어쨌든 이곳의 시골다운 고요와 권태와 고립감은 오언의 시행을 채우는 그 소모된 것들로 천둥 같은 울림을 내는 듯하다. 머잖아 다른 끔찍한 전쟁의 원인이 될 어느 끔찍한 전쟁의 끔찍한 마지막 주에 죽은 사내들과 소년들이 이곳에, 7월의 더위 속에, 소들을 벗 삼아 몇 줄로 단정히 늘어서 있다.

나는 티미한테 오언의 「감미롭고 영예로운 것」을 큰 소리로 읽어 달라고 부탁한다.

녀석은 과장 없이 무덤덤하게 그리한다.

녀석은 우리 발치에 죽어 있는 이들 중 가장 어린 이보다 네 살 어리다. 녀석은 사내다운 소리로 낭독한다.

42

자부심 4

나의 15번가 친구

티미 오브라이언
6학년

15번가에서 당신을 보았어요
모자를 내밀며 위로를 바라던
먹을 것이 필요했던 당신.

나는 엄마에게 차를 세워달라 했어요.
스트레스가 심했던 그녀는 내리 달렸지만
그래도 나는 곡물 바를 당신에게 주고 싶었죠.

당신은 전쟁에 나가 국가에 봉사했어요
당신이 쓴 챙 모자가 알려주었죠
(하얀 글자로 적힌) "베트남 참전 용사"
언젠가 당신의 미래가 밝아지길 나는 기도했어요.

나는 슬퍼서 미칠 것 같았어요
차를 타고 멀어지던 그때
돕는 이가 아무도 없었으니까
당신이 길을 찾도록

당신은 명령을 따르지 않았나요,
그러곤 바다를 건너가 싸우지 않았나요,
그렇게 사람들이 옳다던 일을 하지 않았나요?

참전 용사 대접이 그런 거라면
조국은 대체 뭘 하는지 나는 모르겠어요
고소할 수만 있다면 하고 당신은 바랐겠죠,
집에서 멀리 당신을 징집해 간,
그러고 당신 삶을 찢은 사람들을, 뼈를 바르듯.
지나가는 우리 차를 보며 우는 당신을 보았어요
나도 울 것 같은 기분이었죠.
작별의 준비가 되지 않았었기에.

다음 날 등교 전 당신에게 줄 꾸러미를 챙겼어요.

안에는 요요, 책 한 권, 그리고 간단한 요깃거리가 있었죠.

당신을 다시는 보지 못해 슬프지만
그래도 나는 매일같이 길을 뒤져요.
"당신은 영웅이에요," 나는 말했을 거예요
"당신이 적어도 한 개의 생명은 구했단 걸 나는 알아요,
그런 당신 안에 지금 그토록 갈등이 많다니 끔찍해요."

그러다 나는 편지를 썼어요 왜냐하면
너무나 겁에 질려 우는 당신이 신경 쓰였거든요.
내 편지에서 당신은 나의 15번가 친구
길고 슬픈 당신의 전쟁이 끝났으면 한다고 나는 적었죠.

43

전우

내 가족과 막역한 친구 몇 명을 제외하면 가장 편안하고 행복한 순간은 베트남에서 내가 속했던 조직의 옛 일원들과 함께할 때다. 나는 이들을 어쩌다가 겨우 만난다. 예나 지금이나 그들을 잘 알았던 적은 없다. 그들 다수가 망자 내지 망자의 유령 같아 얼굴이 낯익으면서도 묘하게 불분명하다. 내 기억에 있는 완전한 이름은 몇 개뿐이다. 그들 중 상당수를 나는 그저 별명으로 기억한다. 많은 사람, 아마 대다수는 철저히 익명으로 남아 있다.

그래도 드물게나마 옛 전우를 마주하게 되면 나는 다른 때였다면 내 인생에서 달아났을 어떤 소속감을 느낀다. 우리끼리는 증명할 게 없다. 추상적 개념도 일반화도 사라진다. 함께할 때 우리가 나누는 건 **그** 논둑, **그** 화력전, **그** 시체, **그** 수목한계선, **그** 버려진 마을, 1969년 7월 오후의 세상없이 힘든 **그** 일이다. 우리는 조각난 디테일들로 서로의 기억을 되살린다. 우리는 사람들이 대개 웃지 않는 것들로 웃는다. 우리는 이따금 순서와 연대를 문제 삼아 설전을 벌인다—

누가 먼저 죽고 누가 다음에 죽었는지. 자랑을 하는 일은 없다. 아무도 "영예"라는 단어를 쓰지 않는다. 오히려 대화의 분위기는 회한에 젖은 데다 지나치게 얌전하며 어리둥절해 보이는 특성까지 있는데 그것은 마치 벌어진 일이 과연 벌어지기는 했는지, 그게 정말로 **우리**한테 벌어진 일인지 우리 중 누구도 실제론 못 믿겠다는 듯하다. 이 친구들에겐 충격적일 만큼의 온화함, 그러니까 수줍음에 가까운 무엇이 있고, 그래서 그들이 거의 반세기 전 베트남에서 미국 권력의 주먹 노릇을 했다는 사실이 정말인가 싶다. 내 전우들은 보졸, 11-브라보*라서 매일같이 추저분하고 혹독하고 치명적인 전쟁 과업을 수행했다. 그들은 빗속에서 잤다. 그들은 화력전을 벌였다. 그들은 엎드려 매복하면서 밤을 보냈고 저 바탕안반도의 지뢰밭을 터벅터벅 지나다니며 낮을 보냈다. 그들은 취사병도 행정병도 정비병도 보급병도 아니었다. 그들은 보병이었다. 그들은 전쟁 속에서 살고 전쟁은 그들 속에서 살아, 그들은 50년 전 당신의 살인과 당신의 죽음을 당신 대신 떠안았다. 이 늙고 말수 없는 얼간이들, 나의 이 전우들은 저희가 한때 목격하고 견뎌야 했던 모든 것에 대체로 심란해하지 않는 듯하다. 내가 아는 한 그들은 저희가 겪은 전쟁의 공정성에 관해 재고를 하지도 않고 죽은 사람들 모두가 과연 죽어야만 했는지 의심을 품지도 않는다. 회고담이 오가는 가운데 가끔은 은근슬쩍 정치 문제가 끼어들곤 하는데—"〈뉴욕 타임스〉 저 좌파 쓰레기 같으니"—그럴 때면 견고했던 세상이 몇 초간 내 발밑에서 무너지는 느낌이지만 그러다가도 다른 누가 "어이, 여긴 망할 놈의 존 버치 협회**가 아니야" 하고 말하고, 그러고 나면 또 다른 친구가 "그래, 그러다 오브라이언이 열 받을라" 하고 말하고, 그러고 나면 첫 번째 친구가 나를 보고 씩 웃으면서 어깨를 으쓱하곤 이렇게 말하는 것이다. "미안해 친구, 네가 공산당이었던 거 깜빡했다."

두어 번의 예외만 빼면 내 전우들은 내 책들에 관한 언급을 피한다. 전쟁에 대한 내 격분을 그들이 은근히 못마땅해하는 건 거의 확실한데, 그보다 확실한 건 내 책에서 마냥 도덕적이지는 않게 그려지는 미국 병사의 문학적 초상에 대해 그들이 노발대발한다는 것이다.(우리 소대 사람 중 하나는 내가 보기에 명백한 범죄 행위를 저지른 어느 중위한테서 제 아들 이름을 따왔다.) 옛 알파중대 일원들은 암묵적, 객관적으로 스스로를 좋은 사람이요, 자유와 체면의 천사로 여긴다. 그들은 옛날 적에 대한 연민을 잘 내보이지 않는다. 300만 명으로 추정되는 베트남 사망자를 두고 내뱉는 그들의 번뇌의 말을 들은 게 실제로 몇 년 동안 고작 한두 번뿐이니 하물며 후회야. 그들은 반사적으로, 하지만 진짜 원한은 없이 저희의 옛날 적을 거지새끼며 좆만이며 찢어진 눈이며 째진 눈이라 부르는데, 그러면서도 그들 대다수는 그 단어 뒤엔 인종주의적 의도가 숨어 있지 않다고 — 버럭버럭 성을 내면서 — 주장하곤 한다. 그건 카우보이랑 인디언을 구별하듯이 그냥 보졸끼리 하는 말, 순수한 약칭인 것이다.

나는 이 때문에 심각히 마찰 중인데, 그렇다 해도, 그 모든 차이에도 불구하고 내가 이 사람들을 정말로 사랑한다는 모순적 사실만큼은 원형 그대로다. 나는 그들에 관한 꿈을 꾼다. 나는 그들이 부재할

---

* 11-Bravo 또는 11B. 미군 보병의 세부 병과 중 하나로 일반 보병, 속칭 알보병을 뜻함.

** John Birch Society. 공산주의에 맞서 싸우고자 설립된 미국 극우 단체.

때에도 그들의 존재를 느낀다. 캅과 윌리와 르노와 키드와 하워드와 빈스와 웨인과 레드와 조와 그레그와 로저와 칩과 톰과 스쿼럴과 벤과 버디 바니와 버디 울프와 마이런과 에버렛과 닥과 아트와 프렌치 — 이것이 내 좀먹은 기억 속에서 지속되는 이름들인데, 지금 이 문장을 완성하려고 하니 그들의 얼굴이 젊었던 시절로 되돌아가, 우리는 머리 위에 달이 뜬 와중에, 개가 짖는 와중에, 더럽고 질퍽질퍽한 논에 군화가 푹푹 빠지는 소리가 들려오는 와중에 또 한 번 다 같이 짐을 짊어지고 어떤 살인적인 운명을 향해 베트남의 어둠 속을 나아가고 있다.

내가 알파중대 사람들에게 느끼는 가까움은 흐릿한 언어로밖에 표현이 안 된다. 피로 맺어진 모임이라는 느낌을 가지려면 발을 질질 끌며 이동 중인 부대를 지금 여기로 불러내는 일종의 고의적 꿈꾸기가 필요하다. 남중국해의 해안선을 따라 보초를 서던 긴긴 밤들. 새벽녘 난폭한 마을에 들어섰을 때 나던 가난과 곰팡이와 연기와 열대 부패의 냄새, 그리고 그 냄새들이 결합해 영원토록, 심지어 잘 때에도 내 안에 머무는 뇌 속 깊은 곳의 한 마리 촌충으로 변해버린 일, 하지만 그것에 관해 얘기할라치면 사전 속의 모든 형용사를 동원해도 **냄새**는 맡아지지 않고 맥박과 혈압과 창자도 뜻대로 안 된다는 그 사실. 전우들끼리 있을 땐 이런 걸 아무도 설명하려고 애쓰지 않는다. 우리는 연인이 사랑을 알듯이 군인 노릇을 안다. 따로 말한 적은 없지만 우리는 "핑크빌*"이 "분홍 마을" 혹은 머나먼 곳의 장밋빛 무엇 내지 즐거운 무엇과는 다른 뜻임을 잘 안다. 그것은 어쩌면 우리도 오늘 당장 죽을지 모른다는 뜻이다. 그것은, 이봐, 이건 추악한 전쟁의 추악한 일면일 뿐이야, 라는 뜻이다.

베트남이 내 인생과 충돌한 1968년과 1969년, 나는 전쟁 지지자들과 축하자들에게 복수하고 싶은 마음이 간절했다. 왜인지 모르게 나는 그 괴물들이 수치심에 몸부림치도록 글로 앙갚음해야겠다고 생각했다. 이는 헛웃음이 나는 순진한 공상이었다. 글은 뻘짓을 하지 않는다. 우리는—적이 저만의 그럴듯한 이유로 살인을 하듯—그럴듯한 이유로 살인에 살인을 계속할 뿐이고, 나중에는 다들 보행자들과 전쟁 이야기들과 늙은이들의 눈물 나는 향수가 넘치는 메인 스트리트를 어기적어기적 헤매는 게 전부다. 300만 명의 사망자. 그게 700만이면 어때서? 4억이면 어때서? 지구상의 온 인류면 뭐가 달라? 우리의 내성은 어디가 한계인지 모른다. 수치심이라는 고귀한 것은 거기에 별로 없다. 그리하여 지금, 2016년 추수감사절인 이날 나는 알파중대 사람들에 대한 내 애정과 대개는 자화자찬에 무비판적이고 옳건 그르건 미국적 가치를 지향하는 그들에 대한 내 실망 사이에서 분열된 상태다. 꼭 올리버 노스**랑 결혼한 것 같다. 그렇다, 많은 베트남 참전 용사가 전쟁에 반대하고 많은 사람이 전쟁을 공개적으로 질타하지만 베트남 참전 용사들의 정치적 태도는 일반적으로 동년배 비참전자들의 태도를 반영한다고 여러 연구는

* Pinkville. 베트남전쟁 때 미군이 베트남 사람을 대량 학살한 미라이 지역을 일컫는 은어.

** Oliver North. 미국 보수파 정치 해설가이자 전쟁사가, TV 프로그램 진행자.

밝히고 있다 — 전통주의자, 보수주의자, 군사 지지자, 매파 성향. 이런 결론은 새로울 게 없다. 알파중대 사람들은 젊었을 때에도 표준적인 인간상에 어느 정도 부합했으니 수십 년이 지난 지금 그들의 견해가 노령화된 전체 남성 인구를 따라 굳어버린 건 놀랄 일이 아니다. 진짜로 놀랄 일은, 적어도 내게는, 내 옛 전우들의 역사 판단이 베트남에 관해 양념을 치는 일 없이, 기이해하는 느낌 없이, 빈정거림이나 섬뜩해하는 감정 없이, 로큰롤 같은 불화 없이, 재치 없이, 생기 없이, 한때 다낭에서 메콩삼각주까지 늘어선 철모와 지프차와 M-16에 갈겨쓰여 있던 옛날의 그 FTA*적인 회의주의 없이 상에 오른다는 것이다. 그들의 어조는 — 정치색 이면의 음색은 — 내게 애니멀스보다는 프랭크 시나트라에 가깝게, 즉 〈여기서 나가야 돼 We Gotta Get Out of This Place〉보다는 〈내 취향인 도시My Kind of Town〉에 가깝게 들렸다.

|

최근에 우리 부대 옛 동료 하나가 한때 미 베트남 주둔군의 지휘관이었던 크레이턴 에이브럼스 장군의 1968년 추수감사절 기념 메시지를 내게 이메일로 보내주었다. "우리는 잊지 말아야 한다," 그 아득한 시절에 에이브럼스는 적었다. "베트남에서 우리가 하는 행위는 온 누리의 자유 시민을 수호하는 것이다. 우리는 전 세계에 평화가 찾아와 그리 멀지 않은 미래에 우리 모두 사랑하는 사람들에게 돌아가기를 기도한다."

깨어 있을 땐 매 순간 사람들을 도살할 생각밖에 없으면서 평화를 기도하는 미치광이 같은 섬뜩함은 잊자.

관료적인 이중적 사고와 "냄새나고 보잘것없는 정통파적 신념"은 잊자.**

"온 누리의 자유 시민"이 평화 속에서 자유롭게 철야 시위 중이었다는 사실은 잊자.

자유 시민들이 소집영장을 자유롭게 불태우고 있었다는 사실은 잊자.

꽝응아이성에 주둔한 4분의 3 가까운 기간이 1968년 추수감사절을 맞아 없었던 일로 증발했으며 적어도 몇 명의 자유 시민은 그 점을 견디기 힘들어했다는 사실은 잊자.

그 장군이 그랬듯이 프랑스 식민주의, 베트남 민족주의, 제네바협약, 사이공 길거리의 불타는 승려들 같은 심란한 골칫거리는 잊자. 겨우 그 몇 달 전 시카고 힐턴 호텔 밖에서 자유 시민들이 골프채를 들고 다른 자유 시민들의 머리를 깼다는 사실은 잊자. 베트남에서 하는 우리의 행위는 "온 누리의 자유 시민을 수호하는 것"이라는 그 장군의 절묘한 발제를 두고 온 누리의 자유 시민이 미국 전역에서, 국회의 강당들과 각 가정의 저녁 식탁에서 논쟁을 벌이고 있었다는 사실은 잊자.

내가 무기력에 빠진 건 추수감사절에 네이팜탄을 건네는 크레이

---

* Fuck the Army. 베트남전쟁 때에는 "군대 좆까"라는 말로 명분 없는 징집에 대한 반감을 많이들 드러냈다.

** 여기서 "관료적"이란 말의 원문은 조지 오웰의 이름에서 파생된 단어인 Orwellian이며 이어서 나오는 인용구도 조지 오웰의 말이다.

턴 에이브럼스의 독실함 때문이 아니었다. 보졸은 그런 쓰레기 같은 일을 당연시하니까. **그래야** 장군이니까. 그게 아니라, 나는 내 옛 전우들, 대부분 친절하고 체면도 있는 그 친구들이 전쟁 당시엔 보졸로서 신랄한 야유가 담긴 반어법을 구사하더니 이젠 그런 기미도 없이 그 진부한 헛소리를 그대로 받아들인다 싶어서 식겁한 거였다. 기억상실증인가? 매일같이 일분일초마다 느꼈던 우리 전쟁의 현실감을 어떤 거대한 지우개가 싹 지워버렸나? 혹시 한 친구가 죽었을 때 우리 중 누가 고개를 절레절레하면서 "음, 저 친구가 갔군, 확실히 갔어, 하지만 온 누리의 자유 시민을 수호하긴 했지" 하고 말했을까? 우리 중 누가 정말 그런 식으로 말을 했을까? 우리 중 누가 그런 생각은 했을까? 혹시 우리가 이렇게 말한 걸 내가 잘못 기억하는 것은 아닌지. "거봐, 이 친구야—다 부질없다니까—저 불쌍한 놈만 소모된 거라고."

내가 앞서 몇 페이지에 걸쳐서 쓴 모든 얘기는 사실상 여러 측면에서 여러 정도로 다수의 베트남 참전 용사들에게 심한 짜증을 안길 것이다. 아마 상당수에게. 〈오스틴 아메리칸 스테이츠맨〉*에 편지를 보내 이렇게 단언한 모 참전 용사라면 더더욱 짜증이 날 것이다. "내게 전쟁은 옳다 그르다의 문제가 아니라 임무였고 내 제복을 명예롭게 만드는 일이었습니다."

사망자가 300만 명이다.

옳다 그르다의 문제가 아니라니.

인정한다, 일반화는 위험하다, 하지만 나는 수십 년 동안 저것과 눈에 띄게 비슷한 태도를 지닌 베트남 참전 용사를 수천 명이나 만났다. 저 편지의 작성자를 닮은 내 동료들 무리는 저희의 전쟁이 정당했는지가 최종적으론 별로 중요하지 않다고 믿는 듯하다. 조국은 그들에게 싸우라고 말했다. 그들은 그리했다. 시신 수 부풀리기와 무차별 포격 지대와 비밀스러운 폭탄 투하와 죽은 어린이들과 불타는 마을들과 응오딘지엠과 바오다이**와 펜타곤 문서***와 닉슨과 존슨의 거짓말이 녹음된 대통령 집무실—이 모든 건 문제가 되지 않는다. 이견이 중요한 게 아니다. **타당성**이 중요하다. 나의 옛 전우들에게 중요한 건 정치나 역사가 아니라—1964년 그 칠흑 같은 밤에 통킹만에서 무슨 일이 있었는지를 두고 논쟁하는 건 당치도 않다—철저히 개인적이라 할 무엇이다. 개인의 희생, 개인의 명예, 개인의 임무, 개인의 고통, 개인의 애국심, 개인의 용기, 그리고 개인의 자부심. 내 생각에 베트남 참전 용사 대다수는 저희의 전쟁이 도덕적으로 이상적인 것 내지 딱 맞아떨어지는 것과는 거리가 멂을 인정할 것이다. 그 전쟁은 제2차 세계대전이 아니었다. 그런데도—사실상 유난히도—그들은 꼬박꼬박 경례를 하고 감내를 하면서 그 악몽을 견뎠다. 그게 선한 전쟁이든 악한 전쟁이든 그들은 최선

---

* Austin American-Statesman. 텍사스주 오스틴에서 발행되는 주요 일간지.

** 응오딘지엠은 남베트남 정치인으로 철저한 반공주의자. 바오다이는 베트남 응우옌왕조의 마지막 황제로 호찌민에 의해 폐위된 인물.

*** Pentagon Papers. 미국의 베트남전쟁 개입을 강화한 통킹만 사건이 실은 미국의 자작극이었다는 내용이 담긴 미 국방부 비밀문서.

을 다했다. 그러고 지금은 그들 중 많은 이가 한을 품고 산다. 노년에 접어들면서 나의 옛 전우들은 스스로를 진가를 인정받지 못한 희생양, 인기 없는 전쟁의 피해자로 여기는 나머지 종잡을 수 없는 정치로부터 물러나 그 전쟁의 올곧음에 관한 논쟁적 판단을 회피하고 명예, 임무, 희생, 자부심, 조국에의 봉사라는 개인적인(따라서 부정할 수 없는) 가치로 피신했다.

어떤 면에선 이해가 되는 일이다. 나도 한을 느낀다. 나도 분함을 느낀다. 베트남에 쏟아진 피보다 오키나와에 쏟아진 피가 더 고급이라는 양 제2차 세계대전 참전 용사들을 "가장 위대한 세대"로 묘사하는 소리가 들리면 나도 TV에다 대고 버럭 성을 낸다. "가장 위대한 세대"—그것은 모욕처럼 들리는 말이 아니다. 그것은 **모욕**이다. 수많은 내 전우들이 내면의 사적인 공간, 그 전쟁의 올곧음에 대한 이의 제기로부터 격리된 공간, 사면초가에 몰린 저희의 도덕의식을 꼭 지탱할 수 있는 공간으로 물러나는 건 이상할 게 없는 일이다.

그러나 그런 고립이 측은하긴 해도 많은 베트남 참전 용사가 위험천만한 자기중심성 때문에—일종의 이기주의, 일종의 자아도취 때문에—그 전쟁이 **남**한테 한 짓을 못 보는 건 두렵다. 그들은 별로 신경 쓰지 않는 것 같다. 별로 생각하지도 않는 것 같다. 참전 동료들 사이에서 베트남의 고아나 과부나 통곡하는 어머니를 동정하는 표현이 내 귀에 들린 적은 거의 없었다. 사실 나는 "베트남 사람"이라는 말조차 좀처럼 들어보질 못했다. 그 나라는 우리가 악의 무리에서 구해낸 사람들이 한 번도 살았던 적 없는 곳 같다. 베트남 사람들의 희생은 어쩌나? **그들**의 명예는 어쩌나? **그들**의 피해는 어쩌나? 300만 명이나 되는 **그들**의 사망자는 어쩌나? **그들**의 전소된 집은 어쩌나? **그들**의 PTSD 문제는 어쩌나? **그들**의 사라진 팔다리는 어쩌나? **그들** 전사자의 어머니들은 어쩌나? 거의 반세기 전 행위로 30만 명이나 실종자 명단에 오른 **그들**의 남편과 아들과 형제 들은 어쩌나?

간담이 서늘하다.

개인은 군 복무로 자부심을 느낄 수 있다. 하지만 그 복무가 남에게 끼치는 결과를 인정하지 않는 건 별개다 — 수백만 명의 비전투원도 그 결과를 겪는다. 누군가의 자부심은 누군가의 슬픔이다. 누군가의 조국 봉사는 누군가의 죽은 아들이다. 올곧음은 일방통행로가 아니다.

|

서로의 그 모든 차이에도 불구하고 나는 옛 전우들을 대하면 대뜸 울고 싶은 충동을 느끼지 않을 수 없다. 이메일 한 통에도 그렇다. 옛날 사진들을 봐도 목이 멘다. 내가 대학들에서 강연을 할 때 알파중대 옛 동료들이 몇 번씩 나타난 적이 있는데 — 몇 년 사이 열두 번쯤 되나 보다 — 세월에 닳은 그들의 얼굴을 청중 속에서 보노라면 울고 싶은 충동이 충동의 차원을 넘는 통에 심장박동은 빨라지고 눈은 저릿저릿해지고 목소리는 갈라져 제 기능을 못 하곤 한다. 사랑이 아닌가 싶다. 사랑은 많은 걸 용서한다.

나아가 나는 이들을 아주 많이 존경한다.

한창 공포에 떨던 반세기 전 그들의 용기와 행동거지는 내게 기적에 가까운 것으로 보였다. 그들은 포화 속에서도 일어섰다. 그들은 제 다리를 움직였다. 그들은 필요하다 믿고 심지어 고결하다 믿는 일을 했다. 그들은 땅굴을 수색했고, 선봉에 섰고, 서로를 도왔고, 목숨이 왔다 갔다 하는 더없이 어리석은 명령도 시키는 대로 따랐다. 아무도 꾀병을 부리지 않았다. 아무도 포화 속으로 나아가길 거부하지 않았다. 아울러 적어도 내가 보기에 그들을 특별하게 만든 건 그들이 악착같이 평소처럼 굴었다는 점이다—그들은 매우 사무적이고 매우 태연하고 매우 어렸으며 감당할 수 없어 보이는 것들을 감당하면서도 둔하다 싶을 만큼 대수롭지 않아 했다. 어떻게 보면 내 전우들은 사람이 사람을 죽여온 아주 오랜 기록 속에 거주하는 모든 익명의 보졸을 반영하는 것 같은데, 거기엔 우리처럼 제 다리를 움직였던, 우리처럼 저희가 필요하다 믿고 고결하다 믿는 일을 했던, 우리처럼 목숨이 왔다 갔다 하는 더없이 어리석은 명령도 시키는 대로 따랐던, 그리고 우리처럼 감당할 수 없어 보이는 것들을 감당했던, 언젠가 우리가 대면했던 적도 포함된다.

전우들과 악수를 나누고 작별을 고한 뒤 다 같이 썩어가는 삶으로 돌아가고 나면 매번 하루이틀은 어떤 울적함이 곁을 맴돈다.

그 울적함도 역사로 접어든다.

나는 종종 윌리와 캅과 키드와 버디 울프와 버디 바니를 떠올리고, 그 뒤엔 셰익스피어의 형제들*, 우리들 몇 안 되는 행복한 이를 떠올린다. 나는 나도 모르게 "행복한"이라는 단어를 삭제하곤 한다. 죽은 자가 그저 죽은 자일 수 있다면, 다리 없는 자가 그저 다리 없는 자일 수 있다면 얼마나 행복할까 하고 나는 으레 궁금해하는데, 그러면 비록 셰익스피어의 노래가 내 안의 형제애를 자극하더라도 나는 정말이지 생기를 잃은 망자들까지 내 전우에 포함하지 않을 수 없다. 산 사람들한테처럼 나는 그들한테도 충성을 다한다.

* band of brothers. 셰익스피어의 희곡 『헨리 5세』 4막 3장에 나오는 말.

44

어쩌면책 2

나는 이제 늙은이고 이 문장에 마침표를 찍을 땐 1, 2분 더 늙어 있을 것이다. 얼마나 더 많은 문장이 나올 수 있을까?

이러는 게 자기 연민으로 보일 수도 있지만 그렇지 않다. 오늘 아침 절박한 느낌이, 그러다 슬픈 기분이 드는 건 사실이지만 그 절박함과 슬픔은 내가 아니라 티미와 태드 때문이다. 나는 녀석들에게 살아 있는 아버지가 있었으면 하지 죽은 아버지를 원하진 않는다. 앞서 두어 시간 동안 나는 머리에 피를 보내고 심장이 그만 쿵쾅거리게 하느라 틈틈이 허리를 숙이던 참이다. 숙이지 않았으면 졸도했을 것이다. 뭔가 잘못된 게 분명한데 뭐가 잘못됐든 몇 주나 계속된 일이다. 검사는 결론이 안 났다. 내일 다시 검사받을 예정이다. 지금으로선 두 아들을 위한 글이나 쓸 생각인데, 그런다고 실제 살아 있는 아버지를 대체하진 못하겠지만 운이 따라준다면 언젠가 녀석들은 저희 아버지가 기온이 영하로 떨어진 1월의 무서운 아침에도 저희를 생각하고 있었단 걸 아마 알게 될 것이다.

앞서 20분 동안 세 번, 나는 고개를 책상에 누이고 심장이 얌전해지길 바라야 했다.

오늘 아침에 쓴 몇 안 되는 단어를 검토하다 보니 티미와 태드에게 얼마나 더 많은 말을 해야 하나 하는 생각, 빨리 해야 하는데 하는 생각, 그리고 그 급박함 속에서 써온 게 암만 너그러운 독자여도 더러는 감상적으로 여길 만한 글이구나 하는 생각이 든다. 하지만 어쩌라고? 마음이 가는 것들을 지워? 속에서 쿡쿡 찌르는 것들을 지워? 언젠가 어니스트 헤밍웨이가 암시하길 자기가 아는 가장 진실한 문장을 쓰라고 했는데, 그야 끝내주는 조언은 맞지만 내 가장 진실한 문장이 감상적이라면 어쩌지? 있어 보이게 꾸며야 하나? 절제해야 하나? 문학적인 냉철함으로 식혀야 하나? 진실하지 않은 문장을 써놓고 아무도 눈치 못 채길 바라야 하나?

포크너의 노벨문학상 수상 연설이 떠오른다. "저는 믿건대 인간은 견디고만 있지 않을 겁니다. 인간은 이겨낼 겁니다." 이 문장은 위로가 되는 면이 있지만 나로선 포크너가 믿는 것에 영 믿음이 안 간다. 이겨낸다는 건 불가능하다. 말도 안 되는 소리다.

포크너가 『소리와 분노』에서 분명히 밝힌 이런 말이라면 확실히 믿는다. "승리란 철학자들과 바보들의 망상이다."

카페는 문을 닫을 것이다.

그렇지만 우린 달리 어떻게라도 살아간다, 그렇지 않나?

몇 문장 앞에서 포크너가 "망상"이라는 단어를 적절히 끄집어내기도 했지만, 나는 오늘 아침 암울한 생각에 잠겼으면서도 자고 있는 두 아들을 위한 건배로, 여기 적힌 명사들과 동사들이 사랑의 흔적으로 남길 바라는 마음으로 이곳 새벽 시간의 카페에서 마지막 한

두 모금을 홀짝이며 어지간히 꾸물거리고 있다. 망상이 맞다, 나도 안다. 이글거리는 태양에 명사들은 불타 없어질 것이다. 동사들도 반짝하고 사라질 것이다. 그래도 — 귀한 망상이여 — 햇빛이 나오면, 아이들이 일어나면 나는 녀석들의 그릇을 콘플레이크로 채워줄 것이고, 녀석들이 이를 닦았는지 확인할 것이고, 아침 먹은 그릇을 씻어 말릴 것이고, 좀 모자란 정치인들이 NPR에 나와서 궁지에 몰리는 모습에 낄낄거릴 것이고, 그런 다음에는, 아마 이따가 낮잠을 자기 전에는 이 어쩌면책을 한두 단락 더 진척시키려고 애를 쓸 것이다.

심장이 아니었더라도 폐가 병들었을 것이고 폐가 아니었더라도 언젠간 누구나처럼 다른 어디가 병들었을 텐데, 그래서 지난 몇 주 동안 나는 내 책상에 쌓여 있는 100여 장의 작은 메모, 티미와 태드에게 들려주고 싶고 녀석들이 알았으면 싶은 것들 때문에 골머리도 썩었고 똑딱똑딱하는 급박함도 느꼈다.

나는 글쓰기가 매우 느리다 — 자식들한테 말하고 싶은 걸 다 들려줄 수 있을까? 내 책상에 있는 종이쪽지 하나하나가 "어이, 날 책에 넣어줘, 날 잊지 말라니까" 하고 속삭이는 듯하지만 그래도 이건 어쩌면책이고 나는 그저 어쩌면 작가에 지나지 않는다, 모든 작가가 한때 어쩌면 작가였고 모든 책이 한때 어쩌면책이었던 것처럼. 어쩌면과 확실히 사이에는 많은 것이 있다. 단어들은 실패하고, 기력은 쇠하고, 상상력은 메마르고, 독감은 미쳐 날뛰고, 폐는 허약해지고, 광기는 주제넘게 나서고, 초침은 멈추라며 손을 휘휘 젓고, 어쩌면책이었던 것은 없었던 책이라는 무의식 속으로 차츰 흘러든다. 그리하여 나는 안전장치로서 지금 이 어쩌면책이 어쩌다 확실한 책이 되었는지 상세한 내용을 대강 적어두고자 한다. 이 책 저 앞쪽에서 나는 몇 년 전 이 책의 진행 상황을 물은 태드가 아이디어를 주었다고 밝혔다. 나는 녀석에게 이게 책으로 나올 수 있을지 확신이 안 선다고 말했다. 나는 글쓰기가 질색이었다. 나는 허덕이고 있었다. 지금도 내내 허덕이고 있다.

"음," 태드는 말했다. "그럼 내 생각엔 아빠의 어쩌면책이라고 불러야 할 것 같은데. 실제로 그러니까 그렇게 부르지 그래?"

나는 이 말을 곱씹은 다음 그 아이디어를 간략히 적어 내 메모 더미에 추가로 얹었다.

태드는 뒤돌아서 걸어 나가다 말고 나를 돌아보았다. "이런 책들 쓰면 돈 받지, 응?"

"좋은 책일 땐," 나는 녀석에게 말했다.

"무슨 얘기야?"

"가끔은 죄다 쓰레기통에 처박히기도 한다는 얘기야. 그게 어쩌면 있을 문제 중 하나지."

"하지만 아빠가 운이 좋으면?" 태드는 말했다. "책이 괜찮으면? **그러면** 그쪽에서 돈을 줘?"

"보통은," 나는 말했다.

"제목은 따로 쳐줘?"

언젠가 서반구를 소유하고 말 태드는 내 서명을 받아둘 차용증서를 마련하러 자리를 떴다.

제목이 되든 못 되든 나는 그 짧은 대화 이후 몇 년 동안 이 글 뭉치를 어쩌면책이라 불러왔고 그건 내 나머지 가족도 마찬가진데, 그도 그럴 것이 뚝딱 만들어진 태드의 신조어에는 희망의 기운과 체념이 모두 내장되어 있기 때문이다. 혹시 또 아나? 내가 낙담하지만 않으면, 부단히 매질을 하면 내가 끝을 보기 전에 어쩌면책이 먼저 끝을 볼지. 게다가 나는 혼자도 아니다. 우리는 어쩌면 있을 내일들이 어쩌면 있을 또 다른 내일들을 불러오고 불러오고 하다가 마지막 페이지 마지막 행에 가서 마침표가 주어질 때까지 어쩌면 있을 내일들로 가득해질 어쩌면책을 함께 쓰고 있으니까.

45

마술 쇼 2

마술사들은 이야기꾼처럼 지배적인 정통 신앙을 불경스럽게 모독한다는 이유로 화형을 당하거나 십자가에 못 박히거나 참수를 당하거나 그 밖의 방식으로 제거되어왔다. 기적을 행하는 두 이야기꾼 세례요한과 예수는 알려진 바에 따르면 최고로 값비싼 대가를 치렀다. 그보다 최근인 2011년에는 사우디아라비아의 "흑마술" 공연가 하나가 공개적으로 매우 참혹하게 참수를 당했다. 그리스도의 시대와 2011년 사이에 낀 여러 세기에 이야기꾼과 마술사, 시인과 마녀, 화가와 점쟁이, 과학자와 오컬트 애호가 들은 극단적인 정통 신앙과 몇 번이고 충돌해왔다, 때로는 종교적 다양성 때문에, 때로는 정치적 이유로, 아주 흔하게는 그 둘이 만나 인화성 혼합물이 되어서. 이단의 명단에는 품격 있는 희생양들이 길게 나열돼 있는데 거기엔 디트리히 본회퍼가 있고 이사크 바벨과 토머스 모어와 매사추세츠주 세일럼의 착한 어머니들도 있다.

요즘에는 마술사들이 죽음이라는 형벌을 겁낼 일이 거의 없다.(다만 사우디아라비아와 텍사스 시골 지역들은 멀리할 것.) 하지만 작가는 흥미로운 이야기를 추구한다는 점에서 지금도 목숨 자체를 포함해 수두룩한 위험을 각오해야 하는데 그 주된 이유는 "흥미"와 "정통 신앙"이 늘 여행의 동반자는 아니기 때문이다. 심지어 수정 헌법 제1조의 보호를 받는 미국에서조차 작가의 작품이 교육위원회 때문에 금서가 되기도 하고 성직자들한테 금지를 당하기도 하고 국회 강당에서 비난을 받기도 한다. 작가에게 이는 죽음보다도 흔적이 안 남는 죽음이다.

내 경우를 들여다보자면, 쭉 관찰해보니 금서 지정자들이 내 이야기를 읽고 "대단하군" 하고 감탄하진 않는 것 같다.

그들은 내 마술 쇼를 즐길 줄 모른다.

참으로 꼼꼼한 것이, 그들은 군인이 절박하게 내뱉는 "이런 씨발"이 처녀들을 타락시킨다고 해석한다. 또한 그들은 전쟁 통의 불경한 말들에 노출되면 레슬링 팬들까지도 정신 건강이 나빠진다고 해석한다. 상스러운 전쟁 자체를 금지할 생각은 않고, 저희 자식들이 (정말이지 창의적이고 갓 구워낸 듯한 더러운 말들을 배울 곳에 가서) 사람 죽이러 행군하는 걸 막을 생각은 않고 추잡한 진실이 추잡한 거짓말보다 추잡하다는 결론을 내려버리는 것이다. 비난자들과 금지자들은 개죽이 돼서 꾸르륵꾸르륵 소릴 내며 죽어가는 사람조차도 체면을 차려 기독교적 가치를 명심하고 창자를 눈에 안 띄게 도로 집어넣은 뒤 비통해하는 전우에게 이렇게 중얼거리길 원한다. "아이참, 내가 총에 맞았군."

이것과 마술은 연결 끈이 빈약해 보일 수도 있다. 하지만 빈약하지 않다.

개죽이 된 군인처럼, 밀고당한 주부처럼, 버려진 아이처럼, 혼자 있는 피아노 선생님처럼, 슬픔에 빠진 홀아비처럼, 버림받은 신부처럼, 창피를 당한 회계원처럼, 잊힌 성자처럼, 인정받지 못하는 어머니처럼, 알코올중독인 아버지처럼, 타락한 천사처럼, 변기에 앉아 발끝을 두드려대는 정치인처럼, 휠체어에 앉은 하반신마비 환자처럼, 손과 무릎으로 짚고 다니는 장난꾸러기처럼, 당신과 나처럼 —— 우리 모두는, 즉 마술을 업신여기는 사람들, 금서 지정자들, 기관총을 수리하고 예술을 해체하는 사람들조차 적어도 한 번은 끔찍한 때를 맞아 어둠 속을 가만히 바라보며 기적을 갈망하는 일이 분명 있을 것이기 때문이다.

46

유용한 마술

언젠가 우리 집 거실 마술 쇼가 끝나고 태드를 침대에 집어넣는데 녀석이 말했다. “아빠도 마술로 쓸모 있는 것 좀 해봐.”

“예를 들면?”

“시금치가 사라지게 하는 거. 취침 시간도.”

47

염치없지만 매우 진지한 제안

최근 상당수의 정치인이 평소답지 않게 국기에 대한 맹세로 투명성을 제고한 데 발맞추어 나는 우리 어휘에서 "전쟁"이란 단어를 없애고 그걸 "아동을 포함하는 살인"이란 말로 바꾸자고 제안한다.

분명 장황한 것도 맞고 어쩌면 혀를 굴리는 데 사소한 어려움이 따를지도 모른다. 하지만 아동을 포함하는 살인을 하자는 국회의 보다 참신한 결의를 우리가 지지한다면—너무 구식이라 시대에 뒤처진—선전포고를 없앨 때 따를 솔직하고 꿍꿍이 없는 투명함을 상상해보라. 가령 세르반테스를 되돌아볼 때 이 말이 얼마나 시적으로 읽히겠는가. "사랑에 빠질 때와 아동을 포함하는 살인을 할 땐 만인이 공평하다." 기념물들은 개명될 것이고 동상들은 다시 세워질 것이다. 우리는 전쟁 영웅 요크 상사* 대신 살인 영웅 요크 상사

---

* Alvin York. 제1차 세계대전 참전 용사로 보통 요크 상사(Sergeant York)라는 별명으로 불린다. 이 영웅을 그린 동명의 영화도 제작되었다.

를 기리게 될 것이다. 우리는 모든 전쟁에 종지부를 찍는 우드로 윌슨의 전쟁 대신 모든 살인에 종지부를 찍는 우드로 윌슨의 (아동을 포함하는) 살인을 갖게 될 것이다. 물론 어쩔 수 없이 우리가 어떤 당혹스러운 언어 조합을 받아들여야만 하는 건 사실인데, 이를테면 톨스토이가 쓴 걸작의 제목을 "아동을 포함하는 살인과 아동을 포함하는 비살인"*으로 재번역할 때가 그렇다. H. G. 웰스가 쓴『아동을 포함하는 우주 살인』**의 표지도 새로 디자인하면서 음악성이 깎일 수 있다. 더없이 난처한 혀 꼬임을 피하기 위해서라면 가끔은 단어를 이래저래 바꿔보는 것도 유용한 방법일 것이다. 이를테면 "살인(killing people)" 대신에 "도살(people-killing)". 그렇게 되면 위대한 우리 공화국 전역의 교실에서 아이들은 장미도살과 제1차 세계도살과 제2차 세계도살과 한국도살과 베트남도살과 테러에 대한 도살***을 공부하게 될 것이다. 연습을 통해 혀에 꼼꼼히 기름칠을 하면 우리는 남북도살**** 같은 모순어법도 틀림없이 단숨에 정복하게 될 것이다.

그렇다, 표현이 얼마간 어설픈 건 우리의 숙명인지 모른다, 그래도 골골거리는 꼰대들 말고는 내 제안의 유익한 효과를 높이 사지 않을까?

전에 없던 솔직함.

전에 없던 촌철살인.

우리는 아동을 포함하는 도살에 아예 수치심을 못 느끼니 차라리 어깨를 쫙 펴고 도살을 도살이라 당당히 부르는 게 어떨까? 두려울 게 있을까? 음절이 몇 개 추가되는 거? 영어 선생님 몇 사람이 식겁해하는 거? 팔딱팔딱 생생한 투명성과 함께라면 우리의 낡고 곰팡

내 나는 사전들엔 즉각 신선한 바닷바람이 휘몰아칠 것이다 — 전쟁 신부*****는 도살 신부, 노병(war horse)은 도살병, 전쟁범죄는 (지나치게 설명적인가 싶지만) 도살범죄. 게다가 이건 순전히 개인적인 문제인데, 나도 전쟁 작가로 불리느라 부득불 불평할 일이 없을 것이다. 이제부터 나는 도살 작가, 아니면 적어도 도살과 도살꾼들에 관한 이야길 쓰는 일반 작가로 알려질 것이다. 내 전우(war buddy)들은 도살우들이 될 것이고 전쟁 훈장은 도살 훈장이 될 것이며 내 전쟁소설은 (몹시 마음이 쓰리지만) 도살소설이 될 것이다.

허튼소리 않는 무뚝뚝한 언어의 중요성을 아는 우리의 장성들과 장군들에게 삽을 삽이라 부르고 전쟁을 도살이라 부르는 건 틀림없이 반가운 안도감을 안겨줄 것이다. 전장은 아동을 포함하는 도살의 장이 될 것이다. 미 육군 대학원(US Army War College)은 저희 주 교과의 제목을 기꺼운 마음과 군인다운 자부심을 담아 '아동을 포함하는 도살의 이론과 그 전략'으로 바꿀 것이다. 침례교 찬가들 중에선 발견되지 않는 제목인 "해병대 찬가(Marines' Hymn)"도 해병대가 몇 세기에 걸쳐 훈련받아온 대로 차후엔 정곡을 찌르리라. 찬가는 무슨, 망할 놈의 것. 겨우 노래 하나일 수도 있지만 그건 셈페르피******의 노래고, 따라서 그 부대는 "싸우다"와 "싸웠다"와 "봉사하

---

* 『전쟁과 평화』를 염두에 둔 농담.

** 『우주 전쟁』을 염두에 둔 농담.

*** 원래는 "테러와의 전쟁".

**** 미국 남북전쟁을 가리킴. 애초에 노예제 폐지 등 인권 제고가 명분이었으므로 "도살"이라는 말과 모순된다는 뜻.

***** war bride. 파병을 온 군인과 결혼한 현지 신부.

다"와 "수호하다" 같은 감상적이고 핏기 없는 노랫말을 빼고 그 대신 저희가 받드는 "악! 사람을 죽이자! 애들도!"를 아주 신나서 집어넣을 것이다.(해병대는 가젤이나 무당벌레가 아니라 사람을 죽이도록 길들여져 있다.) 그랜트, 셔먼, 패튼, 퍼싱, 맥아더, 로멜, 브래들리, 르메이의 서간집도 한마음으로 투명하고 명료하게 철저한 검토를 필요로 할 것이다. 현실도피자들에게 "전쟁은 지옥이다"라는 말은 별것 아닐지 몰라도 "도살은 지옥이다"라는 말은 우리라는 진보한 생물 종을 포용하도록 먹이사슬을 확대할 텐데, 이 생물 종에는 도살자들과 도살당할 만큼 보잘것없는 자들이 모두 포함되어 있다. 아울러 정밀 모래분사로 지우고 수정한 로버트 E. 리 장군의 격언은 애틀랜타에서 리치먼드에 이르는 기념물들 속에서 누대에 걸쳐 이렇게 전할 것이다. "도살이 저토록 끔찍해서 다행이다, 그렇지 않았다면 우리는 그것에 지나친 호감을 가졌을 것이다."(이 예문에서 말하는 호감이란 현장에서 반 마일 떨어진 거리와 쌍안경이 좋은 궁합으로 이끌어낸 결과랄 수 있다. 어쨌거나 우습긴 하다.)

내 제안에 따른 당연한 결과로 — 머잖아 도살부로 다시 명명될 — 미 국방부는 전 인원에게 완전히 투명하고 새로운 계급을 부여할 것이다. 예를 들어 말단 병은 초보 도살자가 될 것이다. 중위는 중간 도살자라는 계급의 급여 등급, 비금전적 혜택을 즐기게 될 것이고, 육군 장성은 이 시점부로 책임 도살자 역할을 맡아 슈퍼파워 도살 전문가로 거듭날 것이다. 아니면 그와 동등한 자격을 갖춘 무엇으로.

****** Semper Fi 또는 Semper Fidelis. '언제나 충성'이라는 뜻의 미 해병대 표어.

아울러 거룩한 고대인들을 간과하지 말자—여호수아 일행과 마크 안토니* 일행과 샤를마뉴 일행이 이룩한 도살의 역사를. 그들도 내 제안의 수혜자들 사이에 낄 것이다. 페리클레스는 추도사**에서 훨씬 대담하고 총명한 울림으로 "우리 도시는 평화로나 도살로나 똑같이 존경스럽다"라고 열변을 토하는데, 과연 시대를 넘어 울려 퍼질 덕목으로 도살보다 분명한 것이 또 있을까? 마찬가지로 플라톤의 지혜도 여느 염치없는 최신 대체품에 전혀 꿀리지 않는다. "죽은 자들만이 도살의 끝을 보았다"라는 말은 원래의 아우라를 잃기는커녕 현대의 멋지고 섹시한 생기를 띤다. 아퀴나스도 그렇다. 아리스토텔레스도 그렇다. 소포클레스도 그렇다. 살육을 뭐 하러 비밀로 하지? 어쨌거나 우리가 죽이는 게 머펫은 아닌데. 우리가 죽이는 건 사람이다, 안 그런가? 그러니 폴 라이언***과 힐러리 클린턴의 초당파적 호소에 귀를 기울이자—투명성!

마약단속국(DEA)이 더욱더 가열하게 마약에 대한 도살을 벌이는 모습을 떠올려보라.

빈둥빈둥하는 나태함의 문제를 최종적으로 풀어가는 가난에 대한 도살****도 떠올려보라.

---

* 로마 공화국의 장군 마르쿠스 안토니우스의 영어식 이름.

** 페리클레스가 펠로폰네소스전쟁에서 죽은 아테네 젊은이들을 추도하는 글로 명문 중의 명문으로 꼽힌다.

*** Paul Ryan. 미국 공화당 소장파 정치인으로 하원 의장을 지낸 인물.

나아가—인정하라—카를 폰 클라우제비츠가 쓴 무거운 산문의 제목을 『아동 포함 도살론』*으로 상큼하게 바꾼 뒤 수백만 부가 불티나게 팔려나가는 상상을 하면 가슴이 설렌다. 거기에 소름 끼치는 도판들을 넣되 게르만족 특유의 말버릇을 책에서 제거하면 커피테이블 서적계의 걸작을 만나게 된다.

인정한다, 모르긴 몰라도 상아탑에 갇힌 몇몇 순수주의자는 내가 제안하는 윌리엄 셰익스피어 전집 개정에 반발할 것이다. 그 시인의 비참할 만큼 완곡하고 줏대 없는 책임 회피는 너무나도 많아서 일일이 언급을 못 할 정도지만 예시 삼아 수정안 몇 개를 여기에 인용한다. "도살의 참화" "벌겋게 눈이 뒤집힌 매캐한 도살의 시녀" "한 번만 더 (아동을 포함하는) 도살을 시도해보자, 나의 아끼는 도살자들이여, 한 번만 더".**

셰익스피어의 행마다 죽어가는 심장박동, 우리는 그것을 인간의 죽어가는 심장박동으로 되살려낸다. 우리의 말이 뜻한 바와 다르다면 뭐 하러 말을 할까? 반대로, 우리가 도살을 겉멋 든 직유법으로 위장해 숨겨야 한다면, 그리고 도살을 의지박약한 서정성의 무덤에 매장해야 한다면 뭐 하러 도살을 할까? 수줍어할 이유가 전혀 없다. 무안해하는 저 시인을 포함해 우리 하나하나가 가식을 벗고, 도살의 핵심을 파괴하려 드는 저들 앞에 알몸으로 나서자.

신의가 떨어진 셰익스피어의 희곡을 재단장하자는 데 그치지 않는 내 제안은 경전의 반열에 오른 여타 연극, 역사, 철학, 종교, 소설, 시, 영화 작품들도 만족스러운 언어 수술을 받도록 즉시 해당 사

**** 원래는 "가난과의 전쟁".

무실로 옮겨지길 촉구한다. 긴말할 것 없이 확실하되 아직 미완인 목록을 나열하자면 이렇다.

『문명 이야기』(전 11권)

『브리태니커 백과사전』

『웹스터 새 국제 사전 제3판』

『바가바드기타』

『일리아드』와 『오디세이』 부분

『베어울프』

『로마제국 쇠망사』(철저히 삭제되긴 했으나 완전판)

『구약성경』과 『신약성경』 대부분

〈라이언 일병 구하기〉

『요제프 괴벨스 연설집』

『나폴레옹전쟁 때의 대포: 간결한 사전』

『두 도시 이야기』

〈춤추는 뉴욕〉***

〈닻을 올리고〉****

기타 등등.

---

* 원래는 『전쟁론』.

** 이 문구들은 순서대로 셰익스피어의 『줄리어스 시저』 『헨리 4세』 『헨리 5세』에 나오는 문구를 변형한 것으로 셰익스피어의 원문은 각각 "the dogs of war" "the fire-eyed maid of smoky war" "Once more unto the breach, dear friends, once more".

*** On the Town. 진 켈리, 프랭크 시나트라 주연의 1949년작 뮤지컬 영화.

**** Anchors Aweigh. 진 켈리, 프랭크 시나트라 주연의 1945년작 뮤지컬 영화.

내 제안으로 다락부터 지하실까지 단장을 마치기만 하면 문화의 저 대들보들도 더없을 솔직함, 더없을 해방감, 더없을 투명함이라는 찬란한 보상을 받을 것이다. 바다에서 바다, 목자에서 성자, 랍비에서 이맘*에 이르는 모두가 무자극에다 관념적이고 색깔 없는 완곡한 표현인 "전쟁"에서 해방돼 위안을 찾을 것이다. 내 제안으로 자유의 몸이 된 성직자들은 이제 연단에서 우리의 흥분되는 재번역판 전도서를 낭독할 것이다. "사랑할 때와 미워할 때, 아동을 포함하는 살인을 할 때와 아동을 포함하는 살인을 하지 않을 때." 신성한 헛주먹을 뭐 하러 날리나? 비위 약한 신자들 눈치를 뭐 하러 보고? 주님 당신께서도 사울더러 아말렉 사람들을 공격하라, "남자와 여자, 어린이와 젖먹이를 죽음에 이르게 하라" 명하지 않으셨던가? 전능하신 하느님께서 광포한 아동 살인을 저지를 수 있으시다는데 어찌 그분의 본보기를 장로파와 루터파 교도들에게 전할, 그리고 공정하게, 불만 많은 수니파 이슬람교도들에게도 전할 유용한 지침으로 받아들이지 않을 수 있을까? 『민수기』 제31장 제3절이 다음과 같았다면 상당한 시적 매력을 뿜지 않았을까? "아동을 포함하는 도살을 하러 이스라엘의 모든 지파에서 사람을 모으라 하시어." 내 제안이 예상되는 수순을 밟는다면 — 그러지 못 할 이유가 있을까? — 머잖아 현대의 민중 십자군을 이끄는 건 은둔자 피터의 열렬한 후계자들, 즉 성지로 가는 길을 훌쩍 넘어 카불로 북진하고 수단으로 서진하고 이름도 형편없는 태평양으로 동진하는, 그러고 나서 온갖 뜨뜻미지근한 완곡 표현이 한심한 절정에 이르렀던 스트랫퍼드어폰에이번**의 작은 초가집들을 향해 서진하며 도살을 일삼는 완고한 도살자 무리일 것이다.

아울러 벌겋게 눈이 뒤집혀 우리들 가운데 섞여 있는 직역주의자들의 할렐루야를—이 더없이 기쁜 일을—우리가 어찌 못 본 척하랴?

"아동을 포함하는 살인"을 직해주의로써 엄밀하게, 그 말 그대로 찬양하느라 언성 높일 사람들이 그들 말고 또 누가 있을까? 거기엔 은유가 없다! 비유로써 회피하는 일도 없다! 문자가 문자 그대로를 뜻한다면, 직해주의가 선택적 편의주의보다 낫다면 머잖아 리버티 대학교***는 '아동을 포함하는 살인에 관한 연구 촉진 센터'가 들어설 830만 달러짜리 연구동 공사를 시작하게 될 것이다.

염치없는 얘기겠지만 내겐 아직 사람도 죽일 수 있는, 올곧음에 대한 불타오르는 믿음이 있으니 그 센터의 초대 명예박사가 한자리 주어지길 기대한다.

내 제안을 미세 조정 하려면 어떤 적지만 필수적인 언어 교열이 분명 필요할 것이다. 예를 들어 "전장(battlefield)"은 "도살장"한테 자리를 내주어야 한다. "전투의 함성(battle cry)"은 "도살의 함성"이 될 것이다. 7월 4일이면 우리는 마을 광장에 모여 〈공화국 도살가〉****라는 최루성 찬가를 부를 것이다. 그 정도의 손질은 대개 바로바로 처리할 수 있다. 몇 가지는 검열관의 새파란 펜*****을 거치는 연습

* imam. 이슬람 교단의 지도자를 일컫는 말.

** Stratford-upon-Avon. 셰익스피어의 출생지로 알려진 영국 마을.

*** Liberty University. 미국 버지니아주에 있는 기독교 계열 사립 대학교.

**** 원래는 남북전쟁 때 북군 애국가인 〈공화국 찬가The Battle Hymn of the Republic〉.

***** 미국에서 교열자는 주로 파란 펜으로 교열을 본다.

이 필요할 것이다. 그 좋은 예가 비범할 만큼 경제적인 글이긴 하지만 장황하고 비경제적인 땜질을 가했다면 더 득을 보았을 산문, 바로 게티즈버그연설이다. 어쨌든 간결함이 전부는 아니란 얘기다 — 위험 부담이 클 때만 아니면. 신중한 편집을 거친 다음의 문장들 앞에서 우리 조국의 공통 맥박은 언제나처럼 빨라질 것이다. "이제 우리는 거대한 시민 도살에 휩싸였습니다"라는 문장, "우리는 그 도살이 벌어진 거대한 도살장에 모였습니다"라는 문장, 그리고 수사학적으로 가슴이 두근거리는 다음의 고조되는 문장. "살았거나 죽었거나 여기서 도살을 저지른 용감한 도살자들은 우리의 미천한 능력으로는 더 보태고 뺄 것이 없을 만큼 이곳을 거룩한 곳으로 만들었습니다."

저 글 저자의 대리석 조각상이 우리의 마음처럼 감사함에 녹아내리리라. 정직한 에이브*가 아닌 한 에이브러햄 링컨은 아무것도 아닌 것이다.

마찬가지로 "봉사"라는 단어도 우리의 관심을 요구한다. 이제 참전 용사들은 "당신의 봉사에 감사합니다"라는 또 한 번의 진심 어린 인사를 받기보다는 "당신의 살인에 감사합니다"라는 문장 앞에서 자존심이 상해 얼굴이 붉어질 것이다. 혹시 아주 좋게 봐준다면, "살인을 하려는 당신의 노력에 감사합니다"라는 문장. 아울러 언어의 일관성을 견지하는 측면에서 "군인"이라는 단어도 좀 더 정확한 단어인 "도살인(또는 여도살인)"으로 대체되어야 한다는 데에는 두말할 나위가 없다. 안 될 게 뭐람? 치과 의사(또는 여의사)의 영업장을 "치아 스파"라 부르면 치과에 대한 두려움이 줄어드나? 물론 아니다. 그러니 예로부터 세월의 검증을 받으며 내려온 도살에 관한 한 마취

약에 잔뜩 취한 듯한 우리의 어휘는 떨쳐내는 게 어떨까? 우리는 치과를 자주 찾지 못할까 봐 두려운 걸까? 우리는 노골적인 것이 두려운 걸까? 우리는 부끄러운 걸까? 정확히 그 반대다. 우리는 자유를 위해 사람을 도살하고, 명예를 위해 사람을 도살하고, 민주주의를 위해 사람을 도살하고, 자기 삶의 방식과 더 낫고 더 부유하고 더 행복하고 더 창창한 내일을 위해 사람을 도살한다. 가슴을 쫙 펴자! 왜 별것도 아닌 일에 허리가 구부정해서는 외교관과 교섭자와 그 외 허약하고 비겁한 비도살자들이 쓰는 언어를 써가며 좀스럽게 구는가?

같은 맥락에서 말하는데, "병사"라는 용어도 사전에 새 바람이 불길 절실히 요구하고 있다. 미군과 재향군인 관리국은 "병사"라는 단어를 "용사"로 대체해 최근 "상이용사"라는 명칭을 채택하는 등 이미 그 목적을 향해 순항 중이다. 하지만 애국심이 내림세를 겪는 건 이 극존칭이 결국엔 문제를 야기할 수도 있기 때문인데, 어떤 문제인가 하면 우리 미국의 이름난 공정함이 부상당한 ISIS 부대며 알카에다 부대를 부를 때에도 똑같은 동정적 수사로 예를 갖춰 부르도록 강요할지 모른다는 것이다. 그럴 일은 없을 것이다. 텁수염 난 지하디스트를 상이용사로 불러야 마음이 후련한 건 테러리스트 겸 반역자뿐이기 때문이다. 그러니 어떤 종류든 군대를 언급할 땐 더 정확한 묘사를 위해 "도살자"라는 말을 사용하자고 제안해도 괜찮지 않나 싶다. 이리하여 교회 얘기로 다시 돌아가서, 우리는 "가거라, 기독교의 도살자들아" 하고 힘차게 노래할 것이다. 피터도 폴도 메리도 "도살자들이 만물을 노리네" 하고 노래할 것이다.(다시 말하지만 도살의 목

* Honest Abe. 에이브러햄 링컨의 애칭.

표는 **사람**이지 금붕어가 아니다.) 같은 맥락에서 보자면, 이어서 나올 윈스턴 처칠의 명연설이 불러온 대담하고 고무적인 결과 때문에 내 제안에서 "싸우다"라는 단어는 약간의 개량을 겪을 것이다. "우리는 해변에서도 살인할 것이고 상륙지에서도 살인할 것이고 들이며 길거리에서도 살인할 것이고 산에서도 아동을 포함하는 살인을 할 것입니다. 우리는 절대로 굴복하지 않을 겁니다." 암만 무디고 무관심한 시민이라도 어찌 무기를 들지 않을 수 있을까?

무기— 여전히 소독된 용어로서 현대화가 절실히 필요함.

그 밖에: **무력, 투쟁, 항쟁, 전투, 급습, 중재, 적대 행위, 군사적 수단, 갈등, 치안 활동.**

내 제안을 신속히 채택한다면 특히나 스포캔* 경찰국 같은 곳은 큰 비용이 드는 전 세계 치안 임무와 그 부담을 없앤 데 대해 내게 큰 빚을 지게 될 것이다. 뉴스캐스터들도 훈훈하고 완곡한 표현에 화답할 훈훈하고 완곡한 표현을 찾느라 더는 귀한 시간을 허비하지 않아도 된다. 저기 미국재향군인회(American Legion) 회관에서는 늙은 구닥다리들이 전쟁 얘기나 적대 행위 얘기나 중재 얘기나 급습 얘기를 나눌 일이 더는 없을 것이다. 그들은 도살에 관한 허풍이나 질리게 늘어놓을 것이다. 출석 확인이 진행되고, 깃발이 게양되고, 그러고 나선 도살 중에 스러져간 동료들에게 경례를 날리는 퇴역 도살자들의 눈가에 촉촉한 눈물이 고이리라. 조국의 수도에선 강철 같은 눈빛의 대통령이 무명 도살자의 묘지에 헌화를 할 것이다. 케이맨제도에선 시어서커 소재의 양복을 입은 무기 상인이— 이젠 도살 상인이다— 참신한 계획으로 도살 사업에 착수할 것이다. 캘리포니아에서 델라웨어에 이르는 회의실들에선 '<포천Fortune> 선정 500

대 기업'에 속한 무기 제조업체들이 — 이젠 도살 제조업체다 — 도살 수익의 꾸준한 상승세를 기념해 퐁 하고 코르크 마개를 딸 것이다. 인정한다, "무기(arms)"라는 용어는 변형이 많아 — 군대(armed forces), 육군(army), 장갑(armor), 무기고(armory), 군비(armament) — 뿌리를 뽑으려면 시간이 걸리는데, 하지만 호전적이고 배은망덕한 노먼 메일러가 아니고서야 누가 『밤의 도살자들』**을 재출간하는 데 반기를 들 수 있을까? 헤밍웨이학회가 아니고서야 누가 감히 『아동을 포함하는 도살이여 잘 있거라』의 — 심지어 매서울 정도로 — 혀끝에 맴도는 감미로움을 부정할 수 있을까? 제정신인 사람이라면 도살이 대대적으로 재개됨에 따라 미합중국 도살사관학교가 더욱 충실한 인력 풀을 유치할 거라는 데 의심을 품을 수 있을까? 제모들이 창공에 휘날리고 부모들은 웃음을 발산할 것이다. 노골적인 도살의 황금시대는 빠르게 또 분명히 밝아온다.

궁지에 몰려 저항을 한다곤 해도 투명한 언어의 진가를 알아보지 못하는 건 대체로 머리를 모래에 처박고 사는, 명료함은 적이다 외치며 불투명성 속에서 결사 항전 중인 소수뿐일 것이다. 아마도 술에 얼큰히 취한 해외참전용사협회 회원 몇 명은 내 제안의 저변에 깔린 의도에 의문을 제기할 텐데, 하지만 얼마 못 가 그들도 종이 냅킨에 인쇄된 매력적이고 균형 잡힌 새 활자들이 좋아질 것이다. 즉 해외도살자협회 퇴역 도살자(Ex-People-Killers of Foreign People-Killings). 여하튼 지금으로선 터스컬루사에서 열릴 EPKFPK의 연례

* Spokane. 미국 워싱턴주 동부 도시.

** 원래는 노먼 메일러의 『밤의 군대들The Armies of the Night』.

총회에서 내가 골자를 전달할 수 있길 고대한다. 내 도살복은—이전엔 A급 제복이라 불렸다—이미 드라이클리닝을 맡겨서 다린 뒤 양복 주머니에 잘 넣어두었다. 우레와 같은 기립 박수가 쏟아지길 염치없이 기대해본다.

48

황금 바이킹

2017년 3월 12일, 정신이상에서 막 깨어났다. 대략 한 달 전에 나는 독감 진단을 받았고 그것이 진단에 없던 폐렴으로 발전했는데 머잖아 그것은 지금까지도 간밤의 소고기 찜처럼 실감 나게 느껴지는 환각성의 꿈같은 정경으로 나를 데려갔다. 나는 죽을 먹고 수면을 취하라는 지시를 받은 참이었다. 나는 지시를 따라 정말이지 한 번도 안 깨고 며칠을 내리 잤는데, 그러다 2월 중순 어느 일요일 오후 메러디스랑 티미랑 태드가 중학교 농구 시합에서 돌아오는 소리에 살며시 깨어 비몽사몽이었던 것 같다.

티미가 거실에 있는 내 환자용 소파 옆을 지나갈 때 나는 음식이 왔느냐고 물었다.

"무슨 음식?" 티미는 물었다.

"네가 주문한 거."

"나 주문 안 했는데. 시합에서 방금 왔어."

"아니, 네가 주문하는 소릴 내가 들었다니까," 나는 단호하게 말했다. "주문하는 걸 보기도 했고."

티미는 당황하는 눈으로, 그러다 두려워하는 눈으로 나는 쳐다보았다. "아빠," 녀석은 말했다. "나 아무것도 주문 안 했어. 심지어 여기에 **없었어**."

이 말에 나는 기분이 나빠졌다. 나는 녀석에게 거짓말하지 말라고 말했다.

그 시점에 상황은 붕괴했다.

티미는 음식이 어디서 배달되느냐고 물었다. 나는 그것이 자동차 공장에서 컨베이어 벨트로 배달될 거라고 말했다.

나는 몇 초간 또 한 번 잠이 들었다.

그런 뒤에는 다른 방에서 말하듯 멀게 느껴지는 티미의 소리가 들렸는데 녀석은 자동차 공장에선 음식을 배달하지 않는다, 그 컨베이어 벨트는 햄버거랑 감자튀김을 마을 어느 가정에도 가져다주지 않는다 설명하고 있었다. 나는 또 한 번 정신이 나갔다. 그러고 나서 보니 — 몇 분의 1초쯤 지났을까 — 어느새 메러디스는 나를 설득하느라 애쓰고 있었고 티미는 울고 있었는데, 그러자 잠시 — 맞아, 나 아팠지 하는 — 선명한 생각이 번쩍 들다가도 내 귀에는 나 자신, 내 다른 자아, 화가 난, 진짜로 성질이 난 자아가 난 안 미쳤어, 티미가 음식 주문하는 소릴 들었다고, 녀석이 통화하는 걸 봤다니까, 그 특정 자동차 공장은 음식을 배달한다고, 우리 집 현관 앞까지 깔린 진짜 컨베이어 벨트를 내가 봤단 말이야 하고 말하는 소리가 들렸다. 나는 또 한 번 잠이 들었다. 그리고 다시 깼다. 티미는 아직도 울고 있었다. 메러디스는 물통을 들고 나를 굽어보았다. 그것은 내게 독감이었지만 메러디스에게는, 그리고 특히나 티미에게는 (나로선 훨씬 나중에야 알았지만) 말 못 할 무력함이고 두려움이었다.

"전부 꿈이라고," 메러디스는 거듭 말했는데 그 말에 나는 화가 머리끝까지 치밀었다.

내 가족이 전부 제정신이 아니란 생각이 들었다.

그러고 나서 그날 해가 질 무렵 또 한 번 잠이 깬 나는 티미가 수백 마일 밖에서 보듯이 나를 뚫어지게 쳐다보는 모습을 발견했다. 농구 시합은 어떻게 끝났느냐고 나는 물었다. 황금 바이킹이 거기 왔었느냐고 물었다.

아들의 눈은 흔들렸다.

"황금 바이킹이 뭔데?" 녀석은 물었다.

"그 사람 못 봤어?"

"보다니 누굴?"

그 뒤 한 달이 지난 지금 내 머릿속은 완전히 뒤죽박죽이지만 황금 바이킹은 당시엔 실제로 존재하는 사람이었고 이 말을 타이핑하는 지금도 그때처럼 진짜 같다. 그 사람 사진을 온라인에서 봤어. 북유럽계 대학원생이었어. 상대편 학교 8학년 농구팀에서 센터였지. 키가 6피트 5인치(약 195센티미터)였어. 머리는 황금색 금발이었고. 이름은 라스. 머리 꼭대기에 한 쌍의 바이킹 뿔이 달린 투구랑 무거운 사슬 갑옷을 걸치고 있었지. 시합 시간이 되니까 천장에 달린 줄 같은 걸 타고 농구장 바닥에 내려오더라. 농구의 마술사였어. 아무도 막을 수가 없었어. 너도 꼭 봤어야 하는데.

"바이킹은 하나도 없었어," 티미는 말했다.

"바이킹바라기들은?"

"누구?"

"치어리더 말이야. 바이킹 투구를 쓴 사람들."

"그런 것도 못 봤어," 티미는 말했다. "내 생각에는 —— "

"바이킹선은?"

티미는 입술을 적셨다. 녀석은 이제 나를 보고 있지 않았다. "농구 시합에 배가 나온다고?"

"야외 관람석 위쪽에서," 나는 말했다.

나는 거기서 멈추지 않았다. 그 밖에도 나는 바이킹 양식에 관한 여러 세세한 질문을 티미에게 던졌는데 질문들 하나하나는 —— 나한테는 —— 당장 눈앞의 일처럼 지독히도 선명했다. 하지만 티미한테 그것은 정신이상이 분명한 아버지를 어떡하지 하는 민감하고 겁나는 문제였다.

그날 밤 티미는 제 어머니와 잤다. 녀석은 나를 무서워했다.

다음 날 정오께 나는 의사 친구의 치료를 받은 뒤 응급실로 옮겨졌고 그 뒤 몇 분 지나지 않아 어느새 폐렴 환자로 입원해 있었다. 내 백혈구는 정상 수치 밖이었다. 탈수증이었다. 빈혈이었다. 예-아니요 질문에 답하기도 어려웠다. 뇌가 돼지비계처럼 느껴졌다. 콩팥과 간과 췌장과 소화기계통은 휴업 중이었다. 그때의 기억은 극히 적지만 탁하고 질척거리는 전염원이 내 흉강을 기관에서 기관으로 출렁출렁 쏠려 다니던 기억만은 또렷이 나는데, 돌이켜보건대 그 시멘트 믹서 같은 느낌은 허구가 아니었다는 강한 확신이 든다. 나는 틀림없이 죽어가고 있었다.

무서웠던 기억은 없다. 너무 아파서 얼마나 아픈지도 몰랐다. 사실 어떤 감정이 얼마나 있었는지는 몰라도 그것은 내 안팎에서 벌어지는 기이한 일들에 대한 일종의 넋 나간 호기심, 경탄, 경건하다고

까지 할 매혹에 버금갔다. 입원 후 첫 며칠 밤 동안 똑같이 생긴 아시아계 간호사 두 명이 툭하면 내 침대를 찾아와 칠흑 같은 어둠 속을 말 한 마디 없이 서성대면서 정맥이 발견될 때까지 내 팔뚝을 둘이서 교대로 찔렀다. 그들은 서툴렀다. 그들은 돌처럼 말이 없었다. 그들은 인정사정없었다. 그들에겐 연민의 능력이 없었다. 말을 못하는 데다 근시인 이 쌍둥이는 어쩌면 내 상상의 산물 내지 극심한 질병의 산물이었는지 모르지만 그 병원의 어둠 속에서 내가 보기엔 태드와 티미처럼, 황금 바이킹처럼, 우리 집 현관까지 컨베이어 벨트를 타고 배달되는 자동차 공장의 햄버거처럼 진짜 같았다.

한 달이 지났다.

나는 아직도 기력이 없고 잠도 여전히 많지만 최악의 상황은 끝났다. 현재로는.

퇴원 후 여러 날을 보내면서 나는 환각이 고열, 탈수, 극도의 피로, 콩팥 질환, 그러니까 폐렴을 일으킨 모든 것의 결과일 수 있다는 걸 알게 되었다. 아울러 나는 환각이 흔히 죽음의 개시보다 앞선다는, 어쩌면 죽음을 예견한다는 것도 알게 되었다. 우리 몸이 다가올 소멸에 대한 공포로부터 우리를 일부나마 지켜주느라 현실을 대체 현실로 바꿔준다는, 황금 바이킹과 자동차 공장 햄버거를 보내 구조해준다는 사실을 아니 위로가 되는 듯하다. 환각이 그 일을 편하게 만들어주는 것이다.(다시 말하지만 무서웠던 기억이 조금도 없다.) 어쩌면 괴짜 같은 이론이겠지만, 그래도 병치레의 여파로 나는 우리가 광기라고 부르는 것이 자기가 죽을 걸 아는 인간의 의식에 대한 생물학적 반응이 아닐까, 우리가 아는 걸 모르게 하는 방식이 아닐까, 무와 영겁과 견딜 수 없는 종결성이라는 망령에 대한 방어가 아닐까 하는 생각이 자주 들었다.

거기서 더 나아가 심지어 나는 지금 특이하게도 지난 한 달을 골프 마지막 홀에 대비해 몇 바구니의 공을 때리면서 보낸 기분도 든다. 내겐 연습이 필요했다. 그게 도움이 되었으면 좋겠다. 일흔한 살 먹은 여느 신중한 아버지들처럼 나도—유서를 읊고 재산 분할 계획을 세우는 등—다른 여러 준비에 발을 담가왔는데 망상과의 작은 충돌은 준비된 평화와도 비슷한 느낌을 내게 남겼다. 이를테면 존 드라이든이 『스페인 수도사The Spanish Friar』에서 말하는 그런 평화. "미치는 것, / 거기엔 분명 기쁨이 있다, 다른 이는 몰라도 미치광이는 아는." 마찬가지로 그것은 잔인하고 불가해한 소멸을 마주한다는 점에서 윌리엄 블레이크가 『천국과 지옥의 결혼The Marriage of Heaven and Hell』을 통해 말하는 평화와도 같다. "나는 천재가 된 즐거움에 기뻐 지옥의 불길 속을 걷고 있었다. 천사에게는 고뇌와 광기로 보이는 모습으로."

내가 아는 대로라면 끝은 이런 모습일 것이다. 자비로운 안개가 어둠보다 먼저 나타날 것이다. 현실은 내게 호소할 새도 없이 사라질 것이다.

그리하여 지금 나는 최근의 사건으로 아직 멍하긴 하지만 그 모든 것이 더 나아지기 위한 발판이었다고 이해하고 있다. 적어도 그 시련은 베트남을 속성 과정으로 재교육해주었다—현관 앞에서 짖어대는 무의식의 야수들에게 또 만나서 반가워 하고 알은척하는 친근하고 꿈같은 교육. 전쟁 전부가 환각이었다—똑딱똑딱 불길한 초침 하나하나가—내 폐 안의 공기도, 속삭이는 듯하던 논도, 초목에서 똑똑 떨어지던 물방울 소리도, 죽은 이들의 얼굴을 비추던 햇빛도. 아울러 전투가 종료될 때면 살았다 하는 소름 돋는 감정이 번쩍 들었었는데 — 살아 있다는 기적, 살아 있다는 놀라움, 살아 있음이라는 과분하다 싶은 선물 — 퇴원 후 조용한 나날을 보낼 때 나를 다시 덮친 건 그 느낌이었다. 그렇다, 나도 살아 있고 세상도 살아 있지만 뒤집어서 보면 살아 있다는 건 컨베이어 벨트를 타고 오는 햄버거만큼이나 기이하고 불안불안하다. 정신이상의 세계에서 몇 주를 살고 보니 이른바 현실이라 불리는 일상 세계로 돌아오는 데 애를 먹고 있다. 초현실적이고 생소하다. 아버지 노릇도 미심쩍다. 중력도 미심쩍다. 아침 식사도 미심쩍다. 거울 속의 내 얼굴도 미심쩍다 — 내가 어째서 아직도 여기 있지? 여기가 어디지? 물리적인 장소가 맞나? 아니면 머릿속 장소일까? 나를 마주 보는 멍들고 눈도 퀭한 이 사람은 누구지? 받아들이기 어렵지만 때로는 티미와 태드와 메러디스조차 발열성 폐렴으로 인한 꿈에서 막 걸어 나온 듯한데 이는 마치 모두가 다른 우주에서 온 느낌, 혹은 황금 바이킹 라스가 예고도 없이 초인종을 울리곤 미트볼과 적포도주와 북유럽식 잡담이 있는 저녁 식사에 참석한 느낌 같다.

나는 아직 회복 중이다.

어젯밤 라스는 찾아오지 않았다. 우리가 지루했나 보다. 아마 다른 약속이 있을 것이다.

태드와 티미와 메러디스에 대해서는 한 시간 두 시간 지날수록 현실감이 든다. 나는 깨어 있는 세상에 차츰 복귀할수록 하나의 환상이 다른 환상으로 맞바꾸어지고 있다는 깨달음에 다소 슬퍼진다. 황금 바이킹은 불멸에 관한 익숙하고 오래된 환각으로, 그러니까 우리의 인생을 쭉쭉 나아가게 하는 환각, 우리의 온전한 정신을 지켜주는 환각, 우리를 칵테일파티며 브리지 토너먼트 게임에 가라고 부추기는 환각, 지금 존재하는 것이 언젠간 존재하지 않을 거라는 믿기지 않는 현실로부터 우리를 보호해주는 환각으로 대체되고 있다. 아무튼 무대 공포증을 떨치고 대사를 익히고 공연 첫날 밤의 연기를 다듬는 2주짜리 최종 리허설을 끝내니 마음은 놓인다.

49

티미와 태드와 아빠와 나 4

반세기 전 베트남에서 돌아온 나는 쌍둥이 도시에서 밥벌레 같은 일자리를 구하고, 몇 주 뒤 그만두고, 빈둥거리고, 아무렇지 않은 척을 하고, 아무렇지 않은 게 아님을 깨달은 뒤 마지막에는 북쪽으로 차를 몰아 슈피리어호에 있는 매들린섬*에서 시간을 보냈다. 나는 일행도 없이 모래톱에서 잤는데 그것은 내키지 않아도 불가피한 일 같았다. 나는 웬만해선 사람들과 말을 나누지 않았다. 밤이면 차에 앉아 맥주를 마시며 라디오를 들었다. 딱히 성가신 일은 없었고—공황 발작도 악몽도 없었다—전쟁도 비현실처럼 상상 안 될 만큼 멀게 느껴졌는데 마치 내가 지난 세월 슈피리어호의 이 멋진 섬에서 푹 잠들었다가 막 깨어난 기분이었다. 밤에는 어쩌다 한 번 불쾌한

---

* 슈피리어호(Lake Superior)는 미국 오대호 중 하나로 미국과 캐나다 국경에 걸쳐 있는 호수. 매들린섬(Madeline Island)은 그 남서쪽 귀퉁이에 자리한 섬.

이미지가 머릿속에 들어섰지만 그것도 다른 사람의 자산 혹은 역사의 자산 같은 느낌이었다. 예를 들어 시체를 떠올리면 바로 뒤엔 머릿속에서 두려움과 불신을 그린 몇 초짜리 단편영화가 돌아가는데 그 두려움과 불신 모두 소유자는 달 사나이인 것이다.

이럼에도 불구하고 나는 매들린섬이 대체로 만족스러웠다. 나는 작고 사람 구경하기 힘든 카페에서 신선한 생선을 먹었다. 나는 햇볕에 누워 여자 생각을 했다. 나는 몇 달 있으면 내 진로가 현실적으로 어떻게 될지, 매사추세츠의 대학원에 진학하게 될지 아니면 사우스다코타에서 옥수수 탈곡 작업을 하고 있을지 걱정되었다. 베트남은 안중에 없었다. 기억을 **못 해서**가 아니었다. 기억하지 **않으려 해서**가 아니었다. 기억이라는 활동 **자체**가 없었다. 밤이 되면 나는 슈피리어호 모래톱에다 얕은 참호를 파고 침낭에 기어들어 얼른 깊은 잠에 들었다.

일흔한 살인 지금도 나는 매일 밤 참호를 판다. 내가 참호 하난 그럭저럭 잘 판다. 수십 년을 그래왔다. 불이 꺼지면 나는 상상 속에서 내 침대를 대지 안의 얕은 구멍으로 옮긴다. 나는 철조망을 치고 기관총을 장착하고 클레이모어와 조명지뢰를 꺼내고 청음초를 설치하고 개인 화기를 장전하고 방어선을 따라 얼마간 걷고 내 철모와 방탄조끼가 근처에 있는지 확인한 다음 편한 마음으로 가상의 취침용 참호에 들어가 마침내 잠을 이룬다. 어떤 사람들은 밤이면 문을 잠근다. 나는 머릿속으로 문을 잠근다.

어니스트 헤밍웨이의 「거대한 투하티드강Big Two-Hearted River」 제1부에서 참전 용사인 닉 애덤스는 다가오는 어둠에 대비해 비슷한 의식을 치른다.

> 벌써부터 신비롭고 아늑한 기분이 들었다. 텐트 안을 기어 다니자 닉은 행복했다. 내내 불행하기만 했던 건 아니었다. 하지만 이건 달랐다. 이제 다 끝이었다. 내내 이 일이 기다리고 있었다. 이제는 끝이었다. 고된 여행이었다. 그는 매우 지친 상태였다. 그 일은 끝났다. 그는 방금 저만의 숙영지를 완성했다. 그는 자리를 잡았다. 그를 건드릴 건 아무것도 없었다.

헤밍웨이의 닉 애덤스처럼 나도 불행하지 않다. 베트남 생각이 많이 들진 않는다. 그렇긴 해도 과거의 압박, 정체불명에 출처 불명인 압박, 즉 무게가 없는, 색조가 없는, 단조로운 소리로 낮게 속삭이는, 기억이 안 나는 기억은 늘 있다. 헤밍웨이의 훌륭한 이야기 속에서 전쟁에 관한 구체적 언급이 없는 건 그게 보통은 문학적 장치이기 때문이다—생략의 힘을 보여주는 하나의 예시다. 나도 그걸로 다툴 마음은 없다. 하지만 이 경우 생략이 문학적 전략이기만 한 건 아니다. 그것은 전쟁의 해악과 위험이 기억으로 소환되지 않는 때에도, 특정한 사건이나 이미지와 결부되지 않는 때에도 현재형으로 남아 있다는 섬세하고 강력한 표현이기도 하다. 악은 얼굴이 없다. 위험은 어디에나 있다. 나도 그렇고 닉 애덤스도 그렇고 잠을 자려면 불면증의 항복이, 즉 아무도 널 못 건드려 하는 느낌이 필요하다. 물론 현실에서는 캔버스 천 쪼가리나 상상 속의 참호가 진짜 안전이라고 할 만한 걸 제공하지 않는다. 하지만 전역 군인이 찾는 건 현실적인 안전 혹은 진짜 안전이 아니다. 군인이 찾는 건 불가피한 환상, 안전하다는 "신비롭고 아늑한" 망상으로, 그것은 우리가 자연의 법칙에 맞서 집을 짓고 보안장치를 설치하고 비타민을 복용하고 교회에 다니고 밤에 성을 쌓는 것과 다를 바 없는 일이다. 출생은 사형선고다. 우리는 이를 알면서도 알고 싶어 하질 않는다.

에리히 마리아 레마르크는 자신의 소설 『리스본의 밤』에서 이렇게 쓴다. "어찌하여 죽음은 우리가 지쳤을 때조차, 우리가 영겁에 대한 망상을 유지하려 애쓰는 그 한 시간조차 가만두질 못하고 그 손으로 우릴 자꾸만 잡아끄는가?"

한번 환상이 깨지면 사람은 조심스러워진다. 동굴, 참호, 요새, 비상계단, 안전벨트, 아무도 널 못 건드려 텐트 — 이것들은 모두 세월과 죽음의 공격으로 지워진다. 전투를 본 적이 있는 사람은, 암 병동에서 시간을 보내봤거나 죽어가는 아이의 침대 곁을 지켜본 사람처럼, 영겁에 대한 망상을 유지하려면 늦은 밤중에 부지런히 관리를 해줘야 하므로, 나는 베트남에서 돌아온 지 46년이 지난 지금도 매일 밤 그 망상 속에서 철조망을 수선한 다음 나의 작고 안쓰러운 취침용 참호를 보수한다.

|

어제 아침 티미가 나더러 뭘 쓰고 있느냐고 물었다. 나는 전쟁 후 집에 돌아오던 얘길 쓰고 있다고 말했다. 아들은 웃음을 터뜨리더니 말했다. "돌아온 적 **한 번도** 없었으면서."

일리 있는 말이다. 나의 어떤 본질적인 부분은 아직도 어리고 겁에 질린 채로, 내 주눅 든 도덕심에 여전히 경악한 채로 꽝응아이성에 남아 있다. 늙어봐야 소용이 없다.

이 70년 세월을 살면서 나를 찾아온 이상하고 씁쓸한 아이러니 가운데 하나는 혹시라도 내가 기억된다면 전쟁에 대한 내 혐오에도 불구하고, 전쟁에서 내가 저지른 어리석음에도 불구하고, 그리고 어느 모로 봐도 내가 1964년 8월부터 1975년 5월까지 베트남에서 근무한 260만 명의 미국 인력을 대표하는 대변인 또는 "목소리"가 아니란 사실에도 불구하고 내가 전쟁 작가로서 기억되리라는 확신이 든다는 것이다. 여러 베트남 참전 용사들의 눈에—다수의 눈에—나는 열외자다. 나는 어울리지도 못 하고 어울린 적도 없다. 내가 아는 한 베트남에서 싸웠던 사람들 대부분은 저희의 봉사를 자랑스러워한다. 나는 아니다. 그들은 일반적으로 저희의 명분이 정당하다고 믿는다. 나는 아니다. 그 일을 또 하라면 많은 사람이 할 것이다. 나는 아니다. 상당수는 스스로를 희생자로 본다—정치인들에게, 할리우드에, 〈램파츠〉*지에, 우유부단하고 의지가 박약한 시민들에게, 실패한 전쟁에 대한 책임을 저희에게 묻는 상아탑 안의 바보천치들에게 배신을 당한. 나는 그렇게 느끼지 않는다. 그랬던 적도 없다. 내 전우 몇 명을 포함해 수많은 베트남 참전 용사들은 전쟁에서 돌아오니 사람들이 자기한테 침을 뱉더라고 주장한다. 나는 그런 주장을 하지 않는다.(침을 맞아본 적이 없다.) 많은 사람이 색종이 휘날리는 퍼레이드를 받고 싶어 했다. 나는 아니었다. 나는 집에 돌아가고 싶었다. 나랑 같이 복무한 상당수는—아마 대다수는—그때나 지금이나 반전 활동을 반역에 버금가는 비애국적인 짓

* Ramparts. 1962년부터 1975년까지 발행된 정치 및 문학 잡지로 신좌파 운동에 관여.

으로 본다. 나는 아니다. 많은 이가 믿기에 베트남에서의 미국 전쟁이 패배한 건 미합중국 탓이 아니라 좌파 언론사들, 은혜도 모르는 시위자들, 제인 폰다와 제리 루빈과 대니얼 엘즈버그, 지식인들, 히피들, 유진 매카시, 남베트남군, 줏대 없는 공무원들, 퀘이커 교도들과 대학교수들과 NAACP와 소집영장 소각자들과 시카고 7인과 꽃을 든 아이들과 1969년 당시 샌프란시스코의 거의 모든 인구 탓이었다.* 사실 내가 알기로 내 동료 참전 용사 상당수는 적어도 군사적인 의미에선 미합중국이 그 전쟁에서 결코 지지 않았다고 믿는다. 많은 이가 굳게 믿는바 만약 미국의 엄청나게 우수한 화력이 원 없이 투입되었더라면 그 전쟁은 이길 수 있었고 이겨야 마땅했다. 나는 이를 믿지 않는다. 인정한다, 베트남 참전 용사들은 온갖 인간의 집합이고 그 인원수만큼 의견도 다양하지만 그들에게 나는 좌익, 골칫덩이, 깍두기, 어떤 요행수로 우연히 진짜 군인들, 용감무쌍한 신봉자들과 함께 논을 누비고 다닌 탕아로서 외따로 떨어져 있다. 나는 나약한 사람이다. 나는 좆같은(fucking) 평화 작가다.

|

추수감사절, 우리는 바하마에 있고 몇 분 전 태드는 내가 이 글을 붙들고 씨름 중인 호텔 발코니로 나와 어슬렁거렸다.

태드는 내 컴퓨터 화면을 가는눈으로 내려다보았다.

"f 단어는 쓰면 안 되지," 녀석은 단호하게 말했다.

"알았어. 삭제할게."

"지금 해, 깜빡하기 전에," 태드는 말했다. "누가 그거 **실제로** 읽으면 굉장한 곤란에 빠질걸."

나는 이미 곤란에 빠졌다고 녀석에게 말했다. 이미 컴퓨터 앞에서 힘든 아침을 보냈고 f 단어는 그중 사소한 문제라고 설명했다.

"그래서 문제가 뭔데?" 태드는 물었다.

"평소 같은 거야. 어떻게 풀어나갈지 고민하는 거."

"뭐에 관해서?"

"전쟁 작가라고 불리는 거에 관해서."

"그게 뭐 그리 끔찍하길래?"

"그거라면 아주 지긋지긋해. 아빤 전쟁이 싫어. 업다이크를 변두리 작가라고 부르진 않잖아. 콘래드도 해양 작가라고 부르지 않고."

"콘래드가 누군데?"

"조지프 콘래드가 누구냐면," 나는 말했다. "바다거북에 전문가인 유명한 해양 작가야. 신경 꺼."

"어, 알았어, 그럴게," 태드는 조용조용 말했다. "그런데 내 생각엔 아빠도 신경 꺼야 될 거 같아. 적어도 사람들이 **특별**하게는 부르잖아."

"네 말이 맞다," 나는 녀석에게 말했다. "누가 신경이나 쓰겠어?"

---

* 모두 반전운동이나 인권 등과 관련된 개인 또는 단체. NAACP는 National Association for the Advancement of Colored People(전미유색인종촉진동맹)의 약자, 시카고 7인은 영화 〈트라이얼 오브 더 시카고 7〉에서도 그려진, 반전운동으로 법정에 선 제리 루빈, 애비 호프먼 등의 운동가들을 가리키며 꽃을 든 아이들은 히피족을 달리 부르는 말. 그리고 샌프란시스코는 히피 문화의 본거지다.

녀석은 걱정되다 못해 뒤숭숭한 듯했다. 조금 뒤 녀석은 고개를 가로저었다.

"딱 보니 **아빠가** 신경 쓰는데 뭐," 녀석은 말했다. 녀석은 발코니 미닫이 유리문을 열고 실내에 들어가더니 고개만 쑥 내밀고 말했다. "사람들한테 f나 까라고 전해줄래?"

전쟁 작가, 더 좁게는 베트남 작가, 언제까지나 그럴 것이다. 다 내 잘못이다. 나는 아니라고 말할 수 있었다. 아니라고 말했어야 했다. 하지만 내 부고가 나한테 벌어졌던 최악의 일로 대부분 채워질 걸 아니 찔리는 마음도 든다.

기록을 위해, 내 아들 티미와 태드를 위해 지적해두자면 나의 내적인 삶도 외적인 삶도 극히 일부분만 베트남과 연관되어 있다. 가끔은 전쟁에 관한 백일몽을 꾸지만, 그리고 때론 밤꿈도 꾸지만, 그렇다 해도 나는 매 순간 만족을 아는 민간인으로서 세상을 살고 있다. 나는 자식들과 스크래블 게임을 한다. 나는 미네소타 바이킹스를 응원한다. 나는 크리스마스이브면 조개 수프를 즐기고, 라스베이거스에 가면 블랙잭 테이블에 앉아 내 집처럼 죽치고, 좋은 농담을 들으면 웃고, 욕실 거울 앞에선 날랜 속임수를 연습하고, 골프공도 열심히 때리고, 숙제도 감독하고, 여행도 많이 하고, 자식들의 농구 시합도 관전하고, 보통은 1969년의 암흑을 헤치고 나왔다는 데 깜짝 놀랄 기쁨을 느낀다. 나는 운이 좋다. 내 이름은 워싱턴 D.C. 벽에 새겨져 있지 않다. 나는 팔도 다리도 두 개씩 있다. 우리 엄마가 문을 열고 맞이한 사람은 군목도 아니었다.

수년에 걸쳐 전쟁으로서의 베트남과 기억으로서의 베트남은 모두 확실하던 것에서 형언할 수 없는 것으로, 지극히 현실적인 것에서 지극히 초현실적인 것으로, 뼛속 깊이 스며든 공포에서 일어난 일인지 아닌지 모를 뿌옇고 불확실한 것으로 옮겨 갔다. 불가능한 일처럼 보인다. 내가 어떻게 다리를 계속 움직였을까? 내가, 혹은 누구라도, 어떻게 그 공포와 죽음의 한복판에서 미치지 않았을까? 아니면 내가 **미쳤었나**? 아니면 **나 말고** 다들 미쳤었나? 아니면 살아남기 힘든 세상을 계속해서 살아나갈 유일한 수단으로서 부득이 우리 **모두**가 태어나는 순간부터 미치나?

노년에 접어든 얼마 전부터 나는 베트남뿐 아니라 이런저런 오만 것에 관해 질문을 해왔다. 전부 수증기 같다. 내 인생길에 우연히 일어났던 일은 이제 일어날 수 없었던 일만 같다.

|

돌아가시기 넉 달 전 아버지와 나는 노인주택에 딸린 현관의 커플 흔들의자에 앉아 몰래 들고 간 담배를 피우며 서로 꽤나 의좋게 굴었는데, 그러다 어느 시점에 나는 제2차 세계대전 때 받은 아버지의 훈장에 관해 질문을 던졌다. 서랍장에 있던 훈장 다 어디 갔어요? 아빠는 나를 올려다보고 말했다. "**무슨** 훈장?"

"양말 밑에 있던 거요," 나는 말했다. "다 없어졌던데요."

"훈장이라," 그는 속삭였다. "내가 전쟁에 다녀왔다고?"

나는 다녀오셨다고 분명히 말했다 — 이오지마, 오키나와.

시간이 좀 걸렸다. 아버지는 정신이 들었다 났다 하는, 그날그날 상태가 다른 노망을 겪고 있었지만 1, 2분쯤 지나자 낄낄거리곤 말했다. "이런, 그랬지. 해군이었어, 맞아. 하지만 그건 윌리 오브라이언이었잖아. 지금 난 빌 오브라이언이라고."

"좋은 지적이에요," 나는 말했다.

10분에서 15분 뒤 다른 이야길 하고 있는데 아버지가 느닷없이 콧방귀를 뀌고 말했다. "해군, 그 빌어먹을 가미카제 새끼들. 어리고 철딱서니 없는 것들이 배 타고 전쟁에 나갔다가 있잖니, 세상에서 제일 늙은 인간이 돼가지고 집에 돌아오는 거라니까 그게."

조금 뒤 그는 말했다. "늙는 게 마냥 끔찍하지는 않아. 미래가 없는데 뭔 걱정이 있겠어."

|

아버지가 돌아가신 지 몇 년이 지난 지금 내게 드는 생각은 인생에서 그때그때 최소한의 접근권만 주어지는 사건만큼 애타는 사건이 없다는 것이다. "내가 전쟁에 다녀왔다고?"라고 아버지는 말했는데 그 질문은 2017년 1월 31일 오전 4시 23분인 지금 다양한 수식과 정리로 내 머릿속을 어지럽힌다. 현실의 바로 그 현실성 때문에 현실은 맞춤옷 같기도 하고 헐렁한 옷 같기도 하다. 가령 50년 전의 무성한 관목에서 수류탄이 날아든다 — 진짜다, 진짜 수류탄이다 —

나는 논둑 뒤로 몸을 던져 눈을 질끈 감았다가 조금 뒤 다시 떠 50년 전의 그 쉭 소리 나는 진짜 수류탄을 힐끗 쳐다본다 — 헌트 토마토 페이스트 깡통 소짜보다 약간 큰 붉은색 원통형 깡통으로 만든 수제 수류탄, 그러고서 나는 좌우로 데굴데굴 구르다 수류탄에 등을 돌리고서 아이고 하느님 하고 빽 비명을 지른다 — 시끄럽지 않은 소리인 것만은 매우 분명하다(하지만 몇 초가 지난 지금 생각해보니 매우까진 아니고 어느 정도 분명하다), 그런 뒤에는 이해 못 할 말을 늘어놓았던 멍한 시간이 이어진다 — 다람쥐 얘기, 잡힌 물고기 얘기, 그러니까 세계 칠면조 수도에서 온 풋내기가 겁에 질려서 무의식중에 내뱉는 말 — 그러고서 수십 세기 같은 시간이 흐르고 수류탄이 터진다 — 시끄럽지 않은 소리인 것만은 매우 분명하다(하지만 매우까진 아니고 어느 정도 분명하다) — 펑 하는 소리인 것만은 매우 분명하다 — 하지만 벌어지고 있는 모든 일이 정말로 벌어지고 있다고 할 순 없는데, 왜냐하면 그것은 명백히 **벌어지고 있을 리 없는** 일이기 때문이다 — 왼손이 벌에 쏘인 느낌 — 배를 부여잡고 있는 클로슨이라는 애송이 — 누군가의 외침, 하지만 말소리가 아닌 외침, 도마뱀 같은 외침 — 또 한 번 벌에 쏘인 느낌 — 그러고 영겁이 스쳐 갈 때의 지퍼 여는 듯한 소리가 내 온 사방과 상공에서 난다 — 총알임이 매우 분명하다 — 그러고서 50년 가까운 세월이 지나 2017년 1월 31일 오전 5시 8분, 나는 담뱃불을 붙이고 숨을 내쉰 뒤 이 단락을 빤히 쳐다보며 생각하는데, 맙소사, 내가 전쟁에 다녀왔다고?

내 옛 전우 중 하나인 밥 울프가 최근 보낸 이메일 덕분에 나는 끝없이 겉돌고 끝없이 불확실해하고 끝없이 어쩌면을 떠올리게 되는 이 꿈같은 정경 속에 있는 게 나 혼자가 아님을 알게 되었다.

"난 내 역사를 잃어버렸어," 버디 울프는 적었다. "남베트남 공화국에서 1년을 지냈잖아, 그러고 가슴에 훈장을 잔뜩 달고서 떠나왔고, 그런데 기억이랄 게 없단 말이지. 이런, 친구들의 이름이랑 얼굴이랑 고향은 기억나, 하지만 사건은 떠오르질 않는다니까. 그래서 평소에 내가 질문이 많은가 봐. 기억 좀 구걸하느라 이렇게 이메일을 보내고 있어."

『무기여 잘 있거라』에서 어니스트 헤밍웨이의 주인공 프레더릭 헨리도 현실의 연약한 실타래를 푸는 데 비슷한 어려움을 겪는다. 헤밍웨이는 상세하고 정확하며 설득력이 분명한 사실주의로 1917년 이탈리아군이 카포레토에서 후퇴하는 이야길 전하지만—수십 년 동안 한결같이 마땅한 찬사를 받아온 산문 작품이다—이 책 구절에서 내 마음을 가장 움직이는 건 바위처럼 단단하고 명성 자자한 그 사실주의에 질문과 의심을 던지고 궁극적으로는 전복을 꾀하는 꿈같이 미묘한 불신과 불확실성이다. 프레더릭 헨리는 자신의 이야기를 늘어놓던 중 일종의 자아분열을 연기해 대명사 "나"를 알게 모르게 "너"로 바꾸었다가 알게 모르게 "나"로 되돌리는데, 이는 우리 아버지가 당신의 인생에서 붙잡을 곳을 찾아다니던 시절에 윌리 오브라이언에서 빌 오브라이언으로 옮겨 간 것과 비슷하다. 프레더릭 헨리는 그 혼란한 후퇴 중 어느 시점에 "너는 멍하게 보았지"라고 언급하는데, 이는 수제 수류탄이 관목에서 날아들고 어느 도마뱀 같은 소리가 아이고 하느님 하고 빽 하던 오전 5시 16분의 내 멍한 시선을 떠올리게 한다. 내가 보고 있는 게 **실제로** 보이는 걸까? 그렇지 않다면 내가 보고 있는 건 **정확히** 뭐지? 보이는 것이 중심을 단단히 잡아주지 못하면 우리는 삶이라는 그 현실을 의심할 수밖에 없는 운명 아닌가?

『무기여 잘 있거라』에서 조금 뒤 헨리의 현실감은 이젠 난데없는 민간인 복장으로 밀라노 바에서 아몬드를 씹고 마티니를 홀짝이는, 신분을 위장한 전시 부재자가 되었다는 기분 때문에 더욱 뒤틀리고 나아가 더욱 줄어든다. 거의 50년 전 전쟁에서 막 돌아와 쌍둥이 도시에서 밥벌레 같은 일자리를 구하려고 양복과 넥타이를 걸치던 나도 그처럼 불안정한, 가짜 같은 기분을 느꼈다. 마치 내가 신체적으로나 감정적으로나 어느 정도 변장을 한 느낌이었다. 아무것도 현실 같지 않았다. 양복도 넥타이도 나 자신도. 한편으론 전쟁 중에도 아주 길고 사실적인 전쟁 영화에서 배우로 연기하는 기분이 자주 들었다는 점을 주목할 필요가 있다. 나는 체념이라는 고무 가면을 걸치고 있었다. 나는 옛날 영화와 옛날 연재만화에서 멋진 대사를 조각조각 훔쳤다 ── 우수에 찬 대사, 사내다운 대사, 웃긴 대사, 건달 같은 대사. 화력전이 끝나고 스스로를 다시 추스를 때면 나는 베트남의 언어와 베트남의 타성과 베트남의 가식과 베트남의 초자연적 위장술이 겹겹이 포개어진 그 여과 없이 와닿는 온갖 공포를 조정하고 변형해가며 현실을 어느 정도 재발명했다. 그 가장 자체가 전쟁이었다. 전쟁은 가장무도회가 되었다.

그러다 기적같이 전쟁은 끝났다. 나는 집에 돌아갔다. 프레더릭 헨리처럼 나도 군복을 벗고 민간인 복장을 걸친 뒤 그대로 연기를 해나갔다.

"그런 기분이 들었지," 헨리는 생각에 잠긴다. "무단결석을 한 그 시간에 학교에서 벌어지고 있을 일을 떠올리는 아이의 기분."

『무기여 잘 있거라』에서 나중에 프레더릭 헨리는 세상일이 다 그렇듯 카포레토 사건이 기억에서 바래기 시작할 즈음 전쟁에 대한 이해가 흐려져 겨우 이런 말을 내뱉을 뿐이다. "머릿속에서 확실해지면 그때 얘기해줄게." 그런데 더욱 강렬한 것은, 사건들이 더한 과거로 밀려가자 헨리가 이렇게 말한다는 것이다. "전쟁은 멀리 가버렸어. 어쩌면 전쟁은 없었는지도 몰라."

그 지점에서 나는 아버지와 함께 노인주택 현관에 돌아와 있고, 아버지는 내게 눈을 껌뻑껌뻑하면서 말한다. "무슨 전쟁 말이냐?"

그러니까 있잖니, 티미랑 태드, 가끔씩 너희 아빠가 말이 없어져서는 너희한테서 멀어지는 것처럼 보일 땐 이런 생각을 하고 있다이 얘기야. 정확히는 전쟁 생각이 아니야. 실제로 전쟁 생각은 전혀 안 나. 늙은 거겠지. 매일 밤 내 가상의 취침용 참호에 기어들면 나는 슬그머니 우리의 〈저어라, 저어라〉 시절로도 돌아가고 내 어린 시절로도 돌아가고 사라진 우리 아버지한테도 돌아가는데, 그냥 유유히, 즐겁게 즐겁게 말이지, 그럴 때 인생은 한낱 꿈이더라.

50

탈락

농구 시합은 몇 년 동안 우리 집 저녁 식사 대화를 주도해왔다. 특히 티미는 농구의 모든 것이 담긴 백과사전으로, 시합에 대한 녀석의 열정은 고기 한입을 은퇴한 불가리아 출신 포인트가드의 일생의 활약을 통계한 15분짜리 논문으로 바꿔놓는다. 태드도 열렬한 팬이긴 마찬가지인데 다만 운동에 대한 녀석의 관심은 티미보다 훨씬 넓어 농구, 크로스컨트리, 테니스 등에 두루 걸친다. 두 녀석 다 침실에서 부엌으로 거실로 이동할 때 드리블을 해서 간다. 두 녀석은 뒷마당에 나가 맨투맨 경기와 3점 슛 연습을 하느라 몇 시간을 뚝딱 보낸다. 태드는 경기에 태평하게 임한다. 티미는 아니다. 단호한 진정성이 — 섬뜩할 정도의 진정성이 — 형 녀석을 몰아붙여 슛이 안 들어갈 때마다 체내에 기능 부전을 폭발적으로 일으키는 것 같다. 태드에게 에어볼*은 웃음을 일으킨다. 티미에게 에어볼은 종말을 불

* 백보드나 바스켓에 못 미치고 떨어지는 헛투구.

러온다.

티미는 과거 초등학교 때 코치들한테 엘리트 선수로 평가받아본 적이 없다. 괜찮은 실력이었지만 한 번도 충분하진 않았다. 너무 느리고 너무 비공격적이었다. 그래도 7, 8학년이 지나면서는 파묘꾼처럼 묵묵하고 참을성 있게 기술을 연마했고—때로는 즐거움도 없어 보였다—9학년에 접어들 무렵엔 제 의지로 현란하진 않아도 믿음이 가는, 직관은 떨어져도 영리한, 명사수까진 못 돼도 좋은 사수는 되는 유능한 선수가 되었다. 녀석도 성장을 했다. 녀석의 목소리는 깊어졌다. 5피트 10인치(약 178센티미터), 이제 녀석은 숱한 비밀의 주인이요, 감정의 전향 장치요, 스스로의 완고한 신봉자요, 제 욕망의 지독하게 자주적인 심판관으로서 몹시 개인화된 어른의 눈으로 나를 내려다본다. 녀석은 내가 중요시한 적 없는 걸 중요시한다. 녀석은 내가 자신 없는 것들에 자신만만하다. 말할 나위도 없이 녀석은 내가 물러나길 원한다—숙제에 관해 묻는 것도, 컴퓨터 사용 시간을 감시하는 것도, 매일 밤 언제 자러 가라 말하는 것도, 아마추어 같은 농구 조언도 그만두길 원한다. 어떤 면에선 아버지 노릇을 그만두라는 듯싶다.

그리하여……

티미는 이틀 전 제 고등학교 농구팀에서 탈락했다. 그렇다, 그 일은 녀석에게 상처가 되었고, 하지만 녀석은 말없이 지냈다. 녀석은 끙끙거리지 않았다. 불평하지도 않았다. 누구를 탓하지도 않았다. 녀석은 절제되고 우아하다 못해 아름답기까지 한 체면으로 제 실패를 감당했다.

"괜찮니?" 나는 자주 물었고 녀석은 뚱하고 심드렁한 목소리로 매번 답했다. "난 괜찮아."

걔가 울었을까?

나도 모르겠다.

걔가 패배감을 느꼈을까? 끈기의 힘에 대한 걔의 믿음은 무너졌을까? 걔가 천장에 대고 고함을 질렀을까?

나도 모르겠다. 어쩌면 잠깐 그랬을지도.

"괜찮니?" 하루도 거르지 않는 내 물음에 녀석은 날마다 답했다. "괜찮아."

녀석의 침실 문은 내내 전보다 굳게 닫혀 있었다. 녀석은 식사 중에도 말이 없었다. 녀석은 숙제가 끝나면 뒷마당에서 혼자 슛을 쏘며 고집스럽고 무표정한 체념으로 묵묵히 제 일을 해나갔다. 하지만 녀석은 괜찮지 않았다. 지금도 그렇다.

|

엿새가 더 지나갔다. 티미의 침묵은 속을 알 수 없는 상태다. 오늘 아침 녀석에게 좀 어떠냐고 물었더니 녀석은 말했다. "아마 내가 부족했겠지. 그 얘긴 하기 싫어."

"조금도?"

"응," 녀석은 말했다.

"그래," 나는 녀석에게 말했다. "하지만 언제든 기다릴 테니 얘기해."

"고마워," 녀석은 말했다.

티미가 옳았다. 녀석은 아마 부족했을 것이다. 아들네 학교의 9학년짜리 서너 명은 최고의 농구 선수고 그중 둘은 텍사스주를 통틀어 손꼽히며 당연히 고학년 중에는 티미보다 나이 많고 키 크고 강하고 빠르고 노련한 사람이 얼마든지 있다. 그래도 이들은 아들의 친구고—티미는 그 아이들과 점심 식사며 과학 과제며 학교 체육관에서 급조한 놀이를 함께한다—티미가 웬만큼 참아내고 있는 것은 하굣길과 휴식 시간마다 어울리던 친구들과 명령에 따라 분리되어야만 하는 열네 살짜리의 고통인 것이다. 티미에게는 틀림없이 그 분리가 영원한 것으로 느껴지겠지 하고 나는 헤아리고 있다. 녀석의 친구들은 체계적인 지도를 받을 것이다. 녀석은 아니다. 그들에게는 시합 경험이 생길 것이다. 녀석은 아니다. 그들은 집중적인 감독과 엄청난 시합량으로 앞으로 계속 나아질 것이다. 티미는 저 스스로 발전하든가 전혀 발전하지 못할 것이다.

여기엔 낯설고 이상할 만큼 확정적인 것이 있다. 아이가 대수학이나 생물이나 역사나 영어나 라틴어나 미술 수업에서 탈락하는 일이 있던가? 학교가 입을 싹 닦고 "또 뭐 도와드려요?" 하는 일이 있던가? 간혹 그럴 수도 있다. 학교는 간혹 성적 때문에 아이를 퇴학시킬 수도 있다. 그런 경우라면 열네 살인 티미는 농구라는 꿈에서 낙제한 것이다.

나와 메러디스에게 가장 힘든 일은 침묵 중인 우리 아들의 머릿속에 지금 무슨 생각들이 드나드는지 그저 짐작만 할 수 있다는 것이다. 우리는 소곤소곤 말하고 억측을 한다. 우리는 티미가 어둠이 내리도록 슛을 쏘고 또 쏘고 하는 걸 창문으로 지켜본다. 우리는 녀석이 목숨 건 사람처럼 단거리 질주 하는 걸 지켜본다. 우리 둘 다 녀석에게 뭐라 해줄 말이 없다. 부모의 실패담을 들려줄까? 닥칠까? 캐물을까? 녀석에게서 말을 쥐어짤까? 괜찮지 않은 일을 괜찮은 척할까? 하던 대로 도미노 아니면 팔씨름이나 하자고 할까?

우리 둘 다 어쩔 줄을 모르겠다. 갈피가 안 잡힌다. 아이가 스스로 꿈을 꾸면 부모는 다른 꿈을 대신 꿔줄 수 없다.

한 주 하고도 절반이 지났고 티미의 마음은 티끌만큼 가벼워졌을 뿐 쾌활함과는 영 거리가 먼 데다 어떻게 해도 즐겁지 않지만 차츰 좋은 방향으로 기울곤 있다. 녀석은 다시 웃는다—자주는 아니고 어쩌다. 이따금 말도 한다—말수가 적고 농구 얘기는 더더욱 안 하지만 말을 하기는 한다. 자연히 우리는 저항값이 최소인 길을 택해 밝은 주제로 대화를 하는데 심지어는 아무한테나 말을 가리지 않고 해대는 태도도 "농구"라는 단어는 물론이고 "시합"과 "바운스"라는 단어까지 용의주도하게 피해 다니고 있다. 그렇다, 이제는 방에서 방으로 드리블을 하는 일은 없지만 그나마 침울함 속에서 가끔씩 웃음이 피어나긴 한다.

며칠 전 나는 티미한테 셀틱스와 캐벌리어스의 시합이 보고 싶은

지 물었다. 녀석은 고개를 가로젓고 도망치듯 나갔지만 반 시간 뒤 소파에 와서 내 옆에 앉더니 뽀뽀를 하곤 말했다. "계속 노력해서 나아지는 것 말곤 도리가 없지. 나 안 멈출 거야, 아빠."

"그래," 나는 말했다.

"사랑해," 녀석은 말했다.

열네 살짜리 아이에게 불쑥 "사랑해"라는 말을 들으니 묘하게도 그 탈락이 상이라도 탄 듯한 바람직한 결과로 보였다. 나는 궁금하다, 내가 갈구하는 걸 아버지들은 갈구한다고 생각하면, 그러니까 뛰어난 농구 실력 말고, 공격성 말고, 스피드 말고, 기술 말고, 몸으로 부리는 기교 말고 그저 불쑥 건네는 다정한 뽀뽀, 10대의 과묵한 우울 속에서 흘러나오는 "사랑해"라는 말을 아버지들은 갈구한다고 생각하면 내가 틀린 걸까?

|

동화에서가 아니라면 실패는 인간 경험의 상수 가운데 하나다. 모든 자유투가 들어가는 건 아니다. 모든 아이가 스탠퍼드에 입학하는 것도 아니다. 모든 배우가 오스카상을 거머쥐는 것도 아니다. 모든 연애가 결혼식 종을 울리는 것도 아니고 모든 결혼식 종이 평생 행복을 울리는 것도 아니다. 예를 들어 티미만 한 나이였을 때 나는 100명쯤 되는 지역 학부모회 회원들 앞에서 10분짜리 연설을 하도록 요구받았다. 내 주제는 앙골라내전과 관련된 것이었는데 거기서는 게릴라군이 포르투갈의 식민 통치에 저항하고 있었고 내 연설에

는 "카오스(chaos)"라는 새로 터득한 단어가 아낌없이 가미되어 있었다. 나중에 알고 보니 그 단어의 발음은 "차우스(chows)*"가 아니었다. 나는 그 단어를 대여섯 번 사용했다. 사람들은 나를 빤히 쳐다보았다. 몇 분 뒤 쿡쿡하는 숨죽인 웃음이 교실 여기저기서 새나더니 더 큰 웃음이 뒤따랐다. <타임>지에서 그 단어를 훔친 9학년짜리가 보기에는 이 부모들과 선생들이 극도로 이상한 유머 감각에 저주를 받았나 싶었는데, 왜인가 하면 나로선 남서 아프리카에서 맹위를 떨친 그 치명적인 차우스가 웃을 일이 아니었던 것이다. 연설을 마치고 내가 옆에 가서 앉자 아버지는 나를 보지 않고 속삭였다. "카오스야, 차우스가 아니라."

굴욕으로 깨달은 건 평생을 간다고 나는 굳게 믿는다. 그런 깨달음은 잊히질 않는다.

잘못 발음한 명사로 영원한 굴욕을 당한 나처럼 티미도 고등학교 농구팀 탈락으로 두말할 것 없이 굴욕을 당한 것이다. 그럴 만한 이유로. 굴욕은 노출된 실패, 대중에게 알려진 실패요, 무덤까지도 모자라 어쩌면 그 너머에 이르러서까지 영혼을 갉아먹을 실패다. 굴욕은 뼛속 깊은 깨달음, 잘하면 뼛속 깊은 지혜까지 주는 좋은 면도 있지만 한편으론 미래가 지나친 조심성, 지나친 위기 혐오, 정신적 퇴행으로 이어질 수 있다는 안 좋은 면도 있다. 티미가 제 안의 장소로, 고립과 침묵 속으로 도망쳤던 건 확실하다. 녀석은 이제 제 옛 농구 친구들을 입에 올리지 않는다. 고등학교 시합에 따라다니지도 않는다. 녀석은 굴욕을 당했다. 녀석은 동정심도, 위로도, 뻔한 소리

* chow는 '음식'이라는 뜻도 있고 중국인의 멸칭이기도 하다.

도, 격려의 말도, 힘내라고 등을 때리는 일도, 그리고 틀림없이 아버지의 조언도 원치 않는다. 내가 겪은 수치심에 관해 녀석에게 해줄 얘기가 많지만 얘기가 실패를 만회해주지도 고통을 지워주지도 않는단 걸 티미와 나는 잘 알고 있다. 내 아들은 십중팔구 침실 문 안쪽에서 남한테 해본 적은 없고 당하기만 했던 블로킹, 림만 빙빙 돌았지 들어간 적은 없는 자유투, 성공할 뻔했으나 끝내 성공하지 못한 인터셉트를 재연하며 선수 선발 테스트를 재검토 중일 것이다. 녀석은 보나 마나 '그랬더라면' 하는 환상에 탐닉하고 있을 것이다. 또한 녀석은 보나 마나 질책, 자기 의심, 그리고—나로선 무서운 일이지만—자기혐오도 하고 있을 것이다.

불 꺼진 어떤 밤이면 나는 녀석의 침실 문으로 간다. 문을 열지는 않는다. 노크도 하지 않는다. 그냥 서서 귀만 기울인다.

녀석은 뭔가를 아주 많이 원했다.

녀석은 열심히 노력했다.

녀석은 커다란 오렌지를 바구니에 넣는 일에 무척이나 마음을 쏟았다—지금도 쏟는다. 얼마나 슬픈 일인지. 말도 안 되게 인간적인 일.

|

여기에 <후지어>* 같은 결말은 없지만 두 달이 더 지난 지금 티미는 AAU** 농구팀에서 뛰고 있다. 선수 선발 테스트가 잘 진행되었다—좋은 팀에 선발될 정도로 잘. 녀석은 향상된 선수고 3점 슛

은 더더욱 향상됐지만 스피드, 체력, 일반적인 공격성은 여전히 문제다. 녀석은 수비할 때 발을 놀리는 대신 공에 손 먼저 가는 일이 너무 잦다. 공격할 땐 골대 쪽으로 들어가거나 몸싸움을 하는 대신 팀 동료를 쩔쩔매게 놔두고 자기는 베이스라인 근처 구석에서 기다린다. 녀석은 부대끼는 걸 싫어한다. 녀석은 골대 밑에서 힘에 눌린다. 그래도 이제 가끔씩 리바운드 싸움은 할 줄 안다. 패스도 전보다 낫고 공을 나눌 줄도 알고 수비가 뚫린 곳을 찾을 줄도 아는 헌신적인 팀플레이어다.

녀석의 끈질긴 연습은 대체로 성과가 있었으니 그대로 6개월만 노력하면 대략 저희 학교 2군 팀을 노려볼 만할 것이다. 녀석은 주전이 될까? 아마 아닐 것이다. 언젠간 녀석이 대표 팀으로 승격될까? 말하기 어렵다. 어쩌면 — 만에 하나 어쩌면 — 졸업반 때라면. 하지만 나는 지독하고 끊임없는 싸움이 될까 봐 무섭다. 녀석은 제 본질인 관대함을, 제 본질인 체면을, 그리고 자연적, 자발적, 유전적 포악성이 부족하다 싶은 단점을 극복해야 — 혹은 어떻게든 보충해야 — 할 것이다. 티미는 지기 싫어한다, 그렇다, 하지만 사나울 만큼은 아니다. 녀석은 공을 원하지만 사나울 만큼은 아니다. 녀석은 득점하길 좋아하지만 사나울 만큼은 아니다. 녀석은 이기길 좋아하지만 사나울 만큼은 아니다.

아들의 행복을 바라는 아버지로서 내게도 다소 거친 시간이 기다리고 있다. 더 많은 실패가 다가오고 있다. 나는 그것을 막기엔 속수

---

* Hoosiers. 농구를 소재로 한 진 해크먼 주연의 영화.

** The Amateur Athletic Union. 아마추어경기연맹.

무책이다. 어떻게 보면 이는 아버지 노릇의 한계라는 딱하고 쓸모없는 사실을 알려주는 것도 같다. 나는 내 아들이 **될 수** 없다. 코트에 있는 티미를 보면 나까지 근육이 씰룩거리지만 그게 무색하게도 나는 녀석을 위해 점프를 해줄 수도, 달려줄 수도, 골대를 파고들어줄 수도 없다. 나는 온화한 영혼에 포악성을 불어넣어줄 수 없다.

이런 점에서 나는 티미를 보면 나 자신이 떠오른다. 나는 이처럼 글 쓰는 일을 포함해 자연적으로 물려받은 재능이 많지 않지만 내 아들처럼 정말로 노력에 노력을 계속하고 있고, 주로 실패하고 있고, 혹시 마지막에 가서 결과가 불행하거나 아주아주 참담할지는 몰라도 이 어쩌면책이 내가 필요로 하는 말을 해주기 전까진 그만둘 생각이 없다. 무슨 짓을 해도 노력과 성공은 별개라고 나는 티미에게 말한다. 노력 없는 성공은 무익하다. 성공 없는 노력은 충실함을 높여준다. 아들의 불운을 바라고 하는 말은 아니다. 녀석 스스로 분투 중인데도 나는 티미의 꿈이 어느 날—혹시 한순간만이라도—실현되길 한시도 갈망하지 않은 적이 없다. 농구 꿈이 안 되면 대략 과학 꿈 내지 미술 꿈 내지 사랑에 빠지는 꿈이라도. 아이는 바뀐다. 아이는 성장한다. 혹시 승산이 NBA 경력에 불리한 쪽으로 치닫더라도 내 아들의 황소고집은 녀석이 어른으로 드리블해 나아가도록 잘 시중들 것이다.

불과 한 시간 전 티미가 내 서재에 들어왔다. "예전에 내가 꼬마였을 때," 녀석은 말했다. "아빠랑 나랑 골프 치곤 했었잖아. 기억나?"

"당연하지," 나는 녀석에게 말했다. "너 골프 별로 안 좋아했잖아."

"응, 별로 안 좋아했지," 티미는 말했다. "그런데 다시 시작해야겠어. 아빠랑 나랑 태드랑. 나 왠지 잘할 거 같아."

"좋지," 나는 말했다.

"그렇다고 농구를 그만둔다는 건 아니야. 난 농구를 사랑하니까."

"그럼 됐어."

내 마음은 기쁨으로 끓어넘쳤다. 우리는 내일 티타임이 예약되어 있다.

51

재택 학습

너희 숙제는 있잖니, 얘들아, 『선원 빌리 버드』*라는 중편소설을 읽고 도덕적 선택에 관해 아빠랑 얘기를 해보는 거야.

우리는 이런 물음들로 논의할 거야.

— 너희가 1800년대 중반 해군함선의 선장이었다면 범죄라 주장되는 그 일로 빌리 버드의 목을 죽을 때까지 매달겠니?**
— 빌리의 죄는 **정확히** 뭐였을까? 1급 살인? 2급 살인?*** 본의 아닌 살인? 아니면 그 밖의 살인?
— "범죄"란 무슨 뜻일까? 그것은 맥락마다 뜻이 다를까?
— 혹시 자비란 게 있다면 그것은 군법, 민법 혹은 신법과 언제 접목되어야 할까?
— "참작할 만한 사유"란 무슨 뜻일까?(이건 인터넷이나 사전에서 찾아봐.) 너희가 선생님의 쓰레기통에다 악취탄을 넣고 불을 붙인다 치면 참작할 만한 사유로는 뭐가 있겠어? 교장 선생님은

그 사유가 참작할 만하다 생각하실까?

— 너희는 삶에서 비어 대령 같은 선택을 해야만 하는 입장에 놓인 적이 한 번이라도 있었니**** — 저마다 나름의 도덕적 이점과 결점이 있는 모순된 가능성들 사이에 놓였던 적이? 예를 들어 착한 거짓말과 고약한 진실 사이에서 무엇을 말해야 할지 고민해본 적 있어?

— 논의 후에 너희는 도덕적 선택이라는 극적인 원칙으로 구성된 이야기를 하나씩 쓰게 될 거야. 그 선택을 난해하게 만들어봐, 티미. 어렵게 만들어보라고, 태드. 이야기에서나 현실 세계에서나 매번 제일 어려운 선택은 옳다 그르다의 문제가 아니야. 어떤 선택들은 이 소중한 가치와 저 소중한 가치 사이에 있지. (잭은 삶에서 확고부동한 정직함을 중요시하지만 두 자식도 중요시하는데 어느 날 막내아들이 제 친구의 무엇을 훔친다든가…… 어느 천주교 수녀는 정절을 중요시하지만 아이가 둘 딸린 홀아비 잭에게 새로 품게 된 사랑도 중요시하여 어느 날 잭에게 마음을 털어놓는다든가…… "스타리" 비어라는 해군 선장은 자기 배에서의 명령과 기강을 중요시하지만 공정함과 정의와 평상시의 올곧음도 중요시하는데 어느 날 빌리 버드라는 훤칠한 선원이 반란을 선동했다는 누명

---

* Billy Budd, Sailor. 1924년 출간된 허먼 멜빌의 미완성 유작.

** 소설에서 고결한 인물인 빌리 버드는 자기를 꾸준히 괴롭히는 부사관 클래거트를 얼떨결에 죽이는 하극상을 저지르고 만다.

*** 대략 1급 살인은 계획적 살인, 2급 살인은 우발적 살인에 해당한다.

**** 선장인 비어 대령은 빌리 버드에게 인간적으로 상당한 호감을 품고 있지만 빌리 버드가 저지른 하극상을 간과할 수 없는 입장이다.

으로 고발되었다든가……) 감 잡았지, 응? 하지만 아빠는 너희가 직접 지어낸 이야길 원해. 쓰다가 막히면 어릴 적에 읽었던 동화를 돌이켜봐. 헉 핀하고 로미오와 줄리엣을 떠올려보라고. 스스로 이렇게 물어봐. 나라면 그 상황에서 뭘 할까? 그런 다음 이렇게 물어봐. 나라면 그 상황에서 뭘 **해야만** 할까? 당연한 거지만 내 바람은, 너희가 어른에 가까워질 때 기필코 너희의 문을 두드릴 뭔가에 대비하도록 이 연습이 너희한테 도움이 되었으면 좋겠어. 너희는 선택을 해야 할 거야. 그리고 때로 너희의 선택은 라인홀드 니부어*가 "풀 수 없는 문제에 대한 가장 근접한 해"라고 말한 걸 포함하게 될 거야. 이처럼 불가피하되 명확하지 않은 상황일 때 내가 매번 조언을 해줄 순 없을 테니까 그냥 지금 할게. 너희의 삶이 이야기인 척하렴. 그러니까 좋은 이야기를 쓰도록 해.

---

* Reinhold Niebuhr. 미국 신학자.

52

재택 학습

너희가 쓴 이야기의 초고를 막 살펴봤는데 몇 가지 문제점을 지적할 필요가 있겠다.

1. “lie(거짓말)”와 “lay(못 미더운 직업)”의 차이를 음미해보렴. TV 유명인, 정치인, 시인, 가수, 신문 칼럼니스트, 소아과 의사, 범죄소설 작가 들 상당수도 똑같이 음미해봐야 할 텐데.
2. 감정을 두려워하지 마. 기만을 두려워하렴.
3. 이야기는 수수께끼가 아니야. 수수께끼는 그냥 수수께끼야.
4. 정보는 이야기가 아니야. 정보는 그냥 정보야.
5. 동시성이라는 사안에 세심한 주의를 기울이렴. 좋은 이야기가 그렇듯 인생도 수많은 일이 동시에 발생하는데 심지어 너희의 관심이 공격 자세로 몸을 꼰 방울뱀에 단단히 쏠려 있을 때에도 그래. 다시 말해 이야기를 쓸 땐 공 하나로 저글링을 하지 말란 얘기야.(공 하나로 저글링을 하는 사람은 웬만해선 생일 파티

에 두 번 불리는 경우가 드물지.) 너희 이야기를 "사실과 사실 간의 미묘한 모순"으로 채우렴. 이야기를 음식과 음료, 날씨, 지친 발, 치과 예약, 난데없이 걸려오는 전화, 뒤집힌 배 속, 바람 빠진 타이어, 잉크가 바닥난 펜, 전달되지 않은 사과 편지, 교통 체증, 고장 난 자동 응답기, 깜빡한 생일, 부푼 방광, 엎지른 커피로 채워. 우리가 인생의 줄거리대로 나아가는 동안 이런 것들에 그 밖의 것들까지 끼어들어 끊임없이 저글링을 해야 돼. 그러니까 네 등장인물들을 우리 모두가 정신 산만하고 화나고 즐거워지는 무작위의 혼란으로부터 보호하지 마.

6. 비슷한 얘긴데, 지나친 플롯이 너희의 인생을 망치면 안 되듯 너희의 이야기도 망치게 두지 마.
7. 이야기는 머리뿐 아니라 배, 목구멍, 눈물샘, 부신, 척골 끝*, 목덜미, 폐, 피, 심장에도 호소한다는 걸 명심하렴 — 사람 온몸에 말이야.
8. 너희는 동시대 사람만을 위해서 글을 쓰고 있는 게 아니야. 너희는 어쩌다 너희의 이야길 마주칠 200년 뒤의 열일곱 살짜리 학생 아니면 2420년의 덴마크 노인 아니면 미래형 슬롯머신 앞에 외로이 앉아 있는 4620년의 과부를 위해서도 글을 쓰고 있는 거야.
9. 아울러 믿든 안 믿든 너희는 너희보다 먼저 산 사람들을 위해서도 글을 쓰고 있는 거야 — 토머스 제퍼슨을 위해서, 아우슈비츠의 아이들을 위해서, 그리고 어쩌면 더는 너희의 이야길 읽어줄 자리에 없을 어떤 아버지를 위해서.
10. 스스로를 깜짝 놀라게 하렴. 그리고 나서 독자를 놀라게 하는

거야.

11. 자신의 무지를 (부정하거나) 두려워하지 마. 호기심으로 향하는 길이니까.
12. 모호한 걸 (부정하거나) 두려워하지 마. 산문 자체는 원래 투명한 거지만 좋은 이야기는 대개 도덕적으로 혼란한 상황에 붙들린 사람들과 연관되거든. 라스콜리니코프를 떠올려봐. 샤를 보바리와 엠마 보바리를 떠올려보고. 너희 아빠를 떠올려봐.
13. 모든 단어에 주의를 기울이렴. 영어 알파벳에는 스물여섯 자가 있고 몇 개의 문장부호가 있어. 그 스물여섯 자를 형편없이 나열하면 고만고만한 것, 부적절한 것, 혹은 누가 봐도 횡설수설인 것이 초래되지. 하지만 똑같은 스물여섯 자를 잘만 나열하면 셰익스피어의 소네트가 나온다고. 알파벳 글자들은 네 개의 염기에 비유할 수 있어—아데닌, 구아닌, 시토신, 티민—온 행성과 동물 DNA를 이루는 구성 요소 말이야. 염기들의 정밀한 순서 혹은 체계가 유기체가 북극곰이 되느냐 닥스훈트가 되느냐 셰익스피어가 되느냐를 결정하지. 그러니까 같은 맥락에서 말하는데, 아빠는 너희가 알파벳 글자들을 최대한 엄격한 순서로 나열했으면 한다 이거야.
14. 너희가 쓴 글을 소리 내어 읽어보렴. 말이 되니? 음악처럼 느껴져?
15. 티미—"décor(장식)"를 "decorum(격식)"으로 쓴 것 같더라.
16. 태드—"hunk(빵빵하다)"를 "honk(빵빵거리다)"로 쓴 것 같더

---

* funny bone. 팔꿈치 위쪽 부위. 손대면 찌릿한 곳.

라.

17. 그 밖에는 훌륭한 초고였어! 두 번째 원고는 목요일까지다.

53

토론회

지난 한 주 동안 티미랑 태드랑 짜증 나는 대화를 두 번이나 나누어 그걸 여기에 잠자코 옮길 생각인데, 다만 말해두자면 내 말에 과장은 없다. 그리고 말해두자면 다른 아버지들은 이와 유사한 대화를 과연 처방 약에 의존하지 않고 다룰 수 있을지 의문이다.

"그러니까," 그저께 밤 나는 태드에게 말했다. "아직 양치질을 안 했다는 거잖아. 내가 양치질하라고 했어, 안 했어?"

"한 거 같아."

"같아?"

"응, **언제**라곤 말 안 했잖아."

"내가 언제를 얘기한 거 같니?"

"음, 당장 하라는 줄 몰랐지. 좀 이따 하라는 줄 알았어."

"태드, 내가 9시 정각에 얘기했잖아. 지금이 10시 반이야."

"나한테는 그게 좀 이따야."

"혹시 까먹었어?"

"꼭 그런 건 아니야. 그냥 어수선했어."

"뭣 때문에?"

"이런저런 것들 때문에. 애들이 기억해야 할 게 한두 개가 아니잖아."

"하지만 내가 방금 전 여기 왔을 때 넌 마인크래프트를 하고 있었지."

"마인크래프트 아니야. 클래시 로열이야."

"그래, 어쨌든 게임을 하고 있었잖아, 그렇지?"

"설마."

"'설마'라니 무슨 뜻이야?"

"남들이 하는 걸 보고 있었어— 전문가들 — 그 사람들 진짜 끝내주게 잘해."

"그럼 네 이는 어쩌고?"

"이?"

"우리가 얘기 중인 게 그거 아니니? 난 양치질을 시켰고 넌 안 했고."

"아빠가 왔을 때 가려던 중이었어."

"가려던 중?"

"거의."

"넌 컴퓨터만 들여다보고 있었잖아."

"내가?"

"가서 양치질해."

"지금?"

|

이틀 전 학교 가기 전날 밤에 티미가 NBA 플레이오프 시합의 마지막 쿼터가 어느 채널에서 하느냐고 물었다.

"『화씨 451』* 독후감은 어쩌고?" 나는 말했다. "그건 다 끝냈어?"

"거의," 녀석은 말했다.

"거의란 게 얼마나 남았다는 거야?"

"결론만 쓰면 돼. 몇 문장밖에 안 돼."

"그래," 나는 말했다. "가서 여섯 문장만 써 —— 좋은 문장으로. 그러면 아빠가 마지막 쿼터 같이 봐줄게."

한 시간쯤 뒤 티미는 거실로 돌아와 TV 수상기를 켜더니 내 옆에 앉았다.

"혹시나 해서 그러는데," 나는 말했다. "진짜로 여섯 문장 쓴 거 맞지, 응?"

"거의," 녀석은 말했다.

"정확히 몇 문장인데?"

"두 문장 반."

---

* Fahrenheit 451. 레이 브래드버리의 장편소설.

"한 시간 동안 두 문장 반?"

"아이, 그 정도면 거의 여섯 문장이야," 티미는 말했다.

"절반도 안 되잖니."

"거의 절반이잖아."

"그래, 그렇다 치자. 그럼 이제 너도 거의 농구 시합 보겠네."

"어?"

"거의 보겠다고."

"그런 게 어디 있어. 아빠도 어떤 날엔 좋은 문장이 한 개도 안 나온다며. 애들도 글이 막힐 때가 있다고."

"TV 꺼."

"어쩌면 시합이 영감을 줄 수도 있잖아."

"TV 꺼."

"하지만 내 결론이 이미 좋으면?"

"그게 좋아봐야 얼마나 좋겠니? 좋은 독후감이 반 문장 만에 결정된다고?"

"알았어, 어쨌든 좋게 끝날 거야."

"TV 꺼."

54

초밥, 초밥, 초밥

이건 메러디스가 맛본 초밥 한입이다. 나는 이 일에 관한 기억이 없는데 아내는 낡은 공책을 꺼내더니 2008년 10월 자 페이지를 가리켰다.

"어젯밤에 티미를 눕히고 있었다. 우리는 이야기를 몇 개 읽고 불을 끈 참이었다. 티미가 나더러 아빠를 데려다 달라고 부탁했다."

"나는 '왜?'라고 물었다."

"'아빠가 더 따뜻해'라고 아이는 말했다."

"'뭐?'라고 나는 말했다."

"'엄만 부드러운데 따뜻한 건 아빠가 더 따뜻해'라고 아이는 말했다."

"그래서 나는 팀을 데리러 갔고 그이는 티미의 침대에 올라가 말했다. '아빠가 더 따뜻하다는 게 무슨 말이야?'"

"'아빤 더 따뜻하고 엄만 더 부드러워'라고 티미는 말했다."

"'정말?'이라고 팀은 물었다."

"'아빠, 이거랑 같아. 아빤 담요고 엄만 베개야.'"

|

메러디스의 공책에서 맛있는 또 한입, 마찬가지로 2008년 10월 자.

"오늘 태드가 머리 위로 날아가는 비행기를 보았다."

"'엄마! 비행기! 비행기!'라고 아이는 말했다."

"'어디로 날아가는 것 같아?'라고 나는 물었다."

"'음…… 아프리카'라고 태드는 말했다."

"그래서 나는 '거기 도착하면 저 사람들은 뭘 할 것 같아?'라고 물었다."

"'착륙'이라고 태드는 말했다."

|

우리 집에서 한 블록 거리에 작은 공원이 있는데 거기서 메러디스와 나는 서로 가까이 있는 한 쌍의 그네에 아이들을 태워 오랜 시간을, 몇 시간을 밀어주었다. 2009년 어느 날 오후 네 살이던 태드는 제 형이 최고점에서 훌쩍 뛰어내리는 걸 지켜보았다.

"낙하산!" 하고 티미는 외쳤다.

태드는 꼼짝을 못 했다.

티미는 몇 번이고 뛰어내리며 모래와 자갈 혼합물을 사방에 튀겼다. "낙하산!" 녀석은 주로 태드를 향해 계속해서 소리쳤고 이에 태드는 용기를 내려는 게 분명했다.

결국 태드는 나더러 그네를 그만 밀라고 말했다.

녀석은 땅에서 2피트 높이인 그네에 10분이나 가만히 앉아 있었고, 그러더니 잡고 있던 손을 놓고 모래와 자갈 위로 매우 조심스럽게 엎어졌다.

"낙하산이 없어서!" 녀석은 티미에게 소리쳤다.

어느 날 아침 티미가 나랑 체커를 두다가 나를 올려다보았다. 다섯 살 때였다. 녀석은 말했다. "있잖아, 내가 계속 생각해봤어. 곰들은 왜 구름 속에서 살아?"

나는 눈을 껌뻑거렸다.

"글쎄," 나는 말했다.

"아빠가 꼭 알아내."

우리 아이 돌보미의 2007년 7월 3일 자 일지. "의사 선생님한테 간 태드는 스무 단어까지 말할 것이다. 지금껏 태드가 배운 단어들:

엄마, 다다(Da-da), 주스, 엘모, 제발, 개, 내 거, 일어나, 니모, 바이바이, 어흥, 파랗다, 높다, 붙잡다, 이런, 쉬, 좋아, 싫어, 칙칙폭폭, 그리고 au revoir(또 보자)."(저 멀리 어둠 속에서 밀짚 맥고모자를 쓴 남자가 쉬 하며 위협하고 있다. "au revoir, 똥멍청아.")

티미와 태드는 서너 살 때부터 우리 집 뒷마당 수영장에서 수영 강습을 받았다. 강습은 메러디스가 맡았다. 나는 가끔씩 거들떠보았다. 대체로 태드는 거피(guppy)처럼 물에 적응했지만 티미는 처음에 고생이 심했다.(녀석은 젖먹이 때부터 물을 싫어했다.) 어느 날 오후 녀석이 수영장 가장자리에 서 있는 게 보였다. 녀석은 발을 담갔다. 그러더니 냉큼 발을 뺐다. "이 물은," 녀석은 말했다. "너무 축축해."

아이들은 담요, 의자, 베개, 책, 상자, 빗자루, 휴지통, 커튼걸이, 골판지, 테니스 채, 블라인드, 몇 가닥의 끈으로 요새를 짓곤 했다. 어느 날 아침 티미가 나한테 와서 말했다. "이런. 요새가 무너졌어."

"지금 어떤 상탠데?" 나는 물었다.

"엉망진창," 녀석은 말했다.

그러고 티미는 순식간에 열네 살이 되더니 굵고 낮은 목소리로 말한다. "아빠, 나 무서워."

"뭐가?"

"자라는 게."

55

티미와 태드와 아빠와 나 5

지난 한 달 반 동안 티미와 태드와 나는 어니스트 헤밍웨이의 전쟁소설들을 같이 읽고 얘기를 나누었다. 두 녀석은 그 작품들을 별로 좋아하지 않았다.

그중 한 편인 「이제 내 몸을 누이며Now I lay me」를 마쳤을 때 태드의 가장 활기찬 의견은 “이제 가서 놀아도 돼?”였다.

티미는 이해를 하고 그러는지 못 하고 그러는지 이렇게 말했다. “지루하긴 했는데 지루한 부분들 중에서 일부는 흥미로웠어.”

“어느 부분들이 지루했는데?” 나는 물었다.

“기억은 안 나,” 티미는 말했다. “벌레들이 나무에 어떻게 기어오르는지 이해하려고 노력 중이었거든.”

나는 두 녀석에게 사과를 해야 마땅하다. 녀석들은 너무 어리다.

나는 녀석들이 저희 아버지가 수십 년 전에 전쟁에 나가 젊은이로서 목격했던 것들을 내심 궁금해했으면 했다.(녀석들은 아직 질문 하나 없다.) 또한 나는 녀석들이 헤밍웨이의 비교적 젊은 등장인물들한테서 공감대를 찾았으면 했다. 헤밍웨이 자신이 오스트리아-이탈리아 전선에서 심한 부상을 입고 반죽음되었던 건 열여덟 살 때로 내 아들들보다 몇 살 안 많을 때였다. 내가 이를 언급하자 티미는 어깨를 으쓱하더니 헤밍웨이가 깜빡했는지 심한 부상을 입고 반죽음되었던 얘기는 내가 숙제로 내준 소설에 안 쓰여 있다는 점을 지적했다. "아무 일도 안 일어나던데," 티미는 말했다. "부상당한 사람이 이런저런 생각을 하면서 병원에 누워만 있는 게 다잖아. 누가 누구랑 싸우는 장면은 없고."

티미의 문학적 판단이 가혹하긴 해도 근거가 전혀 없는 건 아니다. 헤밍웨이의 "전쟁소설"들은 사람이 사람을 한결같이, 묵묵하게, 일분일초마다 죽이는 당장의 현실에 극적으로 몰입하는 법이 거의 없다. 대체로 그의 소설들은 전투 훨씬 전이나 훨씬 나중의 일을 펼쳐놓는다. 우리는 해럴드 크레브스와 제이크 반스를 전시의 공포가 한창일 때가 아니라 그 이후에 마주친다. 「이제 내 몸을 누이며」에서 우리는 언젠가 "폭발"을 겪은 **이후** 잠을 못 이루는 닉 애덤스를 만나는데, 그러곤 전투 묘사가 없는 단 한 문장의 여백으로 시간을 건너뛰어 또 한 번 부상당한 **이후**의 닉과 재회하게 된다. 『우리 시대에』*의 제6장과 「아주 짧은 이야기」에서 — 내가 흠모하는 작품이다 — 우리는 부상을 당한 **이후** 시간이 더 흐른 뒤의 닉을 엿보게 되지만 부상을 **당했을** 때의 공포와 고통과 신체적 경험은 아니나 다를까 무대 밖으로 멀리 치워진 상태다. 「거대한 투하티드강」에서는 전쟁

* In Our Time. 어니스트 헤밍웨이의 첫 단편집으로 닉 애덤스를 중심인물로 한 연작소설이 주를 이룬다.

이 끝난 이후 어느 장소인지 모를 미시간의 야생에서 낚시와 야영을 하는 닉을 만나게 된다. 「스미르나 부두에서On the Quai at Smyrna」에서는 전쟁 난민들과 전쟁의 인적 비용을 보게 되지만 전투 장면은 어디에도 없다. 헤밍웨이의 단편소설 중 가장 감동적이고 수수께끼 같은 「다른 나라에서In Another Country」를 여는 문장은 무뚝뚝한 어조로 저 혼자 독립적인 평화를 선언한다. "가을에도 전쟁은 항시 이어졌지만 우리는 더는 전투에 투입되지 않았다." 헤밍웨이와 그의 화자는 빈말을 하지 않는다. 이야기는 전투로 이어지지 않는다. 「나비와 탱크The Butterfly and the Tank」에서는 치코테 술집에서 길을 조금만 내려가면 그야말로 스페인내란이 벌어지고 있는데 술집에서는 그 싸움이 다른 곳, 거의 다른 나라 일인 양 사람들이 술 마시고 수다 떨고 소문을 교환하는 이야기가 펼쳐진다. 「당신이 밟지 않을 길A Way You'll Never Be」에서 우리는 닉 애덤스가 자신이 참여했던 "공습"을 화제로 삼는 걸 듣지만 공습 자체는 물론이고 살인도, 전투의 추악함도, 사람이 사람을 죽일 때의 육체적이고 감정적인 혼돈도 독자에게 제공되지 않는다. 닉은 전적으로 저 자신에게, 포화 속에서의 제 용기와 거동에 연민을 쏟지 결코 사망자들과 불구자들을 연민하지 않는다.

그와 비슷하게 『우리 시대에』 제3장과 제4장에서 닉은 정원 담장을 넘으려고 하는 독일 병사들을 "저격"한 이야길 전한다. "저격"은 40야드(약 36.5미터) 밖에서 이루어진다. 닉 자신은 공격을 받고 있지 않다. 여느 독자처럼 으레 나도 내 삶을 끌어와 소설에 대입하는데, 그러자니 티미랑 태드처럼 40야드 밖의 "저격"을 아주 박력 없고 위험 요소도 없는 군사 활동으로 보지 않을 도리가 없다. 그것은 내가 기억하는 전투와 딴판이다. 내 경험상 "저격"은 연습 사격 같은 소리가 나고, 그래서인지 닉 애덤스는 그 과녁이 사람이라는 데 조금도 아랑곳하지 않는 것으로 보인다.

『무기여 잘 있거라』에서 우리는 전쟁을 준비하고 전쟁을 돌아보고 전쟁에서 부상을 입고 전쟁에서 달아나고 전쟁 생각에 사로잡히고 전쟁에 염증을 느끼는 프레더릭 헨리를 보지만 전쟁 **수행** 중인 헨리가 그려지는 건 있는 둥 마는 둥 몇 페이지 안 되고, 그러고 나서도 그는 전투지가 아니라 먼 외곽에 자릴 잡은 채 쿵 하는 대포 소리를 듣거나 터벅터벅 전선으로 향하는 암울한 부대를 지켜만 본다. 프레더릭 헨리는 죽든가 죽이든가 끝장을 봐야 하는 사나운 전투에서 퇴장한 상태다. 그는 도매로 벌어지는 도살에서 수수료를 면제받았다. 그는 밤낮을 사람 죽이는 일로 보내지 않는다. 이따금 헨리가 느닷없는 위험에 처하는 것도 사실이고 심각한 부상을 입는 것도 사실이지만 그가 입는 부상은 파스타에 얹을 토핑을 찾으러 가다 아주 멀리서 날아온 포탄에 맞는, 일시적으로 재수가 없어서 당하는 구경꾼의 부상과 다를 바가 없다.

같은 맥락에서 보건대 「전투 전야Night Before Battle」라는 소설에서 헤밍웨이의 화자는 독자에게 이렇게 말한다. "저 밑에서는 싸움이 벌어지고 있었다. (…) 800야드에서 1000야드 떨어진 곳에서 보면 탱크들은 나무에서 부산을 떨며 작은 섬광을 내뱉는 흙빛의 조그만 딱정벌레처럼 보였고 그 뒤를 따르는 사람들은 납작 엎드렸다 몸을 수그리고 뜀박질하는 장난감 사람처럼 보였다." 간혹 소화기 사격이 화자 근처를 성가시게 때리는 순간도 있지만 화자는 탱크가 딱정벌레로 보이고 사람이 장난감으로 보일 만큼 먼 거리에서 전투를 치르고, 그러면서도 자기가 목격 중인 전투가 "제대로 촬영을 하기엔 너무 멀었다"라고 불평을 한다. 헤밍웨이의 주인공은 여기서도 전투 중이지 않다. 그는 전투의 관객이다. 그는 촬영기사다. 살인은 그의 직업도 아니고 정신적인 짐도 아니다.

이런 "거리 두기"에서 눈에 띄는 예외라면 『누구를 위하여 종은 울리나』의 결말 부분에 확실히 나오는데 거기서는 헤밍웨이의 주인공 로버트 조던이 치명적인 전투에 발을 담그고 있다. 하지만 조던은 지휘권을 갖고 소규모 게릴라 무리를 이끄는 전문가다. 그는 물리적으로 제 부대와 분리되어 있다. 그는 일반 병사가 매일 반복해서 겪는 무자비한 경험과 분리되어 있다. 그는 스스로에게 부과한 규율만을 따라야 하는 사람이다. 그는 젊은 마리아와 연애를 하며 밤 시간을—그리고 일부 낮 시간을—자유로이 보낸다. 그는 진지나 참호에서 자는 대신 때로 움직이는 대지에서 잔다. 그는 전방인 플랑드르와 솜강에서 수백만의 청년이 견뎌야 하는 시종일관 무섭고 진 빠지는 의무와 거리를 두고 있는데 이는 일반 병사라면 극소수나 누릴 일이다. 이처럼 의도적으로 조성된 상황은 알라모*에서 맞는 월트 디즈니 식 결말과 다를 바 없는 조던의 최후와 결합해 전쟁에 대한 인상을 문자 그대로나 비유적으로나 로맨스물처럼 만든다. 그것은 윌프레드 오언이 "오래된 거짓말(The Old Lie)"이라고 부른 것의 한 가지 예다.

헤밍웨이가 자신의 등장인물들을 인근의 반복되는 전투에서 격리한 건—육체적 거리 두기, 감정적 거리 두기, 상상적 거리 두기, 시간적 거리 두기를 한 건—단지 우연으로만 설명될 일이 아니다. 전기 작가는 종종 전기 자체에 충실하려는 외골수적인 성향이 있다. 따라서 헤밍웨이 그 남자, 그 저자는 자신이 이탈리아 전선에서 직접 싸우고 죽이며 전투를 목격한 건 아니라고 주장할 것이다. 그러니 그는 잘 **모르는** 건 쓰지 않는다는 전기 작가다운 이유로 전투를 묘사하는 데 굳이 힘을 빼지 않았을 것이다. 어떤 비평가들은「거대한 투하티드강」과「이제 내 몸을 누이며」를 포함해 소위 헤밍웨이가 쓴 몇몇 전쟁소설이 근본적으로는 결코 전쟁소설이 아니라고 암시한다. 문학사가인 프레더릭 크루스(Frederick Crews)는 이렇게 쓴다. "(헤밍웨이의) 향후 태도로 보건대 그가 이탈리아에서 살인에 대한 반감이나 전쟁 이면의 쟁점과 아이러니에 대한 이해를 갖고 돌아오기는커녕 분을 삭이고 돌아왔다는 근거도 없다." 전기 작가 케네스 린(Kenneth Lynn)도「이제 내 몸을 누이며」를 고찰하면서 헤밍웨이가 겪은 전시 경험의 중요성을 일축하거나 하다못해 이전보단 덜 강조한다. "그 소설에서 지극히 중요한 것은," 린은 쓴다. "수많은 독자로 하여금 그것을 전쟁 이야기로 여기게 만드는 이탈리아 북부라는 틀이 아니라 그 틀 속에서 나오는 어린 시절의 기억이다."

아무튼 이탈리아 전선에서 지내는 동안 헤밍웨이가 사람 머리에 총구멍을 낸 적은 없었다. 중기관총의 포화 속에서 진흙탕을 전진한 적도 없었다. 그는 적십자 임무를 수행한 뒤 밤이 되면 비교적 안전한 후방으로 돌아와 지붕 밑에서 잠을 잤고 수돗물과 따뜻한 식사를 누렸으며 어쩌면 친구와 술도 한두 잔 즐겼을 것이다 — 일반 보졸은 누릴 수 없는 사치였다. 헤밍웨이가 임무에 자원했다곤 하지만,

---

* 텍사스 독립 전쟁 중 미국 텍사스 의용대가 멕시코 군대를 상대로 싸우다 전멸한 비장한 곳.

그리고 침착한 정신으로 스스로를 가눈 게 분명하다곤 하지만 전방의 보병들 눈에는 보나 마나 건장하고 훌륭하되 틀림없는 비전투원으로 보였을 것이다. 그는 REMF*였다.

어니스트 헤밍웨이가 피아베강에서 보졸들과 따로 지냈던 건 고작 상대적 편의 때문만이 아니었다. 그는 제 뜻대로 해도 되는 어마어마한 자유를 가지고 있었다. 그는 남의 눈에 치욕스럽게 비치는 일 없이 포화 속에서 내킬 때 후퇴할 수 있었다. 그는 자기 자전거에 폴짝 뛰어올라 후방으로 페달을 굴릴 수 있었다. 헤밍웨이가 그랬다는 건 아니다. 그가 내켜 했다는 것도 아니다. 하지만 그는 **그럴 수** 있었다. 헤밍웨이가 합류한 건 미 육군이 아니라 미 적십자였고, 그래서 그는 전쟁에 구속된 군인들과 달리 속박되지 않은 몸이었다. 전투를 앞둔 순간이면 일반 보졸은 물리적으로 의욕을 박탈당하는 묘한 자포자기를 겪는다. 병사의 자유의지는 사소해 보이는 일에도 쪼그라들기 시작해 불가능한 환상이 되어버린다. 좌향좌 아니면 우향우. 앉아 아니면 일어서. 말하기 아니면 말 참기. 포화 속의 전진 아니면 비전진. 구급차 운전사이자 매점 담당이었던 어린 헤밍웨이는 자기한테 담배와 초콜릿을 받아 가던 사내들보다 훨씬 큰 개인 재량을 누렸다.

당연히 헤밍웨이는 젊은이에게 할당되던 죽음이라는 짐에서도 결국 면제되었다. 제1차 세계대전 복무 기간, 그리고 논란 많은(아마 과장되었을) 제2차 세계대전 통신원 시절까지 그는 살인뿐 아니라 살인 후 평생 따르는 여진도 모면했다. 그 결과 전시에 쓴 그의 소설 연작들은 아주 편협하고 특이한 자기도취의 기조를 띤다. 그는 전쟁이라는 시공간에서 자기 영웅들이 느끼는 죽음에 대한 공포며 가혹하고 무자비한 죽음의 기운을 글로 자주 옮기고 또 잘 옮기지만— 그 상징적인 비를 보라— 죽음을 **대면하는** 일 내지 죽음을 대면한 이후를 보듬는 일에 관해서는 자주 쓰지도 않고 그리 잘 쓰지도 않는다. 그가 쓴 소위 전쟁소설들에는 "타자"에 대한 감각이 거의 없다. 죄책감도 거의 없다. 어리벙벙한 놀라움도 없다. 반감도 없다. 토할 듯한 어지러움도 없다. 그 귀한 도덕적 의심 내지 도덕적 가책 내지 도덕적 과실도 없다. 예를 들어 프레더릭 헨리는 카포레토에서 후퇴를 하다가 뜬금없이 권총을 꺼내더니 도망 중인 이탈리아 부사관을 쏜다. 왜일까? 그자가 도망 중이라서? 만약 그렇다면 어째서 도망 중인 이탈리아 전군을 쏘지 않는가? 어째서 도망 중인 말과 도망 중인 구급차와 도망 중인 식객 들은 쏘지 않는가? 어째서 저 자신은 쏘지 않는가?(그도 도망 중이다.) 더 놀라운 건— 합리성, 올곧음, 납득 가능성을 떠나— 프레더릭 헨리가 차라리 축제 때 고무 오리를 쏘는 편이 나았을 거란 점이다. "나는 권총집을 열고 권총을 꺼내어 가장 말 많은 자를 조준한 뒤 방아쇠를 당겼다. 총알은 빗나갔고 그 둘은 내달리기 시작했다. 나는 세 발을 더 쏘아 하나를 쓰러뜨렸다."("쓰러뜨렸다"라는 저 단어—도덕적으로 너무나 무디고 인간적 감정이 너무나 메말라 있다.) 조금 뒤 헨리의 일행 중 하나가 총에 맞은 사람의 "숨통"을 끊으려 할 때 권총이 말을 안 듣자 헨리는 "공이치기를 당겨야지" 하고 말한다. 이에 일행이 공이치기를 당겨 두 번 격발하자 총상자는 더는 부상자가 아니라 꼼짝없이 죽은 사망자가 되는데, 그러자 헨리는 보통 땐 전시의 죽음에 관해 그토록 엄청난 양의

* Rear-echelon motherfucker. 군대 은어로 대략 "후방에서 꿀 빠는 새끼".

생각과 말을 늘어놓더니 지금은 무념무상에다 말도 없다. “부사관은 지저분한 긴소매 내의 바람으로 누워 있었다. 나는 피아니의 차에 올라타 함께 이동을 시작했다. 우리는 들판을 건널 셈이었다.”

어니스트 헤밍웨이한테는 이 잔인한 일화에서 문체가 모든 것을 압도했던 게 아닌가 의심스럽다. 내게 저 감정의 부재는 의아한 거짓처럼 느껴진다. 술수 같다. 그것이 그 유명한 빙산일 테지만 그건 제프리 다머*의 빙산이다.

더 나아가, 나는 사람이라면 당연히 느꼈을 상당한 양의 공포가 인간의 주관적 감정을 회피하도록, 헤밍웨이에겐 사실주의에 대한 요구와 양립할 수 없는 것으로 보였을 그 주관성을 회피하도록 그를 부추겼다고 본다. 슬픔은 암만 엄밀해도 공이치기를 당긴 권총과는 다른 식으로 엄밀하다. 반감은 마음의 상태라서 보이지도 만져지지도 않는다. 연민은 손에 잡히지 않는다. 인간 의식의 정서적 측면은 기체같이 회오리치는 와중에 서로 모순된 것들이 뒤섞여 팽창과 수축을 해나가므로, 작가가 강이며 비며 흙먼지며 공이치기 당긴 권총을 그릴 때의 엄밀함으로는 묘사할 수 없다. 사실 제 부상을 돌아볼 때조차 프레더릭 헨리의 상념은 감정이 전적으로 메말랐다시피 하다. 『누구를 위하여 종은 울리나』의 결말 부분에서는 자신의 죽음을 예감한 로버트 조던의 지상 마지막 상념이 기이할 정도로 허세적인데다 지나치게 형식적이라서 마치 그가 자신의 공포와 불확실성을 심지어 저 자신에게도 비밀로 하느라 분투 중인 것 같다.

"그러니까 아빠는," 티미가 내게 물었다. "어니스트 헤밍웨이 가지고 왜 그렇게 열을 올리는 거야? 심지어 그의 것을 막 **좋아하는** 것 같지도 않던데."

"난 그의 소설이 싫어," 나는 말했다. "사랑하기도 하고."

"둘 다라고?"

"소설은 그럴 수 있어. 어떤 부분은 매우 아껴도 다른 부분은 싫을 수 있지."

"하지만 **신경**을 왜 쓰는 거야? 왜 자꾸 우리한테 이걸 읽히려고 해?"

"너희가 아빠를 알았으면 해서," 나는 말했다. "내가 하는 생각을 헤밍웨이가 하거든."

"하지만 그에게 동의하지 않잖아."

"항상은 아니야. 가끔은 해."

"이를테면 언제?"

"음, 이를테면 닉이 밤에 누워서 누에 소리를 듣고 있을 때. 그가 세상을 영원히 뜨는 생각을 할 때."

"죽는 거 말이지?"

"응."

"이런."

---

* Jeffrey Dahmer. "밀워키의 식인귀"라 불린 미국 연쇄살인범.

헤밍웨이 문학의 출발점은 — 그의 강박, 그의 열정은 — 전쟁이 아니라 죽음 자체에 있다. 죽음에 대한 예감, 죽을 고비, 죽음에 대한 명상, 죽음과의 농탕질, 죽음에 대한 두려움, 죽음에 대한 혐오, 죽음에 대한 조롱, 죽음에 대한 체념, 어둠 속에서 악착같이 잎을 갉아 먹는 누에들에 대한 지속적인 의식. 내가 볼 땐 이 점에 헤밍웨이 소설의 아름다움이 있다. 내가 그를 믿는 건 이 점에서다.

그렇다, 사람이 사람을 죽이는 전쟁의 단면에 병적으로 둔감하다 싶은 바로 그 점이 나는 혐오스럽지만 그와 동시에 나는 그 섬세함, 우아함, 직관성, 그리고 그의 장편들과 단편들이 인간의 피할 수 없는 죽음이라는 주제를 다룰 때 취하는 공경의 태도에 홀려버린다. 오히려 이것이 헤밍웨이의 주제다. 전쟁이 아니라. 총알, 폭탄, 포탄이 아니라. 전쟁의 책략이 아니라. 전쟁 기구나 전쟁의 도덕성이 아니라. 내가 믿어 의심치 않는 건, 어니스트 헤밍웨이에겐 전쟁이 본질적으로 자연계, 그러니까 오직 저만의 결론이 기약된 세계의 확장이었을 거라는 점이다. 그는 전쟁에 **관해** 쓰기만 한 게 아니라 전쟁을 **이용**했다, 당신을 포함해, 당신 자식들을 포함해, 무고한 사람들과 죄인들과 배심원들을 포함해 살아 있는 모든 것의 운명을 탐구할 수단으로서. “누구나 삶은 같은 방식으로 끝난다”라고 헤밍웨이는 적었다. 그는 또 이렇게 적었다. “여사님, 모든 이야기는요, 이제 웬만큼 썼다 싶으면 죽음으로 끝나잖아요, 그러니 죽음을 도외시하는 사람은 진실한 얘기를 하는 이야기꾼이 아니에요.”『오후의 죽음 Death in the Afternoon』에서는 이런 유명한 말을 적었다. “전쟁이 끝난 지금 삶과 죽음, **즉** 격렬한 죽음을 볼 수 있는 유일한 장소는 투우장이었고 나는 그것을 지켜볼 수 있는 스페인에 무척이나 가고 싶었다. 나는 글을 쓰고자 가장 간단한 것들부터 깨치려고 노력 중이었는데, 모든 것 중에서 가장 간단하되 가장 핵심적인 하나가 바로 격렬한 죽음이었다." 때로 황소와 말과 사람의 종말에 관한 디테일을 과장되게 곱씹는 이 책에서 그는 "예컨대 인간이 아버지의 죽음을 지켜보기도 하듯이" 죽음을 지켜보고 싶다고 썼다. 『무기여 잘 있거라』에서는 프레더릭 헨리의 입을 빌려 앤드루 마벌*의 시 한 대구를 전했다. "하지만 등 뒤로 나는 늘 듣는다 / 시간의 마차가 날개를 달고 서둘러 다가오는 소리를." 「죽은 이들의 박물학A Natural History of the Dead」에서는(제목이 내 요지를 말해준다) 이렇게 적었다. "그러니 죽은 이들한테서 우리가 어떤 영감을 끌어낼 수 있을지 어디 한번 봅시다." 그러고 나서 독자는 죽은 당나귀와 말과 인간에 대한, 해부학적인 깨달음을 주는 철저한 부검에 초대받아 다음의 설명을 듣는다. "죽은 이들은 날마다 점점 부푸는데 어떨 땐 제복이 안 맞는 것도 모자라 터질 듯이 빵빵한 지경이 되죠." 그 밖에도 헤밍웨이는 어디선가 이렇게 적었다. "전쟁을 겪기 전에는 백이면 백 자긴 안 죽을 거라고들 생각하지. 하지만 형씨, 거기 오래 나가 있다 보면 당신도 죽게 될 거요." 그는 적었다. "세상은 싸울 가치가 있을 만큼 좋은 곳이라 난 거길 떠나기나 너무너무 싫어." 피아베강 근처에서 중상을 당한 뒤 그는 친구에게 말했다. "나는 그때 죽어 있었어. 내 영혼인지 뭔지가 몸에서 쑥 빠져나가는 걸 느꼈는데 꼭 주머니 한구석에서 실크 손수건을 뽑아내는 것 같더라니까. 그게 내 주변을 빙빙 날아다니다 돌아와서는 다시 안에 들어오니까 그제야 죽은

* Andrew Marvell. 영국 형이상학파 시인.

상태에서 벗어나더군." 그러고 그는 자신의 삶에 관해 이렇게 적었다. "소년의 나이에 전쟁에 나가면 불멸에 관한 거대한 망상을 품게 된다. 다른 사람은 죽어도 나는 안 죽는다 하는 (…) 그러다 난생처음 치명상을 당하면 그 망상은 깨지고 그게 나한테도 일어날 수 있는 일임을 알게 된다. 열아홉 번째 생일을 2주 앞두고 심각한 부상을 당한 나는 힘든 시간을 보낸 뒤에야 내게 벌어진 일이 내 앞의 모든 사람에게 벌어졌던 일임을 이해할 수 있었다."

내 시선이 앞줄의 "모든 사람"이라는 단어에 다시 꽂힌다. 헤밍웨이는 "전쟁 중인 사람들"이라고 적지 않았다. 그는 "모든 사람"이라고 적었다. 그는 전쟁 너머로 손을 뻗고 있었다. 그는 자신의 청춘과 자신의 노년, 누구나의 청춘과 누구나의 노년에 손을 뻗어 지금 존재하는 것이 언젠간 존재하지 않을 거라는, 우리 누구에게나 불은 꺼질 것이며 카페는 문을 닫을 거라는 충격적인 확신을 재발견하고 있었다.

우리 대다수가 잊고 싶어 하는 것을 헤밍웨이는 기억하지 않을 수 없었다.

우리 대다수가 멀리 밀어내는 것을 헤밍웨이는 끌어안았다.

나한테만 그런지는 몰라도 이것이 그의 최고의 단편들이 이룩해 낸 성취다. 그의 범위는 포괄적이다. 이 행성, 저무는 해, 뇌종양에 걸린 여자아이, 보드카병 생각에 빠진 아버지, 어둠 속에서 잎을 갉아 먹는 누에 등 만인과 만물이 그의 주제다.

이런 점에서 내가 볼 때 헤밍웨이의 이른바 전쟁소설은 그의 더 부피 큰 소설들, 즉 표면적으로는 전쟁과 조금도 관련이 없지만 속에 침투한 무자비한 종결성에 사로잡혀 그것을 철저히 의식하고 있는 장단편들과 구분이 안 된다—「세계의 수도The Capital of the World」「인디언 부락」「아프리카 이야기An African Story」「패배하지 않은 사람들The Undefeated」「깨끗하고 밝은 곳」「킬리만자로의 눈」「살인자들」「프랜시스 매코머의 짧고 행복한 생애」「한나절의 기다림」「나의 아버지」「충직한 황소The Faithful Bull」「알프스의 전원An Alpine Idyll」「폭풍 후After the Storm」「평범한 이야기Banal Story」「훌륭한 사자The Good Lion」「아버지들과 아들들Fathers and Sons」『노인과 바다』『강을 건너 숲속으로Across the River and into the Trees』『물길 속의 섬들Islands in the Stream』. 각각 저만의 시계가 돌아가는 이 장단편들은 헤밍웨이의 다른 소설들보다 좀 더 "전쟁소설"에 가까운 작품으로, 우리가 알면서도 너무나 절망해서 너무나 맹렬히 모르고자 애쓰는 것들을 일깨워준다.

헤밍웨이의 소설은 그 속과 지배적인 감정을 들여다볼 때 실제론 전쟁에 **관한** 것도, 투우에 **관한** 것도, 낚시에 **관한** 것도, 조류 사냥에 **관한** 것도, 베니스의 운하들을 떠다니는 일에 **관한** 것도 아니다. 소설이 결코 소설적인 데 관심이 없다고 할 만큼 헤밍웨이는 시간이 지나면 현실성이 소멸해버리는 기이한 현실 자체를 큰 주제로 삼는다. 물론 이것은 일반화고 여기엔 눈부신 예외들이 있지만, 죽어가는 이들을 주목하되 살인은, 전쟁의 단면은 주목하지 않는 헤밍웨이의 질긴 시선을 이해하는 데에는 이것이 도움이 될 것이다.

비유적으로 말하자면, 한편으론 문자 그대로 말하자면 나는 어니스트 헤밍웨이가 이른 아침마다 글을 쓰려고 자리에 앉는 동안, 그리고 상상의 사건들과 상상의 인간들로 구성된 무용극에 살며시 발을 들이는 동안 으레 저 자신에게 다가올 소멸의 최종 리허설에 가까운 것을 치르고 있었을 거라 굳게 믿는다. 그는 연습을 하고 있었던 것이다.

56

화산 속으로

지난 두 주 동안 태드는 6학년 역사 분야와 수학 분야를 결합하는 학제간 학교 과제에 틈틈이 매달려왔다. 내 아들은 반 친구 한 명과 가상의 유토피아를 건설하는 데 주력하기로 결심했는데 그곳은 6학년들이 자국의 안정과 평화 속에서 살 수 있는 세상이었다.

어제 아침 나는 가볍고 의례적인 호기심에 그 과제 얘기 좀 해달라고 태드한테 부탁했다.

"음," 녀석은 말했다. "좀 복잡해. 유토피아의 길들은 각도가 전부 달라야 되거든. 이를테면 스위트 스트리트는 다른 어떤 길이랑 60도를 이뤄야 되고 버니 대로는 평행사변형의 한 변이 돼야 돼. 대충 그런 식이야."

"재밌는 거 같은데."

"재밌긴."

"그럼 역사 부분은 어떻게 돼?"

"대부분은 우리가 그냥 지어내는데," 태드는 말했다. "하지만 유토피아가 뭔지 먼저 배워야 돼 — 그러니까 **다른** 사람들이 생각하는 유토피아는 어떤지 말이야."

"좋은 아이디어 좀 얻었어?"

"음, 아니, 하지만 내 아이디어는 끝내줘. 들어볼래?"

"당연히 들어야지," 나는 말했다.

그렇게 태드는 블록 쌓기 놀이 같은 6학년의 이상향을 10분에서 15분 동안 묘사했다. 예상했던 대로 내 아들의 유토피아에서는 길들이 허시 초콜릿 바로 포장되어 있고 상점들은 공짜 아이스크림을 무한정 제공하며 학교들은 일주일에 하루만 수업을 하고 여름방학은 장장 8개월간 지속되는 데다 선생님들은 학생들보다 많이, 아주 많이 멍청해야만 임용되었다. "그래야 전교생이 A를 받지," 태드는 말했다.

"그 밖에는?" 나는 물었다.

"요리와 청소는 다 로봇이 할 거야."

"기막힌 생각인걸."

"자동차는 다 자동 운전. 엄마가 언제든 스트레스 받을 일은 없어."

"완전 일리 있군," 나는 말했다. "또 뭐가 있니?"

"음, 결혼하는 사람들은 누구든 아들 하나랑 딸 하나를 낳아야 돼. 만약에 아들 둘이나 딸 둘을 낳으면 아들은 딸, 딸은 아들로 하나씩 바꿔야 돼."

"네 자식을 바꾼다고?"

"기본적인 아이디어는 그래."

"그러면 네 엄마랑 내가 너를 어린 딸로 바꿔야 되는 거네?"

태드는 망설였다. "실제가 아니잖아," 녀석은 말했다. "유토피아야."

"하지만 유토피아는 좋은 곳이어야 되는 거 아니야?"

"그럴걸. 어쩌면 엄마랑 아빠가 형을 바꿀 수도 있잖아."

"음, 저기," 나는 말했다. "네 유토피아에서 부모는 아이를 몇 살 때 바꿔야 돼?"

"글쎄. 여섯 살이나 일곱 살쯤 되려나."

"태드, 넌 새로운 엄마랑 아빠를 원해?"

"응?"

"이 아이디어 어디서 났어?"

"아무 데서도. 난 쿨하다고 생각했는데."

"쿨하긴 하다," 나는 얼른 말했다. "그런데 그게…… 선생님한텐 말씀드렸고?"

"기억 안 나는데. 아직 안 드렸을걸."

"너 지금 행복한 거 맞지? 엄마랑 아빠랑 있어서?"

태드는 어리둥절한 눈으로 나를 빤히 쳐다보았다. "그런 거 같아, 맞아. 그나저나 아빠한테 화산 얘기 하는 걸 깜빡했어."

"화산?"

"유토피아의 일부야. 뭐냐면, 누가 여든 살쯤 되잖아, 그러면 사람들이 그 사람을 화산으로 들고 가서 그 속에 던지는 거야."

"누굴 던진다고?"

"나이 든 사람."

"여든이 되면?"

"응," 태드는 말했다. "하지만 원하면 일흔 살 때 던져달라고 부탁

해도 돼, 재밌는 일을 못 할 만큼만 늙었으면 되거든."

"던지는 사람들은 누군데?"

"그냥 사람들."

"너 같은 사람들?"

"거의. 그게 유토피아를 통틀어서 최고로 명예로운 직업이야."

"그렇겠다," 나는 말했다. "명예롭겠어."

"왜 그런 눈으로 봐?"

"태드, 아빠가 몇 살인 줄 알아?"

"여든 살은 안 되지 않았어?"

"아직은."

"그럼 걱정 안 해도 돼. 게다가 사람들이 일을 똑 부러지게 하거든. 손도 하나도 안 데고. 큰돈을 받고서."

"태드, 너 나치가 뭔지 알지?"

57

그러고 스튜 냄비 속으로

오늘 티미는 열다섯 살이 된다.

대략 일주일이면 태드도 청소년이 된다.

이처럼 생일이 돌아오면 똑딱거리는 시계 소릴 어느 때보다 자주 의식하게 되는데 마치 저기 태드의 화산에서 있을 약속에 늦어 뛰어가고 있는 기분이다. 그래도 오늘 아침엔 모든 게 순조로워 보인다. 만족스럽다. 또 하루가 밝아와 다행이다. 몇 년 전 이 사색들의 첫 문장을 부랴부랴 적을 때만 해도 나는 내가 인생을 이 시점까지 살아 있을 거라는 데 5센트도 안 걸었는데, 하물며 적당히 건강하고 적당히 활동적이고 살은 빠져도 적당히 생기를 띠는 일에야. 이따금 유황 냄새가 훅 풍기는 건 사실이다. 늦은 밤에는 종종 그 불기운도 느껴진다. 하지만 화산은 대개 잠을 자는 듯하고, 그러니 내가 마지막 끈 몇 가닥을 매듭짓기 전에 태드가 나를 영겁의 화염 속에 내던질 일은 없을 것 같다.

베트남과의 화해가 그 끈들 중 하나다.

옛 전우 두어 명을 오랜만에 보는 것도 그중 하나다.

그리고 물론 이 책에 마지막 마침표를 찍는 것도 그중 하나다. 나는 이 책을 오래, 지나치다 싶을 만큼 오래 붙들고 있었는데 대략 지난 일주일 사이 처음으로 끝이 머지않았음을 감지했다. 자잘한 몇 가지 빼고는 할 말을 다 했다. 겨우 서른 페이지가 남았다. 잘하면 마흔 페이지.

그게 끝나면…… 이제 이른 아침은 없다.

그날그날의 안건은 단순해질 것이다. 아침 7, 8시까지 취침, 그러고 나서 골프 한 라운드, 그러고 나서 약간의 손기술 연습, 그러고 나서 읽고 싶은 책 정주행. 내 나이엔 이기주의도 어느 정도 용납될 듯하다 — 설교자 같은 내면의 목소리가 억지로 시키는 것 말고 내가 간절한 것 하기. 하지만 그 와중에도 나태한 미래는 없으리라고 본다. 나는 부지런하고 단호한 자세로 노년에 마냥 몰입해 있는 내 모습을 떠올린다.(뭔가를 하려거든 확신을 갖고 해, 우리 아빠는 말하곤 했다.) 그러니 나는 확신을 갖고, 어쩌면 기쁜 마음으로 노후의 휴식에 투신해 레모네이드와 해먹, 낮잠을 즐기되 젊은 날의 그 모든 교정 충동을 배제하고 실패와 실수를 음미할 것이다. 내 인생에서 부서진 것은 부서진 채로 남을 것이다. 후회는 후회로 남을 것이다. 지혜는 일평생 나를 피해 다녔고 나는 노년이 되면 조금이나마 총기가 들겠거니 생각하는 바보로 살아왔다. 그러니 남은 시간 동안 내가 기대하는 건 화해도, 계시도, 심오함도, 행복 넘치는 은혜도, 그리고 우주의 방식에 대한 평화로운 순종도 아니다. 내가 기대하는 건 작아지고 작아지다가 소멸하는 것뿐이다.

그렇긴 해도 무덤을 향해 어기적어기적 나아갈수록 머잖아 무엇이 올까 하는 호기심이 나도 모르게 차오른다. 나가서 발길질을 해가며 절규를 하게 될까? 하느님한테 정정당당한 주먹싸움을 요구하게 될까 —— 싸구려 기적 따위 없는? 미친 사람이 될까? 이미 미쳤을까? 인생 마지막 아이스크림에다 남은 머스터드를 싹 쏟아부을 때 내가 미쳤단 걸 알기나 할까? 유독 이런 생일날 아침이면 내 인생의 끝이 가까웠다는 사실에 경탄과 경외가 뒤섞인 감정이 든다. 장엄한 소멸, 종말 중에서도 화려한 종말이여. 사실 나는 그 불바다며 게슈타포 같은 허식으로 보아 태드의 화산이 좀 가혹하긴 해도 우리 모두를 기다리는 것에 대한 비유로서 적절하고 멋지단 생각이 든다.

|

50년 전 내게는 상당한 양의 공포와 함께 호기심 반 경외심 반으로 조합된 감정이 따라다녔었는데 지금 노년에 이르고 보니 다시 1969년으로 돌아가 있다. 전쟁 못지않게 노년도 즐길 게 못 된다는 건 분명하지만 물질계에 대한 각성만큼은 전기가 통하듯 강렬한 것이, 마치 이 행성의 만물이 확대되어 반짝반짝 불이 들어와 있는 것 같다. 죽을 때가 다 되면 모든 게 빛을 띤다. 평화로울 때, 이를테면 청춘기에는 당연하게만 여겼던 것들이 언제부턴가 눈물이 날 만큼 소중해지는데, 혹시 늙음을 벌충해주는 장점이란 게 있다면 한때 어이없을 만큼 시시하게 보였던 것들의 진가를 알아보는 즐거움이 그것이다. 잉글리시 머핀에 얹은 버터. 티미랑 방에 말없이 앉아 있기. 태드랑 판돈 없이 하는 텍사스 홀덤. 열다섯 살짜리한테 〈해피

버스데이〉 불러주기. 그런 시시한 것들이 의미로 가득해 보인다, 그 의미를 주로 놓칠 때가 많지만. 전쟁 기간에도 야간 매복 뒤 동이 터오는 냄새에서, 또는 황혼 녘 탁한 분홍색으로 물드는 강물에서, 또 어느 딱한 영혼이 제 두 다리를 잃고 올려다보는 몇 조각 하얗게 넘실대는 구름에서 그런 단순한 즐거움을 발견할 수 있었다. 노년에는 모든 것이 동등하다. 전에는 한 번도 중요시하지 않았던 것들이 맥을 못 출 만큼 중요해진다.

오늘 이른 아침 부엌을 치우는데 머릿속에서 기억의 뒝벌들, 역사의 작은 주마등들이 평소처럼 깜빡깜빡 바쁘게 가물거렸다. 이상하게도 그 뒝벌들 가운데 하나가 지금도 내 안에서 윙윙거리는 중인데 어째 쫓으려야 쫓을 수 없을 것 같다. 그것은 티미가 대여섯 살이던 몇 년 전의 기억 조각이다. 녀석은 톰과 제리 만화영화에 푹 빠져서 깔깔거리고 있다가 어느새 찔끔찔끔 눈물을 흘렸다. 나는 무슨 일인지 물었다.

"톰이 죽었어!" 티미는 엉엉대는 울음 반에 절규 반을 내질렀다.

나는 아들의 손을 잡고 TV 쪽으로 이끌었지만 녀석은 몸을 뒤로 빼면서 발을 내딛길 거부했다.

"괜찮아," 나는 말했다. "둘이서 같이 볼 거야. 그냥 만화영화잖아, 애들이 보는 거──장담하는데 톰은 안 죽었어."

티미는 아무 말 없었다. 녀석의 입술은 파르르 떨렸다. 얼굴빛이 창백했다.

나는 DVD 플레이어에서 디스크를 꺼내어 톰과 제리가 맞는지 분명히 확인한 다음 도로 밀어 넣었다. 우리는 제리가 톰을 농락하는 모습을 서서 10분쯤 지켜봤는데 나는 그게 재미있었지만 티미는 영 재미를 못 느끼고 있었다. 어느 순간이 되자 녀석은 두 손으로 얼굴을 가렸다. "이제 **나온다,**" 녀석은 나를 힐끗하며 속삭였다. "톰이 죽는 거 다시 못 보겠어."

조금 뒤 다음 에피소드가 시작되었다. "천국의 야옹이(Heavenly Puss)"라는 제목이었다. 시작 후 몇 장면이 지나가자 티미는 목메는 소리와 함께 번개같이 방을 나갔다.

나는 손에 리모컨을 든 채 혼자 그대로 서서 그 에피소드를 처음부터 끝까지 보았다. 그랬더니 맞았다, 톰은 죽은 거였다.(어떤 여섯 살짜리가 보아도 틀림없이 죽은 거였다.) 그 불쌍한 고양이는 추락하는 서랍장에 깔려 제 몸을 빠져나오더니 하늘로 올라가는 황금 에스컬레이터를 타고 구름을 지나 마침내 고양이 천국 정문에 다다랐다. 이유가 정확히는 기억나지 않지만—제리한테 한 심술궂은 짓과 연관된 이유로—그 자리에서 구원을 거부당한 톰에게 천국의 문지기는 제리의 용서를 받아 오라며 마감 시간을 정해주었다. 애석하게도 마감 시간은 만료되었고, 그러자 톰은 결국 바닥 문으로 떨어져 지옥으로 곤두박질치다 마침내 불이 펄펄 끓는 냄비 속에 첨벙 빠졌는데…… 그게 마그마였던가? 사악해 보이는 악마가 으르렁으르렁 짖어대면서 냄비를 저었다.

티미가 미처 못 알아본 건—틀림없이 눈물에 가려서 그랬을 것이다—마지막에 톰이 깨고 보니 그저 악몽이더라 하는 것이었다.(이것이 펜테코스트 파*의 칼날을 무디게 다듬어 어린이 오락물로 내놓는 할리우드의 전술이다.) 그래도 그 긴 황금 에스컬레이터는 무서웠고 바닥 문도, 지옥 불이 끓는 가마솥도 마찬가지였다. 많은 동화, 많은 TV 전도사처럼 이런 이미지 하나가 아이에게 별생각 없이 평생 심리 치료를 선고하기도 한다.

나는 DVD 플레이어를 껐다.

몇 분 동안 집을 뒤진 끝에 나는 티미가 제 침대 밑에 숨어 있는 걸 발견했다. 나는 녀석을 좋은 말로 구슬려 끄집어낸 뒤 의자에 앉아 내 무릎에 올린 다음 톰은 아무렇지도 않다고 설명해주었다—그저 악몽일 뿐이라고.

"톰은 죽었어," 티미는 단호하게 말했다. "스튜 냄비 속에 있어."

"스튜 냄비?"

"까맣고 커다란 스튜 냄비!" 티미는 날카롭게 언성을 높였다. "죽은 사람들이 가는 곳 있잖아!"

"있잖니, 톰은 진짜 사람이 아니야. 걔는 고양이야, 안 그래?"

"그래—근데 고양이도 똑같잖아! 왜 모두가 스튜 냄비에 들어가야 돼?"

"그건 그냥 만화야. 재밌으라고 그런 거야."

"스튜 냄비는 재미없어," 티미는 말했다.

"그럴 수도 있겠다," 나는 말했다.

아들은 얼마간 진정하는 기색이었지만 이내 또 눈을 감더니 얼굴을 무너뜨리고 울었다. 녀석은 머리를 내 가슴에 대고 눌렀다. "무서워," 녀석은 말했다.

"아빠도 알아. 아빠도."

"아빠가 스튜 냄비에 들어가는 거 싫어."

"아빠가?"

티미는 일어앉더니 내 눈을 똑바로 쳐다보았다. "있지," 녀석은 말했다. "아빠는 늙은 사람이잖아."

"맞아," 나는 말했다.

"아빠는 그렇잖아."

"그래, 들었어."

그 뒤에 일어난 일은 기억이 흐려졌지만 이후 10년 동안 "스튜 냄비"라는 말은 우리 가족의 주문(呪文)이 되어 두 단어의 단순한 합보다 훨씬 많은 것을 상징하게 되었다. 문맥에 따라 뜻은 유동적이지만 "스튜 냄비"는 대체로 위험과 운명과 응보와 두려움과 파멸과 불가사의와 종말과 예감을 아우른다. 가령 어려운 역사 시험을 앞둔 티미는 이렇게 말할 것이다. "이런, 스튜 냄비가 코앞이네." 아니면 태드의 농구 시합이 시작되기 전 상대 팀의 막강함을 알아본 메러디스는 나를 힐끗하며 이렇게 중얼거릴 것이다. "큰일 났어, 스튜 냄비에서 나가야 돼." 내게 "스튜 냄비"라는 말은 특히 오늘 같은 6월의 이른 아침 시각이면 불안감도 들고 체념도 드는 투명하고 극명한 시야를 가져다준다. 몇 년 동안 나는 화장이냐 매장이냐 하는 쟁점을 지켜만 볼 뿐—나로선 어느 쪽도 기뻐 날뛸 일이 아니다—불현듯 더 유쾌한 대안이 떠오르길 바라는 마음으로 결정을 미루어왔다. 이를테면 나를 갈아서 개밥에 넣거나 아니면 박제사를 부르거나. 하지만 태드의 화산과 더불어 티미의 스튜 냄비를 생각하니 불이냐 얼

---

* Pentecostalism. 극단주의 기독교 분파.

음이냐의 난문제가 최종적으로 해결되었다. 불이 났다.

이리하여 또 하나의 헐거운 끈이 매듭지어졌다.

|

우리 아빠의 유골함은—그의 황동 스튜 냄비는—내게서 몇 피트 떨어진 널찍한 선반에 육칠십 권의 책과 함께 놓여 있는데, 독서를 몹시 사랑했던 이에겐 더할 나위 없는 안식처다. 여느 아들처럼 나도 가끔은 유골함 속의 재와 말을 나누곤 한다. 나는 조언을 구한다. 비밀을 털어놓는다. 내 사랑을 표현한다. 돌아오는 말은 하나도 없지만 나는 그 침묵에 익숙해져 딱히 언짢진 않는데, 그럴 것이 우리 아빠는 여기 이 방에, 선반에, 몇 피트 거리에 있고 나는 그가 말하곤 싶지만 단지 그럴 수 없을 뿐이란 걸 알기 때문이다. 그의 잘못이 아니다. 그는 세상을 떴다. 내가 바라는 건 언제 어디서든, 지금으로부터 일주일 전이든 10년 전이든, 화산에서든 스튜 냄비에서든 우주먼지 속을 이동하는 황금 에스컬레이터에서든 나도 저희에게 최대한 다정하고 음악 같은 소리로 말해주곤 싶지만 단지 그럴 수 없을 뿐이란 걸 티미와 태드가 직관적으로 알아주었으면 하는 것이다.

지금 두 녀석이 잠에서 깼다. 가서 티미한테 해피 버스데이를 빌어줄 시간이다.

58

수업 계획안

티미가 스물두 살 태드가 스무 살이 되는 2025년 여름에 내가 여기 없다면 나는 두 아들이 세상은 저희를 어떻게 대하고 저희는 세상을 어떻게 대하는지 억지로라도 토로하도록 아빠한테 짧은 편지를 쓰게 할 생각이다.

이건 순전히 상상 속의 그림인데, 태드는 아마 대학 첫해를 미루고 페루의 어느 농장에서 토끼를 사육하고 있다고 적을 것이다. 고인에게 보내는 편지에서 태드는 그 농장, 매일의 일과, 토끼 숨이 붙어 있게 하는 일의 우여곡절을 이야기할 것이다. 어쩌면 녀석은 불안함을 털어놓을 것이다. 반려 토끼 한 마리야 괜찮지만 700마리가 되면 그렇지 않다고, 밤이면 안데스산맥의 팬파이프 소리를 들으면서 매사추세츠 기숙사 방에서 친구들과 피자 먹는 소원을 빈다고 녀석은 적을 것이다. 향수병이, 또는 외로움이, 또는 페루 사람들의 스튜 냄비에 들어갈 주재료는 토끼가 아니라는 깨달음이 녀석의 관심을 온통 붙들고 있을 것이다. 아마 녀석은 내게 조언을 구할 것이다.

그러지 않을 수도 있다. 물론 불가능하겠지만 만에 하나 가능하다면 나는 녀석에게 역경이 주는 교훈을 깨달을 때까지 조금만 더 견뎌보라고 조언할 것이고, 그러나 한편으론 저가 내키는 목적지로 갈 수 있는 항공권을 혹시 가능하다면 동봉할 것이다.(역경이 주는 교훈 중에는 역경은 엿 같다는 것도 있다.)

아무튼 내가 바라는 건 가끔씩 내가 해보는 일, 그러니까 답장이 없을 줄 알면서도 아빠한테 마음의 편지를 부쳐보는 일을 태드랑 티미가 해보는 것이다. 하지만 나는 다른 상상도 해본다. 거들어주는 상상. 잠깐씩이라도 거의 항상 나는 다른 방에서 웅얼대는 듯한 희미한 목소리, 그러나 목소리가 맞는지, 소리가 맞긴 한지 정확하지 않은 소리, 만약 사랑이 말을 한다면 이럴 것이다 싶은 속삭임 같은 울림을 머릿속으로, 우리가 어느 여름밤 애매모호한 마음의 동요로써 사랑이 들어섰음을 감지하는 식으로 듣곤 한다.

아빠도 너희를 위해 그런 소리 없는 소릴 내도록 해볼게, 티미랑 태드. 하지만 아빠가 그러지 못하더라도 눈을 감고 떠올려보렴, 너희가 떠올리는 게 너희 아버지일 테니까.

|

너희 중 하나가 내 유골함을 보관한다면 그걸 열어보진 마. 야구모자를 쓴 웃고 있는 남자가 유골함 안에 있다고 상상하렴. 〈저어라, 저어라〉를 부르고 있다고 상상해. 그가 잘 자라고 키스해주는 상상. 우리가 상상하는 건 언제까지나 영원히 존재할 거야.

2030년 언제쯤 너희가 어려서 살던 집을 스스로 찾아가 보면 좋겠어. 나도 내가 자란 집을 우리 아버지가 돌아가시고 얼마 후에 찾아가 봤는데 방마다 그 안에서 벌어졌던 일들로 생기를 띠어 얼마나 놀랐는지 모른단다. 티미, 아빠는 네가 닫혀 있는 네 침실 문 앞에 서봤으면 좋겠어. 태드, 아빠는 네가 언젠가 휴지통을 과녁으로 삼았던 그 작은 욕실을 슬쩍 들여다봤으면 좋겠어. 그리고 너희 둘 다 부탁인데 부엌이랑 떨어져 있는 간이 식탁에서 몇 분만 있어봐, 그게 너희 엄마랑 내가 너희 얼굴에서 스파게티 소스를 닦아주고 너희 학교 얘길 들으며 웃고 너희가 크리스마스이브에 바닷가재 꼬리를 우걱우걱 먹던 걸 구경하던 데니까. 다 같이 재미있었어, 그렇지? 그 집엔 행복이 있었지. 그 집이 너희 기억에 도움이 될 거야.

2031년 6월 20일 금요일, 부탁인데 엘리자베스 비숍의 「한 가지 기술」*을 읽어봐. 너희가 이 시를 소리 내서 읽어봤으면 좋겠어, 비탄의 음악이 들릴 거거든. 모음 때문에 혀가 말리고 자음이 이에 튕

* One Art. 미국 시인 엘리자베스 비숍(Elizabeth Bishop)의 자전적인 시로 부모님 등 사랑하는 사람을 상실한 비탄과 그리움이 담겨 있다.

겨 나오니 매 음절 조심해서 발음하렴. 억양을 빼고 또박또박 읊어봐. 감정도 불어넣지 마. 시가 너희한테 감정을 불어넣게 해. 우리 아버지가 2004년에 영영 사라졌듯이 나도 지금 그렇잖니, 그 사실이 비숍이 쓴 시의 뜨거운 마지막 연을 소리 내서 읽는 데 조금은 도움이 될지 모르겠다.

> —당신을 잃는다 해도 (그 농담하는 말투, 내가
> 사랑하는 몸짓) 거짓말하지 않으리. 분명한 것은
> 상실의 기술을 익히기가 어렵지 않다는 것
> 그것이 흡사 (적으라!) 재앙처럼 보일지라도.

어떤 면에서 이 숙제는 너희 어렸을 때 여러 번 가졌던 재택 학습 시간하고 비슷하지만 이번 경우는 목적이 달라. 뭘 가르칠 생각이 아니거든. 너희가 견디고 있는 걸 남들도 견뎠다는 동지애를 너희한테 제공하는 게 그저 목적이야.

2033년에서 2036년 사이면 너희는 일이란 것의 피로와 스트레스로 가득한 30대 초반의 어른이 되어 있을 거야.(지금은 그 단어가 너희한테 낯설겠구나.) 너희가 무슨 일을 하든, 머리 쓰는 일이든 몸 쓰는 일이든 나는 너희가 한결같은 우아함, 훌륭한 유머 감각, 언젠가 너희가 외발자전거를 타고 훌라후프를 돌리던 시절의 끈질긴 집중력을 갖고 그 일을 해나가길 바라. 되도록이면 일을 놀이처럼 하렴. 일이 더 이상 놀이가 아니라면 좀 쉬든가 다른 일을 찾아.

너희를 위해 이 책을 쓰는 것도 틀림없는 일이었는데, 시인하자면 가끔은 너무 맥이 빠져서 아예 노력을 포기한 적도 여러 번이었어. 재미가 달아났던 거지. 하지만 그러다…… 참 모를 일인데…… 그러다 재미가 돌아오더라. 너희 있잖니, 티미랑 태드, 아빠는 너희가 뒷마당에 있는 농구 골대랑 활강 줄(zipline)을 찾던 때처럼 유쾌하고 모험적인 특성을 계속 유지했으면 좋겠어. 인생을 재미있게 살아. 위험도 자꾸 무릅쓰면서. 새로운 것과 시도되지 않은 것과 예상치 못한 것과 불가사의한 것 모두한테 열린 마음을 절대로 버리지 마. 누가 뭐라 하든 실패와 친해지고 말겠단 너희의 결의, 너희의 충만한 영혼, 스위스의 나무에 오르고 코네티컷의 부두에서 다이빙을 하겠단 너희의 열망을 꼭 붙들렴. 성취 같은 건 걱정하지 마. 유쾌함만 있으면 성취는 따라올 거야. 더욱이 너희는 이미 많은 걸 성취했잖니. 한때 더 이상은 없다고 믿던 사람에게 너희는 기쁨을 가져다주었지.

티미랑 태드, 내가 너희한테 유산으로 마술 도구를 차고 가득 남겼는데 대개는 별다른 설명 없이 너희 소유가 되었구나. 혹시 이걸 숙달해봐야겠단 마음이 선다면 부디 재미있는 시간이 되길 바라마. 그래도 너희는 언젠가 슬픔과 근심의 범벅인 그 화려한 요물들을 별

말 없이 뒤적거리면서 차고에 멀뚱멀뚱 가만히 서 있을 가능성이 아주 커. 결국 둘 중 하나가 "이걸 갖고 뭘 어쩌람?" 하고 중얼거리면 다른 하나가 말하겠지. "내 말이." 중요한 교훈은 그다음 순간에 비집고 나올 거야. 죄책감을 느끼지 말라는 거 — 하다못해 죄책감을 웃어넘기기라도 하라는 거 — 유홀* 트레일러를 빌려서 시립 하치장까지 긴 드라이브를 할 때에도 말이야. 너희는 이미 너희 아버지한테 숱한 마술을 보여주었으니까.

|

얻으려는 충동만 가득해 보이는 세상에서 있잖아, 아빠는 너희가 그 반대를 위해서도 어느 정도 인생을 바쳤으면 좋겠어. 바라는 거 없이 주는 거 말이야. 티미, 언젠가 너는 꼬마일 때 15번가의 노숙자한테 선물로 주겠다고 식료품 가방을 꾸린 적이 있어. 그리고 태드, 예전에 너는 네게 완벽한 날은 언제냐 하는 질문에 이렇게 대답한 적이 있지. "그냥 모두가 기분 좋은 날, 특히 토끼들이."

그러니까 대략 2038년에는 시간을 좀 내서 이 아량 넘치는 순간들이 네 아빠의 인생에서 가장 행복하고 잊히지 않는 순간이었단 사실을 기억하렴. 그런 다음 비슷한 일을 해봐. 바라는 거 없이 주는 일. 아빠를 빛내줘.

|

지금은 2018년 7월 23일 오전 5시 22분, 우리는 파리에 있어. 너희 엄마랑 내가 모닝커피 첫 모금을 하는 동안 너희는 어제 나폴레옹의 무덤을 방문해서 워털루전투랑 프랑스 군대의 모스크바 외곽 후퇴를 아주 원 없이 배우느라 고생했던 걸 잠으로 떨치고 있지. 죽은 지 아주 오래된 사람한테 너희 아빠가 푹 빠지는 걸 보고 어리둥절해하긴 했지만 대체로 너희 둘 다 아주 참을성 있었어. 어느 시점에 있잖니, 티미, 너는 아빠가 입고 있는 티셔츠를 보고 뭐라고 중얼거렸어, "커피를 끓여요, 전쟁 말고"라는 슬로건이 크게 적힌 티셔츠. 자기가 경멸하는 무엇에 붙들려 그 자리에 꼼짝없이 얼어붙을 수도 있단 걸 아빠는—설득력이 없었을까 봐 조심스럽지만—설명하려고 노력했어.

"음," 너는 말했지. "나폴레옹이 서슴없이 살인을 했다는 건 확실히 알겠어. 그럼 우리는 왜 여기서 주일학교처럼 굴고 있는 거야?"

아빠는 고개를 끄덕였어. 그곳은 다들 숨을 죽인, 엄숙한, 경건해 마지않은 분위기였지. 인정해, 우리가 있었던 곳은 왕실 예배당이되 전적으로 전사한 도살자들을 봉안하는 데 바쳐진 예배당이었어. 그곳엔 나폴레옹만 묻혀 있는 게 아니라 프랑스의 다른 수많은 영웅, 주로 직업 장교였던 온갖 군인도 묻혀 있었는데, 그들 중엔 아무도 관심 없을 명분으로 인간을 도살하는 데 일말의 혐오감도 드러낸 사람이 없었지.

"이거 보니까 좀 역겹네," 너는 아빠한테 속삭였어, 티미. "착한 사람을 위해서 이런 장소를 지으면 좀 좋아?"

---

* U-Haul. 미국 대여 전문 회사로 트럭 등의 이동 장비, 창고 등을 대여한다.

"좋은 생각이야," 나는 말했지. "휴 톰프슨* 같은 사람 말이지."

"누구?"

이 질문의 대답은 훗날의 수업 계획안에 있어. 아빠는 너희가 2031년에 휴 톰프슨에 관해서 읽어봤으면 해. 루이지애나주 라파예트에 있는 그의 무덤을 찾아가 보렴, 그럼 땅에 놓인 수수한 명판을 보게 될 텐데 거기서 스스로에게 물어봐. 누가 더 위대한 사람일까, 나폴레옹 보나파르트일까 휴 C. 톰프슨 주니어일까?

|

아빤 너희가 그리울 거야, 소중한 내 아들들아. 벌써부터 그리워. 막연한 미래에 막연한 시점이 되면 내가 너희를 얼마나 끔찍이 그리워하는지 알 수 없겠지. 이 점을 염두에 두고 부탁하는데, 우리 가끔씩 꿈이든 기억이든 이런 책의 지면이든 우리한테 남아 있을 유일한 만남의 장에서 서로서로 만나자. 물론 가장 강력한 건 기억이랑 꿈인데 이것들은 알아서 잘 간수되겠지. 하지만 책에서 만나는 건 걱정이 돼. 아버지라고 너희한테 몇 년 치 독서 목록으로 부담을 줄 순 없고 줘서도 안 되니까. 그 점에선 이미 도를 넘을 대로 넘었잖니. 책에서 만나자는 내 초대는 너희의 개인적 취향과 열의에 따라 변경될 수밖에 없고, 그러니 내가 할 수 있는 최선의 약속은 「한 가지 기술」의 구석들과 틈새들에서 그리고 「감미롭고 영예로운 것」의 머스터드가스와 휘황찬란한 조명 한가운데서 아빠가 너희를 기다리고 있겠다는 거야, 너희가 찾아오겠단 마음을 먹는다면 말이지만. 투

르게네프의 『아버지와 아들』을 펼쳐서 참을성 있게 끝까지 간다면 너희는 내가 너희 아버지로서 낙오할지 모를 가능성 때문에 느꼈던 두려움을 직접 목격할 수 있을 거야. 마찬가지로, 이건 꼭 고집하는 건 아닌데, 아빤 너희가 에즈라 파운드의 『휴 셀윈 모벌리』**를 조용히 한두 시간 읽어보면 기쁘겠어.(좋은 사전과 참고 도서들이 필요할 거야.) 내가 제일 아끼는 몇 행을 특히 눈여겨보렴.

이들은 싸웠네, 어쨌든
어떤 이들은 믿었네, 가정을 위해서라고, 어쨌든……

어떤 이들은 무장을 서두르네
어떤 이들은 모험을 찾아서
어떤 이들은 약한 게 두려워서
어떤 이들은 비난이 두려워서
어떤 이들은 학살을 사랑한다는 상상에
훗날 깨달을까……
어떤 이들이 겁에 질려 있음을, 학살에 대한 사랑을 깨달아.

---

* Hugh Thompson Jr. 미 육군 소령으로 베트남전쟁 중이던 1968년 3월 16일 미군이 벌인 미라이 대량 학살을 멈추는 데 크게 일조한 군인. 미라이 학살의 피해자는 비무장 민간인, 그중에서도 여성과 아동이 대부분이었다.

** Hugh Selwyn Mauberley. 열여덟 편의 짧은 시로 이루어진 장시. 에즈라 파운드가 런던을 떠나면서 쓴 시로 제1차 세계대전에 대한 응답이자 전쟁이 막 발발하던 시기에 시인의 역할을 자성한 작품.

어떤 이들은 죽었네, 조국을 위해서, “감미로움”도 “영예”도 없이
지옥을 눈 깊이 담으며 걸었네
나이 든 이들의 거짓말을 믿었지, 그 뒤엔 믿지 못했지
돌아왔네 고향으로, 거짓말이 있는 곳
숱한 기만이 있는 곳
낡은 거짓말과 새로운 비난이 있는 곳으로,
유서 깊고 오래된 고리대금업과
공공장소의 거짓말쟁이들에게로.

여기서 파운드는 제1차 세계대전에 관해 쓰고 있지만 이 시행에서 내지르는 허망한 분노는 네 아빠의 폐에서 토해지는 거라고 봐도 돼.

아빠가 보기엔 가망이 없어.

살인할 이유는 결코 동나지 않을 거야. 거짓말도 결코 동나지 않을 거고. 절대적으로 확실하다, 의심의 여지가 없다 말하는 공공장소의 거짓말쟁이들도 마찬가지겠지. 당당한 철면피들과 잘나신 것들, 훗날 깨닫는 용맹한 신봉자들도 결코 동나지 않을 거고, 죽고 죽이는 이유를 까맣게 잊은 사람들의 퍼레이드에 — 비난이 두려워서, 조롱이 두려워서 — 참석하는 마음씨 다정한 티미와 태드 같은 사람들도 결코 동나지 않을 거야. 도미노는 넘어지고 있었던 걸까?

가망이 없어. 하지만 그렇지 않다고 상상하렴.

그러면 이제 아빠가 쓴 책들이 문제구나. 그에 관해선 너희한테 딱히 할 말이 없어. 너는 있잖니, 티미, 너도, 태드, 그 책들 속에 뭐가 들었는지 지나가는 호기심조차 내비친 적이 없었어, 그게 아빠는 놀라운데, 하지만 너희가 그걸 한 단어도 읽지 않겠다 한들 아빠가 상처 받거나 화를 내진 않을 테니 그렇게 알고 있으렴.(아빠야 **당혹스럽긴** 하겠지.) 아무튼 아빠가 이야기를, 특히 한두 개의 기적이 가미된 이야기를 얼마나 사랑하는지 이제 너희도 알았길 바라. 아버지와 두 아들이 언제까지나 함께하는 이야기가 담긴 어쩌면책을 한 권만 더 쓸 시간이 있었으면 좋겠다, 어떡해서든. 그럴 일은 분명 없겠지. 하지만 그 이야기 굉장히 멋지긴 할 거야, 안 그러니?

59

태드의 문학 조언

오늘 나는 태드한테 좀 있으면 어쩌면책이 끝난다고 말했다.

녀석은 잠시 말이 없었다.

"음," 녀석은 말했다. "그럼 그걸 숙제 통에 넣고 오케이 점수 받기를 기원해. 난 그렇게 하거든. 다만 선생님 기분이 끝내주는 상태인지 꼭 확인하고."

60

마지막 추가 수업 계획안

티미랑 태드에게

2046년 10월 1일 너희 아빠의 100번째 생일을 맞아 아빠는 너희가 시간을 내서 골프를 한 라운드 돌았으면 좋겠어, 너희 둘이서만. 혹시 골프가 싫어도 부탁이니 어쨌든 한번 해보렴. 걸어. 카트 타지 말고. 태드는 골프 관련 농담을 던지면서 쾌감을 느낄 거야. 티미는 가을 햇살과 19번 홀*을 즐길 거고. 2046년 그날이면 너희 둘 다 관자놀이가 하얗게 세서 목숨이 언제 어떻게 될지 모르는 중년일 테지만, 내 확신하는데 지금 너희의 청춘이 약속해주듯 너희는 좋은 사람이 되어 있을 거야. 태드 — 네가 그 사악한 함박웃음, 세상에 대한 엉뚱한 견해를 아직 갖고 있길 바라고 마흔한 살의 나이에도 상

* 골프는 총 18번 홀까지 있다. 19번 홀은 친목을 도모하는 뒤풀이를 뜻하는 은어.

상으로나마 아직 토끼랑 뒹굴고 있었으면 좋겠다. 티미 — 고집스럽게 지내고, 성실하게 지내고, 동포를 위해 늘 울어주도록 해.

막간에 조금씩이라도 추억에 잠기렴. 너희 아빠가 죽어서도 너희 인생에 간섭하는 걸 생각하면서 낄낄대라고.

아빠도 낄낄거리고 있다고 생각하렴.

기억할 수 있는 건 기억해.

상상하기 어려운 일이지만 2046년에는 너희 둘 다 아버지일 텐데, 만약 그렇다면 아빠가 지금 너희한테 품는 감정을 너희도 자식들한테 품고 있겠구나, 아버지가 아들 생일에 언제까지나 골프를 같이 뛰어줄 수 없다는 슬픔과 눈먼 사랑이 뒤섞인 감정을. 그래도 너희가 자식들한테 제시간에 자라거나 어질러놓은 것 좀 치우라고 잔소리하는 그림을 떠올리면 웃음이 난다. 너희가 급여 명세서, 장보기, 잔디 정리, 진공청소기로 카펫 청소하기, 숙제 감독, 스테이크가 타는지 안 타는지 확인하기 같은 일에 푹 빠져서 수선 떠는 모습을 떠올려도 웃음이 나. 피터 팬이 괜히 어른이 되길 마다한 게 아니지. 2046년에는 어느새 너희도 본인 걱정은 줄고 너희가 사랑하는 사람들, 특히 자식 걱정은 늘어 있을 텐데, 그 점에선 아빠가 그랬듯 너희도 최선을 다하고 있을 거라 믿어, 최선을 다한 걸로 만족되는 경우는 드물더라도 말이야.

2046년 10월 1일부터는, 월요일일 거야, 너희도 하루씩 휴가를 내야겠구나. 훨씬 미리부터 그리하렴.(어릴 적에 너희는 미루는 버릇이 아주 문제였어.) 좋은 소식이라면 월요일엔 골프 코스가 거의 너희만의 독차지라서 빨리 돌아야 하는 부담이 없다는 건데, 그러니 10월의 공기와 밟고 있는 땅의 감촉과 잘하면 한두 차례 날릴 굿 샷을 즐기렴. 12번 홀에서는 티샷을 치기 전에 존 베처먼*의 「해변의 골프 Seaside Golf」를 몇 줄 떠올려보길 부탁해.

> 얼마나 곧게 날았는지, 얼마나 오래 날았는지
> 난 흔적이 다 지워졌네
> 그렇게 날아올라 시야에서 사라지니
> 벙커는 저 멀리 뒤편으로—
> 눈부셔라, 넘실넘실 활주하는 드라이브
> 그 덕에 난 살아 있어서 기뻤네.

너희의 드라이브가 눈부시지 않아서 숲속의 불가능한 공을 치러 페어웨이를 벗어나야 하더라도 둘이 서로를 보고 활짝 웃었으면 해.

너희가 살아 있어서 기뻤으면 좋겠어.

너희 둘이 오늘 하루를 함께 보내서 너희 아빠가 행복하단 걸 알았으면 좋겠어.

아울러 너희의 어린 시절이 대부분 잊혔더라도, 아빠에 대한 몇 안 되는 기억이 생기 없고 가물가물하더라도 10월의 이 골프 한 라운드가 뭔가 강력하고 변형 불가능한 것을, 그러니까 사랑의 향기처럼, 한밤중에 고요한 방에서 책을 읽는 노인의 기척처럼 기억과는 무관한 뭔가를 너희한테 생각나게 했으면 좋겠어.

13번 홀에서는 퍼팅을 하기 전에 있잖니, 작고 하얀 공을 홀에 넣는 게 퍼팅의 핵심이 아니란 걸, 그건 백만장자가 되려고 글을 쓰는

---

* John Betjeman. 영국 시인.

거랑 다를 바 없단 걸 기억하렴. 정직한 퍼팅을 하는 게 핵심이야. 그러고 나중에 14번 홀에서 티샷을 칠 땐 완벽한 샷과 타거리가 핵심이라기보다 네 공이 짧게나마 시공간을 뚫고 나아간 경로, 그리고 네가 나아갈 경로를 차분히 아는 게 핵심임을 기억해. 실제로 아빠가 생각하기에 골프의 핵심은 절대로 골프가 아니야, 삶의 핵심이 삶이 아닌 것처럼. 우리는 박테리아가 아니잖니. 만약 삶의 목적이 삶이라면 인류는 돼지풀이 되어 삶을 마치는 게 나을지도 몰라. 고로 아빠의 2046년 10월 1일 자 수업 계획안은 골프채며 골프공하곤 관계가 없어. 사색, 고요, 그리고 어느 가을날 그저 형제로 있는다는 것하고 관계있단다. 그러니 14번 그린에 둘러진 위태위태한 물웅덩이에 접근할 땐 너희의 다음 샷이 암만 나빠도 빠지는 건 고작 골프공뿐이란 걸 힘내서 기억하렴.

즐거운 시간 보내. 자식들하고 수다도 떨면서. 위로를 해줘. 위로할 게 많을 거야.

너희 둘 다 중년이니까 어떤 후회들이 쌓였을 텐데 다음 페어웨이나 다다음 페어웨이를 향하는 동안 그 후회들을 이야기하는 데 망설이지 않았으면 좋겠어. 나라면, 2046년에 너희와 함께할 수 있다면 우리 아버지 빌 오브라이언과 관계된 마음의 고통과 뉘우침을 기꺼이 드러낼 거야, 그를 더 잘 알았다면, 그에게 더 많은 걸 물어보았다면, 돌아가시기 전에 같이 골프를 한 라운드 돌았다면, 서로 팔짱도 끼고 얼굴도 비비면서 아들의 어마어마한 사랑을 그의 근육과 뼈에 꽉꽉 눌러 담았다면 좋았을 텐데 하면서.

골프가 끝나면 둘이서 맥주나 한잔해.

사진도 몇 장 들여다보고.

용서가 필요한 건 용서하고, 웃어넘길 건 웃어넘기고, 그러고들 집에 들어가렴.

사랑해,

아빠가

감사

이 어쩌면책을 만드는 데 알게 모르게 기여해주신 분들, 즉 알렉스 버넌, 데이비드 크라우제, 브루스 니컬스, 래리 쿠퍼, 레스 라미레스, 에릭 핸슨, 에런 매슈스, 로스 필러, 로버트 (버디) 울프, 빌 샤피로, 아이비 기븐스, 와이엇 프런티, 에드워드 밀러, 데이비드 슈밋, 루커스 프랭크, 린 노빅, 켄 번스, 그리고 우리 집 거실 마술 쇼의 매혹적인 출연진에게 목청 높여 감사를 전한다. 태드 오브라이언과 티미 오브라이언, 너희의 인생을 빌려줘서 고마워, 다시 너희한테 돌려줄게. 메러디스 오브라이언, 당신은 아이를 갖자고 고집했고 다정함과 총명함으로 길을 앞장섰으며 평화와 기쁨을 가져다주었어.

11 재택 학습

이 장에서—나중에는 이 책 곳곳에서—나는 베트남에서 벌어진 미국 전쟁으로 300만 명의 베트남 사람이 죽었다고 언급한다. 사망자 수는 근사치로서 여러 추정을 절충한 것이다. 베트남 정부는 2008년 간행물에서 베트남 사망자는 총 330만 명이었다고 밝혔다. 북베트남군과 민족해방전선 사망자 110만 명, 남베트남군 사망자 및 실종자 25만 명, 민간인 사망자 200만 명. 〈뉴욕 타임스〉는 베트남 사망자가 총 250만 명 "이상"이라고 추정한다. 〈BMJ〉(〈영국 의학 저널British Medical Journal〉)는 세계보건기구의 2002-2003년 조사를 인용해 1955년부터 2002년까지 380만 명의 베트남 사람이 "전쟁으로 인한 격렬한 죽음"을 겪었다고 추정한다. 세계은행 총재였던 로버트 S. 맥나마라의 주문으로 진행된 1991년의 한 연구는 1960년부터 1975년까지 236만 명의 베트남 민간인과 군 관련자가 죽었다고 추정한다. 이 추정들이 그 전쟁의 여파로 라오스와 캄보

디아에서 발생한 사상자까지 포함하는지는 불분명하다. 경우에 따라서는 그 추정들이 미국 군대의 개입 바로 전에 있었던 프랑스 식민주의에 대한 베트남의 군사 투쟁을 포함하는지도 불분명하다. 총 300만 명이 가장 일반적인 추정치로 보이는데 이는 플로렌틴 영화사(Florentine Films)가 제작하고 PBS에서 2017년 첫 방송을 한 다큐멘터리 〈베트남전쟁The Vietnam War〉에서 가져온 숫자다. 이 칙칙하고 논쟁적인 사안과 관련해 관대한 도움을 준 두 사람, 다트머스 대학교의 역사 교수 에드워드 G. 밀러와 플로렌틴 영화사의 연구원 데이비드 슈밋에게 감사를 전한다. 2017년 1월 6일 밀러 교수는 이메일로 이렇게 지적했다. "숫자는 중구난방이에요. 300만이라는 숫자가 가장 흔히 인용되지만 그게 사실에 제일 가깝다는 뜻은 아닙니다." 이와 비슷하게 데이비드 슈밋도 같은 날 보낸 이메일에서 말했다. "미국 측만 전사자 통계가 정확하고 명확한 건 왜냐하면요, 이름이 한 사람 한 사람 개별적으로 헤아려져서 그렇습니다." 베트남 정부는 마침내 30만 명의 북베트남군과 민족해방전선 병사를 전투 중 실종자로 분류했다고 보고한다. 전쟁이 종결된 지 40년 이상 흘렀으므로 그 30만 명의 실종자는 아마 실제 사망자 수로 어딘가 포함되어야 할 것이다. 내가 기댄 자료는 다음과 같다. Philip Shenon, 〈뉴욕 타임스〉, 1995년 4월 23일; Joseph R. Gregory, 〈뉴욕 타임스〉, 2013년 10월 4일; Mike Ives, 〈뉴욕 타임스〉, 2015년 12월 24일; 〈민족 구제를 위한 반미 저항의 역사History of the Anti-American Resistance to Save the Nation〉 제8권, National Politics Publishing House, 2008년 베트남 정부간행물; Charles Hirschman, Samuel Preston, and Vu Manh Loi, 「미국 전쟁 기간

중 베트남 사상자Vietnamese Casualties During the American War: A New Estimate」, <인구 및 개발 리뷰Population and Development Review> 제21권 제4호, 1995년 12월; Robert S. McNamara, 「탈냉전 시대: 개발도상국에 대한 군비 지출의 함의The Post-Cold War World: Implications for Military Expenditure in Developing Countries」, 『개발 경제학에 관한 세계은행 연례 회의 의사록Proceedings of the World Bank Annual Conference on Development Economics』(재건과 발전을 위한 국제은행International Bank for Reconstruction and Development, 1991년), 95-122쪽; 「전쟁으로 인한 50년간의 격렬한 죽음Fifty Years of Violent War Deaths…」, <BMJ>, 2008년 6월 26, https://www.bmj.com/content/336/7659/1482.

23 재택 학습

조지 오웰 인용구는 『동물 농장』에 서문으로 부쳐진 「언론의 자유 The Freedom of the Press」에 나온다. 이 달변에 빈틈없고 훌륭한 에세이는 70년 전 그랬던 것보다 오늘날 우리 상황에 더 시의적절하므로 통째로 읽어볼 만하다. 1945년에 작성된 이 에세이는 1972년에 조지 오웰의 문서들 틈에서 발견되어 그해 9월 15일 <타임스 문학 부록Times Literary Supplement>에 실려 처음 출판되었다. (https://www.slideshare.net/belike_Abee/george-orwell-preface-to-animal-farm-or-the-freedom-of-the-press 참조.)

피카소 인용문의 출처는 다음과 같다. 「피카소가 말하다Picasso Speaks」, <아트The Arts> 제3권, 1923년 5월, 315-329쪽, Marius de Zayas 편집. 『피카소Picasso』(Alfred Barr, 1946)에 재수록.

메리앤 무어 인용구는 다음의 웹 페이지에 나오는 그녀의 시 「시Poetry」의 한 구절이다. (https://www.poets.org/poetsorg/poem/poetry)

조지프 콘래드의 "앉아 있는 게 전부야"라는 말은 에드워드 가넷(Edward Garnett)에게 보낸 편지(1898년 3월 29일 자)에서 가져온 것으로 에드워드 가넷은 콘래드의 문학적 천재성을 발견하고 보살폈다고 인정받는 인물이다. 다음을 참조. https://www.williamlanday.com/2012/11/16/conrad-the-sitting-is-all. 그리고 「조지프 콘래드를 산더미 같은 원고에서 건져낸 편집자The Editor Who Pulled Joseph Conrad from the Slush Pile」(https://lithub.com/the-editor-who-pulled-joseph-conrad-from-the-slush-pile).

29 세계 칠면조 수도

미네소타주 맨케이토에서 서른여덟 명의 수족이 교수형을 당했다는 정보에 관해선 대단히 흥미롭고 디테일 넘치는 당대의 기술을 참조했는데 그 기사는 원래 <뉴욕 타임스>의 것으로 2012년 12월 26일 <미니애폴리스 스타 트리뷴>에 다시 게재되었다. 다음에서 확인할 수 있다. (http://www.startribune.com/dec-26-1862-38-dakota-men-executed-in-mankato/138273909)

미네소타주 워딩턴의 인구통계에 관한 정보는 대부분 해당 시 웹 사이트에 의지했다. (http://www.city-data.com/city/Worthington-Minnesota.html) 백인의 워딩턴 정착에 관해서는 저드슨 W. 비숍

(Judson W. Bishop) 장군의 「1864-1881년 세인트폴과 수시티의 철도 역사History of the St. Paul & Sioux City Railroad, 1864-1881」가 그의 "황량한 대평원" 마차 횡단을 놀라운 디테일로 묘사한다. 워딩턴 마을은 비숍의 마차가 이동한 경로를 따라 머잖아 호반 지역에 건설되었다. 비숍의 말은 다음에서 확인할 수 있다. (http://lcweb2.loc.gov/service/gdc/lhbum/0866e/0866e_0436_0455.pdf) 스칸디나비아인과 독일인의 워딩턴 이주에 관한 배경은 『귀족 자치주 역사Nobles County History』(Al Goff 편집)에 의존했다. 워딩턴의 초기에 관한 짧되 계몽적인 개요를 다음에서 찾아볼 수 있다. (http://www.noblescountyhistory.org/nobles-county-history/) 〈세인트폴 파이어니어 프레스St. Paul Pioneer Press〉 작가 태드 베즈너가 쓴 내 고향에 관한 서술에서도 서술적으로나 통계학적으로나 귀중한 정보가 발견되었다. 베즈너의 보고는 당 매체 2011년 9월 17일 자에 게재되었고 온라인에는 2017년 2월 3일에 등록되었다. (https://www.twincities.com/2011/09/17/worthington-minn-was-dying-then-enter-the-immigrants/)

워딩턴 경찰국 공무원들의 공권력 남용 의혹 사태에 관한 정보는 출처가 다양한데 거기엔 해당 시의 신문, 미네소타 ACLU(미국시민자유연합), 미네소타 공영 라디오 등이 포함된다. 이 자료들은 이곳을 참조하라. (http://www.dglobe.com/news/government-and-politics/4367954-citys-independent-investigation-still-underway-aclu-lawsuit; https://www.aclu-mn.org/en/press-releases/worthington-man-sues-local-law-enforcement-over-assault; https://www.mprnews.org/story/2017/06/22/aclu-calls-for-probe-of-violent-arrest-inworthington; https://www.aclu-mn.org/en/news/over-year-ago-i-was-assaulted-police-officer-im-still-waiting-justice) 이 폭력적인 사건의 영상은 다음에서 확인할 수 있다.(https://www.youtube.com/watch?v=UzrOobi5BRY)

국가적으로 논란 많은 이주 문제가 워딩턴 소도시에 얼마나 흘러넘쳤는지에 관한 한 가지 예는 여기서 볼 수 있다.(www.citypages.com/news/worthington-father-of-four-ordered-deported-after-24-years-in-america/447754933)

내 어릴 적 친구 마이크 비어케셋의 인상적인 삶에 관한 세부적인 내용은 다음에서 확인 가능하다.(https://www.startribune.com/obituary-mike-bjerkesett-a-pioneer-of-handicap-accessible-housing/412617083/)

30 자부심 3

웬들 베리 인용문은 그의 책『시민권 증서Citizenship Papers』에 수록된 에세이「전쟁의 실패The Failure of War」에서 가져왔다. 이 에세이는 다음에서도 찾아볼 수 있다.(https://www.lionsroar.com/the-failure-of-war)

간디 인용문은 검색엔진에 그 문장("There is no such thing as too insane unless others turn up dead due to your actions")만 쳐봐도 여러 웹 사이트에서 발견된다. 하지만 정확한 인용문은 찾아낼 수 없었다. 인용문의 출처가 모호하고 진짜인지가 의심스럽긴 해도 일단 책에 넣은 건 내 것이었으면 하는 생각을 누군가 표현한 것만은 틀림없기 때문이다.

32 티미와 태드와 아빠와 나 2

「빗속의 고양이」가 헤밍웨이의 사생활과 관련 있다는 세간의 자자한 정보와 의견은 다음 자료에 기댔다. Kenneth Lynn, 『헤밍웨이Hemingway』; Carlos Baker, 『헤밍웨이』; Jeffrey Meyers, 『헤밍웨이 전기Hemingway: A Biography』; Carlene Brennen, 『헤밍웨이의 고양이들Hemingway's Cats』; Simon Lavery의 분석. (http://tredynasdays.co.uk/2013/10/ernest-hemingway-cat-rain-critique-pt-ii)

33 재택 학습

전사자 추산은 오늘날에도 가장 그럴 법한 근사치에 불과하다. 통계학자들이 한가하게 계산기나 들고서 현재진행형인 전투나 불타는 정글과 도시를 노니는 일은 없다. 전사자가 정확히 헤아려지고 분류되고 보고되었다 해도 기록된 역사에선 그런 노력이 거의 보이지 않는다. 숫자와 관련된 증거는 얄팍하고 못 미덥다. 사망자 추산은 무려 3000만 명이나 되는 제2차 세계대전의 경우처럼 다양할 수 있다. 게다가 텍스트로 된 고대와 중세 자료 그리고 현대의 몇몇 자료에 보고된 전사자 셈법을 복원 내지 검증하기도 보통은 불가능하다. 그래도 그 시작으로서 나는 "전쟁으로 인한 직간접적 사망자를 모두" 추정하고자 노력한 온라인 웹 사이트를 참조했는데 여기엔 "전시 군사 활동의 직접적 결과인 군 관련자들의 죽음"과 "전쟁으로 촉발된 유행병, 질병, 기근, 잔학 행위, 대량 학살, 기타 등등으로 인한 민간인의 죽음"이 포함된다. 웹 사이트 주소는 다음과 같다. (https://en.wikipedia.org/wiki/List_of_wars_by_death_toll#Works_cited)

위키피디아에서 얻은 정보는 내 경험상 일괄적으로 믿을 수 있는 건 아니므로 나는 33장에서 언급한 각각의 전쟁에 관해 거기 나온 출처 속의 연관 문헌들도 참조했다. 숫자의 범위가 어떻든 특정 전쟁에서 추정된 사망자 수가 정확함 면에서나 검증 가능성 면에서 의문이 제기된다 싶을 땐 추정 가능한 숫자의 최저치를 적었다. 독자적으로 볼 때 어떤 면에서든 타당하지 않다 싶은 추정치는 적지 않았다. 하지만 어떻게 보면 정확한 전시 사상자 숫자는 무의미하다. 비탄에 잠긴 아버지에겐 하나도 큰 숫자다.

34 재택 학습

나는 국립공원 관리청(National Park Service)의 마크 A. 니치퍼에게 신세를 졌는데 그는 렉싱턴 및 콩코드 전투에 관한 내 순진하고 따발총 같은 질문에도 값을 매길 수 없는 지식, 지혜, 격려로써 기쁘게 대답해주었다. 빈센트 J. R. 키오(Vincent J. R. Kehoe)가 자비로 출판한 학문 저작물 『우리는 거기에 있었다We Were There』에 대해서도 감사를 표하고 싶다. 인간에 관한 상세한 기술이 풍성한 이 두 권짜리 저작물은 1775년 4월 19일에 벌어졌던 전투에 관한 영국 측 진술과 미국 측 진술을 모은 것으로 여기에는 일기, 편지, 사후 보고가 포함되어 있다. 34장에 실은 많은 인용구는 키오의 개론에서 발견한 것이다. 다른 참조 자료는 이렇다. Allen French, 『혁명의 보스턴에서 맞은 렉싱턴과 콩코드와 영국 퓨질리어 병사의 날The Day of Lexington and Concord and A British Fusilier in Revolutionary Boston』; Arthur B. Tourtellot, 『렉싱턴과 콩코드Lexington and Concord』; 영국 원정대의 행군 경로가 담긴 국립공원 관리청 지도; 〈대륙회의 의사록Journals of the Continental Congress〉 제2권; Richard Frothingham Jr., 『보스턴의 포위 및 렉싱턴·콩코드·벙커힐 전투의 역사History of the Siege of Boston and of the Battles of Lexington, Concord, and Bunker Hill』. 오늘날 배틀 로드라 불리는 길을 따라 상당한 거리를 걸어보는 것도 유익했다. 한데 옷만 걸치고도 힘든 걸 보니 좀 있으면 하이킹도 낭만적이지 않겠다.

39 티미와 태드와 아빠와 나 3

앤드리어 피처 인용문은 그녀가 쓴 전기 『블라디미르 나보코프의 은밀한 역사The Secret History of Vladimir Nabokov』에서 찾아볼 수 있다. 피처의 훌륭한 책에선 나보코프가 헤밍웨이의 작품을 단호히 일축했다는 암시가 나오는데, 나보코프에겐 헤밍웨이의 문체가 자기 것보다 대단할 게 없었던 것이다. 나보코프의 머릿속에 있는 헤밍웨이의 입에선 아마 그의 거만한 발언이 흘러나왔을 것이다. "산문은 건축물이지 실내장식이 아니죠, 바로크는 끝났어요.(Prose is architecture, not interior decoration, and the Baroque is over.)" 두 작가 모두 권투를 배웠다는 점이 흥미롭다. 이 둘이 미학적 차이를 떠나 링사이드에 앉으면 얼마나 재미있을까.

에리히 마리아 레마르크의 장편소설 『개선문』 인용구는 월터 소렐(Walter Sorell)과 덴버 린들리(Denver Lindley)가 번역한 랜덤하우스의 전자책 판본에서 가져왔다.

43 전우

입증되지 않은 증거 말고는 오늘날 자신의 전쟁을 돌아보는 베트남 참전 용사들의 도덕적·정치적 판단에 관한 정확한 자료를 찾아볼 수 없었다. 하지만 몇 안 되는 연구가 비딱한 시선으로 그 문제를 조명하고 있는데 도움이 된 건 다음의 자료들이다. Jonathan D. Klingler and J. Tyson Chatagnier, 「당신은 본분을 다하고 있는가? 재향군인들의 정치적 태도와 하인라인의 시민 개념Are You Doing Your Part? Veterans' Political Attitudes and Heinlein's Conception of Citizenship」, http://journals.sagepub.com/doi/abs/10.1177/0095327X12471932; Farai Chideys, 「이번 선거는 공화당에 대한 군인 유권자들의 충성도 실험대This Election Is Testing the Republican Loyalties of Military Voters」, https://fivethirtyeight.com/features/what-impact-will-the-military-vote-have; Frank Newport, 「재향군인은 모든 연령대에서 공화당에 더 쏠려Military Veterans of All Ages Tend to Be More Republican」, https://news.gallup.com/poll/118684/military-veterans-ages-tend-republican.aspx; Rebecca Burgess, 「조니가 귀향한 뒤After Johnny's Marched Home」, 〈아메리칸 인터레스트American Interest〉, https://www.the-american-interest.com/2015/11/11/after-johnnys-marchedhome. 이 자료들 중 세 개를 찾아준 플로렌틴 영화사의 루커스 프랭크에게 고마움을 전한다. 43장에서 언급된 언론사 투서는 2016년 4월 30일 자 <오스틴 아메리칸 스테이츠맨>에 게재된 것이다.

49 티미와 태드와 아빠와 나 4

레마르크의 『리스본의 밤』 인용문은 랠프 맨하임(Ralph Manheim)이 번역한 랜덤하우스의 전자책 판본에서 가져왔다.

55 티미와 태드와 아빠와 나 5

프레더릭 크루스 인용문은 매슈 C. 스튜어트(Matthew C. Stewart)의 다음 글에서 가져온 것이다. 「어니스트 헤밍웨이와 제1차 세계대전: 전쟁을 복원해 최근의 심리전기적 재평가에 반대하여Ernest Hemingway and World War I: Combating Recent Psychobiographical Reassessments, Restoring the War」. 이 논문 초록은 다음에 나온다. (https://www.thefreelibrary.com/Ernest+Hemingway+and+World+War+I%3A+Combatting+Recent...-a063045302)

「이제 내 몸을 누이며」에서 내면에 집중한 케네스 린의 의견은 그녀가 쓴 전기 『헤밍웨이』에 나온다.

헤밍웨이의 제1차 세계대전 경험에 관한 논쟁적이고 때론 독설적이며 매우 재미있는 의견 교환은 1987년 10월 22일 자 <뉴욕 리뷰 오브 북스New York Review of Books>에 나온다. (https://www.nybooks.com/articles/1987/10/22/pressure-under-grace-an-exchange/)

제프리 다머에 관한 내 언급은 우발적인 것도 경솔한 것도 아니다. 오늘날 미움을 사는 용어인 "사이코패스"와 "소시오패스"의 요소가 가미된 반사회성 인격 장애는 수치심과 반성의 부재 내지 빈곤, 자기중심성, 낮은 주요 감정 반응, 타인에 대한 공감과 연민의 부재 내지 빈곤, 외적인 매력과 뛰어난 지능, 부적절한 동기로 유발된 반사회적 행위를 포함하는 다수의 임상 요인에 의해 전형적으로 진단된다. 『무기여 잘 있거라』 중 동료에게 총을 쏘는 에피소드에서 프레더릭 헨리는 한 가지만 빼고 이 특징들을 모두 드러낸다.(그는 캐서린과 있을 때가 아니면 별로 매력적이지 않다.) 헤밍웨이 인물의 행위와 생각에서 가져온 증거를 포함해 설득력 있는 반박 증거가 없는 한 독자는, 내가 그렇듯, 감흥이 없거나 매우 적다는, 그리고 프레더릭 헨리가 본성, 즉 불굴의 의지 때문이든 전장의 트라우마와 무뎌짐 때문이든 실제론 냉혹하고 비정상적일 만큼 살인에 둔감하다는 합리적인 결론을 내릴 것이다. 아울러 장편소설과 단편소설이 수용되는 차원, 즉 개인적 차원에서 생각해봐도 나는 내 전시 경험을 무시할 수가 없는데, 내 경험에서는 프레더릭 헨리며 헤밍웨이의 여느 전쟁소설 주인공들이 보여주는 것처럼 심오하고 난해하고 사정없을 만큼 감정이 결여된 예가 실존 인물 중에는 없다. 떠오르는 예라면 만화영화, 공포 영화, 불가사의한 살인 사건, 동화, 그리고 제프리 다머와 아서 쇼크로스(Arthur Shawcross)같이 감옥에 있는 연쇄살인범이나 전범자들이 나오는 유튜브 인터뷰 영상뿐이다.(희생자들에 대한 동정심을 묻자 쇼크로스는 말했다. "그런 건 없어요…… 내 속은 뭔가 이상합니다.") 끝으로 말하자면 내 생각이 겨냥하는 건 작가가 허구적으로 지어낸 전쟁 영웅들이지 어니스트 헤밍웨이가 아니란 점은 두말할 나위가 없다. 나는 비록 정신의학자는 아니지만 만약 프레더릭 헨리가 소설 밖으로 걸어 나와 내 옆집을 구입한다면 틀림없이 불편함이 들 것이다. 다음을 참조하라. Martha Stout, 『이토록 친밀한 배신자The Sociopath Next Door』; James Fallon, 『사이코패스 뇌과학자The Psychopath Inside: A Neuroscientist's Personal Journey into the Dark Side of the Brain』. 팰런은 심리학자들이 반사회성 인격장애의 유무와 심각성을 측정할 때 쓰는 "차등제(sliding scale)"를 깊이 있게 논의한다. 아울러 뇌과학자로서 그는 비전문가들이 소시오패스다 사이코패스다 말하는 뇌의 물리적 기형과 행위의 관계도 같이 논의한다.

옮긴이의 말

"미국은 제게 베트남을 줬어요. 저는 그걸 돌려주고 싶어요."

언젠가 모 인터뷰에서 드러낸 결기답게 미국 작가 팀 오브라이언은 자신이 징집돼 다녀온 베트남전쟁, 나아가 그보다 넓은 의미의 전쟁을 소설과 산문으로 옮기는 데 평생을 바쳐왔다. 복무 후 하버드 대학원에서 공부 중이던 1973년 스물일곱 살 때 출간한 첫 책 『내가 전장에서 죽으면If I Die in a Combat Zone』을 시작으로 훗날 중고등학교와 대학의 교재로도 쓰이게 되는 대표작 『카차토를 쫓아서』『그들이 가지고 다닌 것들』 등에 이르기까지 그가 50년 조금 안 되는 세월 동안 써온 소설 및 산문은 하나도 빠짐없이 전쟁의 본진 또는 여진을 직간접적으로 담고 있다. 전쟁 작가. 이쯤 되면 그 수식어에 대한 작가 스스로의 호불호를 떠나 그리 불리는 게 마땅하다고까지 생각될 정도지만 그 명쾌한 두 단어는 너무 편의적이고 한정적이라 사실 불편한 감이 있다. 탁월한 전쟁소설 가운데 전쟁의 장르적 재미를 목적으로 삼거나 전쟁이라는 갑옷에 갇혀 있고 싶어 하는 작품은 없기 때문이다. 전쟁이란 자유가 박탈된, 혐오스러운 짓들을 억지로 감당해야 하는, 그러다 보니 사랑이나 평화나 평범한 일상처럼 그 현실에 없는 소중한 무엇을 갈망하게 되는 어떤 한계상황이요, 배경인 것이지 적어도 큰 틀의 삶을 바라보는 순문학에서는 그 자체가 장르일 수 없다. 말하자면 전쟁을 뺀 다른 모든 것을 지향하는 이른바 전쟁소설들이 오히려 전쟁이란 꼬리표를 달지 않을 수 없는 건 야속한 아이러니라는 얘기다. 그래서 욕심내어 말해보자면, 팀 오브라이언의 작품들은 그저 헤밍웨이의 소설을 전쟁소설이라 부르는 정도로나 전쟁소설이 아닐까 싶다. 팀 오브라이언은 전쟁을 끈질기게 그리되 언제나 전쟁에서 발 빼는 순간을 그리워하고 갈망해온 작가다.

1973년부터 반세기 가까이 써온 것이 아홉 권의 책, 그중 마지막으로 소설을 낸 것이 2002년, 그리고 17년 만인 2019년에 낸 책이 『아빠의 어쩌면책』인데, 이 책 소식을 처음 접했을 때 나는 오랜 기다림을 깨고 나온 것이 소설이 아니라 산문, 그것도 육아기 혹은 생활기라는 데 조금은 의아했던 게 사실이다. 2019년 당시 그는 일흔셋이었고 전보다 과작이 심해진 상태라 소설을 기다리던 나로선 다음 소설이 과연 나올 수 있을까 하는 우려가 들었다. 하지만 이 책을 펼치고선 그런 걱정 아예 접기로 했다. 그는 할 만큼 한 사람이었고, 너무 늦게 찾아온 행복에 푹 젖어 있었다. 그는 행복할수록 슬퍼지는 양가감정의 나이가 어느덧 되어 있었다.

그런데 묘하게도 나는 이 책에서 소설을 본다. 본문에서 여러 번 언급하듯, 살면서 확실한 것은 없고 바로 어제의 일상도 지나고 나면 가물가물한 것, 허구 같은 것이 되어버리는데, 삶도 소설도 어차

피 허구적이라면 이 책이 픽션인지 논픽션인지는 애초에 중요할 게 없는 것 아닌가 하는 생각이 드는 것이다. 보기에 따라 이 책은 티미, 태드, 메러디스, 팀 오브라이언이 주인공인 일상극으로도 읽힌다. 1990년 출간된 그의 대표작 『그들이 가지고 다닌 것들』은 작가가 된 마흔세 살의 팀 오브라이언이라는 주인공이 20여 년 전 겪은 베트남전쟁을 기억처럼 어지러운 구성 속에서 돌아보는, 허구와 사실의 경계가 모호한 반(半)자전 소설이었다. 그렇다면 『아빠의 어쩌면책』은 그때의 작가가 세월을 더 겪고 쉰일곱 살에 늦깎이로 첫아이를 본 뒤 육아와 일상과 글쓰기와 전쟁의 기억에 치이며 노년을 살아가는, 『그들이 가지고 다닌 것들』의 속편으로 보아도 무방하지 않을까 싶은 것이다.

엄연히 산문인 책을 애써 소설로 읽으려는 건 사실 한 가지 이유에서다. 팀 오브라이언은 올해 일흔여섯 살, 70대 중반이 넘었고, 언제 닥칠지 모를 필연적인 끝을 감지하고 있으며, 부모와 자식이 이별하는 시기는 어느 때여도 이르고, 그런 이별을 제삼자로서 무심하게 내다보고 있기엔 그것이 오브라이언 가족만의 일은 아니기 때문이다. 소설은 책장을 펼치는 한 몇 번이고 삶이 거듭되는 꿈이랄 수 있는데, 그렇다면 "인생은 한낱 꿈이더라" 하는 말도 어쩐지 죽음과 이별 앞에서의 체념이라기보다 어쩌면 또 만나자는 약속처럼 들리는 것이다.

2022년 4월

이승학